一百种隶书临习与创作 上

王本兴 著

北京工艺美术出版社

图书在版编目（CIP）数据

一百种隶书临习与创作 / 王本兴著. -- 北京：北京工艺美术出版社，2022.10
ISBN 978-7-5140-2184-4

Ⅰ. ①一… Ⅱ. ①王… Ⅲ. ①隶书－书法 Ⅳ. ① J292.113.2

中国版本图书馆 CIP 数据核字(2021)第 021959 号

出 版 人：陈高潮
责任编辑：陈宗贵　刘　艳
装帧设计：风尚境界
责任印制：王　卓

法律顾问：北京恒理律师事务所　丁　玲　张馨瑜

一百种隶书临习与创作
YI BAI ZHONG LISHU LIN XI YU CHUANGZUO
王本兴　著

出　　版　北京工艺美术出版社
发　　行　北京美联京工图书有限公司
地　　址　北京市西城区北三环中路6号　京版大厦B座702室
邮　　编　100120
电　　话　(010) 58572763（总编室）
(010) 58572878（编辑室）
(010) 64280045（发　行）
传　　真　(010) 64280045/58572763
网　　址　www.gmcbs.cn
经　　销　全国新华书店
印　　刷　河北环京美印刷有限公司
开　　本　787 毫米 × 1092 毫米　1/16
印　　张　40.25
字　　数　199千字
版　　次　2022年10月第1版
印　　次　2022年10月第1次印刷
印　　数　1～3000
书　　号　ISBN 978-7-5140-2184-4
定　　价　128.00元

题记

汉碑各出一奇，各尽其妙，诸体没有好坏之分，只有风格不同之别。而风格不同才能有性格不同、审美观不同的隶书艺术家。

泥人　王本兴

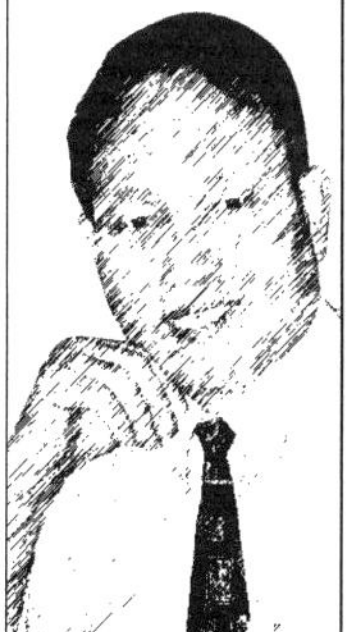

前言

隶书又称“佐书”“八分”。卫恒《四体书势》云:“隶书者，篆之捷也。”许慎《说文解字 · 叙》云:“秦烧灭经书，涤除旧典，大发隶卒，兴役戍，官狱职务日繁，初有隶书，以趋约易，而古文由此绝矣。”可见隶书是为了适应书写的急速需求，由篆书简化演变而成的一种书体。

隶书始于秦，成熟、普遍使用于汉代。在汉代，写好隶书，是入仕做官的条件之一,一时书写隶书蔚然成风。进入东汉时期，文化专制逐渐解除，书法艺术进一步得到了发展，并且纸张的发明与使用取代了缣帛，贵族厚葬用隶书勒石纪功，这些均为书法艺术的繁荣提供了契机。隶书与篆书的区别很明显，结体由长变扁，由纵改横，回环缭绕的“一根线条”书法变成横竖、撇捺，一波三折的不同点画，象形味几乎不复存在，结构简化，艺术表现力越发增强。它的演变不仅体现了线条艺术更加成熟，而且使中国书法开始注重以自由多样的空间结体来抒发作者的思想感情，升华到高度抽象的艺术境界，标志着书法艺术已成为独立的艺术门类。

亦由此开始，书法界出现了一个又一个书法名家，群星璀璨，光照千秋。千百年来，隶书的生命力非常旺盛，它既保留了古文字的痕迹，又建立在今文字的基础之上，且有相当深厚的实用价值和艺术价值。清代再次把隶书推到了顶峰，历史上单独称之为“清隶”。清隶是复古的，虽然流派纷呈，但都胎息汉隶。郑簠以草法入隶，金农以吴碑入隶，桂馥以缪书入隶，邓石如以篆书入隶，伊秉绶以颜法入隶，陈鸿寿以诏版入隶，赵之谦以魏碑入隶，吴昌硕以石鼓入隶。有人主张初学书法，可直接从隶书入手，然后再旁涉其他书体，可见隶书深入人心，大得人们宠爱与青睐。

学习隶书，应当宗法汉隶，魏晋以后（包括唐宋）的隶书，缺少醇厚高古气息，一般认为是不宜学的，清隶更是如此，最多只能谨慎地加以选择，作为辅助性的参考临习。本书就本着这个原则，从浩瀚的汉代隶书中，精选了一百种汉隶，就有关临习与创作的问题，做了初步探讨与研究。值此说明的是，汉代隶书不止一百种，而本文序列最后的《好大王碑》《泰山经石峪金刚经》分别是东晋、南北朝北齐时期隶书。毫无疑问，这两种隶书影响特别深远，广受青睐，故破例置于百种隶书之内。

余以为学习隶书更应该“与古为徒”，学习原汁原味的传统与经典，从“源”到“流”。临习碑帖是从源头最初的起点开始，亦是创作的起点。许多书法艺术大师从年轻时期临摹碑帖开始，一直到晚年始终没有放弃临摹。吴昌硕在晚年临摹《石鼓文》时曾深有感触地说：“一日有一日之境界。”因而临习碑帖是一个长期的任务。

当然，临习碑帖到了一定的时候，我们就可以进入书法创作阶段，采取边临习边创作的方法，将临习碑帖的经验与体会以及临习的技巧与法度应用到创作中去，把它们最大限度地表现发挥出来。同时，带着创作中发现的问题，再回到临摹中去解决。故在进行书法创作时，我们要善于提出问题，善于发现问题，而在临摹中要善于解决问题，善于深化问题。从临摹到创作，再回到临摹，这是学习书法艺术，提高书法艺术审美感的必然循环。千万不能认为临摹碑帖是青少年时期或学习书法艺术开始阶段的一种手段与功课，过了这个时期，熟练了也就可以不去临摹习帖了。将临摹与创作割裂开来，这无疑是学习书法的一大误区。

临习碑帖可简单地被称之为“临摹”，虽然“临”和“摹”不是一回事，但通常情况下即指对帖临习书法，初学者一般由此入门与起步。临摹的最终目的是为了创作，创作则必须通过临摹来掌握笔墨的基本功、基本技巧与法度，所以既要认真对待创作，也要认真对待临摹。我们要通过准确的临摹、有针对性的临摹，掌握隶书的风格与要领，掌握书写隶书的笔法与技法，对它们全面地提取与领会，并在临摹中不断地强化与巩固。此外我们还要不断地对自身的审美观念、审美气质进行训练，丰富下一步创作的底蕴与内涵，才能最终走向有力度的书法创作。

从临摹到创作，再回到临摹，这是一种进取性的良性循环。临摹必须以创作为检验手段，创作必须以临摹为基础，创作意识必须贯穿临摹始终。我们通过临摹与创作，发现问题，解决问题，提出问题，克服问题，始终保持笔触与创造性思维的敏感度。不作僵化的、呆板的、机械的重复书写，使创作得到深化与进步。可以这样说：临摹与创作互为彼此、互相补充、互相促进。一百种隶书，每种隶书从其碑刻、事由、背景、内容、文字、艺术特点、临摹技法、作品创作等皆作详尽描述，书中包含了许多珍贵的原始图片、前贤临作，以及技法、创作示意图，可谓图文并茂，特别有利于隶书爱好者学习参考。本书内容具有一定的资料、历史与艺术价值。

王本兴

识于南京凤凰西街 59 号四喜堂

目录

汉碑各出一奇，各尽其妙，诸体没有好坏之分，只有风格不同之别。

五凤刻石

《五凤刻石》又称《鲁王泮池刻石》《鲁孝王刻石》刻于西汉五凤二年（公元前56年）。金明昌二年（1191年），重修曲阜孔庙时，工匠在鲁灵光殿基西南太子钓鱼池挖得原石。石高40厘米，宽71厘米，厚43厘米，刻字3行，共13字。内容："五凤二年鲁卅四年六月四日成。"右侧刻有"金明昌二年开州刺史高德裔"之题记。刻石虽寥寥13字，但气韵高古，浑厚质朴，为汉代古隶之冠，亦为西汉时代最珍贵的隶书书法资料之一。

其内容为记载建筑物竣工年代而刻。鲁国孝王建灵光殿时将其嵌入殿壁作为大殿的落成纪念。五凤刻石原石藏于山东曲阜汉魏碑刻陈列馆。国家图书馆、故宫博物院藏有拓本。此隶书书体内含丰富的篆书意趣，其笔画线条表现出强劲而又郁勃的生命活力。清代方朔的《枕经堂金石书画题跋》云："字凡十三，无一字不浑成高古，以视东汉诸碑，有如登泰岱而观傲崃诸峰，直足俯视睥睨也。"笔者鉴之，深感此语附实，并未过誉。《五凤刻石》历来备受书家推崇，其点画线条之沉厚、粗壮、雄强，具有一种永恒的威慑之势，加之时代久远，风化漫漶，实中有虚，给人以天人合一、自然遒丽的魅力。

临习此帖要注意如下几点：

一、使用长锋羊毫毛笔为宜，中锋用笔，每一点画的起笔都须逆锋入纸。运笔时提按要平稳，行中有留，徐徐推进。收笔时回锋平出或顿笔迂回而出。点画尾部与头部大同小异，只是在粗细、方圆等方面有所区别。横画比较平直，带一点儿波挑的意思，含蓄而不十分明显。竖画比较短促且内敛。该刻石之上，在同一个部位安排了两个相同的"年"字，而且毫无顾忌地将竖画长拖而下。两个"年"字除大小有别外，其用笔形态几乎如出一辙。原石作为大殿落成纪念刻石，对书写的艺术要求定然很

《五凤刻石》
五凤二年鲁卅四年六月四日成

高，雷同谁都忌讳。此碑犯忌的奥妙就在于通过视觉的和谐、格调的统一、左右的对称呼应来表达书写艺术的完美。两个“四”字及“四”字下面的一个“日”字，同样表达了格调一致的和谐美，没有因为雷同而减弱了艺术感染力。“年”字长收脚的写法，与简帛书体中长收脚的写法不同，与《石门颂》中的长拖脚亦不同。裹锋逆入起笔，往下涩进，逐渐加大下按力度，笔肚着纸，使线条中下部位呈浑圆的螳螂肚，然后毛笔稍向上提，回锋收笔，整个笔画充满着温润、雄浑与含蓄的质感。

二、点画的转折以方为主，但不出尖不露锋，如“口”字形的框架部首都呈外方内圆，从横画过渡到竖画自然畅达，无迹可寻。“成”字右边的撇画，不像后来的隶书那样向外斜出，而是以竖画写，收笔系回锋圆收，左边的长捺亦稍向里弯，直势而下。整个刻石文字的结体外形以敛为主，四角没有外拓伸展之笔，但骨架疏朗，中宫松而有气，精神饱满。常言道功到自然成。我们把这 13 个字写熟了，用同样的笔法、结体去试着创作作品或写其他文字，就容易了。

西汉隶书《五凤刻石》与东汉建初元年（公元 76 年）所刻摩崖刻石《大吉买山地记刻石》，其书风格调有诸多共同之处，临习时不妨互相参考，互相借鉴补益。

书法条幅《凤鸣盛世》即按《五凤刻石》笔意创作。“鸣”字借用刻石中“凤”字的部首；“盛”字借用刻石中“成”字。其点画的起讫皆按刻石中点画逆入回出的规律进行，线条皆按刻石中线条浑厚壮实的风貌书写，而结体则体现了刻石中文字的敛中有放，方圆兼顾，自然丰满的格调与特色。贵在神似这是创作中至关重要的一点。此条幅用八尺大红洒金宣书写，字体特别宽绰粗大，意在形式与内容相结合，增添营造喜庆吉祥氛围。

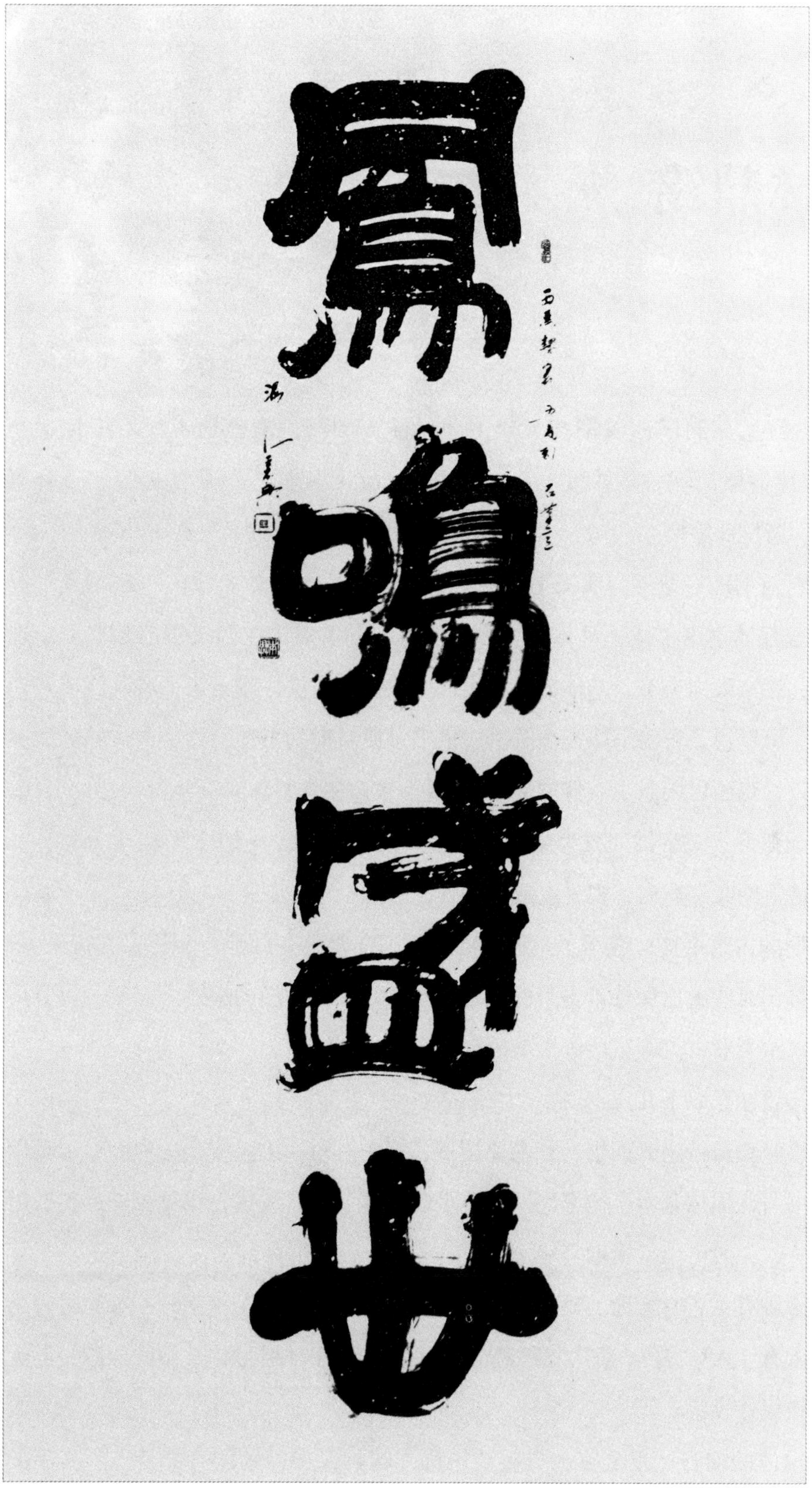

凤鸣盛世
《五凤刻石》笔意　王本兴书

上林鼎铭

《上林鼎铭》刻制于西汉阳朔元年（公元前24年），出土地不详。拓片文字为："上林十湅铜鼎，容一斗并重十斤。阳朔元年六月庚辰，工夏博造，四百合第百一十七。"共计33字。

诸多资料与书籍将此铭归属篆书类别，实际上属篆体的文字只有"庚""夏"等数字，大部分都属隶书书体，可称之为古隶书体。古隶书体在西汉铜器鼎铭上出现为数不多，此铭文隶中夹篆，结体方正，横捺无波挑，与汉代刻石隶书或汉代成熟期的隶书不同。可以说，古隶书体是由篆书向隶书过渡时期的书体。这类书体结体大多较为平衡方正，点画以内敛少有伸展为特点。《上林鼎铭》整体布局随着铜器的形状，形成了一个圆弧形，文字排列较为紧密，左右"不敢越雷池一步"，显得十分整齐一致，犹如铜镜上的文字布白，视觉上成了一条圆形的长线。

西汉时期的古隶书体，继承了秦诏版的遗韵，非常整齐规范，转折以方折见多，撇画略带圆势，有些撇捺保持着平直的姿态，这有利于在硬质的铜器上镌刻。以方代圆、以直代曲给隶书审美领域增添了新的气象。

临习此铭要注意以下几点：

第一，横竖要保持逆入回出，行笔要涩进，行中有留，讲究线条的力度，尽量用毛笔的前锋书写，提按基本平衡平稳。收笔平收居多，少有波挑，稍见粗细反差，但不能过于悬殊，一般可以呈横细竖粗之姿。

第二，撇画有平直有弯曲。平直者有"阳""元""夏""合"等字，一般写得较为短促；圆曲者有"六""月""庚""辰"等字，一般不过于伸展。铭文中的捺画一般无波挑，皆平稳提锋收笔。

第三，结体的临习注重文字的方整与匀称，转折保持遒劲刚直的特点。文字的

《上林鼎铭》
上林十湅铜鼎，容一斗并重十斤。阳朔元年六月庚辰，工夏博造，四百合第百一十七。

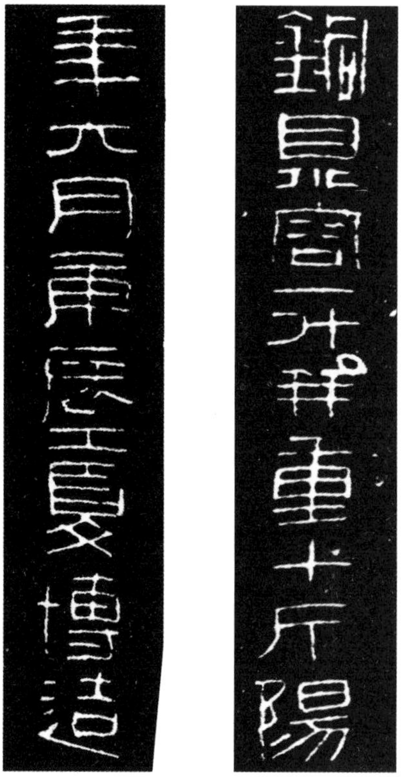

《上林鼎铭》局部

间架布白以敛促展，以方为主略带圆意。铭文未脱尽篆意，尤其是与汉印缪篆文字有相通之处，因而临写贵在写出刀笔的金石味。四角笔笔到位，要写得精神饱满，气势博大。

《上林鼎铭》点画线条的临习类似于“一根线条”的书写方法，其粗细、起伏、拙涩等变化，皆寄寓在微妙的视觉审美范畴之内。这样对用笔的内涵与要求，提出了更高的标准。当我们蘸上浓墨，举笔入纸之际，心态要放平，不急不躁，下笔要理智一些，运笔动作要丰富一些，行笔不能过于快捷，亦不要轻浮飘滑，笔下的线条要保持较好的力度与较高的质量。

《上林鼎铭》共计 33 字，我们一天临一通的话，几十通后其点画与体势也就基本心中有数了。铭文结体非常端庄方正，与后来的隶书有较大的差别，这就要求我们在整齐划一的结体中去寻找它特有的内涵与韵味，在它的整体法度与气韵的框架内，去体味它独有的特色，从而让端庄划一的结体内涵保持多元性，达到临习书写的效果与目标。

临习此隶书，我建议可与《阳泉使者舍熏炉铭》《临虞宫铜镫铭》《绥和元年雁足镫铭》结合临习，因它们之间书风格调类近，有诸多特色与元素相通，可以汲取各家长处，共享精华。

隶书从篆书蜕变而成，是我国汉代的主要书体。它孕育于战国，萌生于秦代，成熟于西汉，鼎盛于东汉。在书法史上谱写了辉煌的一页。它的诞生结束了篆书的一统天下，为楷、行、草的发展开辟了新天地，是书法艺术的一次革命。篆书以方长为主，取纵势；隶书以方扁为主，取横势。无论纵势横势，重心平衡则是处理结构的基本原则。隶书在结构上冲破了大小篆的程式，它以均衡、协调、生动、和谐为准则，组成便于书写的体式。由于隶书点画有了粗细变化，结构多样统一，形成了新的节律感，使得它在书坛中独树一帜，别具风神，个性鲜明。它的影响至今不衰。

用《上林鼎铭》笔韵墨趣创作书法作品时，笔者选择了唐代崔道融的五言绝句："月上随人意，人闲月更清。朱楼高百尺，不见到天明。"诗中除"月""上""百"等个别文字可以参照《上林鼎铭》原文外，大都要独立书写。予采用条幅形式，一气呵成。从作品可以看出，结体稍呈扁方，点画略作伸展之状。我特别注意作品浓淡枯湿的参差整合，注意敛放虚实的结体布白，参照铭文的总体格调与风貌，尽力注入自己的语言与想法。落款文字分双行参差错落处理，符合作品的整体格调，并使其更灵动活泼。

隶书创作的一般程序：首先确定创作内容，解决写什么的问题；二是根据内容再确定作品尺幅与形式，解决作品大小的问题；三是准备好相应的纸笔等材料，包括叠格、查字等准备工作；最后提笔书写，落款盖印。

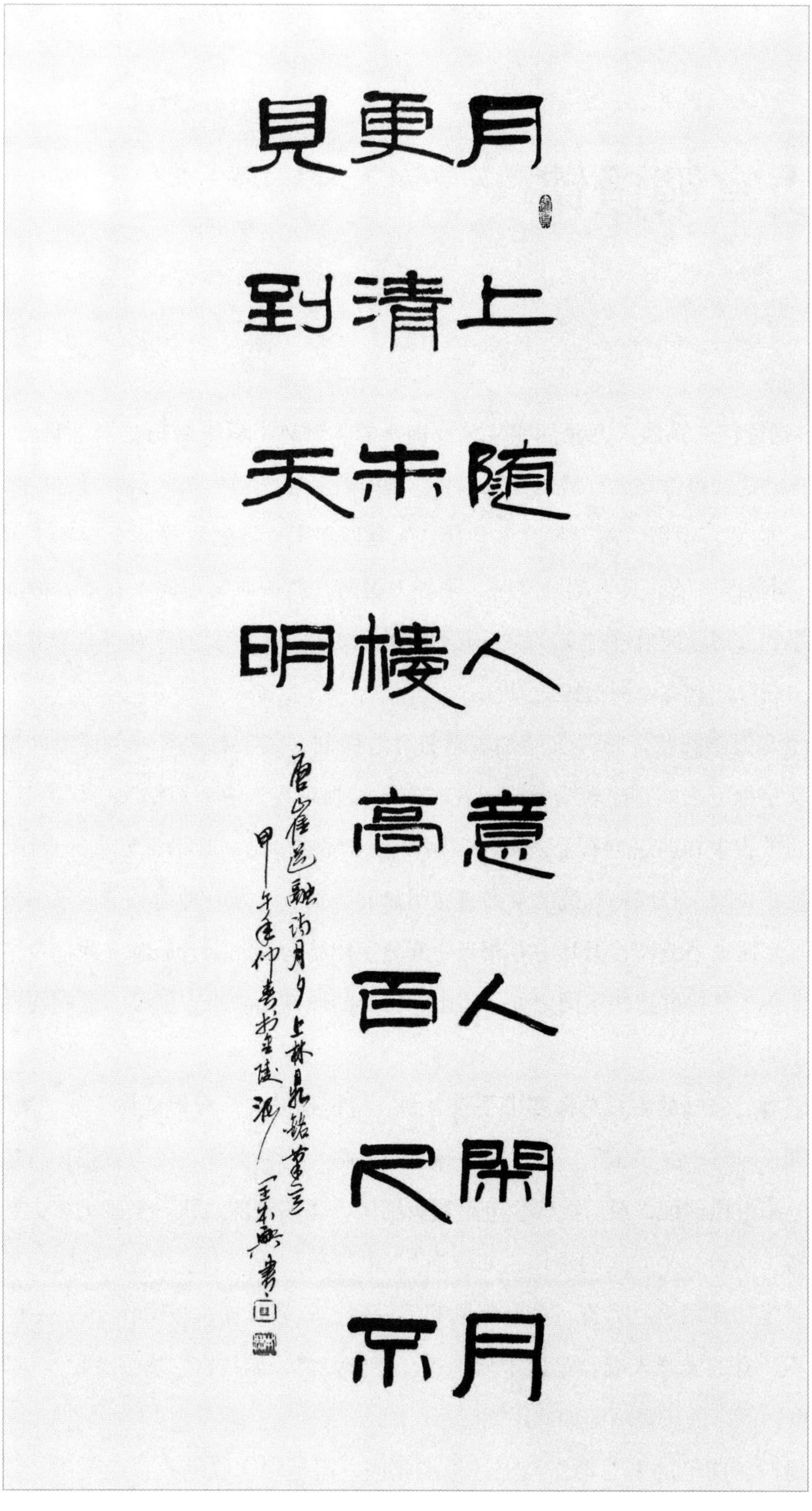

唐　崔道融诗《上林鼎铭》笔意　王本兴书

月上随人意，人闲月更清。朱楼高百尺，不见到天明。

临虞宫铜镫铭

《临虞宫铜镫铭》系西汉元延四年（公元前9年）刻制，后来被历史自然埋没，再后来又出土，这些事件均无记载也无从考查。现时所见铭文乃为拓本，共计30字，内容全文为："临虞宫铜镫，高二尺，重廿斤，元延四年工常宣造，掾武令史赛主解右尉贤省。"铜器即重器，其上刻画文字，须硬刀敲凿，而铜质又不同于石质，故此铭文具有浓厚的刀切敲凿痕迹。文字线条也不同于石刻上的文字线条，显得非常方劲明快，且渐凿渐深，具有犀利挺拔的刀意。

此镫铭呈弯弧半圆状，30个文字随着弯势靠边而刻，文字右边有一条深邃而粗长的弧线。文字上下之间排序较为紧密，左右亦无长画越界，像铜镜铭文一样齐整，愈显清新悦目。古隶在西汉刻石上居多，在铜器上出现较少见，其平正方直的点画，不带波挑的撇捺长画，与成熟规范的隶书有着明显的区别。它是一种由篆书向隶书过渡的书体，虽然属隶书范畴，但其中有相当一部分字体结构都充满着篆意。我们举笔临习之时，要善于把握好这些不同之处，写出它特有的风神面貌来，就临习此铜镫铭文字，我提出如下几点：

其一，横画、竖画的临写总体要求平直方劲。特别是横画，形似锥体。如"虞""镫""二""重""年""宣""武""主""尉"等字的横画。起笔平齐，用力重按，行笔渐行渐提，笔画由粗到细，最后提锋收笔呈粗头细尾，浑如钉锥之状。竖画大多尖起笔，收笔重按，状若一个立式的锥体，如"临""镫""高""常""宣""造"等字，其上端的短竖就是如此用笔。另有一些长竖画起笔较轻，收笔时加大按力作顿收动作，形成上细下粗，有的竖画末端收笔处十分平齐，犹如刀切，如"宫""铜""重""常""宣""赛""解"等字的长竖画即如此用笔。

其二，撇画、曲笔的书写动作与上述基本相同，起笔轻，收笔重，起笔细，收笔粗。如“造”“延”的撇画，以及“掾”“令”“史”“右”“省”等字的弯画，皆显现了这种用笔风神。捺笔不带波挑，保持起笔重按、收笔提锋尖收的用笔规律。如“尺”“元”“延”“造”“武”“史”“右”等字的捺笔即如此用笔。

《临虞宫铜镫铭》临虞宫铜镫，高二尺，重廿斤，元延四年工常宣造，掾武令史赛主解右尉贤省。

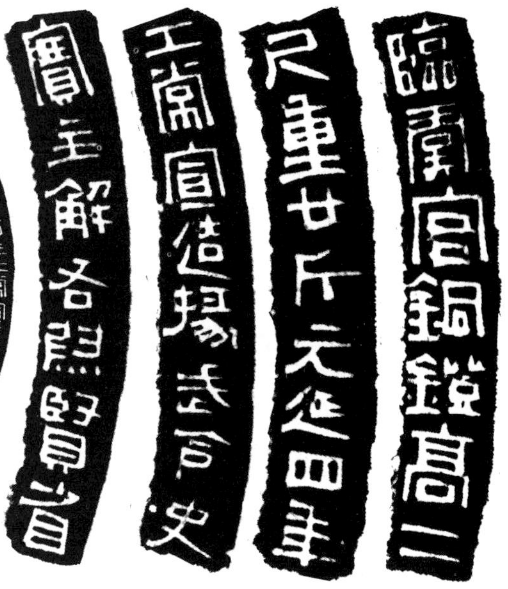

《临虞宫铜镫铭》局部

其三，文字结体在临写时有两点必须注意：一，除长方、扁方、正方形的结体外，还有一些文字结体类似于塔形或梯形式的，它呈上方小、下方大、重心在下的形状，如“重”“年”“常”“宣”“赛”等字即具这样的特点；二，大部分横画起笔重收笔轻，整个文字左边粗壮厚重，右边细劲瘦小，如“铜”“重”“年”“造”“四”“工”“二”“主”“尉”等字即呈左重右轻之感。

临习此隶书，我建议可与《阳泉使者舍熏炉铭》《上林鼎铭》《绥和元年雁足镫铭》结合临习，因它们之间书风格调类近，有诸多特色与元素相通，可以汲取各家长处，共享精华。

在诸多西汉铜器隶书铭文中，此铭文将浑厚与瘦劲融会于同一结体，宽绰与尖削变幻于同一点画，其特有的风格呈现出独特的个性，成为古隶的代表作。故临写此隶书亦别有意趣，这种隶书的刀意特别浓，与汉印中的文字有诸多相通之处，篆刻爱好者可以从中学习篆隶笔意，吸取刀笔养料，丰富篆刻的刀法与笔趣。隶书在书法创作中有一个特别重要的课题，那就是如何生动地写出刀意。当然，在创作中，我们必须以原铭为基础，法乳于此，再将其表象特征之外的内在韵味，及自我理解能力，进行融会贯通，以最美的想象力、最高超的技巧、最好的精神状态表现出来，形成新的作品形式。

这种创作并非要面面俱到，笔笔见形，而要具有很强的概括性和代表性，主要还是自我风格的体现。在创作实践过程中，自我感觉是第一要素。若感到笔力不够强壮，无法体现风格，那么我们还可以回过头来，抓住关键，深入原铭原碑中去进一步地临摹体味。

笔者选择了“登高望远”四字，自拟此镫铭隶书笔意，书写创作了一幅扇面书法。扇面面积一般较小，且在制作时上过浆矾，因而吸水性能不好，再者扇面上许多折沟，凹凸不平，书写时不好掌握。建议用三尺宣纸对折裁开，自行勾描一个扇面形，面积可以放大一些，在宣纸上创作书写便于发挥，便于用墨。在书写前，必须根据文字内容的多少，将扇面分区分格，事先安排好，将落款与钤印处预留好，我们可以在废纸上先设计一个墨稿，然后正式创作书写，这样就万无一失了。

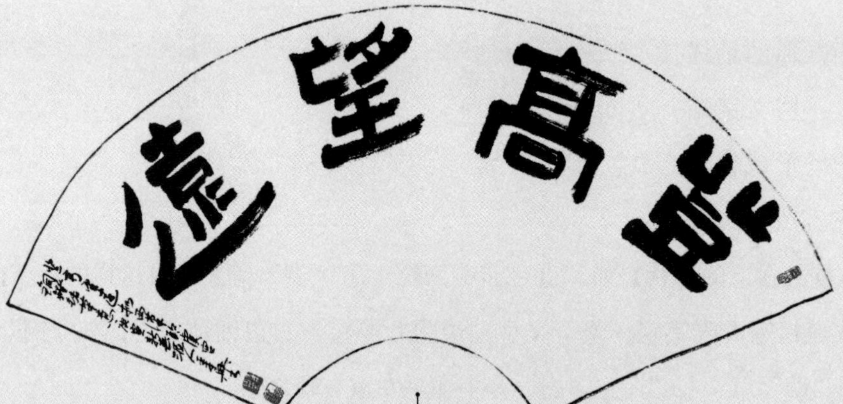

《临虞宫铜镫铭》笔意　王本兴书

登高望远

绥和元年雁足镫铭

《绥和元年雁足镫铭》系西汉绥和元年（公元前8年）刻立。在何时何地出土已无从考查，此镫铭保存较为完整，呈正圆形。其铭文内容为：“绥和元年，供工工谭为内者造铜雁足镫，护相、守啬夫博、掾并主，右丞扬、令贺省。重六斤。”

这些铭文随器型的圆转之势而布白刻凿，上下之间靠得较为紧密，且紧靠铜镫边沿，由于刀口锐利，点画线条刻得较为尖细劲挺。从文字结构上观察，工匠在刻制时心态平静，刻得较为自然随意，使点画长短，结体大小变化丰富，彼此间时见参差错落，很有节律。铭文属隶书书体，细细体味，却尚未脱尽篆意，其结体点画之中充满篆书痕迹。概言之，此隶书铭文有如下特点：

一、点画充满刀切敲凿之风神，尤其是横画左起重，点画粗，右端轻，出锋尖，点画细。线条平直挺劲。如“年”“工”“铜”“护”“相”“博”“主”等字的横画尤见此特点。撇捺长画潇洒飘逸，奔放飘展，相当自由率真，如“护”“掾”“并”“右”“扬”“省”等字的长画特具这种风韵。

二、结体敛放自如，变化丰富，不拘一格。如“和”“谭”“内”“造”

“足”“相”“博”“掾”“并”“扬”“贺”“省”等字，中宫开放，体势宽绰开阔。“元”“年”“为”“者”“护”“丞”“令”“重”等字，中宫内敛，点画紧密。

三、部首之间参差错落，文字结体灵活多变。如“和”“谭”等字的左右部首带有高低落差，“工”“主”“贺”等字还向右上方倾斜。

四、部首点画之间充满稚趣憨态，不拘小节、不循规律、不按比例布白书写。如“足”字写得上小下大，“掾”字的最末撇捺远离主体，“掾”“扬”的提手旁二短横特别上扬，“省”字的下垂之笔出奇的拉长。这些都是不经意、不刻意的情况下，放松手脚，自然而然地书写刻凿而成，有人将此称之为不成熟、不规范时期的隶书。临写此铭，充满写意性的成分，余以为不必苛求形似，更多的要追求神似才贵。我们不妨从基本的点画开始，一步一个脚印，认认真真，踏踏实实，循序渐进。

现将临写要点分述如下：

其一，横画的临习要按笔入纸，行笔时要渐行渐提，欲进先留，增加“行刀”涩度，当行至末端时提锋尖收。有的横画可以提锋平收，所呈横画一般比较平直，不带弯势。

其二，竖画的临写亦以平直为主，其用笔有两种形式：一按笔入纸，上端粗壮，收笔提锋，下端较尖细，如“者”“造”“足”“贺”等字的短竖画；二出锋入纸，上端尖细，稍加按力，末端粗重，如“年”“并”“供”等字的竖画。

其三，捺画无波挑，且较为平直。如“元”“造”“足”“护”等字，撇画为提锋入纸，往左向下行笔时，逐渐加重按力，最后施以回锋顿收动作。如“和”“元”“为”“右”“令”“丞”等字。有些曲笔写得很有特色，如“扬”“掾”二字的提手旁，其弯弧几乎成九十度，突然向左弯斜而出。“扬”“省”的长曲之笔，系参照篆书的曲笔书写。

其四，转折的临写以方折为主，横与竖的转折处有一些是暗转连接，有一些是脱开换笔，重起笔书写。如“和”“谭”“博”“贺”“省”“重”等字的“口”字部。

西汉隶书《绥和元年雁足镫铭》属瘦劲型隶书，字形扁方，用笔遒劲圆润，多骨丰筋，波磔不太分明，结构严整，内外匀称，风格劲健，气韵生动。线条纤细而不弱，如曲铁盘丝，刚挺瘦硬，似棉里裹针，突出了端庄刚健的韵味。在诸多爱好隶书书法的群体中，相当一部分人不喜欢蚕头燕尾的规范隶书，却热衷于这类无拘无束的古隶书体。我以为选择何种书体并不重要，各人只要根据自身的秉性习惯以及审美习惯来选择。只要肯下决心，肯下功夫，任何书体都能写得近乎完美。

临习此隶书，我建议可与《阳泉使者舍熏炉铭》《上林鼎铭》《临虞宫铜镫铭》结合临习。我以为边临摹边创作是学习汉隶的好方法，临摹是把范本的精华学到手，这是一个学习的过程，把临摹当作品一样来书写，不但强化了临摹，而且为正式创作奠定了基础。这是一个更进一步学习的过程，启功临王羲之《十七帖》，陆维钊临王羲之《兰亭序》近百通，来楚生 70 岁以后，每天临一通汉碑。大师们在书艺已达到炉火纯青的地步时，尚且临帖不止，这说明我们临摹不仅仅是书法的必修课，即使是有相当艺术水准的书法家，也需要通过临摹吐故纳新，从而保持自己旺盛的艺术生命力。

笔者一直认为创作隶书作品，不仅要形似更要神似，概言之要形神兼备。亦可解释为宗一家纳百家。以一家为宗，不是指对最初选择的范本从一而终，而是指以对自己的学习影响最深、最容易上手，经常在脑海中翻腾，在自己的创作中有意无意间流露出来对自己影响最深的范本为主。也就是说，自己对此碑一往情深，已达到痴迷的程度。然而，我们仅仅达到这一步还不够，应渐渐地使作品从此碑的形貌中脱离出来，遗貌取神，使外人看不出其所出，把它完全化为自己的艺术语言，形成自己的风格。这才是要认真临习碑帖的真正目的。所附我的《绥和元年雁足镫铭》临习作品一件，以飨读者并交流同好。

《绥和元年雁足镫铭》

绥和元年，供工工谭为内者造铜雁足镫，护相、守啬夫博、掾并主，右丞扬、令贺省。重六斤。

《绥和元年雁足镫铭》局部

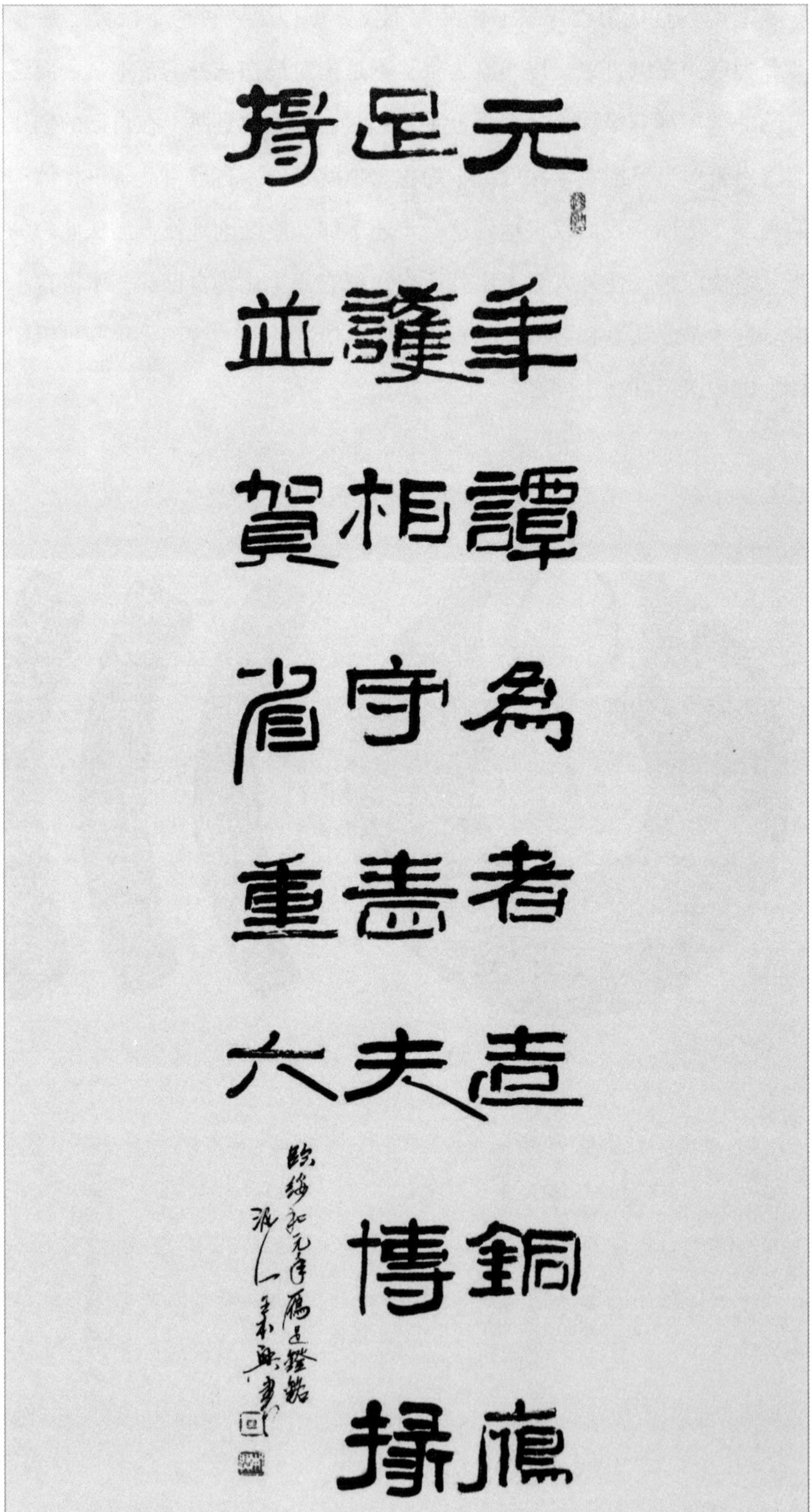

临《绥和元年雁足镫铭》王本兴

连云港界域刻石

《连云港界域刻石》亦称为《连云港东连岛东海琅琊郡界域刻石》，包括《苏马湾刻石》与《羊窝头刻石》两块。刻立于西汉新王莽始建国四年（公元 12 年）。刻石内容是地方政府为东海郡的朐县与琅琊郡的柜县划分行政界域而颁行的公告。

连云港东西连岛位于连云港市东北海中，与连云港港口隔海相望，相距约 2 千米，所发现的西汉界域刻石位于此岛最东端羊窝头峰北坡，灯塔山两侧临海处，刻石面海而立，距海平面平均潮位高约 8 米。由于刻石处于岛上最偏僻处，加之地势险要，人迹罕至，故久无人知。直至 1987 年连云港市文管会办公室人员在连云区开展文物普查时才被发现。

《苏马湾刻石》在东连岛北面苏马湾海滨浴场的生物园区。刻石坐北面南，临海而立，刻在高 1.5 米、宽 1 米突兀于半山的花岗岩的摩崖上。《苏马湾刻石》刻面保存良好，字迹清楚可辨，有明确纪年，存字 12 行，约 60 字。拓本高 138 厘米，宽 234 厘米。《羊窝头刻石》因风化断为两截，存字 8 行，约 40 字。拓本高 106 厘米，宽 170.4 厘米。

1995 年羊窝头刻石被公布为第四批江苏省文物保护单位，2002 年苏马湾界域刻石并入该文保单位，统称为“东连岛东海琅琊郡界域刻石”。2013 年，东连岛东海琅琊郡界域刻石被国务院公布为第七批国家级文物保护单位。这是我国迄今发现较为完整的有确切纪年的西汉晚期界域刻石，也是我国迄今发现最早的界域石刻。我们所能见到的西汉石刻文字极少，而《连云港界域刻石》两处共存可辨认文字达 95 个之多，其意义非同一般。

《连云港界域刻石》的格调与风貌，使人立马就联想到《开通褒斜道刻石》，《开通褒斜道刻石》刻于东汉永平六年（公元 63 年），晚于此刻石 51 年，可谓脱胎于前者。两者均为摩崖刻石，每行字数不等，文字大小有别，但结体的方正、笔画的纤细等方面有很多共同之处，有着异曲同工之妙。

《连云港界域刻石》的隶书，比较其他现存的西汉及新王莽时期的刻石，在用笔和结构上保留了明显篆意的特征，书刻者凭借自己的灵感和才情，在参差错落中，渗透着书卷气。从整体构成来看，刻石上端呈弧状，下端则呈参差不齐的波浪形。开始显得略为工谨，随着书写逐渐进入状态，便愈发恣肆、精彩。随着行文接近尾声，书者进行了一个调整，文字逐渐变小，与开头的部分形成了一个呼应关系。由于它是摩崖石刻，所以书丹者依随山势，顺其自然任情挥笔，山林野逸之气天然流露。刻石隶书蕴含高度的精巧，表现出一种古朴、率真的审美情趣。两刻石书风大同小异，似出一人之手，现一并将临习要点介绍如下：

一、点画

点画在刻石中数量不多，但与众不同，很有特色，故先单独作一介绍。如“与”字的右下点，呈三角形，棱角分明，尤显精神。“为”“无”等字下四点，似缩短的竖画。“海”“况”等字的水旁，似缩短的横画。还有其他一些点画，也很有动感与特色。书写时逆入回出，动作完备，用毛笔前锋书写。

二、横画、竖画

落笔要用锋尖逆入着纸，然后迅速翻折过来，淹而有留，行而带涩的运行。手执毛笔的位置可略高一些，毛笔在运行时毋庸做过多的提按。临写时要做到悬腕悬肘，以便更好地发挥动作的幅度和惯性。行笔时最好要断断续续捻动笔管，裹住中锋，使线条具备毛、松、涩的特点。收笔大多回锋平收，或提锋回收。横画与竖画方向不同，但用笔及书写的方法基本相同。它们少有蚕头，少有波磔燕尾。笔画要写得平稳、平直、瘦劲、挺拔。如刻石中横画见胜者有“南”“与”“无”“国”“四”等字；再如刻石中竖画见胜者有“东”“邪”“承”“郡”等字。

三、撇捺

毛笔的起落与直笔的临写基本相同，只是行笔中途须调锋转向，随弯带弯，笔随线走。如左向撇画“东”“界”“以”“为”“承”“始”“者”等字，除“东”字撇尾略带一点儿波势外，其他都呈细劲平稳状。右向捺画形同左撇，起对应、平衡作用，只是略带一点儿波势而已。如“东”“界”“以”“各”等字。走之捺虽然数量不多，但特别强劲有力、爽直通达，如“建”“造”等字。值得一提的是，有一些左向的竖弯钩画，很有特色，如“邪”“朐”“属”“州”等字，尾部施力下按，呈波势状收笔。撇捺之画在刻石中很有变化，且充满弹性与张力，给人一种飞动的感觉。

四、折画

大多用方折之笔，可先写横画，再换笔写竖画，横尾竖头紧连在一起。也可不换笔，在横画到竖画的转角处，提笔转锋往下，转折写得都比较平直方正。需强调的是结体的四角必须撑满，中宫保持宽博空灵，“口”字部的部首皆不向内缩。文字周边的点画都比较伸长夸大，部首之间有时违反常规，违反原有的比例，以粗犷、稚拙、张扬的形式展现。

此碑临习阶段，做到形似尤为重要，临习者不能操之过急，还没有脚踏实地地走完形似的临习之路，就试图要写意创新，反而会适得其反，得不到理想的效果。

《连云港界域刻石》与《开通褒斜道刻石》有几个共有的字，显示出不同的书写特点，我们不妨鉴赏比较一下：

《开通褒斜道刻石》中“郡”字的“君”部的长画作竖弯撇状，下面的“口”字部较大。《连云港界域刻石》的“君”部长画系作斜直状，“口”部显得很小。从右边的双耳旁来看，《连云港界域刻石》为两个“口”字形组成，显得平稳古朴，属于双耳旁早期的写法。《开通褒斜道刻石》的双耳旁已经改变了这种造型，长竖右侧为“3”字形结体，其中心内部空间比较大，给人一种婉转柔丽的审美意趣。

《开通褒斜道刻石》中“以”的左半部分，为“口”部结体，显得方正工稳。《连云港界域刻石》中的“以”的左半部分为三角形结体，显得生动险峻。有意思的是，刻石中的三角形还呈现在“山”“国”等字的结体中，宛若“书眼”，尤为独特亮丽，使得全篇书体生趣盎然、别有风味。

《开通褒斜道刻石》的“为”字，线条柔丽委婉，转折处圆转居多，整个结体有一种雍容多姿之感。《连云港界域刻石》的“为”字，斜直通达，以纵取势，转折部分为方折居胜。

以上三例比较鲜明突出，足以说明两者之间的审美层面随着时代的不同、刻手的不同而有所区别。相比之下，《开通褒斜道刻石》中多用曲笔表现出一种自然、稳定、多姿的气息，字的结体外紧内松，部首之间紧密连接，显得遒丽婉转。《连云港界域刻石》则是以朴素的直线为主，在表现文字结体布白的空间和气息韵致方面侧重简明扼要、参差错落、刚劲挺拔、自由放松的审美层面。

用《连云港界域刻石》的结构笔意创作作品时，预先择六尺宣纸对开成条幅形式，以便纵向取势，用传统的隶书格式书写创作。内容是笔者自撰七言绝句一首："水绕山环翠色娇，珍珠粒粒似琼瑶。谁人顿悟世尘累，万贯家财掷水漂。"写的是南京江浦著名珍珠泉景观。笔者没有像《连云港界域刻石》那样"乱石铺路"，而是在隶书传统形式的框架内，横紧竖宽，背帖挥毫，一气呵成，写得较为平缓宽松。

《连云港界域刻石·苏马湾刻石》石刻文

东海郡朐与
琅邪郡柜为
界因诸山以南
属朐水以北属
柜西直况其
□与柜分高
□为界东
各承无极
始建国四年
三月朔乙卯以
使者徐州牧
治所书造

《连云港界域刻石·羊窝头刻石》石刻文
东海郡朐与琅邪郡柜为界朐北界尽因诸山山南水以北柜西直况其朐与柜分高□为界东各承无极

《开通褒斜道刻石》　《连云港界域刻石》

二刻石三字对比图

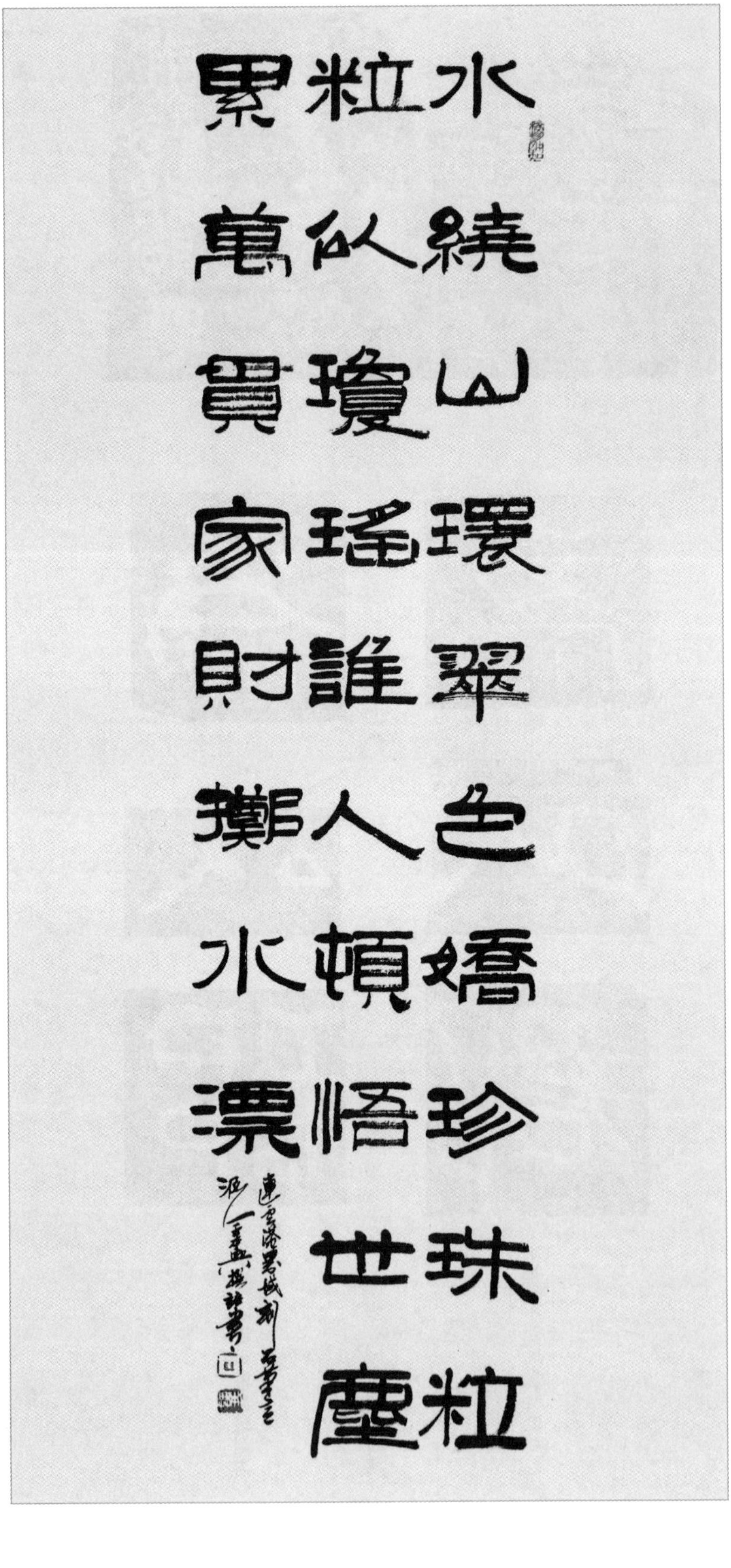

七言绝句《南京珍珠泉》王本兴撰并书
《连云港界域刻石》笔意
水绕山环翠色娇，珍珠粒粒似琼瑶。
谁人顿悟世尘累，万贯家财掷水漂。

莱子侯刻石

《莱子侯刻石》又称《天凤刻石》《莱子侯封田刻石》《莱子侯封冢记》等。西汉新王莽天凤三年（公元16年）二月十三日刻立。此石原在山东邹县（现邹城市）峄山西南20里的卧虎山前。“莱子”是我国西周时期东部沿海地区的一个方国，公元前567年，莱子国为齐国所灭，莱子国部分贵族被迁到今滕州西南的泥梨城遗址附近。

公元16年，莱子国一贵族为一族人分封土地，并派族人储子良为特使，召集100多人举办了大型的封田祭祀活动，为告诫子孙珍惜封地，特请人对此事撰文立石，这便是《莱子侯刻石》。刻石在山间沉寂了2000多年，直到清乾隆五十七年（1792年）为王仲磊最早发现。清嘉庆二十二年（1817年）又由滕县颜逢甲、邹县孙生容等人访得，并在碑石侧刻上跋文，记述了寻碑经历。后来刻石被移至孟庙斋宿房。1974年此刻石被移置启圣殿，镶嵌于砖墙中。

《莱子侯刻石》为长方形，高48厘米，长70.4厘米，隶书7行，每行5字，共35字，行有直界格，四周装饰斜纹。刻石文字内容为：“始建国天凤三年二月十三日，莱子侯为支人为封，使诸子食等用百余人，后子孙毋坏败。”

纵观刻石，犹如一件精美书作，前3行字体较为工整平稳，4行、5行字体出现了大小不同的变化，总体上较前3行字体略小，且多有放纵俯仰之姿，最后2行字形突然变大，点画粗重。每字皆作向右倾侧之状，整体书风简劲古雅，平中寓险，字态扁方，疏朗舒展，以横取势，笔力拙健，气势开张，点画翻折变化，骨力洞达，痛快率直，充满着稚趣天真，且富有金石气息。特别是一条条粗壮的界格，犹如明朗清晰的河流，宽窄不一，大小又十分匀称，这给尖刻奔放、张力四射的刻石文字增添了一分安详平和、井然有序的韵味。这是一件十分精彩动人的隶书作品。杨守敬《激素飞清阁评碑记》云："是刻苍劲简质，汉隶之存者为最古，亦为最高。"现将临写要点分述如下：

一、横画

该刻石横画的临写一般比较平直，落笔以意逆入，以峻利取势，防止露锋尖起。行笔不宜过疾，不能一滑到底，要拙涩推进，在平直的前提下，带一些弯曲与粗细的起伏感。收笔提锋平出，波势不明显，但可以带一点儿含蓄的波挑意趣。用笔的起与收都不能有驻笔顿头。

二、竖画

竖画大多短促、细劲，它的变化侧重在提按的轻重与线条的粗细上，用笔之法大体与横画相近。

三、撇捺画

往左斜出的撇画，要求逆锋行笔，行笔接近尾部时，有提锋尖收，或有按锋圆收，但多以稍带弯势的撇画居多。往右斜出的捺画，一般不带波脚，提锋平出，平直的捺画居多，弯曲的捺画少见。

四、转折

转折用笔大多呈方折。折处由提笔换锋的两笔写成，或以迂回暗转一笔写成。总而言之，转折笔画的书写要注意横与竖的承接处不能出现楷书似的斜肩或脱肩状。

五、结体布白

临写要把握好它的基本特点，做到疏朗而不松散，方正而不呆滞。虽然风化改造了该刻石结体的本来姿态，但神韵犹存，作为临习范本，我们只能依照今天所见的影印面貌为准。该刻石点画虽然没有特长或过于舒展的线条，但骨架开阔，丰筋力满的特点则是临写重点。

用《莱子侯刻石》创作书法作品，作品要突出苍劲简质的特色。我以孟浩然诗句"野旷天低树，江清月近人"为内容，采用对联形式书写创作。其中的"天""月""人"三字的处理，仿照刻石中的文字形式表现，取其刚健遒劲的神采。对另 7 字的处理则参照该刻石的笔意与格调书写创作。在此特别重申一下书写对联的用墨问题。第一字"野"的书写，蘸浓墨落笔入纸。第二字"旷"则不再蘸墨，而是写上字的墨之余、顺笔而下，及至写"天"字时已呈枯笔效果。当写"低"字时再蘸以湿墨。另外，写下联的"清"字与"人"字时，在笔尖上蘸以浓墨，当写到"月"字时，在笔肚上滴加清水少许，再顺序写毕。这样作品中浓、淡、枯、湿、渴，五色俱全，参差相间，左右对应，形成节律。创作书法作品，余一贯反对每字蘸墨，一黑到底。

《莱子侯刻石》石刻文

始建国天凤
三年二月十
三日莱子侯
为支人为封
使诸子食等
用百余人后
子孙毋坏败

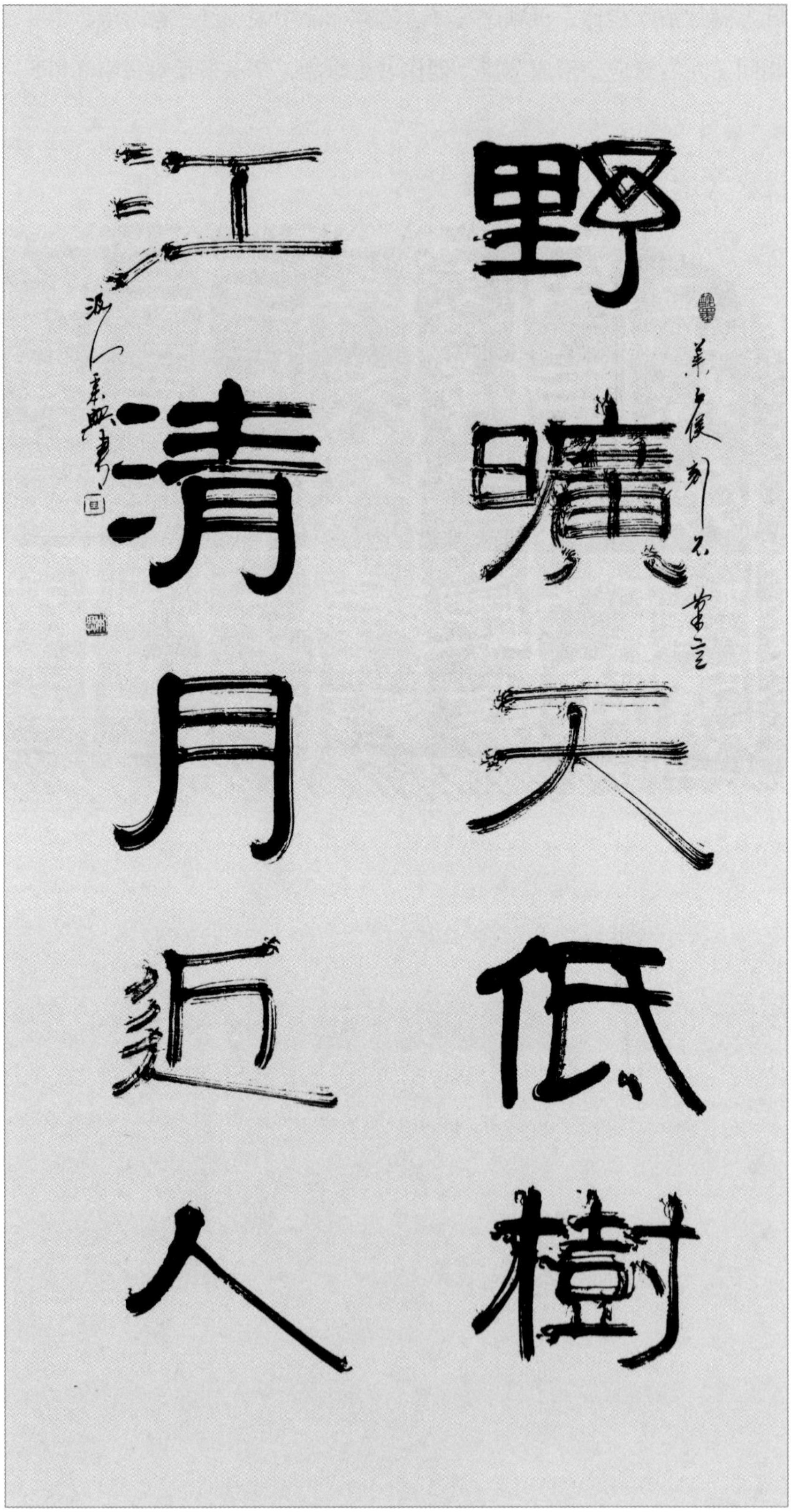

孟浩然句 《莱子侯刻石》笔意 王本兴书

野旷天低树，江清月近人。

禳盗刻石

西汉隶书《禳盗刻石》1983年（一说1980年）在山东省金乡县鱼山村发现。刻石质地为青灰石灰岩，根据文字内容定名为《禳盗刻石》，又以出土地名命名为《鱼山刻石》。汉《禳盗刻石》无年月，根据推测，其制作年代或可断定早于公元16年的《莱子侯刻石》。此碑出土后被石工砸为数块，首段高35厘米，宽41厘米，残存文字6行，第5行末字、第6行二字只存一半，存完整文字24个，此石现存山东济宁市博物馆。另一段刻石高35厘米，宽50厘米，存32个完整文字，存残字10个，此石现存金乡县博物馆。1990年4月，又发现另一段残石，至此墓门《禳盗碑石》已有全貌，全长195厘米，高35厘米，厚23.5厘米，碑文纵向有界格。碑文内容为："诸敢发我丘者，令绝毋户后，疾设不详者，使绝毋户后，毋谏卖人，毋效□□……，□□□犯磨□罪，天利之。居欲孝，思贞廉，率众为善，天利之。身礼毛肤父母所生，慎毋毁伤，天利之。分……"

《禳盗刻石》是墓主人警告后人不许盗墓的咒语，意思是说凡是敢盗我坟墓的人，叫他断子绝孙，即使不是有意的破坏也是一样，请不要出卖我，也不要告诉别人。墓主人严厉地咒骂盗墓者，说明在其生前已将墓修好，恐后人盗挖，便颇费心机口授咒语，令工匠刻于墓门的楹石上。此石表面未经打磨，显得较为粗糙，十分古拙。众所周知，被发现的西汉时期的碑石较少，当我们探讨书体由篆书演变到隶书的轨迹时，除简牍外，这些遗存的刻石自是十分珍贵与令人瞩目的。

《禳盗刻石》以方折为主，镌刻比较率意天真，实属古隶范畴，与王莽天凤三年的《莱子侯刻石》格调相近。其体势普遍带有篆书法度与意趣，尤见简散自由，下笔极少装饰意味，字口如新，捺脚少有波法，而有些偏旁部首似乎还没有定型定格，如"我""绝"等字其偏旁组合尚欠规范，"言"字旁有的写成四横，有的写成五横。碑文结体以方取势，寓圆于方，看上去有点儿歪歪斜斜，大大小小，长长短短，然重心不移，疏散之中见方整，飘逸之中带敛聚，通过自然、奔放、稚拙的形态，展现出朴质、多姿的别样意趣。从审美的角度看，此刻石充分呈现了挺直威严、粗犷豪放、气势磅礴的特点。在临习《乙瑛碑》《礼器碑》《曹全碑》《史晨碑》等规范隶书之余，结合临习这种"乱头粗服"、天真率意的隶书，对提高隶书的品位与鉴赏能力，大有裨益。临摹此石要注意如下几点：

其一，横画、竖画无波挑，起讫必须逆入回出，行笔不宜过速，否则易生漂滑之感，以行中有留、捷中有涩的笔法为主，特别是收笔时要能留得住笔，但又不见异痕。

其二，撇捺和斜画亦无波挑状，个别捺画可稍带燕尾之意，收笔可平收、尖收。撇捺系此碑中的主笔，有时用直笔处理，如"发""者""使""身""毋"等字。有时用曲笔处理，如"我""天""孝"等字。

其三，转折大多以方折为主，横、竖衔接处有连笔的，也有不连笔的，但一般不连笔，有的竖画伸出横画，与篆书略同。需要注意的是"口"字部：有方正形如"众""欲"等字，有方圆形如"思""居"等字，有率性随意形如"善""毋"等字，还有一种上窄下宽的"U"字形如"诸""谏""设""详"等字，变化多端，灵活应用。

其四，结体的临习要注意，中宫紧密一些，伸展奔放飘逸一些，以简散、自然、匀称为主。左右部首之间不宜靠得过于紧密，应有一定的空隙与距离，不仅如此，还略有上下错落。相比较而言，《莱子侯刻石》的结体以方正平稳取势，而此碑突出了粗犷奔放、率性自然之特色。

笔者在临习时分别使用狼毫、兼毫、羊毫尝试，感觉是短锋羊毫最佳，容易把握线条，容易达到效果，故建议使用软性短锋笔临习。

《禳盗刻石》由于年代久远，刻制粗糙，显得十分苍老残泐，但篆隶的大气、率真的韵味、纵横自如的天趣非常独特，尤其是喜爱写意隶书的书家，可谓似逢知音，对此石定是格外青睐。习者在临摹有素，基本掌握笔法的基础上，可以尽情发挥，尽情享受笔情墨趣，可以抒发心迹，可以以神、以义创作，或边临摹边创作，这样体会会深刻一些。

笔者曾自撰《书法创作》七言绝句一首："纸上烟云笔底功，篆真隶草韵相通。抒情写意随心迹，不与时风世俗同。"于此，拟用《禳盗刻石》笔意创作此作品。准备工作有三点：

其一，创作前必须练习书写诗文中的字，有些字可以在碑中找到并直接借用，如“不”字，有些字可以借用碑中文字的局部，如“思”字之“心”字部，有些字只能仿意书写，如“之”字可以仿写为作品中的走之旁，等等。

其二，决定作品用什么样的幅式。

其三，由幅式决定作品的文字、结体、款式等审美布白。

予创作的《书法创作》采用的是四条屏形式，按照刻石风格书写。宣纸是现成的七字瓦当纸，古色古香，简散飘逸，容易把握。四行隶书字体，力求大小匀称谐调，不松不弛，在刻石的意趣范畴之内。上款在首屏右侧，上方盖有起首闲章，下款在末屏左侧，下方盖有姓名印，章法建立在传统的框架与层面上。

予以为《禳盗刻石》线条瘦劲，结体萧散，系汉隶劲健峻洁的代表作之一，同时又因其个性较强，为“乱头粗服”式隶书风格。我们在创作中，必须以原碑素材为基础，再将其表象特征和自我主观愿望进行融合，用最美的想象力，最高超的技巧，最好的精神状态表现出来，形成自己的风格。这种艺术创作形式既不脱离刻石原味，又不失个人主观意愿。我们说真正的书法创作理应注重气韵与神采，并非要对原石面面俱到，笔笔见形，关键是要有刻石的强烈的概括性和代表性，还要体现自我的风格。予就是抱着这样的宗旨创作的。

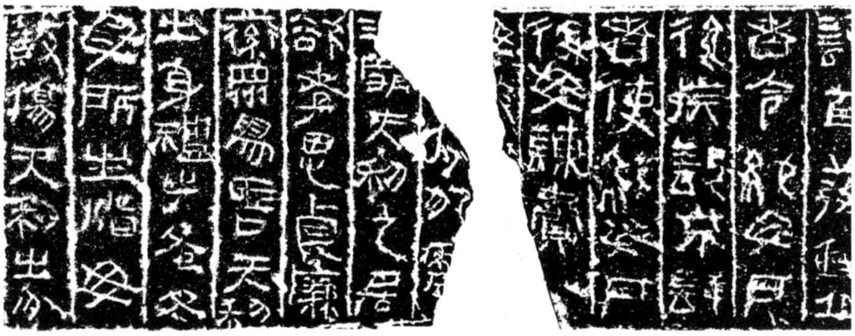

《禳盗刻石》石刻文

诸敢发我丘者，令绝毋户后，疾设不详者使绝毋户后，毋谏卖人、毋效□□……□□□犯磨□罪，天利之。居欲孝，思贞廉，率众为善，天利之。身礼毛肤父母所生，慎毋毁伤，天利之。分……

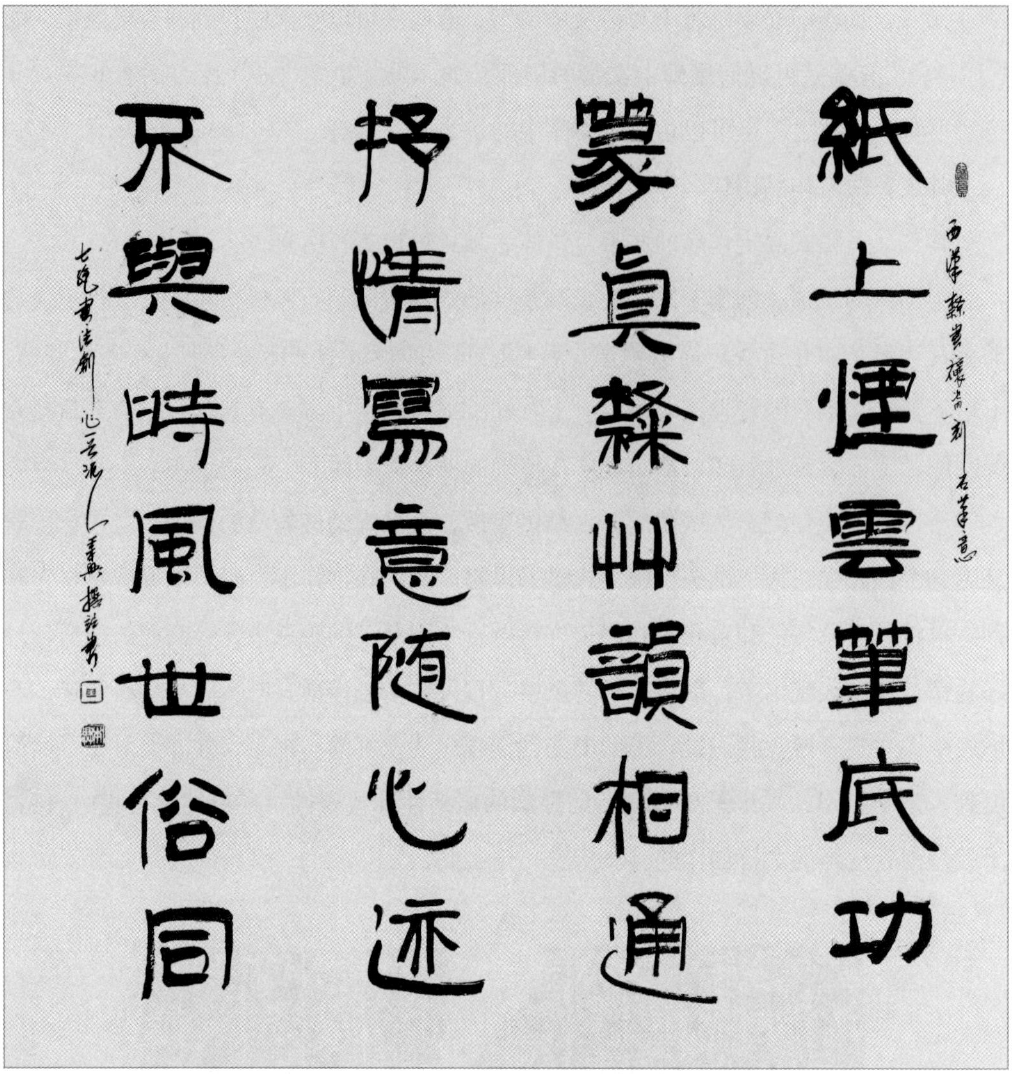

七言绝句《书法创作》王本兴撰并书
《禳盗刻石》笔意
纸上烟云笔底功，篆真隶草韵相通。
抒情写意随心迹，不与时风世俗同。

阳泉使者舍熏炉铭

陈介祺先生认为《阳泉使者舍熏炉铭》是西汉产物（有学者则认为系东汉之器），制作年代为“五年”，不知为汉代何年。根据书风推测，一般当作西汉隶书。此隶书介于篆隶之间，北京图书馆藏有拓本。汉代铜器铭文镌刻八分隶书者很少见，因而此铭弥足珍贵。《阳泉使者舍熏炉铭》其铭文为：“阳泉使者舍熏庐（炉），有般及盖，并重四斤□□。□□五年，六安十三年正月乙未，内史属贤造。雒阳付守长则，丞善、掾胜、传舍啬夫兑。”

铭文共存46字，其结体修长扁阔，体随字势。点画线条粗细皆用基本等同的线条构筑而成，并用较为开张外拓的撇捺向左右伸展。如“史”“般”“者”“长”“造”“兑”等字尤见纵逸奔放；“月”“正”“善”“四”“并”“属”“啬”等字则十分内敛含蓄。息心静气，两相映照，参差错落，这是最具隶书特色之处。铭文字体以匀称自然为准则，其点画线条之所以无粗细、轻重与提按的变化，主要原因是用快刀在坚硬的铜器上凿刻而成，故放中有敛，瘦劲但不轻率，行处有留，刀笔相融。结体笔画多呈伟岸修长之姿，少呈扁平方正之状，似未刻意经营，尽现布白自然天趣。字里行间流动着一种郁勃肃穆之气。这样古朴端庄的古隶书风，受到书家的喜爱。

临习此铭技法的要旨如下：

其一，横画、竖画的临写要做到逆入回出，行笔平直涩行，收笔可略作顿收，也可尖收或平收。有些横画略向上或略向下作弯弧状，临习时应注意这些铭文细微的变化，不要写得千篇一律。

其二，撇捺与弯钩的临写，在其伸展到位之后，收笔应作回笔之势，如“者”“般”“五”“未”“长”“掾”等字的撇捺，较为平直，而“史”“庐”“付”“则”等字的撇捺与弯钩，较为圆转。捺笔的收笔有些可作顿收，略呈燕尾的意趣。

其三，铭文结体的临习，要注意匀称工稳，笔随字势，字聚笔势，“阳”“庐”“五”“盖”“正”“雒”“四”“善”等字，均带有厚重的篆书笔意，主画的转折处方中寓圆，各得其姿。

其四，由于点画起伏变化的差异不大，笔画几乎像小篆的“一根线条”书法一样，少有波挑。故此铭文临习书写时要侧重书体的神采与气韵，我们要把临习当创作，认真对待，一丝不苟，每天坚持，少而精，但每个字必须写好。养成良好的习惯，这正是笔者一直所鼓励与倡导的。40 多个铭文，每次通临一遍，“依样画瓢”既注意墨色也注意款式，有规矩又有法度，坚持下去必见成效。临习西汉隶书《阳泉使者舍熏炉铭》，我建议可与《上林鼎铭》《临虞宫铜镫铭》《绥和元年雁足镫铭》结合临习，因它们之间书风格调类近，有诸多特色与元素相通，可以汲取各家长处，共享精华。书写使用长锋兼毫笔，或稍硬一些的笔锋为宜。

创作隶书作品就整体款式而言，无论是条幅还是横披，一般是左右靠紧，横向成列，作品文字上下之间则拉开距离，形成一定的空间。有些作品不是这样，文字上下靠近，纵向成行，而左右拉开距离，横向形成一定的空间。当今或近现代的隶书作品一般取前者的形式，后者的形式较为少见。然而，《阳泉使者舍熏炉铭》的款式却正是上述后者的形式，纵向成行，横向无列，铭文文字上下紧密，左右疏朗。笔者在正式创作书法作品时，觉得上述款式毕竟不多见，还是按照传统的形式书写作品为好，以便与大众审美保持一致。

“铁塔凌空说变迁，四方星斗绕崇巅。扶栏登上十三级，看破红尘日落前。”乃予自撰七言绝句《晚登开封铁塔有感》一首。采用条幅形式书写创作，说实话我对西汉早期的隶书情有独钟，它骨骼刚健、点画直率、结体奔放，不仅易记、易临、易出效果，且易于创作。因而笔者在创作此作品时，完全是背帖自行挥毫书写而成，以飨读者参考鉴赏。

《阳泉使者舍熏炉铭》铭文

阳泉使者舍薰庐（炉），有般及盖，并重四斤□□。□□五年，六安十三年正月乙未，内史属贤造。雒阳付守长则，丞善、掾胜、传舍啬夫兑。

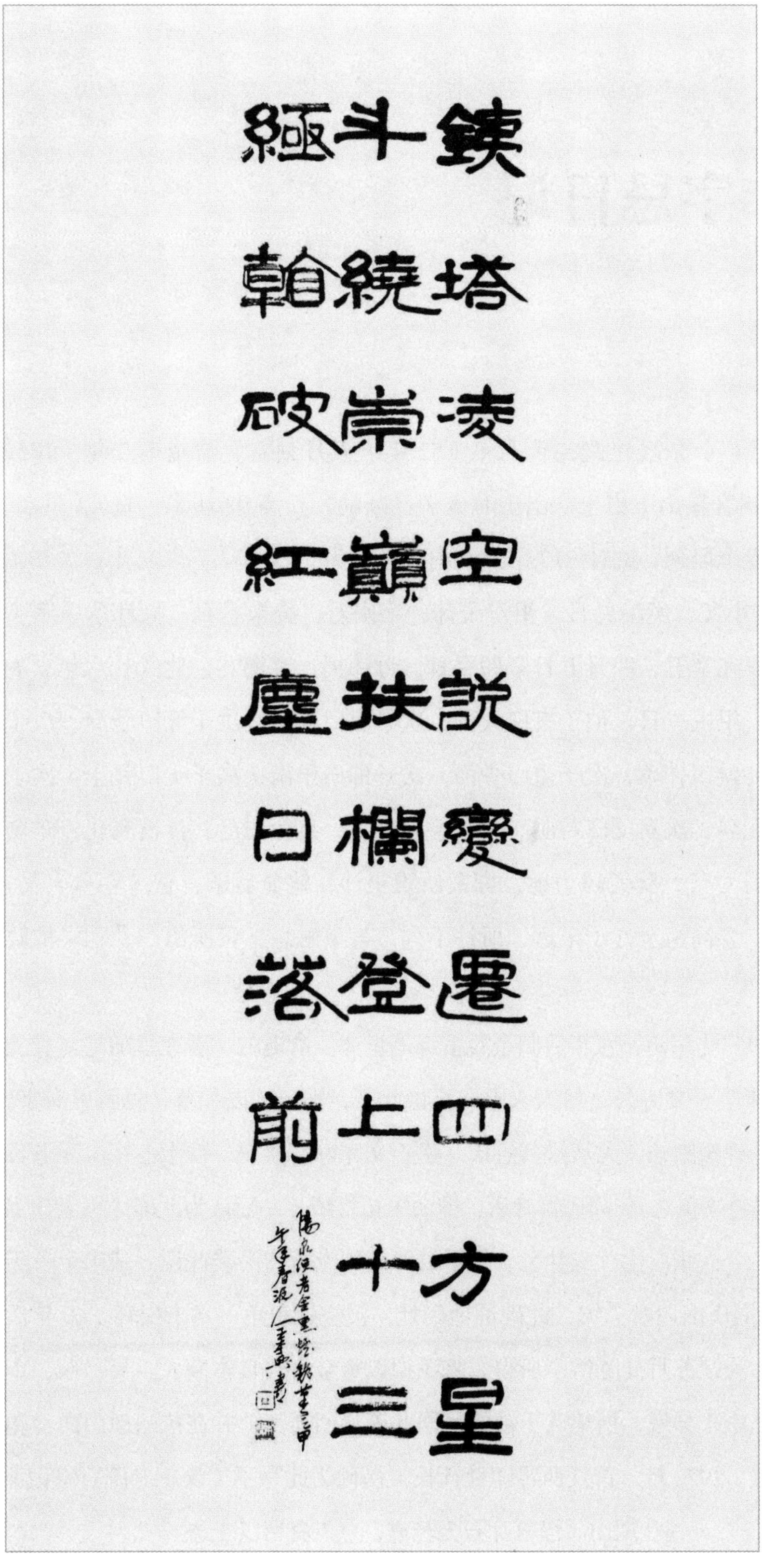

七言绝句《晚登开封铁塔有感》王本兴撰并书

《阳泉使者舍熏炉铭》笔意

铁塔凌空说变迁，四方星斗绕崇巅。

扶栏登上十三级，看破红尘日落前。

三老讳字忌日记

《三老讳字忌日记》东汉建武二十八年（52年）五月刻立。清咸丰二年（1852年）五月在浙江余姚客星山下出土。出土时碑额已断缺，石高93厘米，宽42厘米，碑文分左右及上下五个段列，共计217字。其内容全文为：

“三老讳通，字小父，庚午忌日，祖母失讳，字宗君，癸未忌日。掾讳忽，字子仪，建武十七年，岁在辛丑，四月五日辛卯忌日，母讳捐，字谒君，建武廿八年，岁在壬子，五月十日，甲戌忌日。伯子玄曰大孙，次子但曰仲城，次子纡曰子渊，次子提馀曰伯老，次子持侯曰仲雍，次子盈曰少河。次子邯曰子南，次子士曰元士，次子富曰少元，子女曰无名，次女反曰君明。三老德业赫烈，克命先己。汁稽履化，难名兮，而右九孙，日月亏代，犹元风力射，邯及所识祖讳，钦显后嗣，盖《春秋》义，言不及尊，翼上也，念高祖至九子未远，所讳不列，言事触忌，贵所出严及□，敬晓末孙，□副祖德焉。”

此碑出土后，初归沈宗昉，六年后归余姚富绅周世熊。俞樾的《春在堂随笔》卷二有这样的记述：“咸丰壬子夏五月，村人入山取土得此石，平正欲以甃墓，见石上有字，归以告余。余往视，碑额断缺，无从辨其姓氏。幸正文完好，共得二百十七字。因卜日设祭，移置山馆，建竹亭覆之。”周氏得碑后，即命工拓百纸，一般认为此即《三老讳字忌日记》之初拓本。今人张彦生、王壮弘、马子云等校碑专著均沿袭此说。咸丰十一年（1861年）因战乱，周氏旧屋遭火灾，此碑铺地砌灶，被烧黑一角，幸未损坏。60年后又辗转到了上海，后为江苏丹徒陈渭亭所得。陈氏拟以重金售与日本商人。吴昌硕、丁辅之闻之，犹不忍其沦于异域，捐集八千银圆赎回此碑运回浙江，并在杭州孤山西泠印社内辟三老石室专藏。1922年，首任西泠印社社长吴昌硕为此写了《汉三老碑石室记》：“三老神碑去复还，长教灵气壮湖山。漫言片石无轻重，点点犹留汉土斑。”

三老是汉代掌教化的官职，此碑为三老第七孙名邯者所立，旨在让后代子孙在言语文字上知所避讳，并记住祖先的德业，记住祖先的忌日，便于后人祭祀，故称《三老讳字忌日记》。此碑书刻皆系乡民所为，并非文人手笔。其书体具有浑厚质朴的气息，点画结体间充满篆书的意趣。此碑不仅具有重要的历史价值，而且具有很高的学术价值。

碑中右上二列和左列三行字的风格一致，波画伸展，中宫收紧，横撇较长。右下两个段列，字迹稍大，宽绰疏朗，四角饱满。文字皆是生者的名字，与上方的以示区别。亦有可能书写者在书写此段列时，情绪波动变化，进而无意间改变了书体。清代李葆恂《三邕翠墨簃题跋》云："此刻书势屈蟠生动，于诸汉隶中最有笔法可寻。"临写此碑的重点也应放在"屈蟠生动"上。

一、横画

原刻石线条系用单刀正锋凿刻，呈"锥划沙"效果。加上年久日远，字口剥落，显示出拙朴逆涩之势。横画的末端还微微翘起，隐含倔意。横画落笔时逆锋入纸，然后抑扬顿挫，有节律地行笔，至尾部收笔时向上回锋圆收。竖画的用笔与横画相近，只是收笔处可稍提笔回收，使点画挺拔一些。

二、撇画

撇画用长长的弧形线条流荡而出，与后来的《石门颂》等碑帖之撇画一样，飘展多姿。起笔抢势逆入，后向下带弯推行，收笔大多系回锋圆收。

三、捺画

原石中有一部分捺笔如撇画一样，圆起圆收，有一部分则系用双刀刻成丰肥的捺脚，波势明显。故在临写时要笔力下按，然后提锋出笔，顺势带出波脚。

四、结体

上三列文字的主笔要做到纵横伸展自如，而其他笔画向中宫敛收，结体要写得内紧外松。下二列，中宫匀称疏朗，留白较多，点画之间的距离较大，线条都辐射到四角，笔笔送到位。亦可采取融会贯通的手法，将五个段列距离拉近，写成同一个体势。

下面说一下《三老讳字忌日记》书体的创作方法，我们不妨把作品的基调定在古朴、飘逸的韵味上。古朴飘逸既是此碑的特色，也是我们在挥毫书写时可以寄情抒怀的手法。在古朴之中可以注入屈蟠与拙涩之趣；在飘逸之中可以注入舒展与纵放的笔调。

吴昌硕《汉三老碑石室记》之诗："三老神碑去复还，长教灵气壮湖山。漫言片石无轻重，点点犹留汉土斑。"非常简明扼要，读来令人沉思。我以此诗为作品内容，取四尺整宣为作品载体，写成中堂形式。无论是内容与文字，都有着深厚的内涵与意义，用此碑笔意创作作品，以志《三老讳字忌日记》不平凡的传奇经历。在书写创作时，我用笔逆入回出，有轻有重，有捷有涩，抑扬顿挫，不拘小节。我尽力做到挥洒自如，让墨色分成浓淡枯湿的层次，结体有大有小，努力使作品更有节律、更为生动。

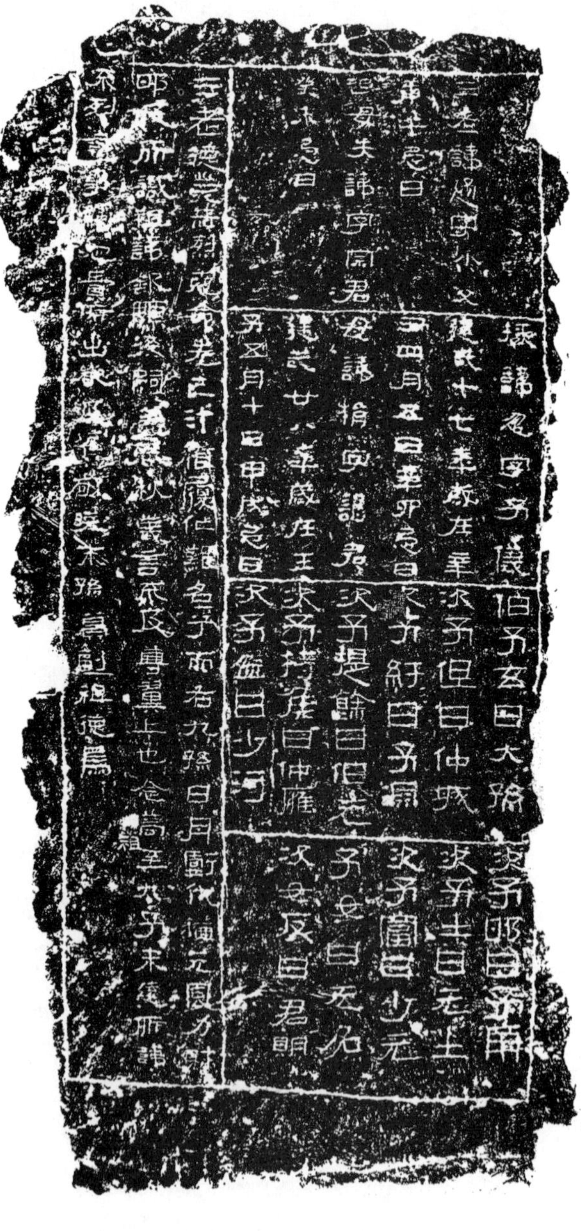

三老讳通字小父
庚午忌日
祖母失讳字宗君
癸未忌日

掾讳忽字子仪
建武十七年岁在辛
丑四月五日辛卯忌日
母讳捐字谒君
建武廿八年岁在壬
子五月十日甲戌忌日

伯子玄曰大孙
次子但曰仲城
次子纡曰子渊
次子提馀曰伯老
次子持侯曰仲雍
次子盈曰少河

次子邯曰子南
次子士曰元士
次子富曰少元
子女曰无名
次女反曰君明

三老德业赫烈克命先己汁稽履化难名兮而右九孙日月亏代犹元风力射
邯及所识祖讳钦显后嗣盖春秋义言不及尊翼上也念高祖至九子未远所讳
不列言事触忌贵所出严及□敬晓末孙□副祖德焉

《三老讳字忌日记》碑文

《三老讳字忌日记》集字

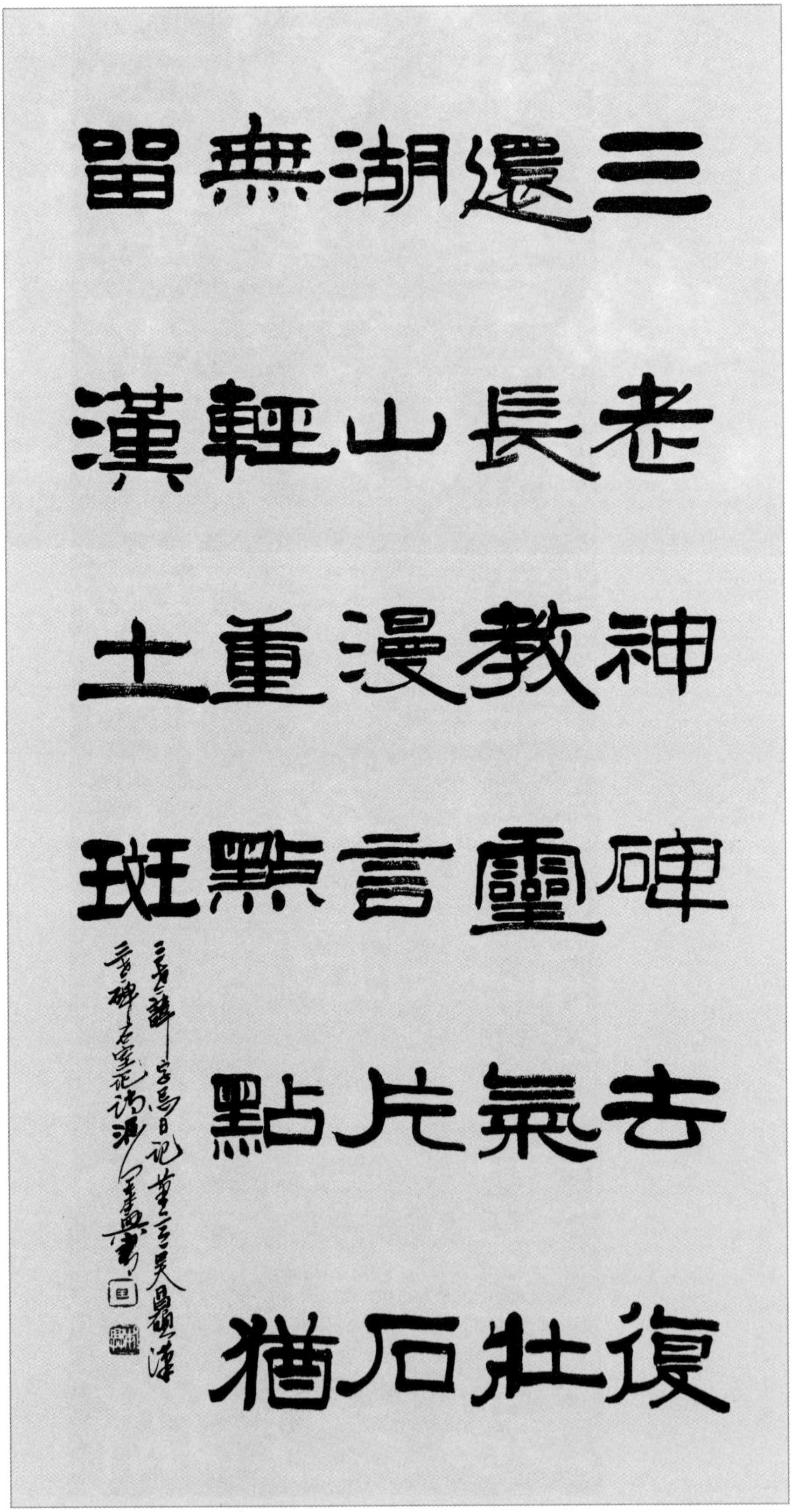

吴昌硕诗《汉三老碑石室记》王本兴书

三老神碑去复还，长教灵气壮湖山。
漫言片石无轻重，点点犹留汉土斑。

何君阁道铭

东汉隶书《何君阁道铭》又称《蜀郡太守何君阁道碑》。刻立于东汉建武中元二年（公元 57 年）。久佚，2004 年 3 月在四川省荥经县境内被重新发现。此铭刻在荥经县西 30 里古栈道左侧石壁上，下临荥经河。铭石高 65 厘米，宽 73 厘米，有边框，刻隶书 7 行，每行 6 至 9 字不等。

宋代洪适称《何君阁道铭》："字法方劲，古意有余。"此石系方折隶书，刚健挺拔，张力四射，精气饱满，结体方正宽疏。全篇字形以扁取胜，布白匀称萧散，宽绰大气。构成了整体形象的细劲凝练、动静相宜的氛围。字势横向拓展，间架扁方开阔，虽然撇捺没有过度伸展外延，但四角撑满，笔笔到位，外廓的方正匀称与结构内在的空灵，既显示了力度与气势，又给人以丰满、粗犷、开放的感受。有一点值得注意，由于这些字体结构开放，笔画恣肆伸展，如"道""春""掾""造"等字，所以字的重心发生了变化，比例不合常规，它们以粗劲、简练、稚拙的形式展露其活泼与天趣。《何君阁道铭》的笔画线条很有特色，撇捺横竖粗细基本一致，简洁明快，且线条较为平直，偶有波挑与蚕头燕尾的笔法，似是小篆遗风。然其妙处在拙中藏真、直中有曲、方中寓圆的处理上。其点画的每一个线条上，都隐含着多变的曲意拙趣，它与东汉永平六年（公元 63 年）的摩崖刻石《开通褒斜道刻石》有异曲同工之妙，又有"异工同曲"之韵。

尽管《何君阁道铭》刻石文字不多，有所漫漶，但文字犹辨，神韵未损，在汉隶领域里以方正、浪漫、古拙独树一帜，书风独具一格，一直受到人们的喜爱。现将临习要点介绍如下：

一、横画

横画较为平直，中途不带弯势，很少带波势，如"大""平""五""十""百"

"年""元""春""主"等字。落笔要用锋尖逆入着纸，然后迅速翻折过来，向右中涩行，淹而有留，行而带涩的运行。手抓毛笔的位置可略高一些，像这样骨架开阔疏朗的书体，临写时要做到悬腕悬肘，以利于动作的幅度顺畅。行笔时要断断续续地捻动笔管，裹住中锋，使线条具备毛、松、涩的特点。收笔大多回锋平收，或提锋回收。

二、竖画

竖画与横画基本相同，只是方向不同而已，如"守""平""十""月""陈"等字。抢势逆入，下行不作过多提按，垂直向下运笔，收笔回收或提收。竖画一般不长，不过于粗壮，比横画略显细劲一些。

三、撇画

撇画有斜撇，如"八""元""春""九"等字，皆比较短促，收笔略作顿按并回锋。另有竖弯撇画，如"大""将""袤""丈""史""徒"等字。先向下竖向运行，然后向左弯曲撇出。曲笔的弯势很自然，且充满弹性与张力，给人一种飞动的感觉。

四、捺画

《何君阁道铭》刻石的捺画有走之捺、心钩捺、乙挑捺等形式，捺挑虽然比较平缓，与整个笔致粗细反差不大，但棱角分明，尤具楷意，书写时逆锋入纸，平直斜向右行，顿而上提，顺势踢出燕尾波挑，如"大""遣""道""丈""八""建""武""九""就""史"等字。

五、折画

折画大多用方折之笔，可先写横画，再调锋转笔向下写竖画，横尾竖头紧连在一起。转折写得都比较方正锐利，如"守""临""道""阁""用""百""月""中""九""史"等字。有的转折则相对圆转，以圆润取胜，如"郡""君""邛"等字。圆转处要求用笔随弯带弯，笔随线走，委婉自然，不露痕迹。

六、点画

点画有平直式横向短点，实际形态如同缩短的横画，如"平""年"字，用笔与横画同。另有带势向的斜点与直点，如"六""就""陈"等字，如同缩短的撇捺之画，用笔亦可参照撇捺之笔法。

七、结体

结体要把握好疏朗、匀称、宽绰的特点。用笔要放松铺开，平直瘦劲，不要过多的屈曲起伏。需强调的是结体的四角必须撑满，中宫保持宽博空灵，文字周边的点画都不过多的伸展奔放。部首之间有时违反常规，违反原有的比例，以夸大或缩小、稚拙或张扬的形式展现。如“郡”字“口”字部特别小，“君”字部上方夸张放大，“道”字的走之不按隶书的常规写，用多个半圆形曲画即类似“3”字的形态书写，“春”字的“日”字部写成三角形形式。临习此碑，做到形似尤为重要，不能操之过急，如果没有脚踏实地地走完形似的临习之路，最后反而会适得其反，得不到理想的效果。

临摹的作品是融入了其个人情感、秉性，可谓之为初级创作。进一步而言，真正意义上的创作，是在某种物质形态与形质的基础上再生产，是在强烈书写表现欲望促使下，派生出一种由物质精神转化为精神物质的新型形式。书法爱好者从临摹到创作应认真坚持，刻苦努力，渐入佳境，进入这样的氛围里。笔者就是一次又一次地在这样的氛围里进取与尝试，从不放弃。

《何君阁道铭》的书写创作，首先确定创作内容，解决写什么的问题。其次是根据内容再确定作品尺幅与形式，解决作品大小的问题。再次是准备好相应的纸、笔等材料，包括叠格、查字等准备工作，解决如何写的问题。最好预先在与作品同样尺幅的其他纸上模拟试写，以达熟能生巧，得心应手，之后才正式创作书写。笔者用“势利纷华，不近者为洁，近之而不染者尤洁；智械机巧，不知者为高，知之而不用者为尤高。”书写作品共计 35 字，作品用四尺整宣，取中堂的形式。叠格成纵向五行，横向七列，满格、满行书写，落款布白则安排在作品两侧。

《何君阁道铭》碑文
蜀郡大守平陵何君
遣掾临邛舒鲔将
徒治道造尊楗
阁袤五十五丈用
功千一百九十八日
建武中元二年六月就
道史任云陈春主

《何君阁道铭》局部

《菜根谭》句　《何君阁道铭》笔意　王本兴书

势利纷华，不近者为洁，近之而不染者尤洁；智械机巧，不知者为高，知之而不用者为尤高。

开通褒斜道刻石

《开通褒斜道刻石》全称《汉鄐君开通褒斜道刻石》，俗称《大开通》，东汉永平六年（公元 63 年）的摩崖刻石。记述汉中太守鄐君受诏承修褒斜道之事。石高 270 厘米，宽 220 厘米，四周留有凸边，共存 97 字。字径有 9 至 16 厘米不等，有文无题，故只能以文义命名。碑文内容为：“永平六年，汉中郡以诏书受广汉、蜀郡、巴郡徒二千六百九十人，开通褒余道，太守钜鹿鄐君部掾冶级、王弘、史荀茂、张宇、韩岑等兴功作，太守丞广汉杨显将相用□，始作桥格六百卌三□大桥五，为道二百五十八里，邮亭、驿置、徒司空、褒中县官寺并六十四所，□凡用功七十六万六千八百余人，瓦卅六万八千八百。”

据记载，此石在陕西褒城之北的石门溪谷道中，至南宋绍熙末年（约 1194 年），官任南郑令的晏袤才发现，并刻释文于旁。可惜这么有价值的发现一直未被人们重视，再次被苔藓掩埋，直到 700 年后的清代，被金石学家兼巡抚之尊的毕沅重新发现，遂为世所重。现存汉中博物馆。

此石系方折隶书，气魄非常宏伟。张力四射，精气饱满，结体方正宽疏。全篇字形广狭方正，参差不齐，构成了整体形象的飞扬流动。字势横向拓展，间架扁方开阔，即使是方形的字亦四角撑满，外廓的茂密与结构内在的空灵，既显示了力度与气势，又给人以丰满、粗犷、开放的气息。有一点值得注意，由于这些字体结构开放，笔画恣肆伸展，如“通”“郡”“开”“守”等字，其重心发生了变化，比例不合常规，以粗劲、简练、稚拙的形式展露其活泼与天趣。《开通褒斜道刻石》文字的笔画线条很有特色，撇捺横竖粗细基本一致，全文用一分书写成，简洁明快，且线条大部分较为平直，几乎是没有波挑与蚕头燕尾的笔法，似是小篆遗意。然其妙处却在拙中藏真、直中有曲、方中寓圆的处理上。其点画的每一个线条上，隐含着多变的曲意拙趣，这正是刻石整篇作品活脱飞动、不板不滞的重要原因。

尽管刻石风化剥蚀严重，但文字尤辨，神韵未损，苍莽有加。它开创了汉隶放纵、浪漫、独特的书派，故一直受到人们的喜爱。杨守敬《激素飞清阁评碑记》云："按其字体长短广狭，参差不齐，天然古秀若石纹然，百代而下，无从摹拟，此之谓神品。"

临写此碑应选择羊毫或兼毫笔，锋颖可长一些。此石文字线条平直瘦劲，少有波挑，而线条的质量较高，不仅在直中求曲，而且其本身的粗细拙涩变化极为微妙。临习此石文字用笔实际上只有三种情况：直笔、曲笔、折笔。

直笔的临写包括横竖及不带弯曲的斜笔。落笔要用锋尖逆入着纸，然后迅速翻折过来，淹而有留，行而带涩的运行。手抓毛笔的位置可略高一些，像这样骨架开阔疏朗的书体，临写时都要做到悬腕悬肘，以方便动作顺畅。行笔时要断断续续捻动笔管，裹住中锋，使线条具备毛、松、涩的特点。收笔大多回锋平收，或提锋回收。

曲笔的临写在毛笔的起落上与直笔的临写基本相同，只是行笔中途须调锋转向运行。曲笔的弯势很自然，且充满弹性与张力，给人一种飞动的感觉。

折画的临写大多用方折之笔，可先写横画，再换笔写竖画，横尾竖头紧连在一起。也可不换笔，在横画到竖画的转角处，提笔转锋往下，转折写得都比较平方锐利。

结体的四角必须撑满，中宫保持宽博空灵，文字周边的点画都比较伸长夸大，部首之间有时违反常规，违反原有的比例，以粗犷、稚拙、张扬的形式展现。此碑临习阶段做到形似尤为重要，不能操之过急，做到一步一个脚印，才能达到理想的效果。

作品中"开""通""道""君"四字，横竖画较多，如果临习者将横画都写成平正的，势必呆板，故书写时把握好粗细轻重，在直中取些许斜势，安稳中取些许飘展。而"通""道"二字的走之旁短小却很协调。"通"字的"甬"部，"开"字的"门"部，"君"字的"尹"部特别要夸张放大，使其奇伟之气咄咄逼人。此外，"口"字部的封口较为严实，方中寓有圆意，在书写创作时必须顾及。隶书作品的形式一般纵横有序，且横向紧密，纵向拉开字距。此临作亦按照这样的传统方式布白。

笔者一直视临摹作品为一种书法创作，临摹出的作品因在书写时忽多忽少融入了个人情感、秉性，也可谓之为初级创作。真正意义上的创作，是在强烈的表现欲望的促使下派生出的一种有形意象，其形式是由物质精神转化为精神物质良性的自由转变。从人的心理结构看，书法创作必须富有想象力，临习者在临摹碑帖的实践中积累了多种感受和刺激，通过想象形成一个意象，待这个意象达到了一个完整体系后，在激情作用下，这种意象就会通过某种形式表达出来，从而完成作者人格魅力的自我体现。书法创作应当说是表现人格魅力的最佳方式之一，既可以达到精神表达的根本目的，又将意象和能量转换为新型的艺术。这是人精神的高度升华，也是人各种情绪合理自然的完美表现。所以，书法创作是一种最高级、最快乐、最神圣的精神性劳动。

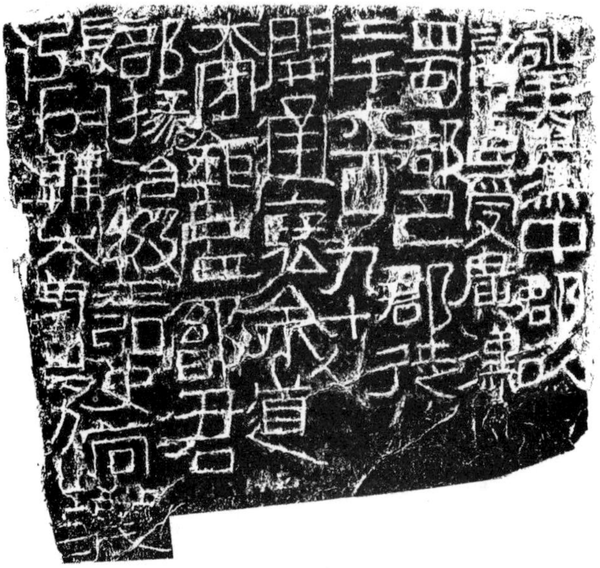

《开通褒斜道刻石》石刻文
永平六年汉中郡以
诏书受广汉
蜀郡巴郡徒
二千六百九十人
开通褒余道
太守钜鹿鄐君
部掾冶级王弘史荀茂
张宇韩岑等兴功作

太守丞广汉
杨显将相用□
始作桥格六百卅三□
大桥五为道二百五十
八里邮亭驿置徒司空
褒中县官寺并六十四所□
凡用功七十六万六千八百
余人瓦卅六万八千八百

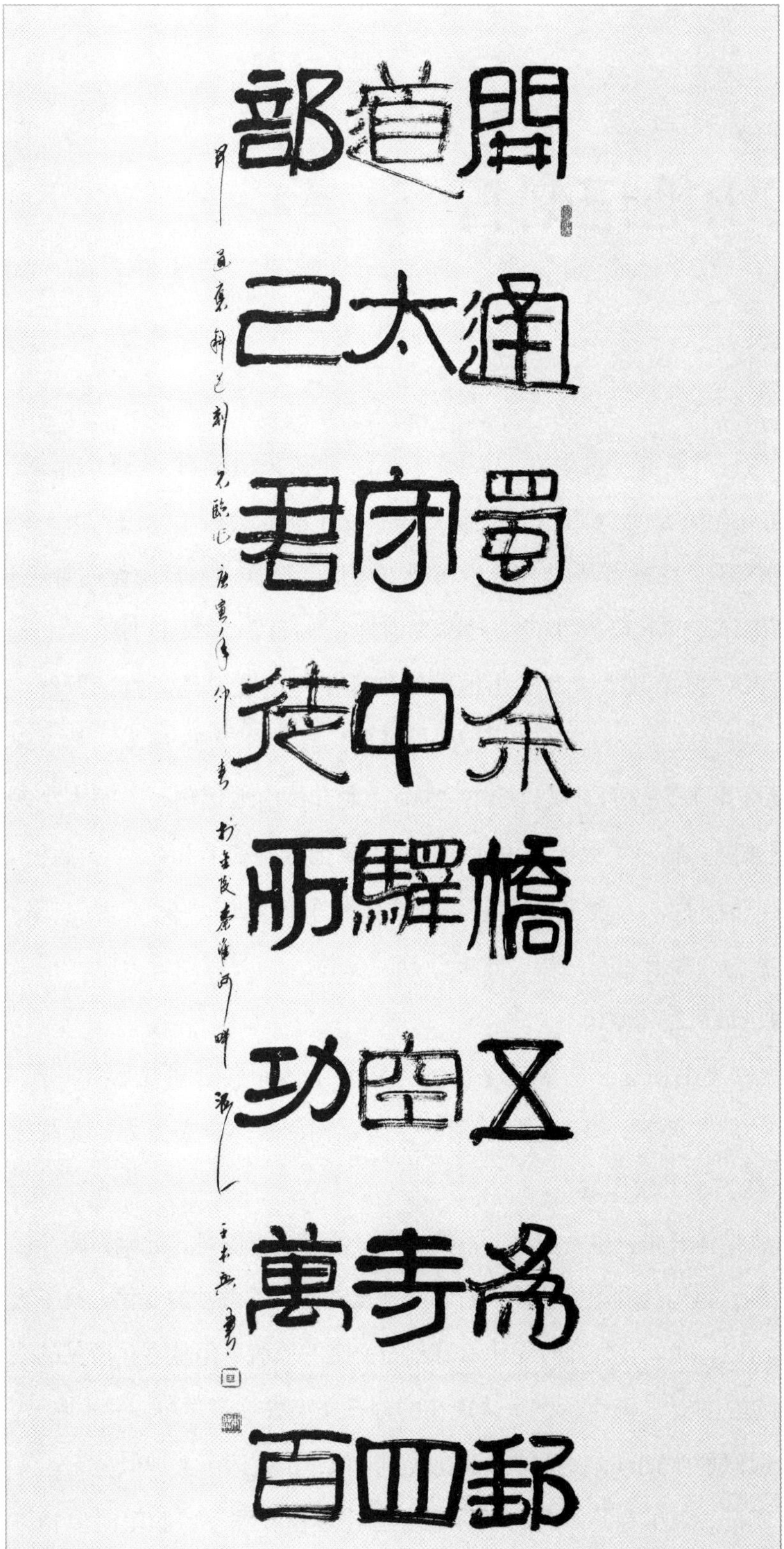

节临《开通褒斜道刻石》王本兴

大吉买山地记刻石

《大吉买山地记刻石》又称《昆弟六人买山地记》《建初买山刻石》《跳山摩崖》《大吉碑》，东汉建初元年（公元 76 年）摩崖刻石，石立于浙江会稽（今绍兴市）跳山上。刻石在清道光三年（1823 年）被杜春生访得。清代陆增祥《八琼室金石补正》记述：“拓本高四尺五分，广五尺五寸。”《大吉买山地记刻石》为隶书书体，上刻“大吉”二字，刻文为：“昆弟六人，共买山地。建初元年，造此冢地。直三万钱。”下列 5 行，行 4 字，共计 22 字。每字字径约为 17 厘米，最大者为 23 厘米，凡汉隶书字体存世者素以此为最大，故而有汉代榜书之称。《大吉买山地记刻石》字大小参差，错落有致，方圆兼顾，临习《大吉买山地记刻石》要把握好如下几点：

其一，此隶书自然率直，天趣横溢，毫无刻意做作痕迹。如“买”“地”“弟”“万”等字显得朴实憨厚，多有稚态之姿，迥异于庙堂文字。临习时逆锋入纸，铺毫涩行，少提多用按力，最后回锋收笔。

其二，此刻石虽以隶书而名，但颇具篆法，尤其是结体圆转处可见。如“昆”“买”“地”“三”“山”“此”等字，可谓通体皆显篆法者，构形筑体仪态万方，无拘无束，起讫转折一任自然，不见做作造次。

其三，用笔厚重，结体开张，字大盈尺，古拙生动。值得注意的是，此刻石距今已 2000 多年，岁月的磨砺，风雨的剥蚀，已使刻石的线条点画产生了微妙的变化，有了天人合一的特殊效果。所以，我们在临写时无法追寻刻石文字的原貌，但从现在所见的线条完全可以领略其当初的神韵。就字论字，从现在的刻石文字去临摹学习，并不吃亏。临写力求做到形似，形似是神似的前提条件，不能做到形似，也就谈不上神似。

《大吉买山地记刻石》隶书在临摹时，要注意竖画比较粗壮浑厚，收笔时要稍许用力下按，故刻石中“年”“弟”等字竖画呈上细下粗之状。横画较为平直，很少有下弯的弧笔，两端略往上翘，收笔大多呈圆势，少有燕尾之状，凸现出篆书的线质与意趣。而撇捺则飘逸舒展，极为放松与夸张。如“六”字的捺笔，书呈三角形状，呈现了与众不同的气势；“初”字的衣部上下缩短，让出空间与余地，使“刀”字部可以长长地向左下方伸展出去。临摹时还要注意结体的变化：文字要有大有小，如“人”“直”“三”等字较小，“弟”“买”“此”“年”“地”等字较大；有方有圆，如“昆”“买”“万”“直”等字以方为主，“弟”“地”“初”“此”等字以圆为主；有长有短，如“弟”“买”“建”“年”“万”等字上下之间较长，“人”“造”“山”“三”等字上下之间较扁较短。此外在临习时还要注意文字的动向与体势：如“买”与“万”字，这是应当写得比较平实与端庄的字，但它们却由右上向左下倾斜；“钱”与“地”字则由左上向右下倾斜。这些丰富的变化形成了强烈的反差与对比，使隶书充满了灵动活泼、节律与动感。

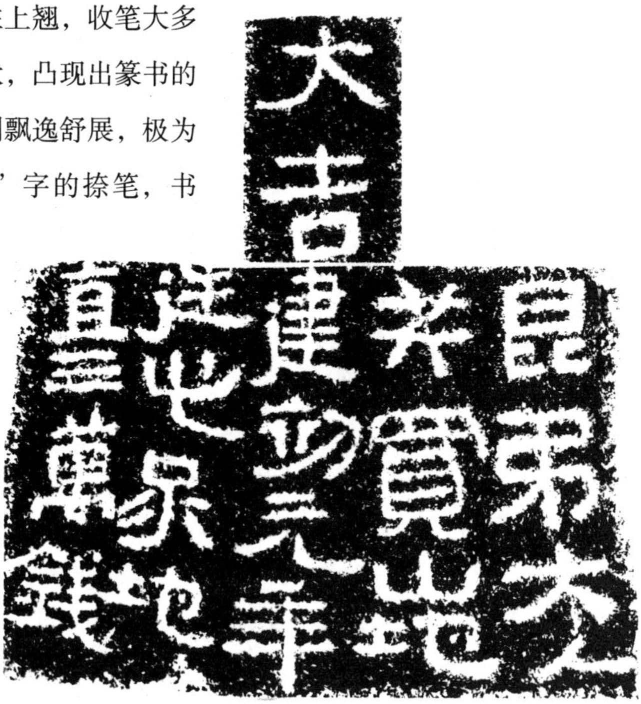

《大吉买山地记刻石》
大吉 昆弟六人 共买山地 建初元年 造此冢地 直三万钱

东汉隶书《大吉买山地记刻石》与西汉五凤二年（公元前 56 年）刻立的《五凤刻石》，书风格调有诸多共同之处，临习时可以互相参考、互相借鉴。

在临习摹写的基础上，我们可以尝试着进行书法作品的创作。如笔者所书“昆弟同心”，系集字笔意创作，前二字可仿照原刻石文字书写，后二字则根据原石笔意创作书写。值此说明的是，作品的文字在刻石中若能对应找到，那么不妨参考借鉴，若找不到，就按照原碑帖点横撇捺之笔意，自由发挥。在创作这个语境中，我们并不是把刻石中的文字原貌原样在作品中再现，而是根据艺术创作的特殊要求，对每个文字的线条、结体、墨色重新进行理性的设计与布白，取其韵、取其神，才能书写创作出好作品。

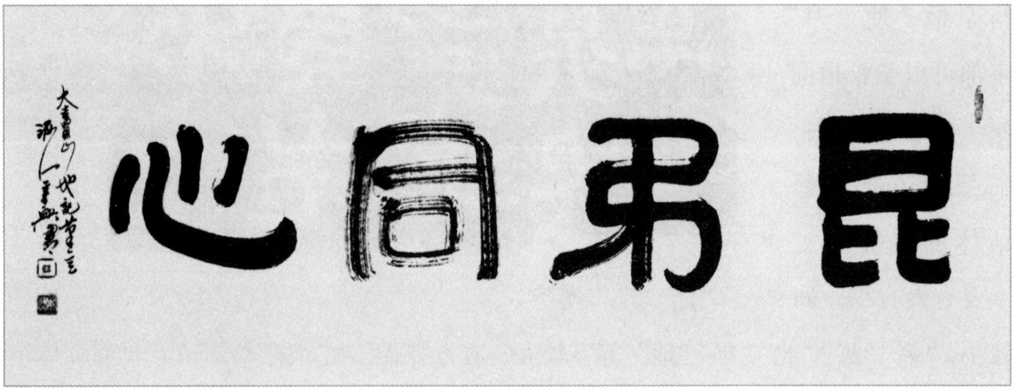

《大吉买山地记刻石》笔意 王本兴书

昆弟同心

孟孝琚碑

《孟孝琚碑》又称《孟广宗碑》《孟琁残碑》。碑高155厘米，宽92厘米，有碑额，文15行，行21字，共260字。清光绪二十七年（1901年）九月，在云南昭通南十里白泥井马氏舍旁出土，十一月移置云南昭通县（现昭通市）凤池书院。隶书书体，无年月。

一般认为此碑刻立于东汉永元八年（公元96年），罗振玉、梁启超则定为西汉河平四年（公元前25年），邓子琴、高文定为东汉永元八年，谢崇昆定为东汉桓帝永寿二年（公元156年），袁丕钧等人定为东汉初建武十二年（公元36年）。年代的争论与定论很重要，只有认定了具体的年代或大体认定了刻立的年代，才能确定隶书的书风书貌。

《孟孝琚碑》字势方整凝重，笔法的使转，结字的格调与西汉刻石相通相融。罗振玉曾言："此碑晚出，与《麃孝禹刻石》南北对峙，可谓瑰宝。"清代吴士鉴《九钟精舍金石跋尾》云："字体与《樊敏碑》甚为相似，当时西南徼风气渐染，故与中原碑碣判然不同也。"梁启超对于《孟孝琚碑》的评述是这样说的："碑中字体，有绝类今楷者，可见书之变迁。"《孟孝琚碑》整肃凝练的结体变化极为丰富，力贯文字四角。由于刻石漫漶剥泐，作品原貌已无法看清，字口也多为模糊，因此有人贬其为"疏野"而"不到位"。

实际上并非如此，刻石总体格调自然飘逸，长方、正方、扁方的形体相间相参，点画线条充满着优美的动感与姿态，散发着魅力与震撼力，有一种不可凌犯之气。就它的用笔而言，其撇捺波势极为强烈，而且已经达到了相当完美、成熟的程度。在那些风神独具的点画中，圆点、方点、直点、斜点，显得特别活泼，充满精神。各种长画、短画，粗粗细细，以不同的内涵与质感构成了《孟孝琚碑》隶书的主格调。于此，我们不得不体味到梁启超“碑中字体有绝类今楷者”之言的贴切性。

《孟孝琚碑》的结字在很多方面与常规迥异，如碑中的“经”字，左部偏旁落低，右部部首往上拔高，一低一高相距悬殊，但整体依然保持平衡完美，“失”字上半部分写得粗壮宽大，下半部分的“儿”字部写得极为短小收敛，与常规的结体完全相反，十分令人称奇，但又不觉其怪。全篇碑文基调统一，每个字都在不同程度上求变、求奇、求新、求动感、求自己的面貌与姿态。再加上石面风化，线条磨损，起到了天人合一的作用，沧桑历史有意无意地使碑刻隶书提升凝成了特有的意境与品位。

临习此碑选择长锋羊毫为宜，横画的临习须逆锋入纸，起笔可用方，亦可用圆。线条一般带一点儿弯势，短横画以平直为主。带波势的横画其燕尾姿态多样，与结体中的捺画一样，有方有圆，有的几乎呈三角形，露出锋颖，十分劲削锐利。

撇画的临写犹如捺画，毛笔往左下运行时，不断加重按力，最后顿而回收，前细后粗，有的还略呈波意，如碑中“名”“为”“孝”“于”“彦”“未”“不”“澹”等字即是。

竖画的临写亦有多种多样，主要区别在于竖画的长短、粗细与轻重方面。如“十”“平”“博”“不”等字的竖画较为平直；“未”“下”“仁”“伸”等字的竖画较为尖细；特别粗壮的竖画，有的竖画收笔时使用顿按动作，形成了上细下粗之状，如“月”“卯”“不”“中”“平”等字即是。

点画的临写用笔切忌平笔按下就算完成，应笔随点势，完善动作，圆点要将笔回转顿挫一下，方点要施以短时间、短距离的逆入回出动作，三角点收笔时要提锋回收。不同的点画施以不同的用笔动作，不可千篇一律。

临写《孟孝琚碑》的重点在结体上，因为此碑结体的变数很大，同一个字在刻石中形态皆不相同。如碑刻中至少有四个“十”，写得无一雷同，再如“月”“二”“忽”“四”“流”“仁”“孝”“不”等字，在碑刻中亦有两个以上，其结体形貌皆各不相同。临习者通过读帖、临帖，尽快地掌握此碑隶书的特点与规律，只有这样才能在下一步的背临、意临中，得心应手，左右逢源。

“博览群书”系我在临习此刻石的基础上，按照刻石笔意书写而成的创作作品。实际上刻石中有“博览”二字，书写时可以参照，“群”字可以借鉴刻石中“郡”的模式，而“书”字的形式在刻石中可参照的很多。横披的形式是书法作品中的主要形式之一。书写前只需将宣纸叠折成四格半即可，其半格以留作落款与盖章处。四个字的横披同样要体现出墨色的浓淡，布白的虚实，结体的敛放等传统要素。

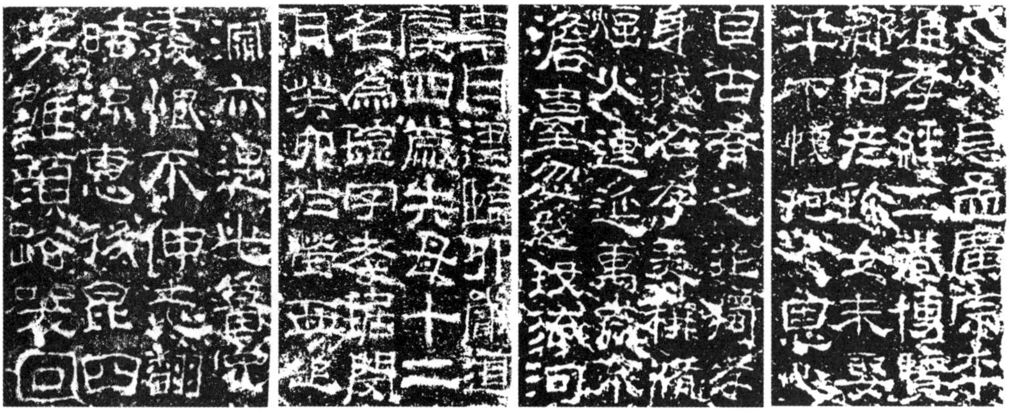

《孟孝琚碑》局部

《孟孝琚碑》笔意　王本兴书
博览群书

《孟孝琚碑》碑文

丙申月建临卯严道君曾孙武阳令之少息孟广宗卒
遂广四岁失母十二随官受韩诗兼通孝经二卷博览
改名为琁字孝琚闵其敦仁为问蜀郡何彦珍女未娶
十月癸卯于茔西起坟十一月□卯采下怀抱之恩心
其辞曰
结四时不和害气蕃溢嗟命何辜独遭斯疾中夜奄丧
劳忽然远游将即幽都归于电丘凉风渗淋寒水北流

期痛哉仁人积德若滋孔子大圣抱道不施尚困于世
渊亦遇此畜守善不报自古有之非独孝琚遭逢百离
覆恨不伸志翻扬隆洽身灭名存美称修饬勉崇素意
时流惠后昆四时祭祀烟火连延万岁不绝勖于后人
失雏颜路哭回孔尼鱼澹台忿怒投流河世所不闵如
武阳主簿李桥字文平　书佐黄羊字仲兴
记李昺字辅谋　铃下任缧

济宁任城王墓石刻

《济宁任城王墓石刻》亦谓《济宁任城王墓黄肠石刻字》，出土于山东省济宁市任城区。任城王墓位于济宁市城北萧王庄，是东汉第一代任城王刘尚（公元84—101年在位）的墓葬，1992年由山东省济宁市文物管理局进行发掘，出土石材4000余块，大多有铭文刻字。另外在黄肠石壁内面，以及在棺床石、封墙石上也有文字铭刻。其中的地名涉及东汉任国及周围封国、郡县的名称27处。所刻书体为隶书书体。拓本有二：其一，高35厘米，宽12.5厘米；其二，高25厘米，宽亦为12.5厘米。无独有偶，与之类近的墓石刻字，还有《河北定县北庄汉墓石刻字》，此乃在1959年于河北定县（现定州市）发掘的一座规模宏大的石椁墓中发现，据考证，墓主系中山王刘焉，墓葬之年代为东汉永元四年（公元92年）。这些用来建造石椁的石材亦有4000余块，其中刻有题字的石材为174块。这些题字均无纪年，字形大小根据石材的大小略有不同，字数也多寡不等，其内容大多为工匠的姓名、籍贯及里居等，亦为隶书书体。两者风格极为一致，现将临习这些墓石隶书的具体要点介绍如下：

横画、竖画的用笔须用逆入回出的传统用笔，使用长锋羊毫，在行笔时多作淹留之势，循序渐进，写出金石的拙涩感来。捺画无波挑，皆作提锋平收或尖收，写得舒展潇洒，有的甚至拉伸很长。撇画与捺画一样圆转柔顺，有的成左右对称之状。如“尺富成曹文”（《济宁任城王墓石刻》）中的“成”与“文”字；“金乡陈能”（《济宁任城王墓石刻》）中的“陈”字即呈这样的风神。如“富成徐仲”一石刻字，大刀阔斧，左右拉开，气势特别宏大。“薛颜别”一石，虽只有三字，却大小悬殊，“别”字上端“口”字部特别放大，整个体势特别稚雅憨厚。“鲁武央武”“蕃张尉”“徐长”“无监石工浩大”等刻石文字，大小不一，长短不一，显得特别内敛生拙。这些隶书点画线条充满着篆书笔意，除了有一些粗细轻重变化之外，一般比较平直单一，起伏变化不大。如果说刻石小篆是“一根线条”书法，那么这些墓石隶书应该说是“一根线条”隶书。临习者应把握住这些特点与规律，写出它们各种体势的风采，这是临习时所追求的目标。

这些墓石文字变化多端，有大有小、有方有圆、有长有短，有放有敛，有肥有瘦，几乎是一字一个样。笔者对这些苍莽古朴、千姿百态的隶书情有独钟。我在深入临习这些王墓石刻之后，觉得创作这样的隶书作品，不能依样画葫芦，只能以原刻石素材为基础。也就是说其点画、线条、结体在不离开原碑神韵的基础上，必须被改造。我将它们统一在刻石文字的同一格调与框架之内，再将其表象特征和自我主观愿望进行融合，努力用最美的想象力、最高超的书写技巧、最好的精神状态表现出来，形成新的作品形式。这样的艺术形式既不脱离碑文原味，又不失个人主观心迹。予选择了唐代诗人元结的《将牛何处去》诗，按照上述原则，并按照隶书的传统款式书写而成。

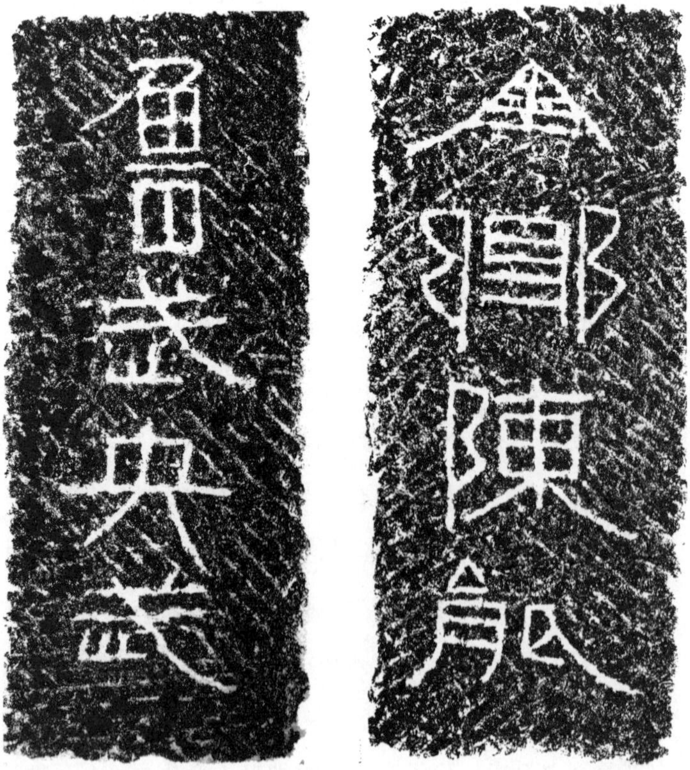

《济宁任城王墓石刻》局部碑文
鲁武央武
金乡陈能

《济宁任城王墓石刻》局部碑文

尺富成曹文

无监石工浩大

《济宁任城王墓石刻》局部碑文

平陵孙少尺

薛颜别

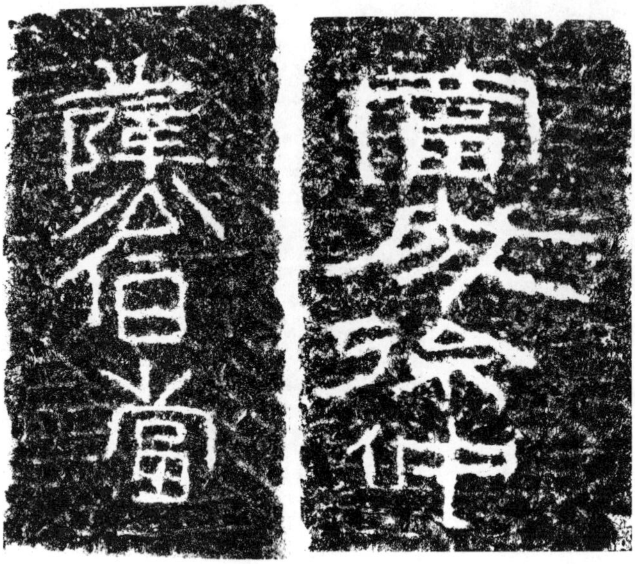

《济宁任城王墓石刻》局部碑文
薛公伯当
富成徐仲

《济宁任城王墓石刻》局部碑文
东平薛唐子
曹柏元仲华

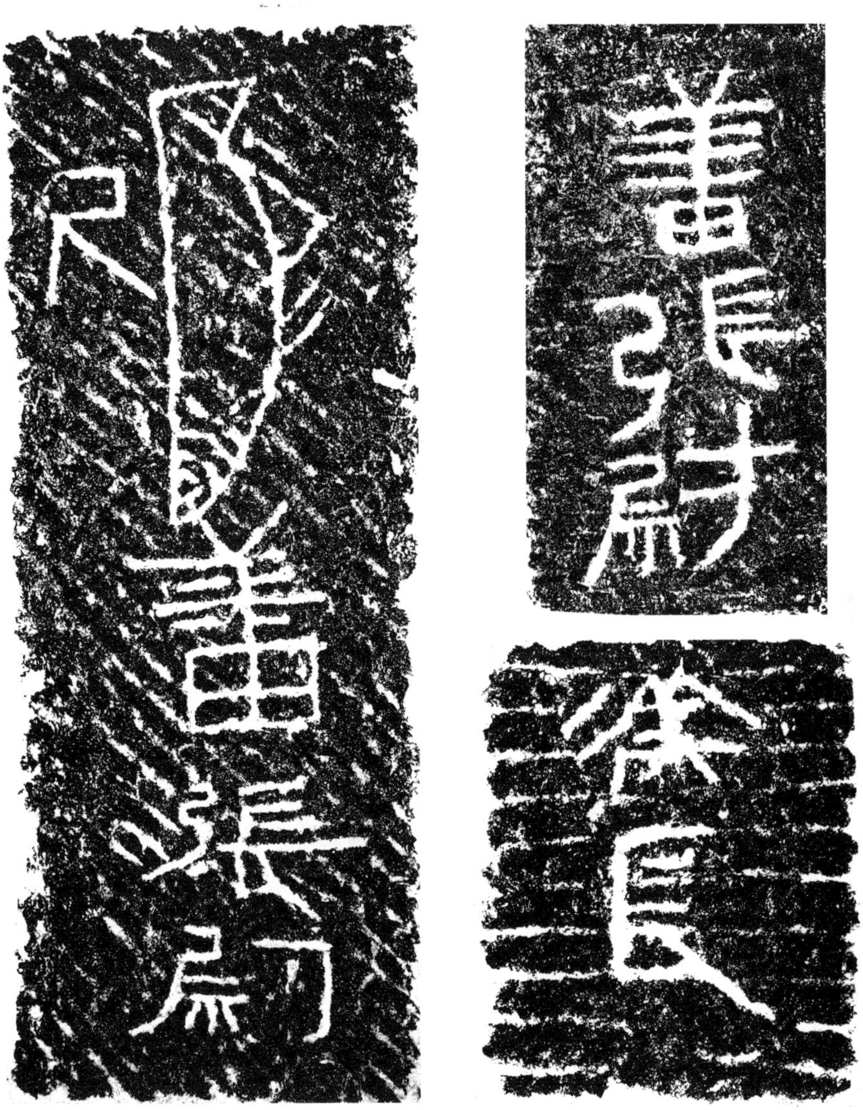

《济宁任城王墓石刻》局部碑文

蕃张尉尺

蕃张尉　徐长

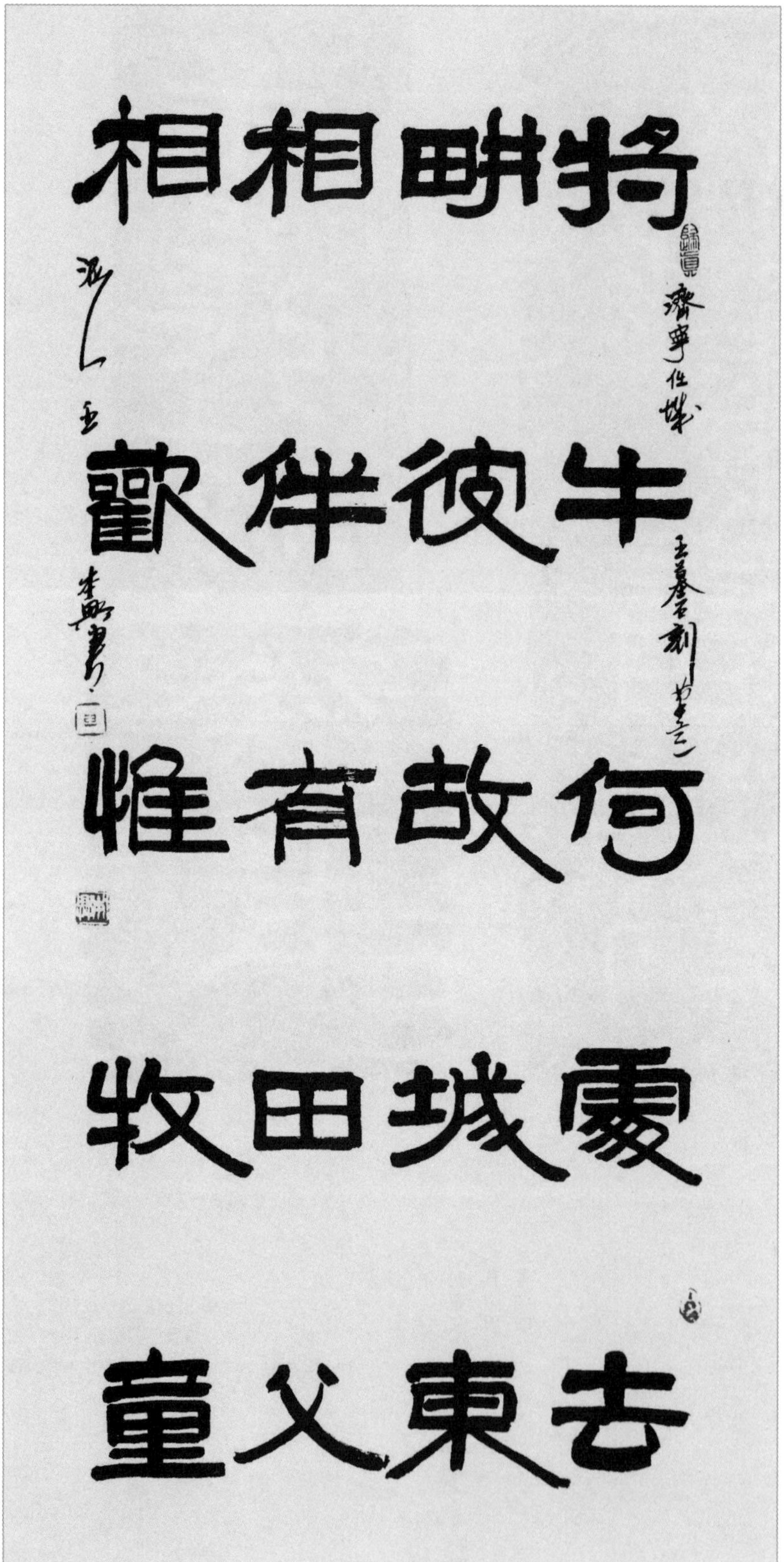

唐 元结《将牛何处去》王本兴书

将牛何处去，耕彼故城东。
相伴有田父，相欢惟牧童。

幽州书佐秦君神道石阙

《幽州书佐秦君神道石阙》之铭文，刻在秦君石阙的阙顶石、阙柱石上。此阙于东汉永元十七年（公元105年）刻立，1964年在北京西郊石景山被发现。阙顶石为阳刻隶书，3行11字，左右两阙同文，内容为“汉故幽州书佐秦君之神道”。其拓本高43厘米，宽48厘米。石阙柱石正面刻阴文隶书一行，共24字，内容为：“永元十七年四月，卯令改为元兴元年，其十月鲁工石巨宜造。”柱石侧面刻有阴文隶书7行，每行16至20字不等。拓本高188厘米，宽37厘米，7行铭文上端另刻有“乌还哺母”4字。原石高188厘米，宽40厘米。现存北京白塔寺石刻博物馆。秦君神道石阙柱石两面的书法，古拙率意，自然朴茂，可惜均已漫漶不清，大部分文字无法辨识，亦不利于临摹习写。故本文只对石阙顶石的隶书，就临习与创作问题作一介绍与阐述。

《幽州书佐秦君神道石阙》展示了一个全新的风格与面貌，在东汉隶书盛行的年代，像这样风貌的隶书，水平不算高，且刻凿者的水平亦不高。但它有两点特别之处：其一，石阙文字皆为阳刻，一般碑刻是阴刻；其二，也许为了刻凿方便，线条呈平直形状，给人的视觉观感有点儿呆板僵直，但无意中形成了一种篆刻金石味。真可谓无意处得意，不二处得工，转移、改变、提高了近两千年后人们对隶书的审美。《幽州书佐秦君神道石阙》隶书，书风雄强而有气势，方折用笔，寓圆于方，古拙挺劲，具汉代早期隶书的风韵。在汉隶中，这无疑是一种新颖而别具特色的书体。它的形成应归功于古代书刻者，将这些歪歪倒倒的结体，长短、大小、宽窄悬殊的形态，用十分强劲方峻的线条，融合了稚拙憨厚的气息，有机地组合在一起，诞生了一个非同一般的艺术载体。它的文字给人以一种混沌未开、大朴不雕的古趣，亦给人创造了一个化腐朽为神奇的意境。《幽州书佐秦君神道石阙》虽然近期才被发现，但被书界人们争相临摹，已出现了诸多佳作名手，此帖可谓是既年轻又有希望的碑帖。现将临习要点分述如下：

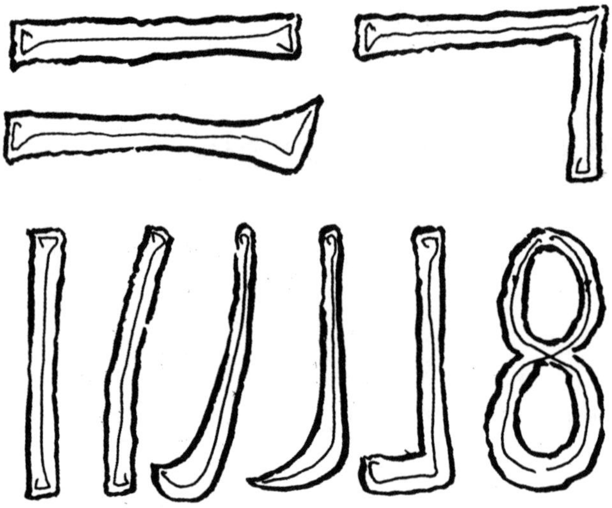

笔画临写示意图

一、横竖笔画

竖画与无波挑的横画写法基本一致，毛笔向左上逆入后，迅速往下翻折，经短促的迂回形成方头后，再往前运行。毛笔在运行时，用力基本平稳，万毫齐铺，至尾部可驻笔提收，也可像起笔一样果断折回，形成方头而收笔。

带波挑的横画则在尾部将笔下按，后顺势向上踢出，形成粗壮的波磔，刻石中带波挑的捺笔，含蓄而峻利且锋棱分明。如“故”“道”字。

二、撇画

有一种撇画粗细基本一致，只是头稍细一点儿，毛笔往下运行时，不向左撇出，反而向右弯，如“君”“秦”字，这种独特的笔致在汉隶中确实很少见。还有一种带波挑的撇画，如“故”“佐”字的撇画，临写时毛笔下按，后提锋收笔或回锋圆收即可。

三、转折

横竖转折大多用方折，且锋棱毕现，锐气十足。临写时，毛笔在转角处稍上提，转动笔管，使转角处呈方形，后再调锋往下运行。“幽”字中的“幺”部，如一个“8”字形，可一笔写成，也可分左右二笔写成，运笔时粗细、轻重、大小尽在微妙的变化之中。

将点写成竖亦是此碑的一大特点，如“汉”字的三点水，写成三短竖。此石文字不多，但结体的变化却十分丰富，有长字如“秦”“汉”等，有方字如“之”“神”等，有扁字如“州”“佐”等。而它的稚姿天趣临写时更要把握好，如“书”字，上部小，下部大，磐石一般方正稳固，“幽”字的山字特别宽大，而两个“8”字形深陷其中，趣味别具，憨厚可爱，“之”字上部大小有别，参差错落，“道”字的走之旁则自然率意。这 11 个石阙文字各个都别具姿态，气象万千，无一雷同，生趣盎然，令人耳目一新，以特有的魅力吸引着你，我们临写熟练了，触类旁通，将终生受用。

“秦汉精神”“书道千秋”是我临写此石阙时，顿有所悟，有感而发，一鼓作气书写的两件隶书作品。作品中“秦”“汉”“神”“书”“道”等 5 字，恰好在刻石中都能一一对应，可以“借字发挥”。而作品中“精”“千”“秋”等 3 字，一可参照刻石整体风格拟写，二可以参照刻石中“秦”“佐”“故”“州”等字的点画或部首书写。书法创作之所以称为创作，是因为在传统的基础上，尽力注入个人的情愫与心迹，像《幽州书佐秦君神道石阙》的隶书那样，走出时风，呈现自家特色。为此我们都应该坚持不懈地努力。

《幽州书佐秦君神道石阙》柱石正面碑文

永元十七年四月卯令改为元兴元年其十月鲁工石巨宜造

《幽州书佐秦君神道石阙》柱石侧面碑文

乌还哺母
惟乌微乌尚怀反报回况□人号为四灵君臣父子
顺孙弟二亲薨没孤悲愢恍呜号正月□□
思慕□□长□五内力□天命年寿□永百身莫□
欲厚显祖□无余日□焉匪爱力财迫于
制度盖欲章明孔子孟母四□之贤行上□比
奉□圣□□以后昭示日永为德俭人日记人□□承
仙□敢述情徽足斯石示有表仪孝弟之述通于神明子孙奉祠欣肃填焉

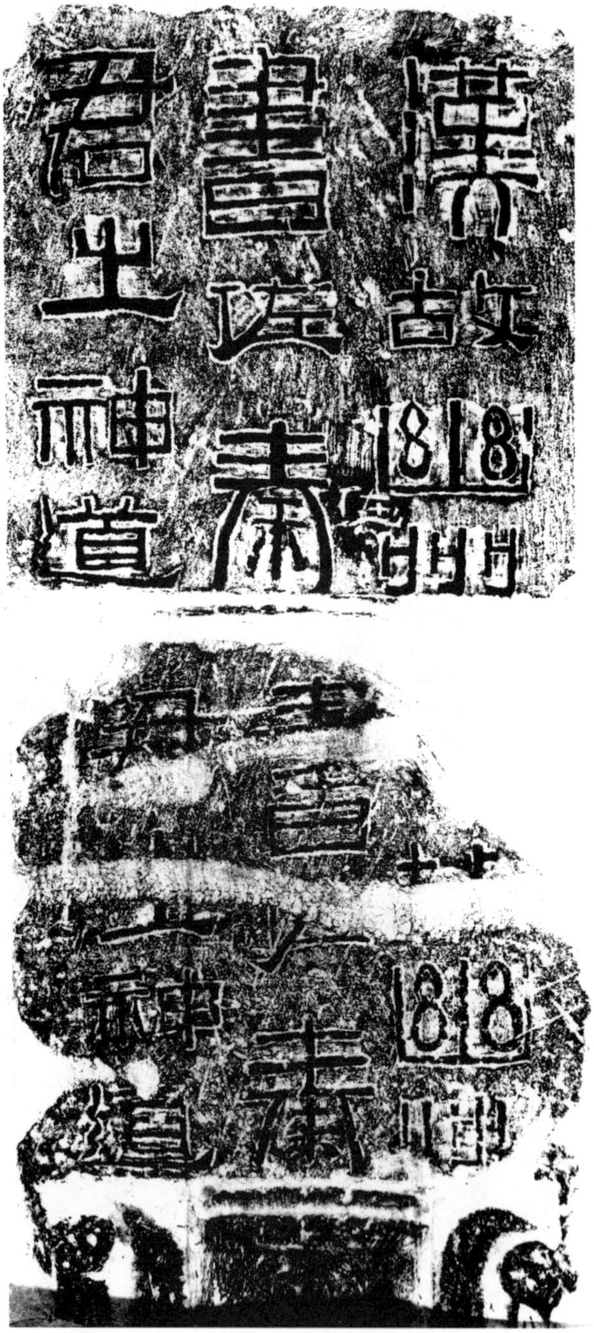

《幽州书佐秦君神道石阙》左右阙

《幽州书佐秦君神道石阙》笔意　王本兴书

秦汉精神

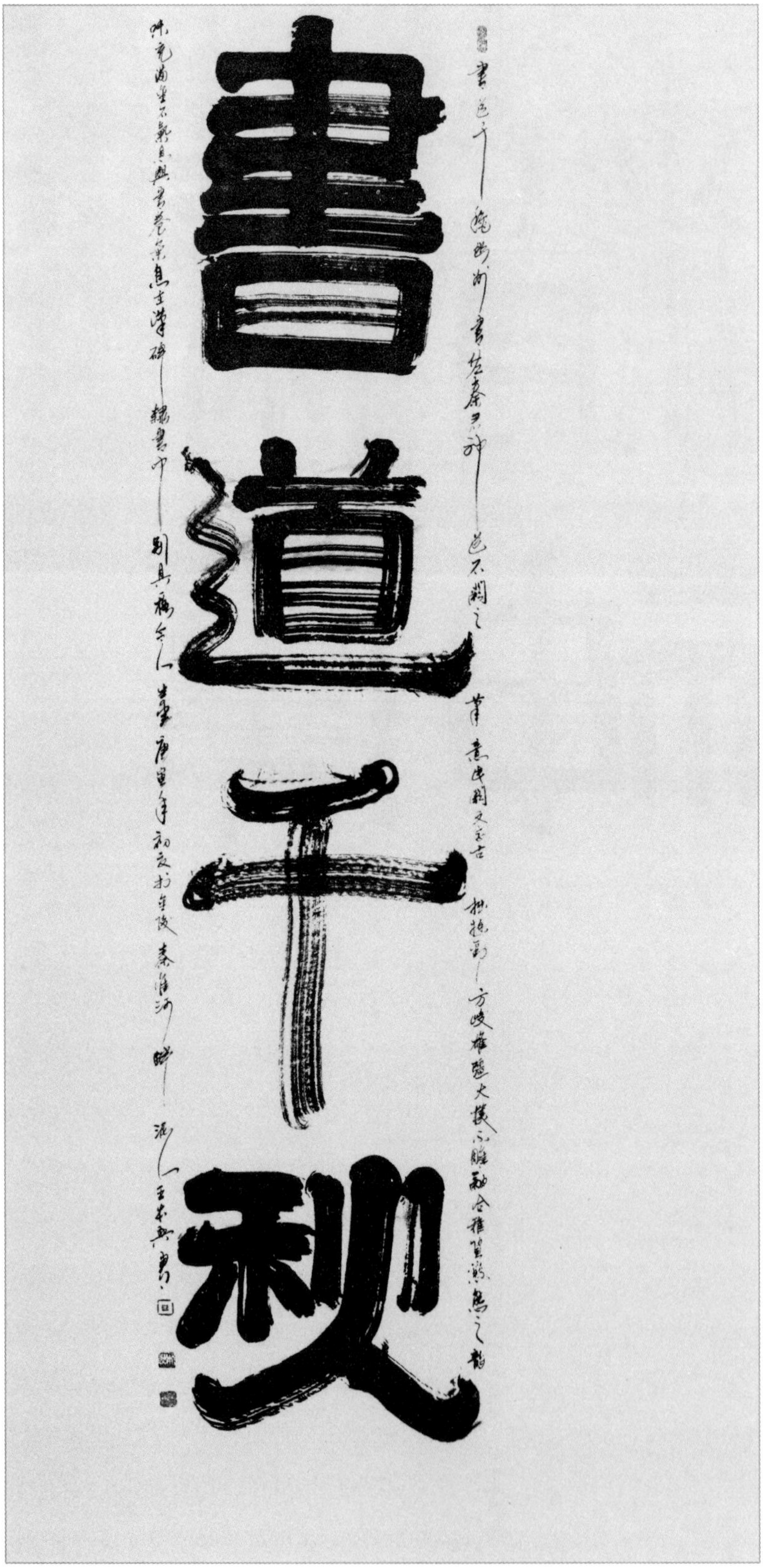

书道千秋
《幽州书佐秦君神道石阙》笔意　王本兴书

贾武仲妻马姜墓记

《贾武仲妻马姜墓记》又称《汉贾夫人墓志》《马姜墓刻石》等。墓记刻成于东汉延平元年（公元 106 年）九月十日，石高 46 厘米，宽 58.5 厘米，石面上刻有竖线为栏，无横向界格。纵向 15 行，每行 13 至 20 字不等。墓记全文为：“惟永平七年七月廿一日，汉左将军特进胶东侯第五子贾武仲卒，时年廿九。夫人马姜，伏波将军新息忠成侯之女，明德皇后之姊也，生四女，年廿三而贾君卒。夫人深守高节，劬劳历载，育成幼媛，光□祖先，遂升二女为显节园贵人。其次适鬲侯朱氏，其次适阳泉侯刘氏，朱紫缤纷，宠禄盈门，皆犹夫人，夫人以母仪之德，为宗族之复。春秋七十三，延平元年七月四日薨。皇上闵悼，两宫赙赠，赐秘器以礼殡，九月十日葬于芒门旧茔□□，子孙惧不能章明，故刻石纪□。”

此墓记铭文能辨识之字共计 178 字。记述了贾武仲的卒年及夫人马姜的“母仪之德”和卒日年月。此墓记刻石 1929 年出土于河南洛阳、孟津、偃师三地的接址处王窑村，一度曾归于罗振玉，现藏辽宁省博物馆。由于刻石质地粗糙，损泐较为严重，现全文已不可成篇诵读。本文所附刻石拓本，年代较早，首行“惟永平”三字未缺泐，文字字口还算清晰可辨，能反映出隶书书体的风貌与特征。

东汉隶书《贾武仲妻马姜墓记》，使我们清晰地看到隶书楷书过渡的一种格调与风神，笔触之中隶书最大的特征波挑的意韵，已经渐渐削弱与淡出，横、竖、点画的起讫显得瘦硬峻利，转折多取方势，用笔相当丰富。结体之长短方圆依随字势，十分率意天真。凡是已经很完美的隶书，由于它自身的完美，往往僵固阻碍了它发展的空间，而那些还在变化过渡之中，还不够完善的隶书，由于它自身的不完善，使它的发展空间更为广阔，《贾武仲妻马姜墓记》的隶书风格正是属于后者。因而，我们在临习此刻石时，要认识到尚未定型隶书的变数，寻觅更加丰富自由，更加充满艺术表现力的语言，来增加自己的用笔内涵。

我建议临习此刻石选用长锋羊毫毛笔，运笔时要抓稳抓紧，放松情绪，根据字体的结体特征随机应变，不斤斤计较于形貌相似，大胆临写，现就临习要点归纳如下：

其一，横竖画的临写。横画的临写逆锋入纸时要加重按力，大多圆起笔，收笔提锋，呈前粗后细之状，充满金石刻凿味，如“年”“七”“子”“先”“贾”“卒”“夫”“三”“平”等字的横画尤为明显。横画有粗有细，有长有短，有些短横画只需用毛笔前端提锋运行，表现出它的细劲尖锐的特色，如“夫”“马”“姜”“上”“园”“显”等字的横画。临写平直的竖画，运笔平稳，少有提按，如“明”“生”“军”“园”“章”等字的竖画。有些竖画起笔重，收笔轻，如“平”“年”“第”“军”“廿”“祖”“先”“十”等字的竖画，几乎呈上大下尖的三角之状。另有少数竖画与之相反，起笔轻，收笔重，如“阳”“贾”“而”“礼”“月”等字的竖画，收笔时皆有顿挫、重按回收动作。横、竖画的形式多种多样，这与刻凿者用刀的方向、用刀的轻重与力度有关，横画大多没有波挑，临写时只要注意粗细、长短、曲直、尖圆等多方面的变化即可。

其二，撇捺画的临写，凡平直型的起伏不大，要写得细劲刚直一些。如“夫”“人”“姜”“女”“侯”“成”“春”等字的撇捺画。但有一些撇捺画呈前细后粗之状，运笔至笔画末端时加重按力顿笔回收，随弯带弯，顺势踢出，形成一种粗壮豪迈、浑厚而有力度的奇观，如“子”“升”“君”“之”“劬”“幼”“门”“将”等字的弯画、撇捺即呈此状。有一点须注意，对点画的临写，除圆点、方点、椭圆点，以及不规则的点画外，还有一种三角形状的点画，如“汉”“马”“为”“纷”“之”等字的点画即呈这样的形状，临写时要写出那种峻利的刀味来。

其三，结体以方形为主格调，寓圆于方，横竖连接转折处，一般是提锋另起。有些文字特具趣味性、装饰性：如“幼”字，其绞丝偏旁写呈三角之状，并置于“力”字部首左上端；“贾”字“西”

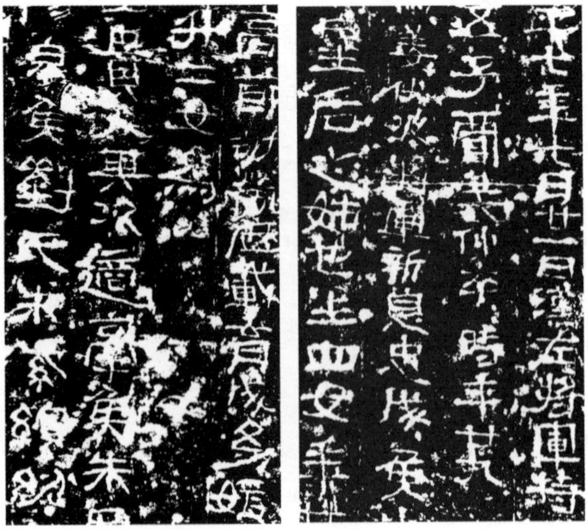

《贾武仲妻马姜墓记》局部

字部首的左右竖画拉长，包容了下方的“贝”字部，似篆似隶，极为端庄典雅。

在掌握了基本笔画的临习，以及文字结体的临习之后，我们可尝试着运用这些基本元素与技巧进行书法创作，可集字创作、创临结合，亦可背帖写意性创作。笔者浏览了碑铭全文，搜集了“明德正道”“四时皆春”“福禄盈门”“阳光可贵”等四组佳言，写成四个扇面。这些佳句之文字，在碑铭中大部分都能一一对应参照书写，这不是什么难题。值得说明的是，这些扇面形状有点儿与众不同，它是用大笔、淡墨在宣纸上随意书扫而成，待干燥后再用小笔蘸浓墨沿外围轮廓勾线，最后在其上书写作品。

认真临习，认真创作，是临习碑帖所包含的两个方面。创作能有效地促进临习，而有效的临习更能使创作获得成功，两者之间是相辅相成的关系。

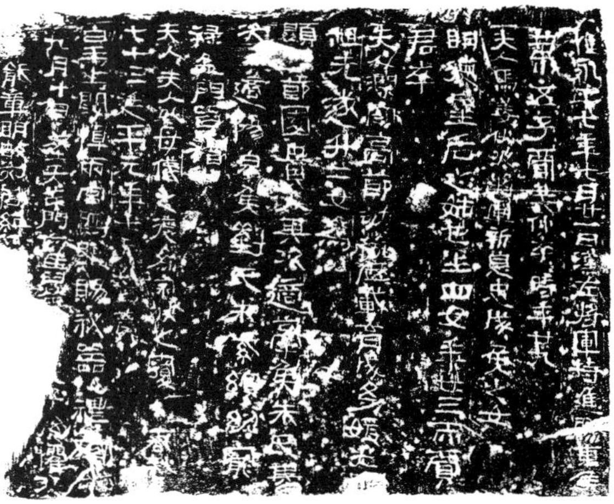

《贾武仲妻马姜墓记》碑文

惟永平七年七月廿一日汉左将军特进胶东侯
第五子贾武仲卒时年廿九
夫人马姜伏波将军新息忠成侯之女
明德皇后之姊也生四女年廿三而贾
君卒
夫人深守高节劬劳历载育成幼媛光□
祖先遂升二女为
显节园贵人其次适鬲侯朱氏其
次适阳泉侯刘氏朱紫缤纷宠
禄盈门皆犹
夫人夫人以母仪之德为宗族之复习春秋
七十三延平元年七月四日薨
皇上闵悼雨宫赙赠赐秘器以礼殡
九月十日葬于芒门旧茔□□子孙惧不
能章明故刻石纪□

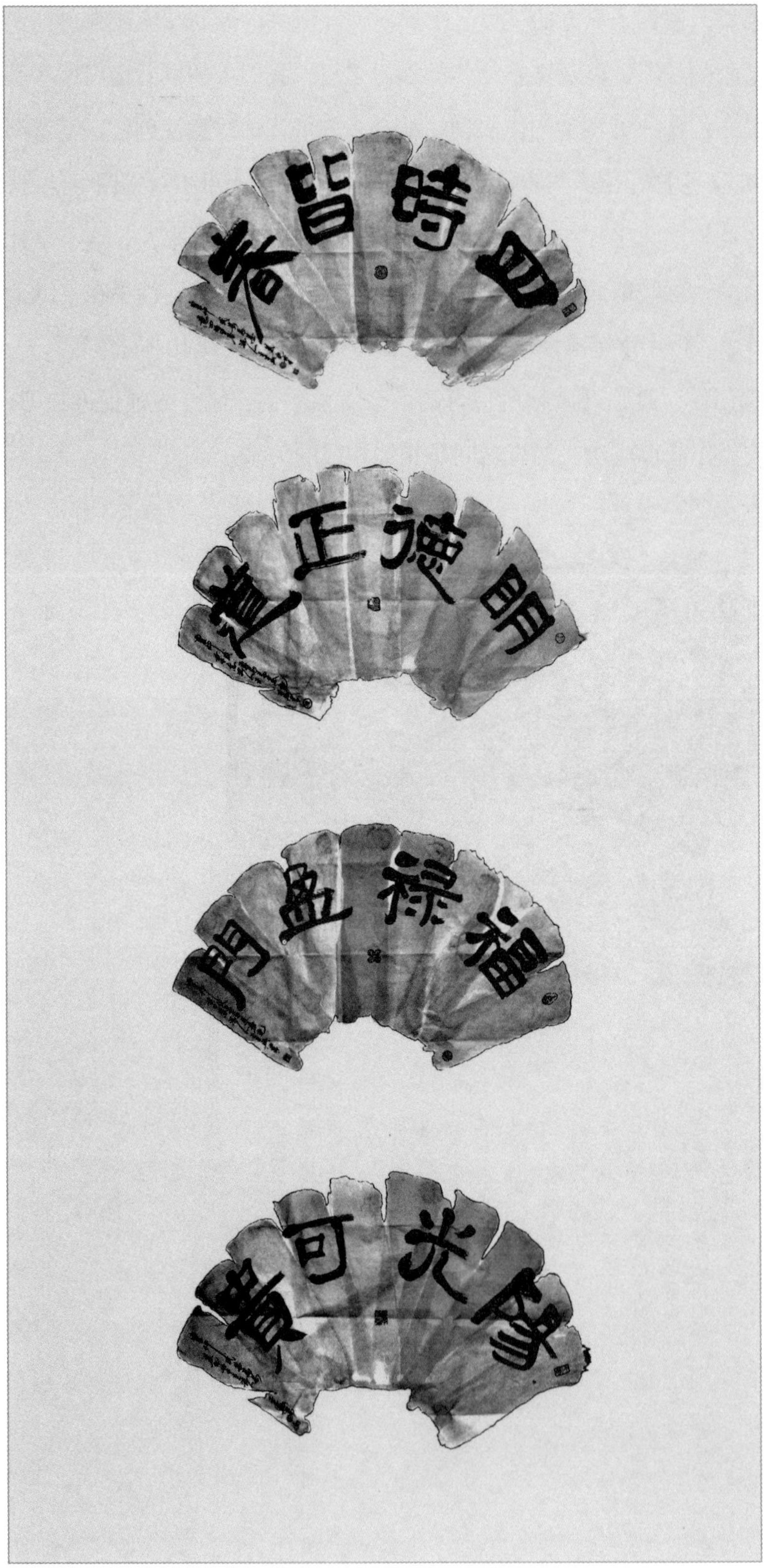

《贾武仲妻马姜墓记》笔意 王本兴书
四时皆春 明德正道 福禄盈门 阳光可贵

阳三老石堂画像石题字

《阳三老石堂画像石题字》刻于东汉延平元年（106年）。文字在画像石之左侧，清光绪十四年至十五年间（1888—1889）出土于山东曲阜，今藏于中国国家博物馆，文字石高33厘米，宽4厘米，文3行，首行27字，次行24字，末行21字，“阳三老”三字刻于上端，式如碑额。《阳三老石堂画像石题字》刻于界格之内，字仅指头般大小，存世汉刻石文字以此碑为最小者。故在书刻之时，其结体大小、字形宽窄皆须合情合理地把握好。凡流播于民间的刻石大多不受清规戒律的限制，感觉上总比用于树碑立传的官家刻石要开放洒脱。此碑题字隶书书体，文字布白纵有行，横无列，字形不拘广狭，在界格特有的空间之内舒展自如，行若奏刀，直率随意，收落度势，精气饱满，既朴实又豪放，简括恬淡，是书法情感与形式和谐有趣的精当之作。其碑文内容为：“延平元年十二月甲辰朔十四日，石堂毕成，时太岁在丙午。以鲁北乡侯阳三老自思省居乡里，无□不在朝廷，又无经学，志在共养，子道未反，感切伤心，晨夜哭泣，恐身不全，朝半祠祭，随时进食□□……”

三行刻石文字虚实相间，参差错落，变化无穷，加之风化残缺，沧桑痕迹，天人合一的效果，愈使碑文书体刚劲古朴。所见末行上端与中行间，首行末端与中行间皆留有一定的空地，匠人在刻制时似乎未作精心安排，为了使得视觉上达到平衡，随势就字采取了应急措施。可见古代艺术工作者灵活机动的应变能力，相当丰富与高深。

从书体的风格上看，此题字尚未形成规律，结体字形写得轻松自然，点画之间显现了“无意于佳而佳”的率真意趣。鉴于上述，我建议临习此碑时，首先要放开手脚，放松笔触，讲究一些行笔的速度与“杀纸”的力度。挥毫的动作可潇洒一点儿，用笔可舒展大胆一点儿。

横画的书写稍细于竖画，大多趋于平直，收笔用平收，出锋自然。竖画稍粗壮一些，逆入落纸，裹锋往下，出锋顿收。撇画较为圆润，圆转的弯撇要写得飘逸遒劲，收笔按笔回锋顿收。所见捺画已有十分明显的燕尾之状，书写时提按有度，写出干净利落的效果。转折以方折为主，大多另起换笔入纸。临习此碑，建议用兼毫或长锋羊毫。笔者十分赞赏此碑的自然天趣，与奔放动人的风采，曾认真临习过此碑，故在不少隶书作品中深含此碑的韵味。

《阳三老石堂画像石题字》局部

说到此碑创作问题，并不是作品中的每个字都要与刻石中的一模一样，不必过于计较点画的酷肖程度，而只需取其神韵，取其精神，写出风格来即可。笔者自撰诗一首，创作了隶书六尺双条幅。内容为“早岁离家出远门，送儿慈母到前村。千叮万嘱临歧处，独在风中拭泪痕。”记得当年我住在无锡乡下的农村里，18岁时，远离家门，参加“社会主义教育四清运动”，到常熟去工作。第一次离开家乡，第一次离开生我养我的母亲，母亲拿着我的简易行李，送我到村口的三叉路边，已经走出好远了，她还伫立在风中拭着眼泪，此情此景，令我永生难忘。此诗也是当时心境的真实写照。作品写得率意自然，尽力使结体布白四角丰满，气局宽博，墨色上注重浓淡轻重变化，以增加作品的节律与韵味。落款选择左右两侧靠上方的空地，盖章亦选择在两侧空缺处。为平衡起见，作品右下角加盖了一枚压角章。隶书作品的落款一般不用甲骨文、金文、篆书书写，其他书体则不限。款文的大小应与作品文字保持协调、呼应。

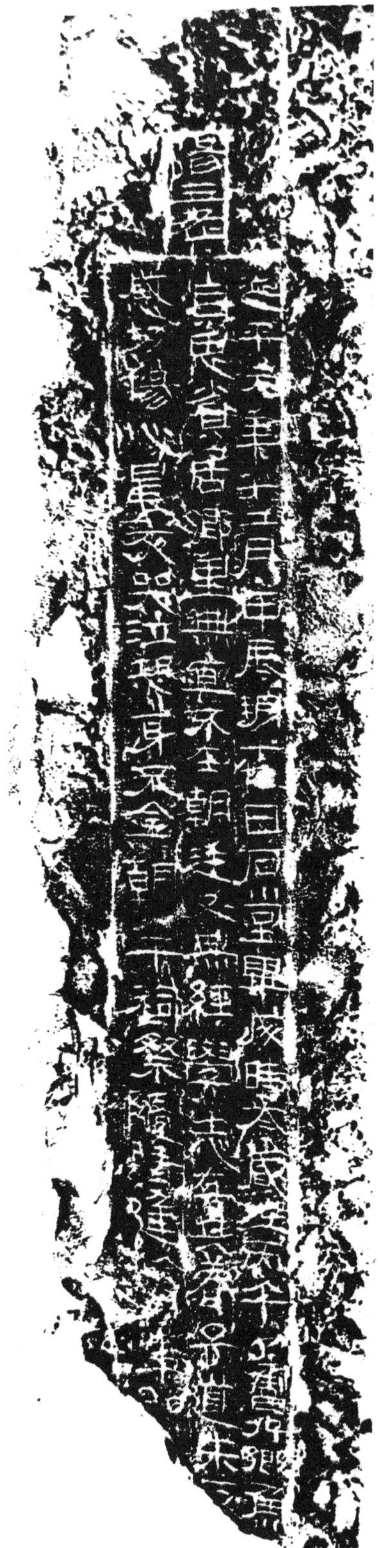

《阳三老石堂画像石题字》碑文

延平元年十二月甲辰朔十四日石堂毕成时太岁在丙午以鲁北乡侯

阳三老自思省居乡里无□不在朝廷又无经学志在共养子道未反

感切伤心晨夜哭泣恐身不全朝半祠祭随时进食

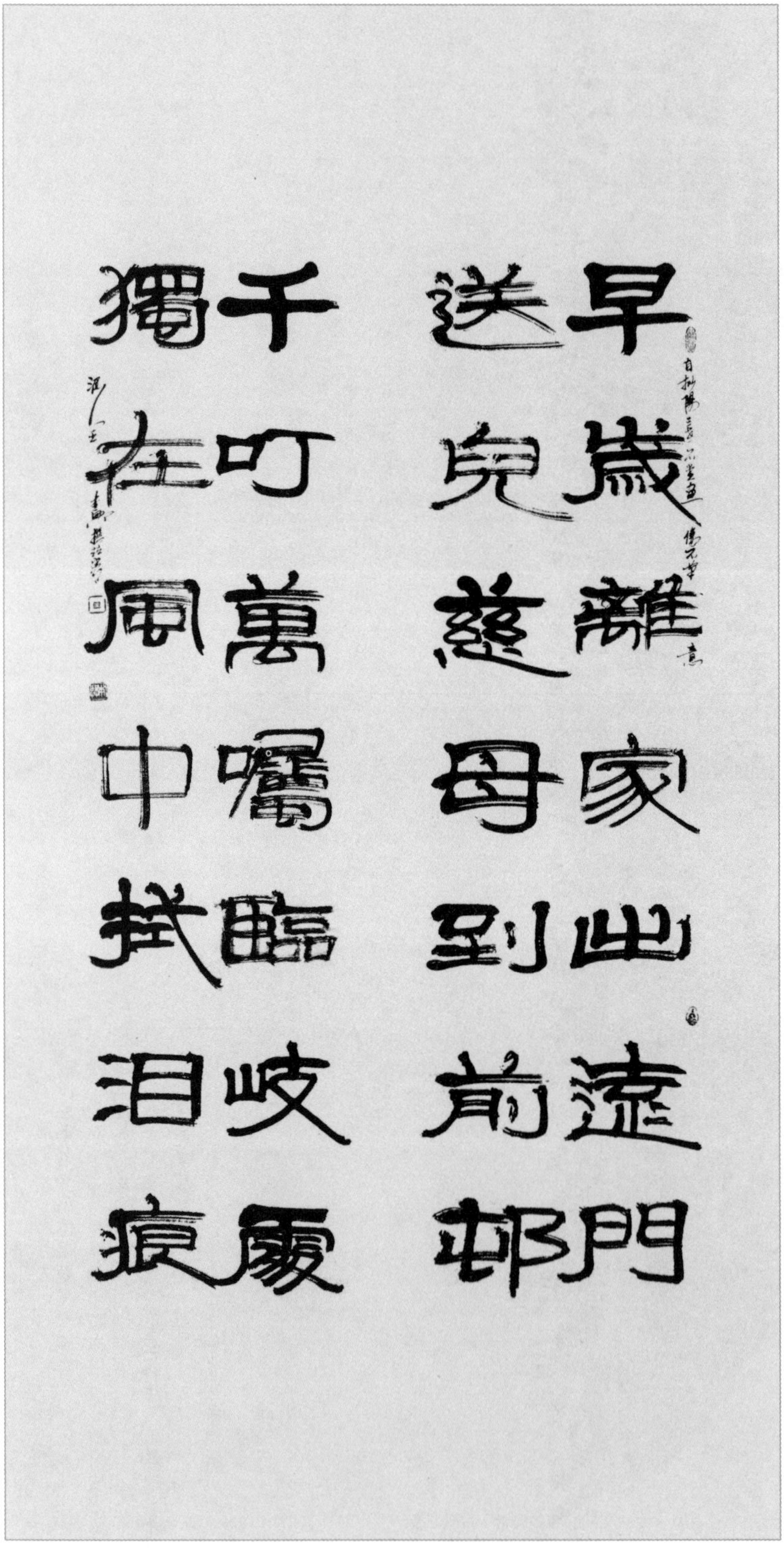

七言绝句《永恒的记忆》王本兴撰并书
《阳三老石堂画像石题字》笔意
早岁离家出远门，送儿慈母到前村。
千叮万嘱临歧处，独在风中拭泪痕。

子游残碑

《子游残碑》是东汉元初二年（115 年）六月刻立，与同在河南安阳发现的《元孙残碑》《刘君残碑》《正直残碑》，合称为“安阳残石四种”，今选其一。

子游碑断为上下两截，上段 1913 年在河南安阳出土，今藏天津市艺术博物馆，方笔隶书，文 12 行，行 8 字，93 字，存“贤良方正”故亦叫《贤良方正残碑》。下段清嘉庆三年（1798 年），安阳县令赵希璜得于安阳丰乐镇西门豹寺内，今存河南安阳市文化馆，圆笔隶书 11 行，行 6 至 9 字不等，79 字。清代郭尚先在《芳坚馆题跋》中云：“此《子游碑》结体在《韩敕》《郑固》之间，东京初年书类如是，观其古谈，足正魏晋以后矫强之失。”康有为于《广艺舟双楫》亦云：“有拙厚之形，而气态浓深，笔颇而骏，殆《张黑女碑》所从出也。”他们对《子游残碑》皆高赞好评，令人感到隶书之特有的书写之美。

我们若将上下两段作一比较的话，不难看出，上段隶书方正端庄，四角丰满而充实，笔画与结体皆以方为主。下段隶书委婉飘逸，点画伸展舒放，基本格调以峻拔飘逸为主。因而可以这样概括上下两段的隶书特点：前者凝重、拙厚、雄浑，以扁方取势，点画结体方直粗壮，有浓重的金石气息；后者屈曲多姿，蚕头燕尾，点画结体俊丽优美，以圆润为韵，有典雅的书卷气息。

东汉隶书系流派纷呈时期，而《子游残碑》以整体成熟多姿的面貌展露于世，可谓别具一格，视觉效果震撼，展现了古代书丹者娴熟的技巧。他们十分重视文字的书写法度，在端庄方正的结体中加入内敛遒丽之意趣。在一定的变化规律，统一的书写模式法则之下，铭文上下段的每个字都恪守在自己的势力范围内。撇捺、波画等原应纵展的长笔画，都适可而止，达到了意欲尽而未尽的效果。然间架宽绰，气局博大，骨力内含，确实以独有的面貌展现在我们眼前。既然它风貌独特，那么它的点画、用笔、结体亦定有它的独到之处。下面我就此隶书的技法问题，综合提出几点意见供参考：

其一，点画的临写与用笔：无论是上段还是下段隶书，其用笔比较规范与传统，一般要逆入回出，转笔翻笔要自然灵活，藏锋不藏拙润韵味，收锋不收纵展锐利气息。横竖要有轻重缓急，包括那些比较尖锐的波捺与弯钩笔画，要做到笔笔送到位，不可轻滑飘扫而出。提按的变化丰富多样，要求毛笔在运行过程中多加动作，多加变化，以达到线条苍莽老辣。横画大部分写得较为平直，有的带有燕尾波势。撇捺纵展自如，因字而异，无论是瘦劲还是粗壮者，皆以敛蓄势，精气饱满，充满张力。有一些形似短小的捺脚，故意作秀，尖阔并存，厚薄同现，十分惊奇灵动，如上段中的“良”“之”“贪”“是”等字，以及下段中的“是”“人”“哀”“不”等字。而“叶”“不”等字的左右撇捺，短小而多姿。隶书的钩画一般取圆势，但《子游残碑》铭文却取尖方之形，犹似楷法，如“荆”“州”“独”“马”“爵”等字。有些文字结体中的点画写得很小，如“忠”“马”“笃”“之”“惠”“倦”“汉”等字。“就”字下方的“小”部以点代竖，这些不起眼的小地方，临写时不可马虎随意，书写时笔锋上提，筑而回转，笔锋与纸面虽然只是瞬间接触，但动作必须完备到位，否则难以达到残碑上的效果与审美质感。

其二，结体的临写既要突出文字的扁方端正，又要突出文字的飘逸委婉之势。如“中”“守”“否”“相”“明”“英”“翊”“永”“消”等字最为典型。“车”字应是长形的，但碑中亦呈扁方的形态。结体的转折都是提笔暗转方折，上段文字不脱肩不换笔。方口部首大多横平竖直，无屈曲歪斜之状。下段隶书则有所变化，不仅脱肩换笔，且呈横细竖粗之状。此外，凡左右结体的文字，大多拉开距离，布白宽松，散中有聚，如“则”“诏”“游”“翊”“以”“何”“消”“汉”等字，两者之间留有较大的空地。

憨厚古朴中要突出灵动天趣，是很难做到的，然《子游残碑》却具备这样的特色，尤其是上段以方为主的隶书，拙厚浑朴之味都较浓重，如“相”“郡”“守”“车”等字，一笔一画，老老实实，可谓淳朴有余，临写不好，容易犯平板呆滞之病。因而提请注意，临习在表现憨厚的同时要注意天趣的表现。天趣指飞动灵活的意趣。仔细观察，此碑在不经意处不乏飞动多姿之笔，如“相”字的“目”部带一点儿歪斜，“郡”字左撇收尾时突然向左撇出，“忠”的左点弯而有势，“马”字的左点同样如此，“否”字的中间二点，带着撇尾向同一方向展示，似二鸟比翼。点睛之笔就是这样，虽十分短小，却能活动全字。我们临写时间长了，会体会到这一点。一笔一画，稍微上翘或下弯一点儿，给人的感觉就会不一样。《子游残碑》正是不追求表面上的妩媚，而是寓灵动活泼之天趣于严整方正的形态之中，在不经意处点到为止。《子游残碑》系东汉早期的书法珍品，很适合初学临摹，临习者只要坚持下去，掌握此碑的特点，很快就能入门。入门了亦不要沾沾自喜，自以为得手。相反要善于总结，要在线条质感上、文字结体上狠下功夫，由生到熟，再由熟返生，以臻妙境。

子游（公元前 506 年—？）姓言，名偃，字子游，亦称言游、叔氏，春秋末吴国常熟人，以其言行似孔子，有“南方夫子”之称。子游少孔子四十五岁，是孔子七十二贤人和孔门十哲之一。唐玄宗时，子游被追封为吴侯，宋代又被封为丹阳公，后又称吴公。今江苏常熟存有言偃宅、言子墓等遗迹。

用《子游残碑》创作的书法作品，具有特别的意义。因为它的上下两段系方圆不同的风格，体现了两种不同形式的艺术魅力。它既有作品自身的风格比较性，亦有作品自身的审美鉴赏性。我们创作时既要把握上段隶书的端庄方正、古朴拙厚的气韵，也要把握下段隶书的峻拔飘逸、灵动活泼的意趣。铺纸在案，举笔在手，我们不妨选择这种有比较、有鉴赏的创作方式，或许会更有体会，更有促进，更有收获。我拟上段笔意而书的“独善守正”，拟下段笔意而书的“书以载道”之作品，皆采用斗方形式，上下连接，以飨读者参考鉴赏。

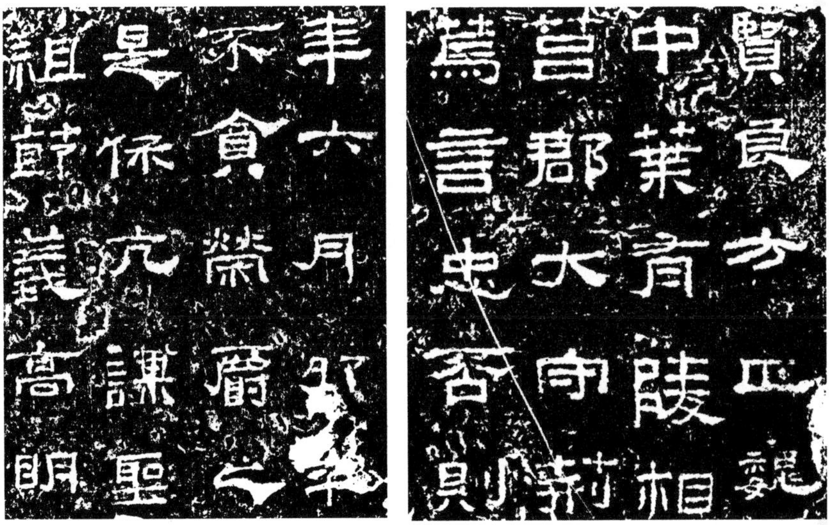

《子游残碑》上段局部

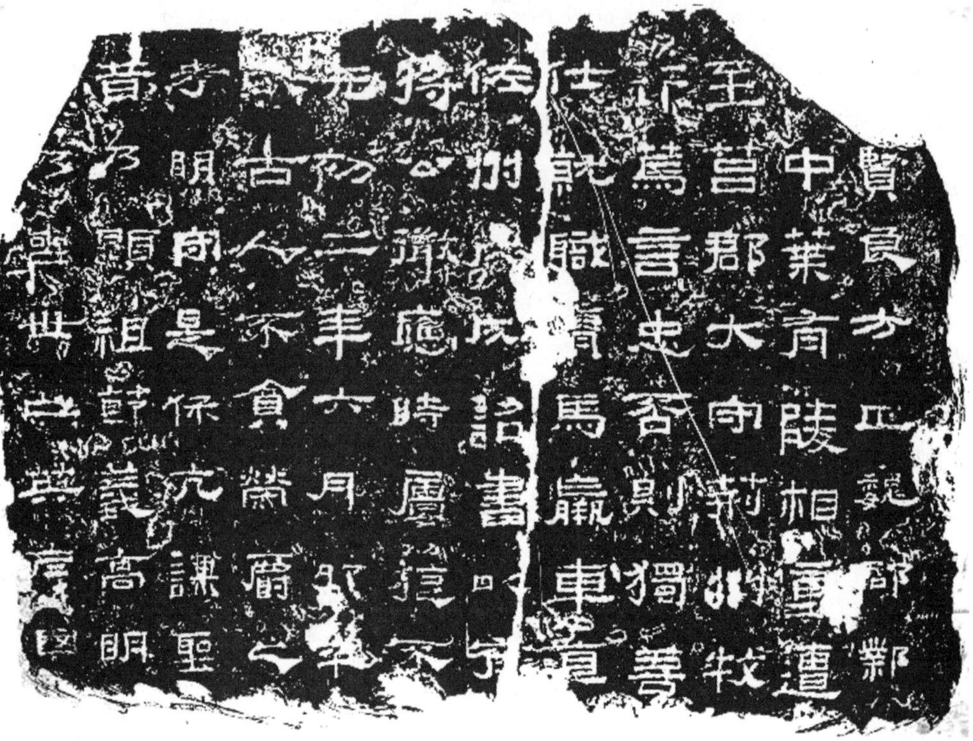

《子游残碑》上段碑文
□贤良方正魏郡邺
□中叶有陵相重遭
至莒郡大守荆州牧
行笃言忠否则独善
仕就职□马羸车直
佐州戊戌诏书以有
将公微应时屡旋不
元初二年六月卯卒
□古人不贪荣爵之
考明守是□亢谋圣
昔乃显祖节义高明
□乃□世□英□国

《子游残碑》下段局部

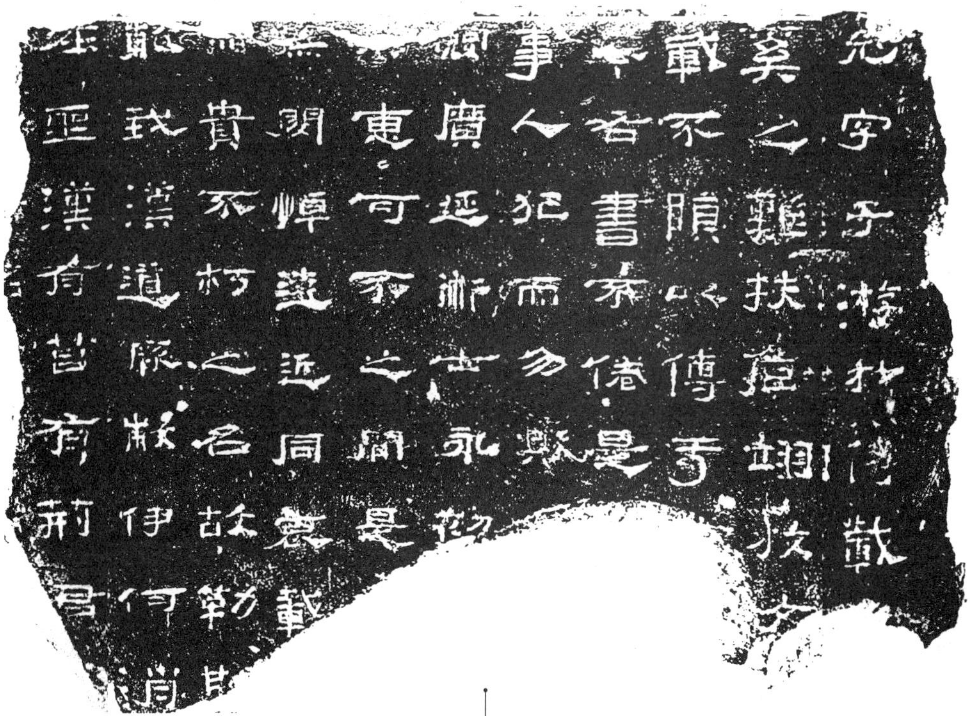

《子游残碑》下段碑文

允字子游于传载
奚之难扶危翊放文
载不陨以传于
□右书不倦是
事人犯而勿欺
寇广延术士永初
□惠可不之闲是
无闵悼远近同哀载
□贵不朽之名故勒
□我汉道厥敝伊何消
在圣汉有苢有荆君

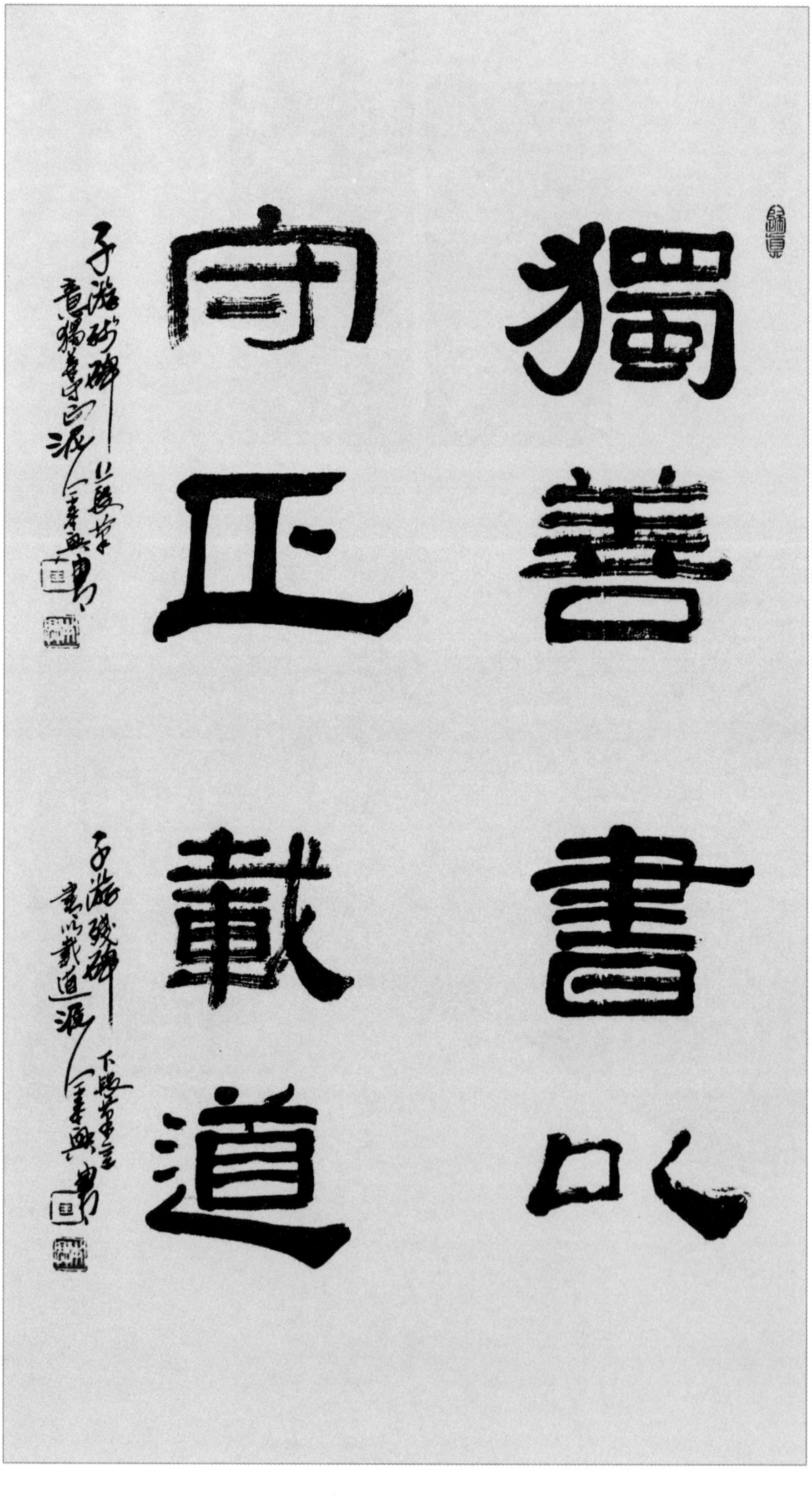

《子游残碑》笔意　王本兴书
独善守正　书以载道

嵩山太室石阙铭

《嵩山太室石阙铭》又称《中岳太室石阙铭》等。此阙在河南省登封县（现登封市）中岳庙前，与《嵩山少室石阙铭》《嵩山开母庙石阙铭》合称为“嵩山三阙铭”。《嵩山少室石阙铭》是东汉安帝延光二年（公元123年）刻立，篆书书体。铭文凡二层，石阙北面上部刻有“少室神道之阙”6字，南面隶书铭文大部分剥落，阙身上有画像。《嵩山开母庙石阙铭》篆书书体，东汉安帝延光二年二月刻立。阙以石条垒砌如垛，铭文分两层，前后计36行，由于石质粗劣，文字大多损泐。汉碑隶书居多，其篆书者绝少，故《嵩山少室石阙铭》与《嵩山开母庙石阙铭》极为珍贵。

本文则以《嵩山太室石阙铭》为范本，阐述此隶书的临习与创作方法。《嵩山太室石阙铭》刻立于东汉安帝元初五年（公元118年）。为当时的阳城长吕常所造。上有颍川太守杨君所题阳文“中岳泰室阳城崇高阙”9字篆额。额前铭碑高43厘米，宽153厘米，共28行，每行9字，第三行10字。额后铭碑高43厘米，宽139厘米，约46行，每行12字，二铭均有竖界格。

值此说明的是，《嵩山太室石阙铭》之后铭，由于风化剥蚀，漫漶损泐较为严重，文字已辨认不清。故此隶书的临习与创作只能以前铭为例。前铭隶书字形较小，结体端庄方正，具有稳重感，与其他汉隶相比却别具风格。因镌刻时吃刀不深，有的字呈双钩形，清代王澍以为波法皆用双钩。翁方钢以为系镌刻之痕，日久渐露中央裹地，遂若有双钩之疑。对于此隶书的特色，何绍基曾评谓：“瘦劲似吉金，东京碑中自有此一派，最为高古。”（参见《雪堂所藏金石文字簿录》）张裕钊亦谓：“隶书以与篆籀近者为最上，以后世日变而日远，于古浑厚之气亡矣，乃此碑在汉隶中故宜为上佼也。”综合上述的前人评述，此阙铭文确实刚健雄强，质朴凝练，具有成熟时期隶书的共同特征。结体有扁方、正方、长方，稳重醇厚，法度森严，布白的疏密，体势的开合，字形的斜正均不拘一格，灵活多变，自成风貌。此外，应当看到碑石缺蚀较甚，自然的风化剥泐，使铭文风采蒙受损失，而后人在拓印时，再次减弱了它的笔情墨趣。我们只能面对现实，虽然放弃了一部分不好辨识的文字，但那些尚且清晰的刻字已足供临习者受用。

临习《嵩山太室石阙铭》时请注意：

横画、竖画、斜直的点画，用笔都是圆笔中锋，藏锋逆起，收笔不带波势，回锋平收。写得老到拙涩，除粗细变化较为明显外，一般不追求过多的笔法变化。转折的临写，用的大都是方笔转锋，亦有圆笔转锋而下。线条浑厚自然，充满篆书笔意。说明作者在当年书写时，并未被流行的蚕头燕尾所左右，而有意使传统的篆书笔意与隶书相结合。这种有机的结合，产生了不同凡响的令人折服的效果。

捺脚的临写要注意，提按的变化较大，捺肚的粗肥处笔力重按，有一种强劲的驻笔顿力。而捺笔的起讫较轻较细，尤其是收笔，往往迅速提锋，露角而不露锋。铭文中有的波挑、捺脚看似双钩写成，如“最”“流”“文”“元”“城”“长”“造”“朱”“陵”“格”“人”“不”等字。我曾在河南中岳庙细观此碑，疑虑甚多，终觉是年久剥蚀，匠人刻凿浅显，以致后人墨拓所误，造成双钩假象。故临写时应实笔写出。

文字的结体方正为主，且带有内敛平稳的势态，侧重于横向的开张纵放，但不过分恣肆。隶中的篆意，主要是通过线条的苍润雄浑、骨力内含之气韵表现出来。临习者要持之以恒，反复认真地临习，以臻妙境。

我认为用《嵩山太室石阙铭》的格调创作隶书作品，首先要把握铭文的结体特色。如对联“群鸿戏海，众鹤游天”是笔者书写创作的作品，每个字都尽力写得方正博大，中宫舒展开放，四角饱满。“海”“众”“天”等字可参照石阙铭文书写，“鸿”“游”等字带有水旁的可参照铭文中“源”“流”“润”等字的水旁书写。其次要把握线条的质感与力度，使点画线条有拙涩、起伏、顿挫的表现，同时也要有粗细、敛放、长短的变化。书写创作对联形式的书法，不仅在文字内容上要讲究平仄、对仗，守住格律，而且在墨色、大小、轻重、方圆等方面，须一一对应地有所变化与反差，以突出节律与韵味。作品力求写得苍劲古拙，中锋用笔，不过于计较形似，在于体现原碑之神采与精华。

《嵩山开母庙石阙铭》局部

《嵩山太室石阙铭》局部

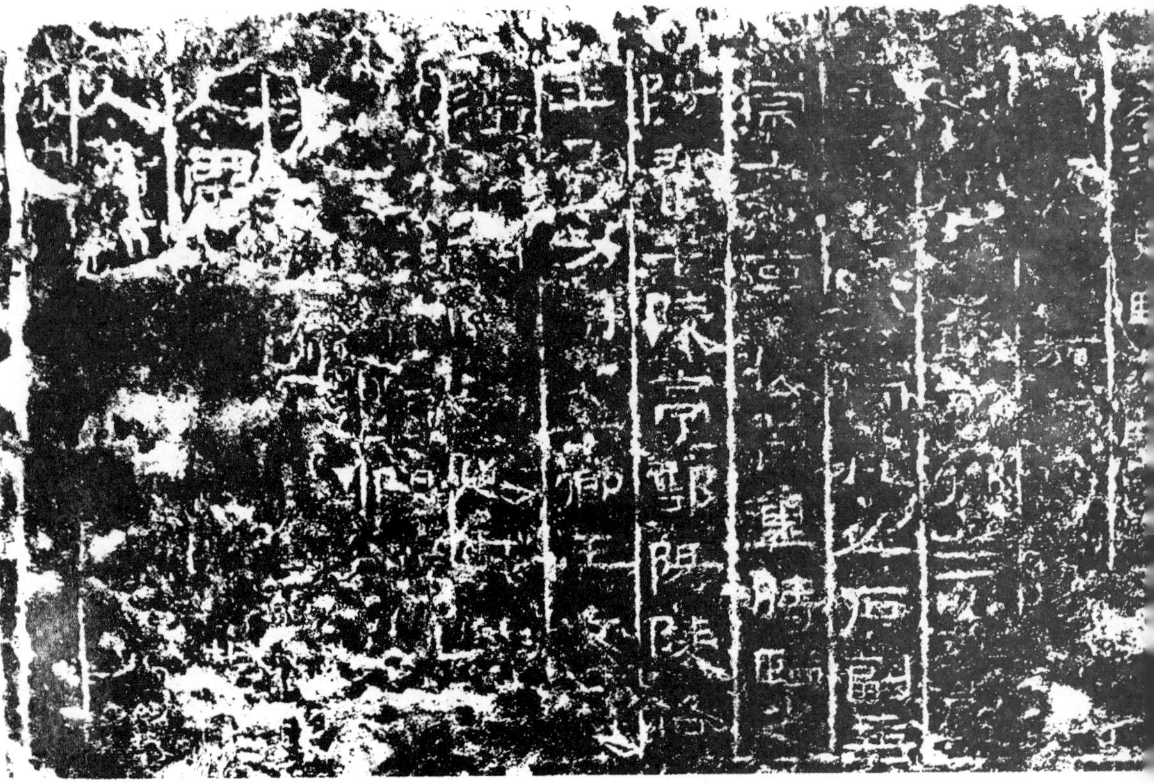

史□远崇高乡三老严
寿长史蜀城左石副垂
崇高亭长苏重时监之
阳翟平陵亭部阳陵格
王孟功□车卿王文□
潘□□□□□共
阳□□□□□阳
君□□脩
人虎
人二
眇

《嵩山太室石阙铭》前铭

惟中岳泰室崇高神
君处兹中夏伐业最纯
春生万物肤寸起云润施
源流鸿濛沛宣并天四海
莫不蒙恩圣朝肃敬众
庶所尊斋诚奉祀战栗
尽勤以颂功德刻石纪
文垂显述异以传后贤
元初五年四月阳城县
长左冯翊万年吕常始
造作此石阙时监之
颍川大守京兆杜陵
朱宠丞江夏西陵□□
监之府掾阳翟□□□
丞河东临汾冯□河东
临汾张嘉□□阳□□

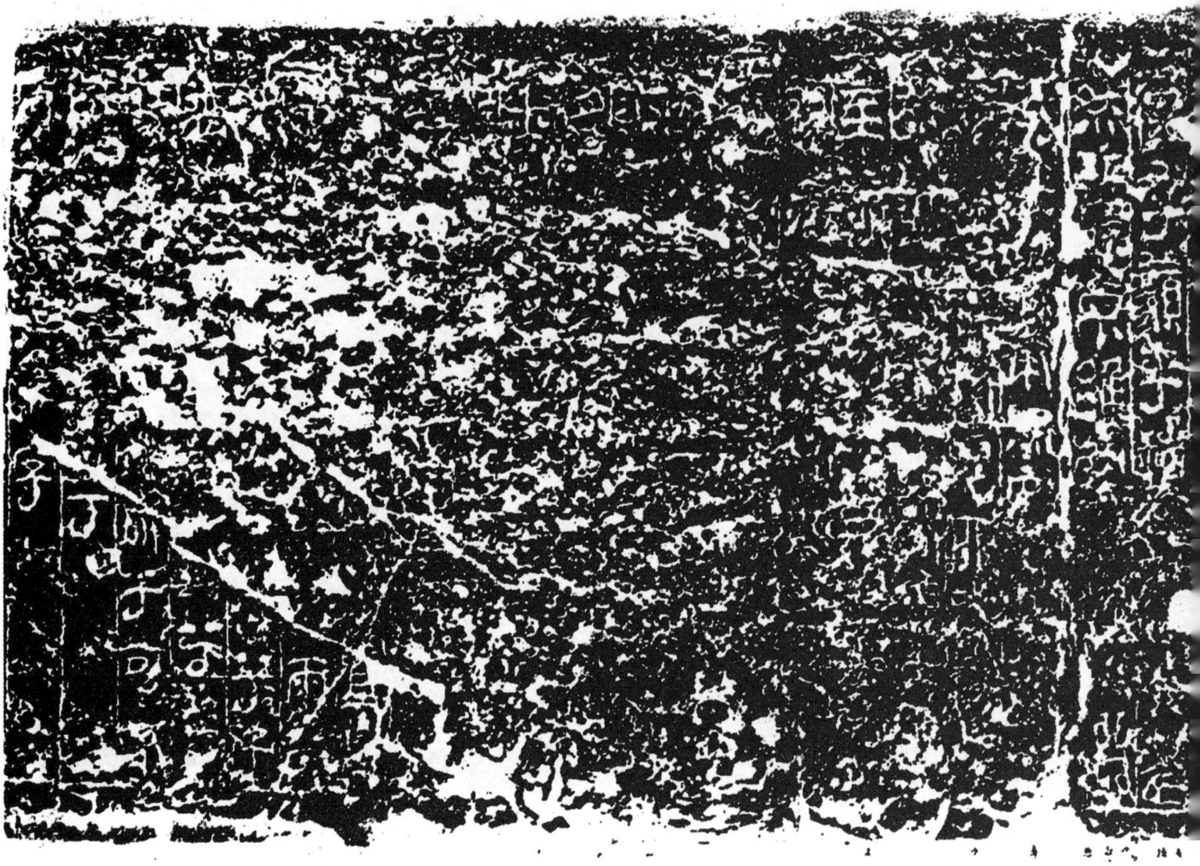

《嵩山太室石阙铭》后铭

……
光四年三
孔子大
川大守杨
阳
海相
……
县
甲怀
曰
中岳
恩
充被
存苹乎
然□庭京雒
王命
……
置
雨
兮子
兮
所兮可
兮
字

《嵩山太室石阙铭》前铭局部

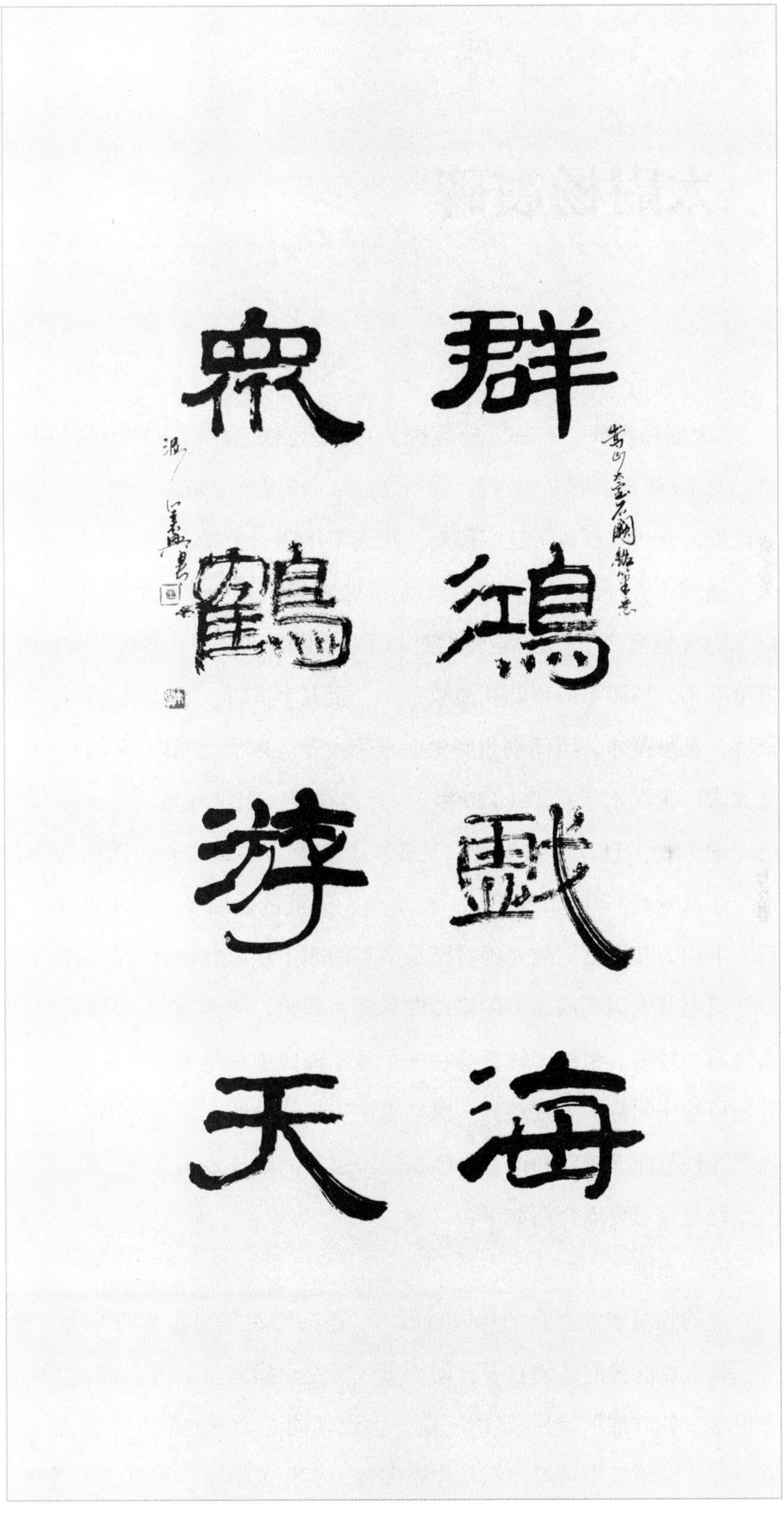

《嵩山太室石阙铭》笔意　王本兴书
群鸿戏海　众鹤游天

太尉杨震碑

《太尉杨震碑》亦称《杨震碑》，原碑已佚，现时所见为翻刻本。拓本高 125 厘米，宽 80 厘米，碑文 18 行，满行 28 字。杨震卒于东汉延光三年（124 年），据有关考证原碑立于东汉灵帝建宁以后，距其卒年四十余年。

杨震（？—124），字伯起。东汉弘农华阴（今陕西华阴市东）人。东汉时期名臣，隐士杨宝之子。杨震少时随父研习《欧阳尚书》，师从太常桓郁。他通晓经籍、博览群书，杨震不应州郡礼命数十年，至五十岁时，才开始步入仕途。被大将军邓骘征辟，又举茂才，历任荆州刺史、东莱太守。东汉元初四年（117 年），入朝为太仆，迁太常。东汉永宁元年（120 年），升为司徒。东汉延光二年（123 年），代刘恺为太尉。他为官正直，不屈权贵，又屡次上疏直言时政之弊，因而为中常侍樊丰等所忌恨。东汉延光三年（124 年），被罢免，又被遣返回乡，途中饮鸩而卒。汉顺帝继位后，下诏为其平反。故立碑时已是卒年的四十年以后也就不足为奇了。

隶书《太尉杨震碑》的格调非常高古典雅，刚健遒劲，从碑文的点画线条、结体布白看，轻重、粗细、转折都在一个基本模式中用笔书写，蚕头燕尾，方圆兼备，尤其显得端庄匀称、工致整齐。纵横有序，界格分明，洋溢着书卷气息与金石气息，相当严谨规范而又成熟和谐。是临摹学习隶书的最佳范本之一。

现将临习要点介绍如下：

一、点画

点的临写要注意它的势向与形态。势向即起笔与收笔的方向，如附图中的“德”字，其上点的势向是朝右下，而“贞”字左点指向左下角，右点指向左上方。点的形态很多，如“通”“洞”字的三点，大致朝同一个方向的一个焦点，出锋露角，似小三角形。点画虽小，但用笔动作须完备，变化须丰富。用笔逆入藏锋，根据点画的长度顿而前移，涩出回锋收笔。

二、横画

因为隶书有燕不双飞的规则，所以结体中有一部分横画作平直状书写。如“天”“变”“邦”“无”“太”“在”“先”等字。横画较为平直，一般不带弯弧，有的头粗尾细，头圆尾尖，且笔画中有微妙的颤抖、斑驳的起伏，及风雨沧桑感，形态别具一格，各有变化。波横的蚕头燕尾有的较为明显，有的较为平缓，如“者”“于”“矣”“无”“帝”“京”“不”“与”“虚”等字。有的藏锋起笔，笔往下顿，使蚕头下垂，然后再翻锋右行，收笔时用圆势顿按，提锋趯出，捺肚呈圆顺含蓄状。若收笔时顿按露角出锋，捺肚则呈方峻劲削之状，我们临习时要把控好这些要素。

三、竖画

竖画大多较平直挺拔。如“洞”“忠”“郡”“慷”“所”等字。其竖画显得端庄朴茂，大方凝重。仔细观察竖画亦有斜直、圆曲等变化。有的竖画粗细不一，上大下小，呈上粗下细的垂露状。有的竖画上小下大，呈上细下粗之状。用笔要逆入回出，提按随线，轻重随字而宜，笔随字势，写出其特点来。

四、撇捺钩画

撇的起笔应方中寓圆，收笔稍加按力，顿笔后再向上回锋而收。如“不”“暴”“靡”“在”“先”“太”“天”等字。行笔平稳，撇尾稍呈浑厚粗重，收笔处方圆兼备，姿态含蓄优美。竖钩的形态主要有：其一，如“闻”“德”字之钩，行笔出锋较快疾，钩笔短而上弯；其二，如“于”“守”字之钩，屈伸圆畅自然，收笔处顿按，回锋上趯，呈燕尾钩之状，并带有一定的弯曲圆弧之势；其三，如“襄”字，右向的钩笔与上方不连笔，重新起笔向右趯出。再看捺笔，有心钩捺、斜捺、走之捺、乙挑捺等多种形式。尤多楷意，尖起尖收，棱角分明，如“太”“令”“宽”“徒”“天”“已”“通”“不”“德”“恶”“先”等字。其中走之捺与乙挑捺写得一波三折，飘逸流丽。

五、转折

转折大多用方折，注意方口部的折竖大多垂直向下，偶有向里倾斜，呈上宽下窄之状者。如“洞”“神”“陪”“中”“富”“相”“由”“鱼”等字。

六、结体

《太尉杨震碑》的结体刚健华丽，扁密俊逸，中宫紧密收敛，外拓又极尽奔放舒展。其形近于《灵台碑》《乙瑛碑》《礼器碑》等隶书的用笔与结体特色，《太尉杨震碑》只是匀称凝练一些，与上述三碑有很多相同之处。此外,《太尉杨震碑》结体方正茂集，严整拙辣，尤其是撇画上挑圆转，捺画顿按出锋，两者形成了顾盼呼应之状，线条呈古拙毛涩之态，形成独特的有个性的隶书结体，使全篇充满灵动与活力，呈现沧桑古朴的气息。《太尉杨震碑》不是脱略恣肆的隶书，其用笔、结体不仅规范、传统且有楷意，用笔不要过于粗壮圆熟，亦不要以楷法写隶。

笔者常采取边临摹边创作的方法。这个方法是前辈们留下的好方法。沙孟海晚年临孙过庭《书谱》，启功临王羲之《十七帖》，陆维钊临王羲之《兰亭序》均边临摹边创作，他们临近百通后还不断临习。笔者曾多次劝导学隶同仁及门生，每天坚持临习汉碑。既然大师们的书艺已达到炉火纯青的地步还临帖不止，我们初涉隶书之门，就更应加倍努力，才能有所体会有所进步，才能保持自己旺盛的艺术生命力。

《太尉杨震碑》似叙事散文，字数很多，章句完备，我决定从中选字选句创作作品。当我读到“先阳春以布化，后秋霜以宣威”句时，句中隐含的意境使我深有感触，此句通俗易懂，充满哲理，令人回味。于是我摘取此句为作品内容，采用对联条幅形式书写。市肆所售四尺色宣，土黄底色，乳白为边，美观大方，我以此为载体，纵向分叠六字，用长锋羊毫书写。我把杨震生平之简介，以长款形式写满四边。创作体会尤深的是：我们把碑帖基本的点横撇捺及结体布白熟练地掌握好，再掌握好用笔速度与力度，以保持线条质量与特色，书写才能达到得心应手。创作书写时不必观照原碑原字，笔随字转，线从笔出，水到渠成。

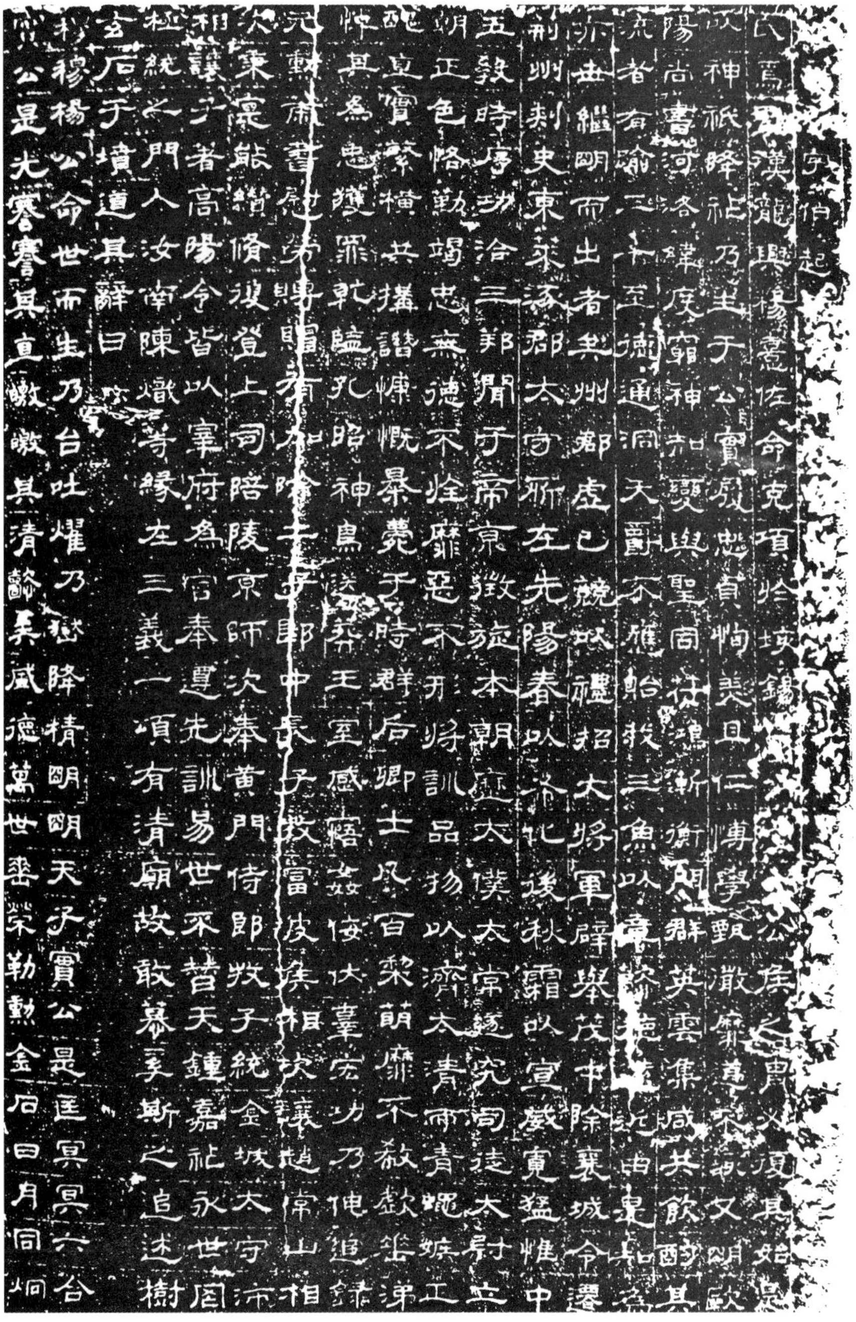
字伯起
氏焉漢龍興楊憙佐命克項於垓錫公侯之胄又復其始
以神祇降祉乃生于公實履忠貞恂美且仁博學甄微靡奧不綜文明欽
陽尚書河洛緯度窮神知變與聖同符鴻漸衡門群英雲集咸共飲酌其
流者有踰三千至德通洞天爵不應鮐救三魚以章懿德由是知為
所由繼明而出者與州郡虛己競以禮招大將軍辟舉茂才除襄城令遷
荊州刺史東萊涿郡太守所在先陽春以布化後秋霜以宣威寬猛惟中
五教時序功洽三郡聞于帝京徵旋本朝歷太僕太常遂究司徒太尉立
朝正色恪勤竭忠無德不拴靡惡不形將訓品物以濟太清而青蠅嫉正
醜直實繁橫共構譖慷慨暴薨于時群后卿士凡百黎萌靡不欷歔垂涕
忡其為忠獲罪乾鑒孔昭神鳥送葬王室感寤姦佞伏辜宏功乃伸追錄
元勳策書慰勞賻賵有加蔭子一人郎中長子牧富波侯相牧子讓趙常山相
次秉寔能纘修復登上司陪陵京師次奉黃門侍郎牧子統金城太守沛
相讓子著高陽令皆以寧府為官奉遵先訓易世不替天鍾嘉祉永世罔
極統之門人汝南陳熾等緣在三義一頌有清廟故敢慕奚斯之追述樹
玄石于墳道其辭曰
於穆楊公命世而生乃台吐燿乃嶽降精明明天子實公是匡冥冥六合
賴公是光謇謇其直皦皦其清齡美威德萬世垂榮勒勳金石日月同炯

《太尉杨震碑》碑文

君讳震字伯起……氏焉圣汉龙兴杨熹佐命克项于垓锡□□□□公侯之胄必复其始是以神祇降祚乃生于公实履忠贞恂美且仁博学甄微靡道不该又明欧阳尚书河洛纬度穷神知变与圣同符鸿渐衡门群英云集咸共饮酌其流者有逾三十至德通洞天爵不应贻我三鱼以章懿德远近由是知为亦世继明而出者矣州郡虚已竟以礼招大将军辟举茂才除襄城令迁荆州刺史东莱涿郡太守所在先阳春以布化后秋霜以宣威宽猛惟中五教时序功洽三邦闻于帝京征旋本朝历太仆太常遂究司徒太尉立朝正色恪勤竭忠无德不旌靡恶不形将训品物以济太清而青蝇嫉正丑直实繁横共构赞慷慨暴薨于时群后卿士凡百黎萌靡不欷歔垂涕悼其为忠获罪乾监孔昭神鸟送葬王室感寤奸佞伏辜宏功乃伸追录元勋策书慰劳赙赗有加除二子郎中长子牧富波侯相次让赵常山相次秉实能缵修复登上司陪陵京师次奉黄门侍郎牧子统金城太守沛相让子著高阳令皆以宰府为官奉遵先训易世不替天钟嘉祁永世罔极统之门人汝南陈炽等缘在三义一颂有清朝故敢慕奚斯之追述树玄石于坟道其辞曰

穆穆杨公命世而生乃台吐耀乃岳降精明明天子实公是匡冥冥六合实公是光謇謇其直皦皦其清懿矣盛德万世垂荣勤勋金石日月同炯

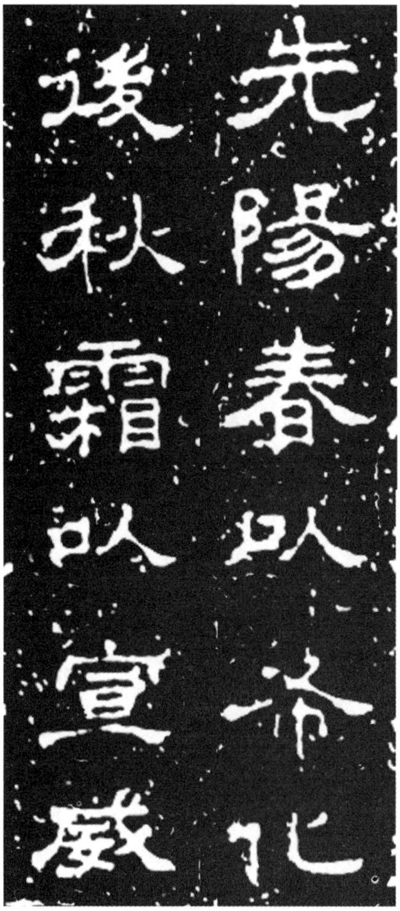

《太尉杨震碑》局部

《太尉杨震碑》笔意　王本兴书
先阳春以布化，后秋霜以宣威。

石门关铭

《石门关铭》东汉永建三年（128 年）八月刻立。2002 年元月在四川省成都市新都区三河镇（现三河街道）廖家坡东汉崖墓三号墓出土。铭文刻在青石墓门上。其门为双扇墓门，右墓门的背面刻有铭文，上端刻隶书“石门关”三字，正文刻在高 101 厘米，宽 65 厘米的方框内，隶书 6 行，共 71 字，字径 12 厘米。《石门关铭》书法方正遒劲，骨力内含，豪中雄强，四角饱满，气局宽博，充满张力。文字结体大多呈扁方，重心居中，左右稍带舒展纵放。字多呈平中出奇，稳中寓险的姿态。用笔起落自然，瘦硬劲削，平直遒劲，既有传统书法的特色，又有自己的笔墨风格。粗观此书似毫无顾忌，率意自然，但又在法度之中，具有潇洒俊秀、朴拙雄健的阳刚之美。与《封龙山碑》《熹平三年残碑》《杨淮表记》《许阿瞿画像志铭》等碑帖隶书，有诸多共同点。临摹书写时可互相参照。

现将《石门关铭》的临习要点介绍如下：

一、点画

点是隶书一种线条形态，或者说是一种浓缩和凝聚的线条。其点的形态有多样，或圆或方，或平或竖，或露或藏各有形态。具有横、竖、撇、捺、挑的点画特点，与其他线条形成一种对比关系，一种节奏关系，有间隔线条和呼应的作用。亦有一定的方向，它使隶书生动活泼，充满活力。无论是圆点、方点、尖点、横点、竖点、撇点、捺点、挑点。

其笔法共有的特点是：

1. 藏锋入纸；

2. 蓄势，顿挫用笔；

3. 涩出回锋。

隶书点的用笔实际上与横、竖、掠、捺的用笔相通。左右两点有对称性；八字点多为上合下开，左点似掠，右点似短竖或短捺；三点水的三点一般是头圆尾尖，指向字心，点有挑向右上方向的。

二、横画

书写时要多一些涩行，行笔速度不宜太快，锋尖保持在笔画中线上，平横收笔时提锋回护，或顺锋出笔提收。波横收笔时出锋稍快，形成燕尾。《石门关铭》碑中的波横不多，有的十分瘦细，波势不是很明显。此外，主横与次横的区别也不是很明显，所以此碑隶书横画用笔以平直为主。

平横的笔法：

1. 平横平直如水平，逆锋起笔（呈尖圆、方笔提笔翻折）；

2. 中锋行笔，提锋少按，按中隐提，粗细匀称，变化宜小，做到瘦硬、匀称有质感；

3. 提笔回锋收住。

波横也比较平直，波首蚕头与平横基本相同，头部呈方圆兼济的形态，然后提笔缓行。波腰微弯，行笔过腰后，逐渐加力重按向右方斜行，笔画渐粗至右下方顿笔后，顺势向右上方斜出，出锋略快，略成燕尾。波横美化了隶书，使隶书飘逸舒展，稳定而有横势，波横是隶书夸张率意的主要特征笔画。但此碑的波横与平横保持同势同锋，没有明显的区别，如“祖”“汉”“徒”“年”“子”等字，只有准确临习，用心揣摩，方知其横画变化之味。

三、竖画

此碑隶书的竖画较为平直简单。隶书字形扁平，以横向夸张为主，所以竖画的长短要把握好分寸。

直竖笔法：

1. 一般先上行藏锋；

2. 转锋时轻按，伏笔后下行；

3. 回锋收笔。

隶书中也常见左弯竖，上部如直竖，下部渐变为掠，收笔时顿下蓄笔左向缓转，写出圆润遒劲之感。如“州”“考”“月”“门”“子”等字。

四、撇画

撇画可称为掠画,《石门关铭》碑帖的撇画其笔势是向左斜势伸展，它与向右的捺形成左掠右波的格局，有时在结体中也独立成态，使体势更为开张。撇的形态变化很多，有斜撇、圆撇、弯撇、点撇、长撇、短撇等。

撇画笔法为：

1. 藏锋逆入；

2. 提锋左转向下行笔，随势掠出，要求中锋运行，渐按；

3. 有些渐提出锋，有些提笔向上回转收笔，大多数收笔是裹锋提出。

撇画的重心和力量比较匀称，头部峭劲轻巧。撇画上下轻重略有变化。

撇画伸展自如，强劲有力，顺畅自然而有气势。

五、捺画

《石门关铭》的捺画没有夸张之势，虽有平捺与斜捺之别，但一般较为平缓顺畅。之字捺、心字捺、走之捺都属平捺范畴，书写时多为一波三折，头略高，腰部往下渐顿，随弯带弯，至捺脚处顿笔后蓄势挑出，书写有一定的速度，波磔平直顺畅，如“慭”“魂”“之”“宅”“造”“建”等字。斜捺变化大一些，有时与撇配合而成左右伸展之姿，如“本”“徕”“段”“徒”“墓”“基”“不”“于”“岁”“以”等字。捺画的用笔：

1. 须藏锋入纸，起笔向左上斜按；

2. 转锋后折而向右下方涩行，渐渐按笔加力铺毫；

3. 至捺脚处顿笔，顿笔渐提，上挑出锋，微呈波势。

六、折画

折画是指横与竖连接处的笔画。《石门关铭》的折画以方折为主，大多作横竖一笔处理，其笔法是以平横的笔法写好横画后，在横画收笔处提笔转锋后向下方行笔，转折处稍稍挫笔。也有的在平横末端提锋向上，使竖画向上露一些头。另起笔写竖折的很少见。无论连或不连，或折或转都要如方寓圆，要意气贯通。

临摹的最后目标是为了创作。因而临习阶段一定要认真，一丝不苟，力求形似。一般隶书碑帖的字形以方、扁为主，字取横势。纵势横势，重心平衡是处理结构的基本原则。隶书结体是由线条组成的，线条与线条之间靠笔势来相互连贯、呼应、映带。构成隶书结体的线条特征是每一线条笔端都重新起笔，蚕头燕尾，笔断意连。隶书的章法是纵有序，横有列，上下字距宽，左右字距密。这种章法能充分展现隶书形式美的特征，整体和谐、端正。书写时，我把纸折成长方形格，单字安排在格内中间偏高处。这里要强调的是隶书创作须在传统的框架内进行。

壬辰年（2012年）初春，予与杜大伟、薛元明、陈羲诸道友，游览茅山乾元观，据传茅山乾元观乃南北朝陶弘景隐居之处，被誉为“山中宰相府”。并有《诏问山中何所有赋诗以答》诗一首：“山中何所有，岭上多白云。只可自怡悦，不堪持赠君。”此诗脍炙人口，意境超凡。而观内“坤道仙乐”系乾元观女尼自行组成之乐队，她们自弹自唱，别有韵味。我感受良深，遂自撰诗一首，以志时感：“山抱乾元正入春，白云多处少红尘。自来坤道弹仙乐，丝竹和鸣最悦人。”又以此为内容，以《石门关铭》为笔意，取六尺宣纸对开为条幅，书写创作成隶书作品，以飨读者参考鉴赏。

《石门关铭》局部

《石门关铭》局部

《石门关铭》碑文

石门关

段仲孟年八十一以永和三年八月□故

惟自旧怟段本东州祖考徕

西乃徙于濋因处广汉造

墓定基魂零不宁于斯革之

永建三年八月段仲孟造此

万岁之宅刻勒石门以示子孙

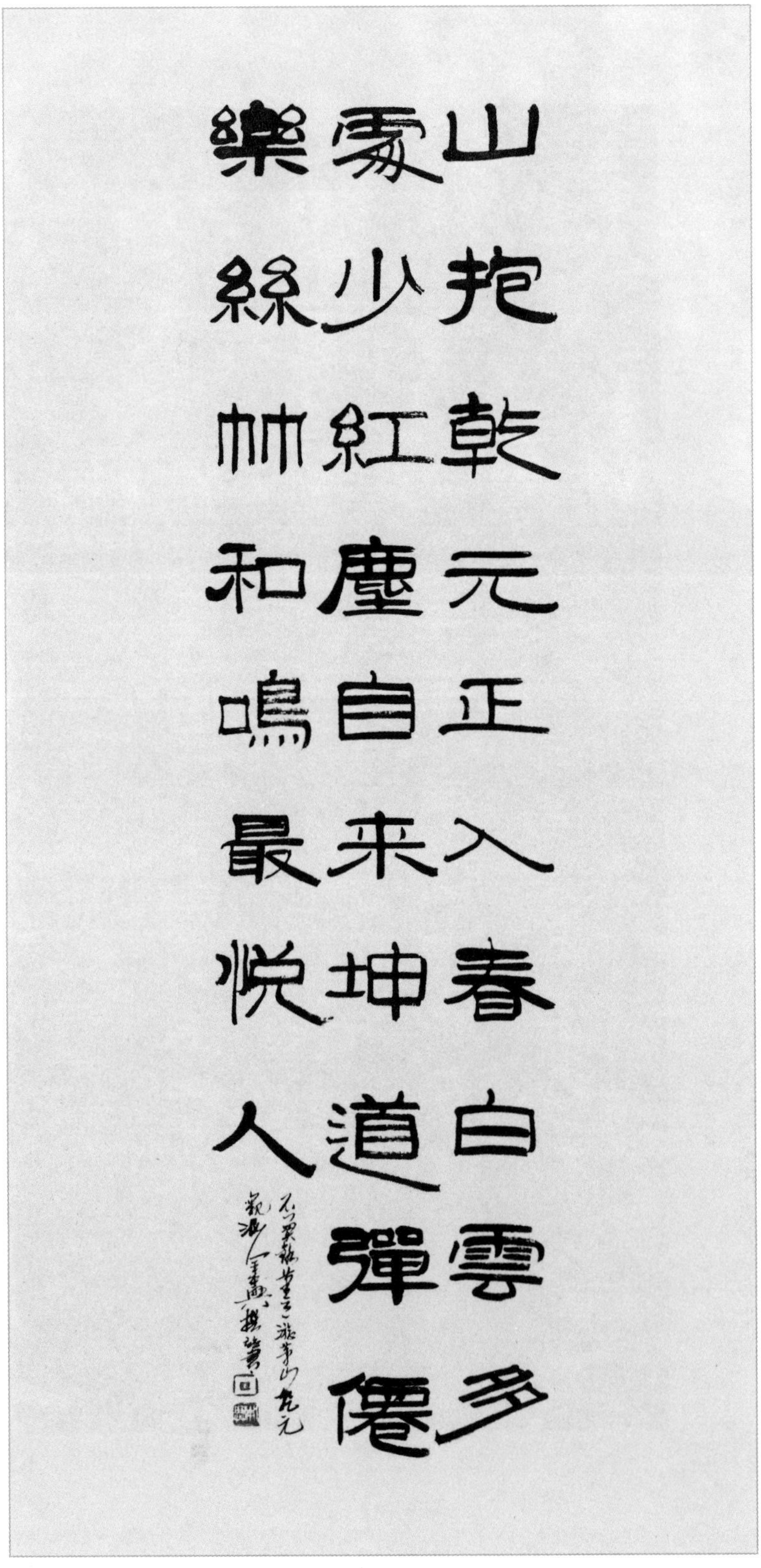

七言绝句《壬辰初春，与杜大伟、薛元明、陈羲游茅山乾元观》王本兴撰并书

《石门关铭》笔意

山抱乾元正入春，白云多处少红尘。

自来坤道弹仙乐，丝竹和鸣最悦人。

阳嘉残碑

《阳嘉残碑》又名《黎阳令残碑》《少仕州郡等字残碑》等。东汉阳嘉二年（133年）立。清汪鋆推为东汉永和元年（136年）立。清光绪元年（1875年）在山东曲阜出土，后为海丰吴式芬所得。光绪十八年（1892年）与北魏《刘玉墓志》同遭大火焚毁，碎为30余块，这些残石至今不明所在。据清陆增祥《八琼室金石补正》记载："高一尺六寸五分，广二尺，字径一寸半。"碑文为隶书书体，碑阳存11行，行7至10字不等，共有92字，碑阴存3列，上列5行，中列12行，下列11行，行1至5字不等，共85字，二者合计177字。

残碑出土时碑阳文字已损半，碑阴文字相对比较清晰。其隶书面貌在《礼器碑》与《熹平石经》之间，结体典雅古朴，笔画使转飘逸超然，碑阴书体较之碑阳基本相同，只是前者比后者宽绰方正一些，而后者比前者更为清劲蕴藉一些。结体点画多有细长开张之笔，然并不靡弱，依然保持着凝重朴厚之意趣。用笔较为自由，不拘隶书藏头护尾之成规，时见锋芒外露，尽情纵展拓放之状，如"不""天""夜""匪""光""永""五""戊""有""奉"等字，它们参差错落在圆浑含蓄的主体笔画之间，增添了灵动与节律感。特别是毛笔万毫齐铺，笔力重按之下，形成浓重的波挑即燕尾之状，显示出结体的稳重博大气势，成为此碑的一大特色。隶书到汉末桓帝灵帝之际，出现了顶峰成熟时期。其用笔的周到，结体的严谨均达到了规范统一的高度。《阳嘉残碑》在东汉中期，正处于隶书发展上升的阶段，因而它的用笔和结体还比较自由开放，还不那么周到与严谨，还未达到形成规律的模式。《阳嘉残碑》是具有个性的隶书碑帖。

现将临习要点介绍如下：

一、点画

横画、竖画用笔必须逆入回出，行笔平稳涩进，稍带提按，收笔平出平收，也有顿而平收的。线条粗细基本等同，少有反差。

二、撇画

撇画较为圆浑柔顺，平起平收，有的平起提收，如“夙”“夜”“功”“朔”“奉”“故”“人”“后”等字。“吏”字的竖弯逆入平起，向下涩行，然后向左微带弯势撇出，它的长度略短于右捺。

三、捺画

捺画是一个作秀之笔，加重按力，万毫齐铺，再轻轻提起，顺势写出波挑。波挑有的圆浑，有的尖锐，几乎呈三角形状，大多十分粗壮宽绰。

四、转折与结体

《阳嘉残碑》结体的特点以扁方为主格调，间有长方正方的结体参差其中。中宫大都较为紧敛，依势就势，随字而变化。撇捺或横画遵守“蚕不双卧，燕不双飞”的定律。文字的末笔或下笔尽情向左右伸展开张。相同的文字竭尽变化之能事，无一雷同。如三个“刘”字的侧刀偏旁写得各不相同，多个“故吏”，其波挑的长短、弯度、方向、粗细都有区别。转折基本都使用提笔暗转，不换笔，且以方折为主。

值得说明的是,《阳嘉残碑》的章法布白十分规范传统，其文字间距左右紧密，上下之间宽松，这种谋篇款式一直延续应用至今。

《史记 · 平淮书》有文“冠盖相望”，我以横披的形式，拟《阳嘉残碑》之笔意创作书写而成作品。虽然只有短短的四字，但作品创作方式却包含了两个层面：首先“冠盖”二字可以按照原碑中的刻文书写，这叫集字创作法；然后再写“相”与“望”字，其“木”“目”“月”“王”等部首可以参照原碑刻文“机”“瞻”“朔”“夜”“王”等字的笔意外，基本上得原创书写。第二种方式就是将原碑中的文字通过长期认真的临摹，掌握其点画、结构、偏旁等各种零部件，在创作时将这些零部件重新衔接、组合。当然这种创作书写，更重要的是从整体上把握碑帖的原有风神，使点画结体到位，不带一点儿生搬硬凑之势。

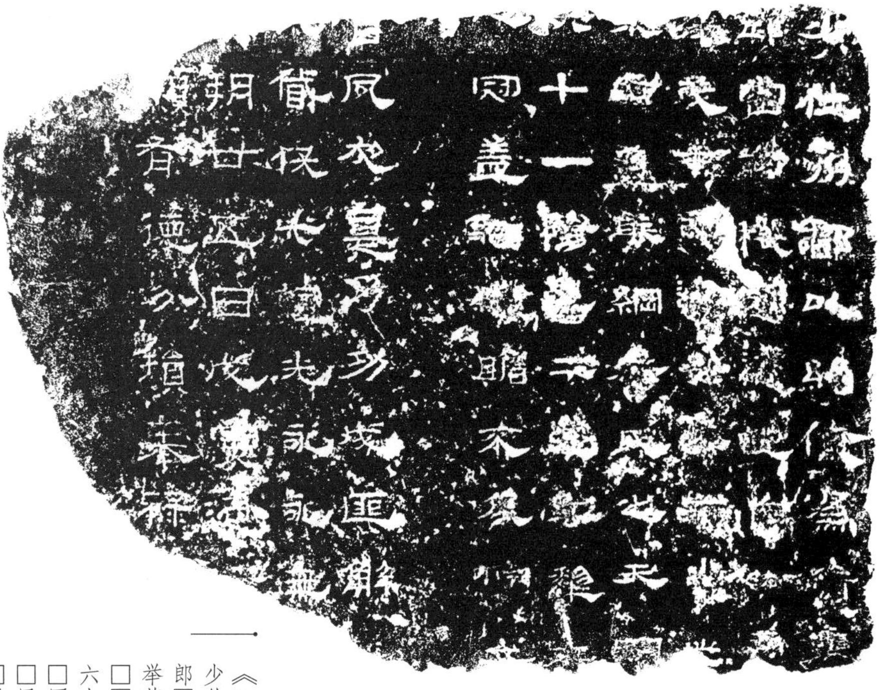

《阳嘉残碑》碑阳碑文

少仕州郡以约俭为资□
郎□□机□逶迤自公□
举茂才远近□□□□
□□盖能纲□氏之天□
六十一阳嘉二年工犁□
□冠盖□□瞻不及伫立
□夙夜是力功成匪解
□贷保此□光永永无
朔廿五日戊寅□
显有德分损奉禄

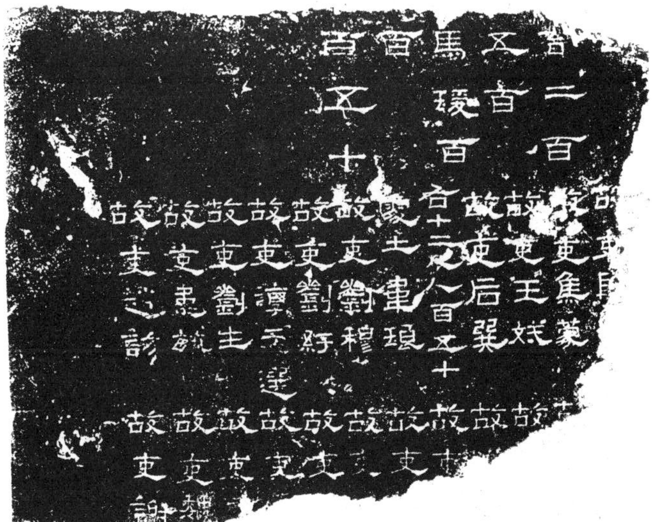

《阳嘉残碑》碑阴·碑文

有二百 右十二人人百五十 故
五百 处士韦琅 故吏
马瑗百 故吏刘穆 故吏
百 故吏刘纡 故吏
百五十 故吏淳于选 故吏
故吏殷 故吏刘生 故吏
故吏焦蒙 故吏韦毓 故吏
故吏王斌 故吏赵访 故吏魏
故吏后巽 故 故吏谢

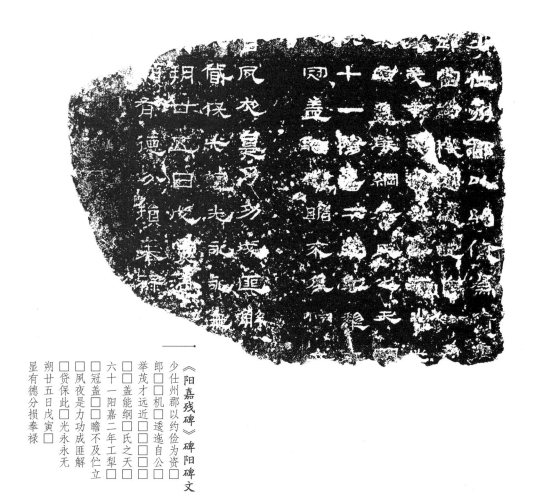

《阳嘉残碑》碑阴局部

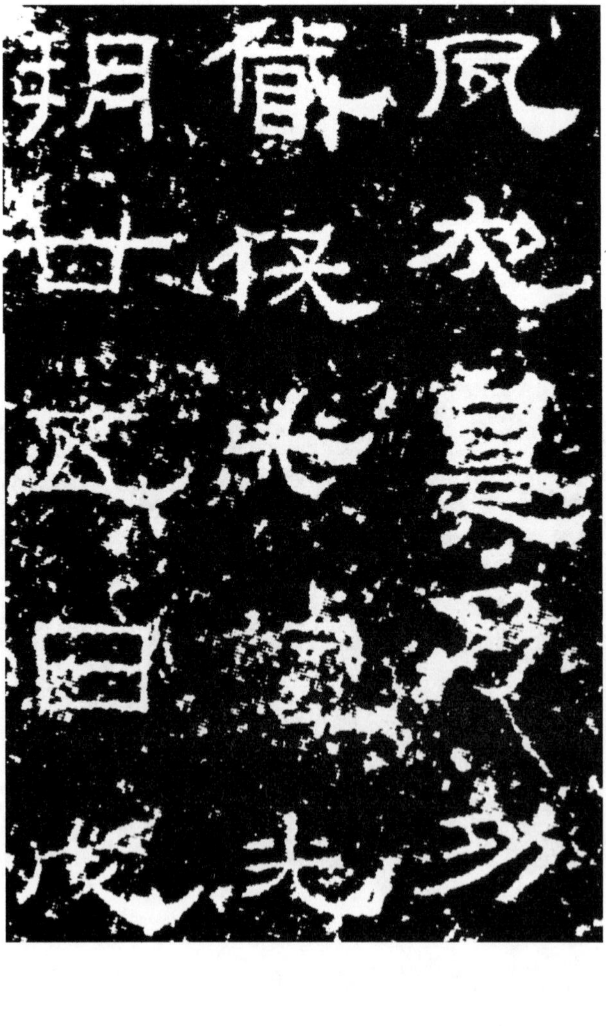

《阳嘉残碑》局部

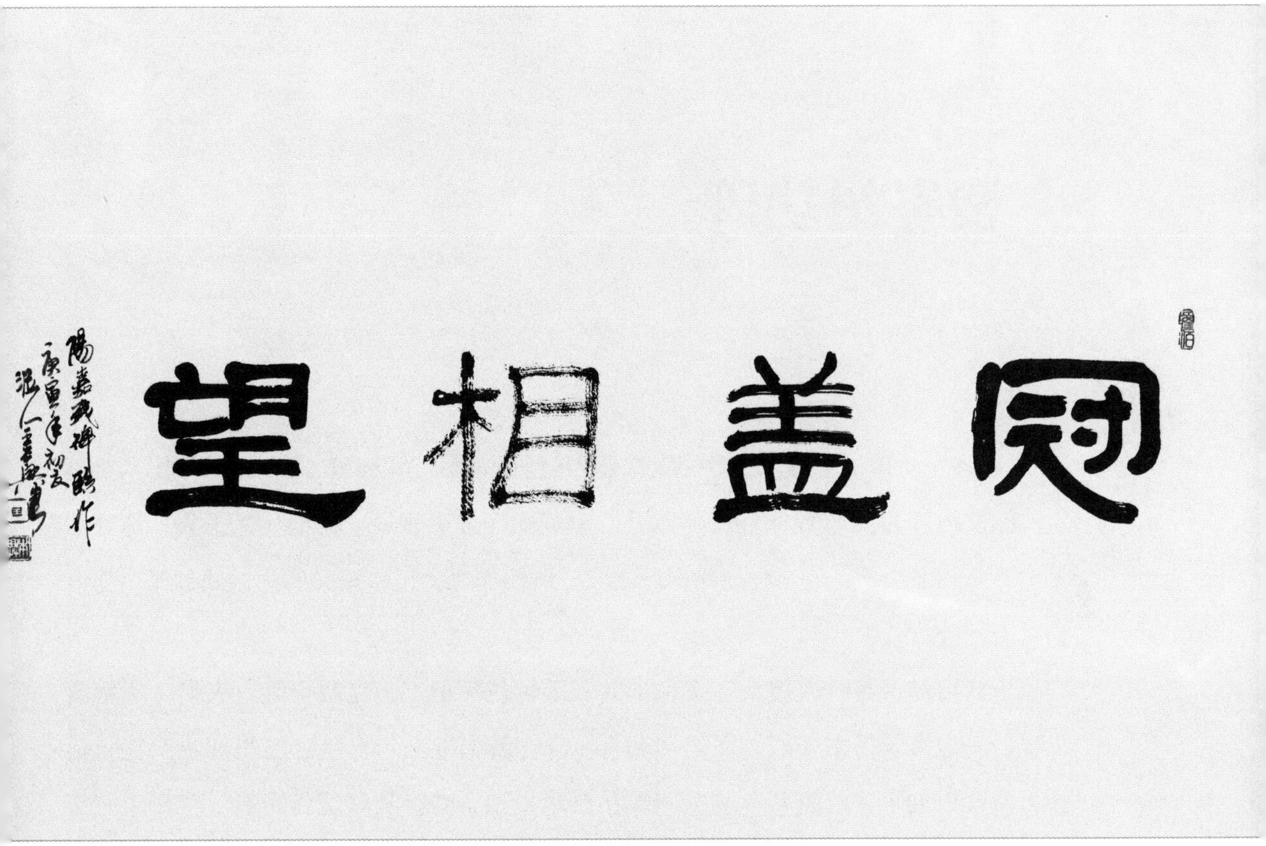

冠盖相望

《阳嘉残碑》笔意　王本兴书

裴岑纪功碑

《裴岑纪功碑》全称《汉敦煌太守裴岑纪功碑》。东汉永和二年（137 年）八月刻立。铭文内容为："惟汉永和二年八月，敦煌太守云中裴岑，将郡兵三千人，诛呼衍王等，斩馘部众，克敌全师。除西域之灾，蠲四郡之害，边竟又安。振威到此，立海祠以表万世。"

于此可知，当时敦煌太守率领郡兵三千讨伐呼衍王，克敌全胜，人们一边犒赏士卒，一边为颂扬太守战绩而纪功勒石。碑存新疆维吾尔自治区巴里坤哈萨克自治县。清雍正七年（1729 年）为大将军岳钟琪发现，并将其移至将军府，雍正十三年（1735 年）又移至巴里坤城西北关帝庙前。苦寒之地摹拓殊艰，乾隆二十三年（1758 年）裘曰修得碑拓本，始为世人所重。

此碑摹刻、翻刻本甚多，有新疆巴里坤刘氏本，山东济宁顾氏本，西安申兆定本等。据《新疆金石志》记载，此碑高 1.4 米，宽 0.6 米，碑文分 6 行，每行 10 字。我每读此通碑文，深为裴太守的壮举而欢欣鼓舞，可谓不世之奇勋。而汉史却不著其事，此碑补充了文献之不足。

敦煌是汉武帝时设立的"河西四郡"之一，位于甘肃省之西北，与新疆毗邻。呼衍王是匈奴西部最高统治者。铭文中的"海祠"在天山北麓的巴里坤，其"海"即现在所称的"巴里坤湖"。清雍正年间，大将军岳钟琪在湖旁兴建城池，《裴岑纪功碑》就是清屯田士兵垦荒时从土中掘出，保存至今。裴氏家族是中国历史上声势显赫的名门望族，上自周秦，下迄近代，绵延两千余年。唐宰相张说撰《赠太尉裴行俭神道碑》记载："其先出于嬴姓，伯益之后也。秦则裴侯始封，汉则侍中受职，魏晋之代郁为盛门。八裴方于八王，声振海内，三子尊为三祖，望高士族。"裴氏家族在其发展过程中，诞生了大量的碑刻，岁月沧桑，大多已散佚无考。而此纪功碑极为珍贵稀世。康有为《广艺舟双楫》云:“变圆为方，削繁成简，遂成汉分”，“朴茂雄深，得秦相笔意”，“以篆笔作隶者”。所言极是，此碑文造型奇特，点画以方折取妍，且参以篆书之婉曲。字态几呈正方形，无波势之笔，大小基本均衡相同。纵横有列，庄严肃穆，大气磅礴，骨架开朗，十分精彩动人。正如清方朔《枕经堂金石书画题跋》云:“文笔叙事简古。字在篆隶之间，雄劲生辣，真有率三千人擒王俘众气象。”

此碑的临写要点:

一、直画

直画包括横竖及平直的斜画。我们从附图中可以看到，直画的起讫为逆入回出，不仅各自形貌有别，而且一笔直画从头至尾自身的变化十分微妙。这种效果就要求毛笔在运行时要做到快慢、轻重、提按、行留等丰富的动作。快亦为疾，如箭离弦。但它不能离开慢，快系针对慢而言，慢后之快方为上，快中含慢，快慢相间，不同的节奏才能产生丰富的效果。轻重是注于笔端之力的大小，这力不是实力是意力。那些耄耋之年的老书家，论力不如年轻人，但笔下写出的线条，却能入木三分，具有力能扛鼎的气势。故轻重之力在于以气用笔，轻而有骨不飘，重而坚实不滞。提按是笔锋在纸面上做上下运动。提按能使线条产生粗细变化。提笔则细，按笔则粗。点画书写不能一提到顶，也不能一按到底。提与按的交替同时进行，且频率非常快速，这就是积点成线的道理。行与留、提与按可以说是对应的有内在联系的用笔动作。提锋时笔与纸的力减小，行有了条件保证；按则增加了笔对纸的压力，行笔的力增大，似乎留住了笔的行进。这样才能写出高质量的点画线条。我建议书写时抓笔略高一些，擫押钩抵笔管主力大一些。

二、曲画

曲画包括撇捺及其他圆转弧曲之笔。在碑铭中曲笔很平稳端庄，不纵不飘从头至尾来去到位。有波势韵味，但又含而不露。抢势逆入，拙涩运行与直画相同，只是收笔常用顿挫之法。顿即驻留片刻，挫即笔锋与纸按压摩擦。这样曲笔的尾部常常出现粗壮凝重的效果。

三、转折

转折的临写有三种形式：左右丁字式转折，由换笔两次写成；横竖分离式转折，即转折处互相不连接，亦用两笔写成；提笔转锋暗过式转折，一笔写成。临习时尤要注意结体的空灵疏朗，中宫留白较多。线条撑满四角，到位但不刻意伸屈飘展，呈内松外敛的格局。

20世纪末，书坛书风有了变革，转向“乱石铺路”、粗放恣肆的一种大气势、大架子、大手笔，而率意的《裴岑纪功碑》刻迹，既有古朴的金石气息，又有敦厚的书卷气息，对当代书法资源的开发利用，很有参考借鉴价值。笔者则以条幅形式，按照传统纵横有列，行宽列紧的格式临习书写成作品。其中“兵”“将”“等”“灾”“振”“害”“世”等字，因漫漶剥泐、模糊不清，均参照碑铭其他文字笔意书写，其用笔注重拙朴老辣感，保持原碑笔意的神形兼备。

《裴岑纪功碑》局部

《裴岑纪功碑》碑文

惟汉永和二年八月，敦煌太守、云中裴岑，将郡兵三千人，诛呼衍王等，斩馘部众，克敌全师。除西域之灾，蠲四郡之害，边境□安。振威到此，立海祠以表万世。

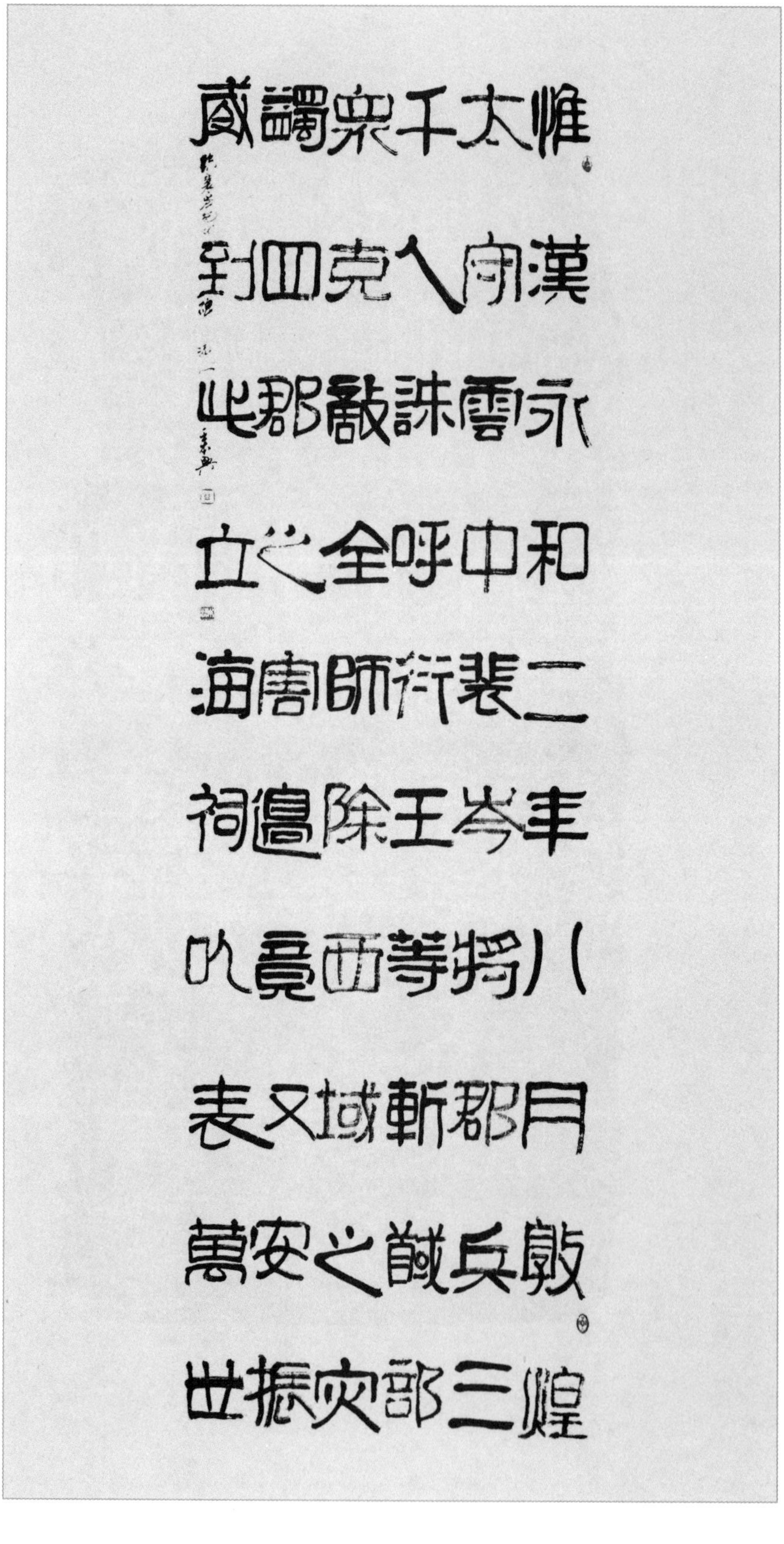
惟漢永和二年八月敦煌
太守雲中裴岑將郡兵三
千人誅呼衍王等斬馘部
眾克敵全師除西域之灾
蠲四郡之害邊竟艾安振
威到此立德祠以表萬世

王本兴临《裴岑纪功碑》

冀州从事冯君碑

《冀州从事冯君碑》简称《冯君碑》，近年出土于河南孟津。碑为残石，仅存中穿孔以上的半截。残石高 102 厘米，宽 83 厘米。碑额阴刻隶书“冀州从事冯君碑”7 个字，碑文隶书 17 行，每行存 5 至 15 字不等。碑额、碑文残存共计 199 字。东汉永和六年（141 年）刻立。

《冯君碑》隶书典雅优美，结体方正工致，横平竖直，转折遒劲，波磔短促，笔画厚重，基本不作长短参差，左掠的笔画少，亦少具左掠之势。捺画不作过度伸展飘逸，在一个无形的方框内布白书写，书风宽绰大气。临习要点为：

一、点画

点是一种浓缩和凝聚的线条，也可谓是缩短了的横竖。隶书之点，或圆或方，或平或竖，或露或藏，形态多姿，皆具横、竖、撇、捺、挑的特点，与其他线条形成一种对比关系，有间隔线条和呼应的作用。它亦有一定的方向性，使隶书生动活泼，充满活力。《冯君碑》常见的点，有圆点、方点、尖点、横点、竖点、撇点、捺点、挑点。

其笔法为：

1. 逆入藏锋；

2. 蓄势，顿挫行笔；

3. 涩出回锋。

隶书点的用笔实际上与横、竖、掠、捺的用笔相通。看似平常的点，有其丰富性与复杂性。如左右两点有对称性；八字点多为上合下开，左点似掠，右点似短竖或短捺；三点水的三点一般是头圆尾尖，指向字心，点有挑向右上方向的；四点一般是聚散呼应，彼此成形。如“辞”“泣”“进”“德”“绝”“笃”“亦”“之”“济”“绝”等字。

二、横画

此碑文横画较为平直，粗细较为匀称。书写时要多一些涩行，行笔速度不宜太快，锋尖保持在笔画中线上，减少提按频率，平横收笔时提锋回收，波横收笔时出锋稍快，形成燕尾。碑中的横画有的粗些，有的细些，主横与次横的区别不是太明显，主横大多数呈蚕头燕尾，有的主横也写成平横，此碑隶书横画有平横、波横构成。

平横的笔法：

1. 平横平直如水平，逆锋起笔（圆笔圆转，方笔提笔翻折）；

2. 中锋行笔，提中蓄按，按中隐提，粗细匀称，变化宜小，做到圆润、匀称有质感；

3. 提笔回锋收住。

波横的写法一波三折，写波首蚕头时，起笔转向、顿挫，形成的头部是或平方、或圆融、或方圆兼济的形态，整个横画平直、稳当，然后提笔缓行。波腰也较为匀稳平直，无明显的圆曲弯势，至尾部笔画渐粗，至右下方顿笔后，顺势向右上方斜出，出锋略快，做成燕尾。此碑文的波横平直、上翘、带斜势。波横美化了隶书，使隶书飘逸舒展，稳定而有动感。波横是隶书夸张、率意的主要特征笔画。波横的粗细长短与行笔速度不尽相同，只有准确临习，用心揣摩，方知波横体态变化之味。

三、竖画

此碑隶书的竖画亦较为平直稳定，直竖笔法一般先上行藏锋，转锋时轻按，伏笔后下行，回锋收笔。如“部”“郡”“明”“相”“帅”“世”等字。隶书中常见左弯竖，上部如直竖，下部渐变为掠，收笔时顿下蓄笔左向缓转，写出圆润遒劲之感。如“纠”“于”“事”“州”“则”“授”等字。

四、撇画

撇画笔势是向左斜势伸展，它与向右的捺形成左掠右波的格局，使体势开张。撇的形态变化很多，有斜撇、竖撇、弯撇、点撇、长撇、短撇等。

撇画笔法为：

1. 藏锋逆入；

2. 翻笔调锋左转下行，要求中锋运行，渐按；

3. 有些渐提出锋，有些提笔向上回转收笔，大多数收笔是裹锋提出。

撇画的重心和力量集中在下部，头部峭劲轻巧。一般撇画呈上轻下重。撇画要伸展自如，强劲有力，雍容而有气势。如“友”“天”“不”“文”“孝”等字。

五、捺画

有平捺与斜捺。平捺包括走之捺、竖弯捺等形式，如“兄”“邑”“道”“进”“永”等字。略呈一波三折，以平直通达为主，腰部稍往下渐顿作铺毫，至捺脚处顿笔后蓄势挑出，书写时行中有留，保持一定的速度。斜捺变化大，往往与撇配合而呈左右伸展之姿，如“欣”“以”“天”“文”“不”“氏”等字。写斜向捺画时，藏锋入纸，起笔向左上斜按，转锋后折而向右下方涩行，渐渐按笔加力铺毫，至捺脚处顿笔，顿笔渐提，上挑出锋，呈燕尾状。

六、折画

折画是横与竖连接处的笔画。折画可做一笔处理，也可做横竖不连的两笔来写，隶书的转折一般呈现此两种形式。其笔法是以平横的笔法写好横画后，在横画收笔处提笔向上折后向下方行笔，转折处稍作挫笔。也有的在平横末端提锋向上，使竖画露头，或另起笔写竖，使横竖笔断。无论连或不连，或折或转都要如圆似方，都要意气贯通。

以上介绍的六种笔画要反复重点临习，牢牢把握其特点，把握其各种表现形式。值得再次提请注意的是，此碑文的结体较为端庄方正，笔画与笔画之间粗细、宽窄较为匀称一致，反差不是太大，因而在书写创作时，不要以扁方取势，不要过于拉长波横与撇捺，追求飘逸之姿。避免失去《冯君碑》宽博大气的格调。

《冯君碑》铭文中，有“临乡登进，天道唯德”之句，遂选字组合为“登临天道”之句进行书写创作。“道”原指道路，“天道”最初包含日月星辰等天体学说，后又包含上帝、天命等观念。《老子 · 二十五章》句：“人法地，地法天，天法道，道法自然。”《荀子 · 天论》提出了唯物主义天道观，提出“人定胜天”的理念。作品取扇面形式，随扇面弯势作弧形布白，虽然此四字的书写，皆可从原碑中一一对应参照借鉴，而笔者自拟碑意，背帖挥毫，一气呵成。扇面落款形式有多种多样，这里以纵取势，左右对应，呈上下款形式。

《冀州从事冯君碑》局部

《冀州从事冯君碑》局部

《冀州从事冯君碑》碑文

惟冀州从事魏郡繁阳冯通
先出自高辛文武之盛唐叔
世勋则有官族邑亦如之其
后不绝世济其美不陨其烈
兄弟相帅承事母氏世稻其
雅宣慈笃诚孝弟勤愘既修开
欣喜亲安然后志得友宁然后
以辞户授以部职辄以疾让甚
司三郡纠明若否献善绌恶宽猛
临乡登进而遘凶袂永和六年
惜从事泣血懰慄逾于郑人
始天道唯德不朽于是同志
厥后其辞曰
从事秉德如玉如莹表像所挺履方
上勋力有成浩浩冀土从事是经所□
是屏何瘖不遂中年夭苓世丧模范朝
以造兹汉安元軨

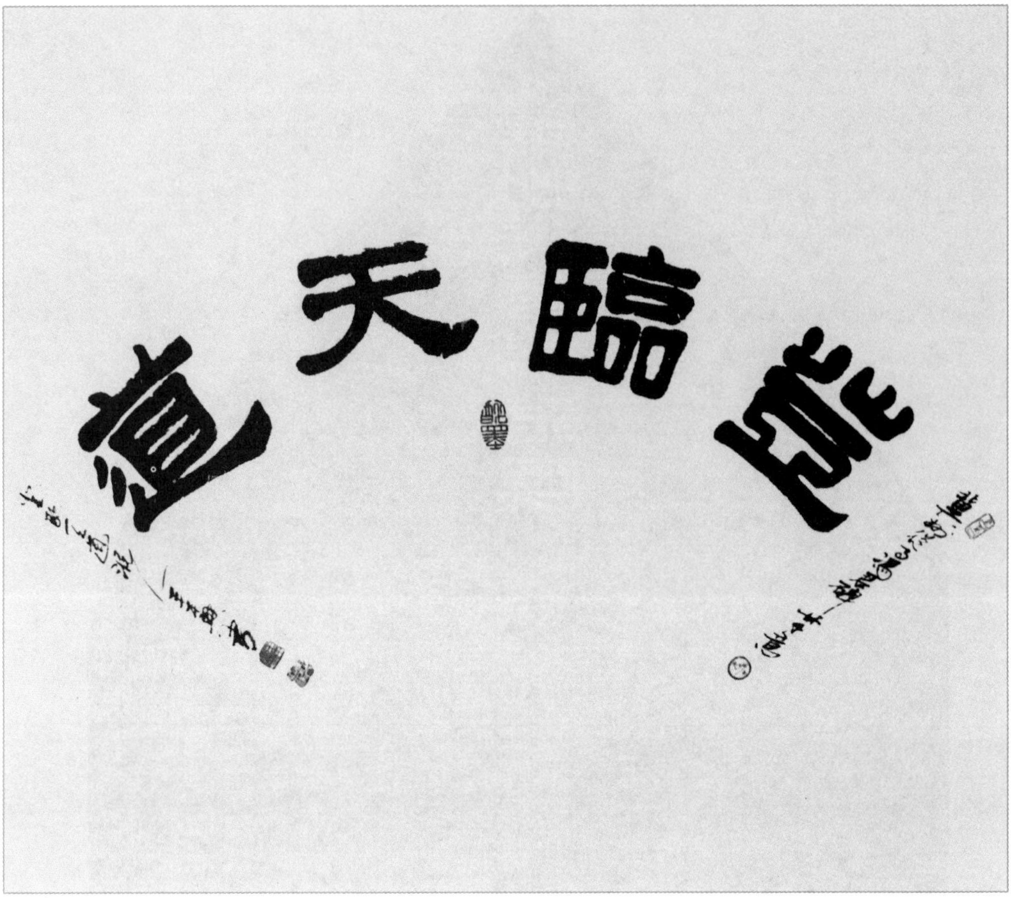

《冀州从事冯君碑》笔意 王本兴书
登临天道

北海相景君碑

《北海相景君碑》全称《汉故益州太守北海相景君铭》，简称《景君碑》《景君铭》。碑高220厘米，宽79厘米。此碑碑阳碑阴皆有刻文，碑阳文17行，每行33字。碑阴刻故吏官职姓名四列和四言韵语十八句，皆以方为主的隶书书体。碑额圭形，有穿孔，额题篆书“汉故益州太守北海相景君铭”12字。碑镌立于东汉汉安二年（143年）八月。原在山东济宁任城，现藏山东济宁博物馆。景君其名不详，官元城令，益州太守，北海相，从河北仕途至四川，卒于北海任上。门下属吏对景君的德行称颂备至，遂树碑立传。

《景君碑》书风平正峻拔，笔势凌厉。竖笔尖利劲挺，如倒韭悬针，长线条特别夸张洒脱。布白纵横有列，左右紧靠，上下空灵。历代书家皆称之为“古雅”，“曳脚多用籀笔”，“字体长方，犹含篆意，似《天发神谶碑》”等。杨守敬《激素飞清阁评碑记》云：“隶法易方为长，已开峭拔一派，郭兰石谓‘学信本书，当从《郑固》《景君》入’，可谓探源之论。”梁启超《碑帖跋》云：“其书势犹含篆意”，“始见波磔，然字体犹作长方，用笔犹取圆劲”。以上所评极是，我们从碑阳铭文中的“明”“乃”“考”“行”“帝”“厥”等字，可看到篆籀之用笔痕迹。

此碑文部分字体用了篆籀笔意，致使通篇审美风格不够协调，影响了此碑在整个汉碑隶书碑帖中的级别与品位。然瑕不掩瑜，《景君碑》刚健挺拔、方峻雄强的神形，散发着特有的光彩，依然是我们临习摹写的隶书优秀范本。

临写此碑须从基本的点画开始。《景君碑》中的点形式多样，且都不太大，越是不起眼越是不能草率随意，起笔应藏锋逆入，后转笔向下重按，再转锋前行，最后迅速提锋收笔。点画要写得凝重朴实，与楷书不同，隶书的独立点，一般上重下轻。相背点、相向点、三点水、四点，各有前后轻重之分。临习千万不能毫无动作，毫无变化地一带而过。

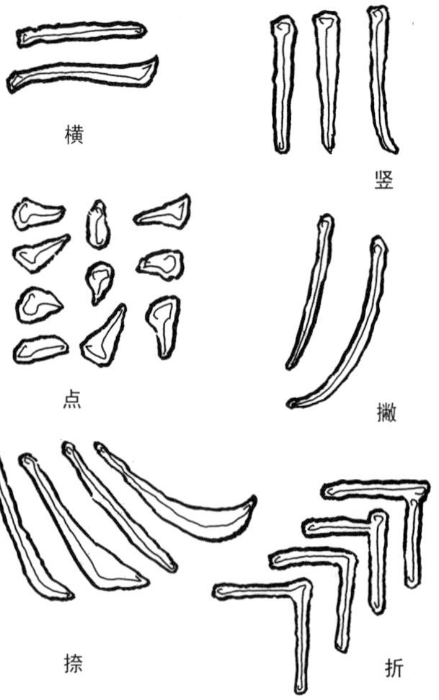

点画用笔示意图

平直无波挑的横画临写时，毛笔藏锋向左上逆入，后折回向下顿笔，再转锋右行，至尾部回锋收笔。头部要写得圆中见方，尾部亦圆亦方。带波挑的横画，起笔同上，至尾部时用力重按，笔毫铺开，然后笔管向右稍倾斜，徐徐提锋，边提高边向上转动，铺开的笔毫逐渐收束挑出，到末端再回锋收回。收笔注意要避免末端出锋过尖。这种波挑横画，头如蚕头，尾如燕尾，故称蚕头燕尾，在一个文字中只能有一个横画可写成蚕头燕尾，其他横画则写成平横，称为“蚕不双卧，燕不双飞”。

竖画临写起笔有方有圆，方起笔居多，落笔稍重一些，往下运行时渐行渐提，一般为上粗下细，有的呈悬针状。从字态形式上看，竖画在《景君碑》中系主笔画，写得很长，有些还带弧形呈弯曲状。撇画不向左右飘展纵放，大多向下垂弯撇出，末端均不露锋。临写时要逆入回出，笔笔送到，注意运笔的轻重淹留。

碑文中的捺笔大多带波挑燕尾，形态峻利壮美，有的甚至十分粗壮肥大。其用笔大致与波挑横画相似。但也有一些捺笔无燕尾，像撇画一样平出平收。

《景君碑》的折画一般可分为四种形式：横竖尖方转折，横竖平圆转折，横竖左右丁字式转折，横竖上下丁字式转折。习者在临写时前两种转折不换笔，笔锋暗转写出；后两种转折换笔写出。此碑的结体长方形居多，也有呈方形及扁形的，临写时要注意部首之间的参差错落，顾盼呼应及大小比例关系，尤其是文字自身的布白与疏密，更要临写到位。

在临习摹写较为熟练的基础上，我们即可进行书法创作。前文已阐述过，创作一般有三种形式：集字创作、仿意创作和创意创作。临习者可先进行集字创作，后再进入仿意与创意阶段，集字创作相比较而言要容易一些，仿意创作比集字递进了一步，它是拟原碑的格调进行书写创作，创意的难度就大多了，它完全是在原碑的神韵与意境中游刃走笔。所附的书法条幅“思慕好书，蓄道修德”系集字书作，“悳”为“德”的异体字，笔者将碑铭文字亦汇集于旁。值得说明的是：其一，上述书法创作的三种形式并不是孤立绝对的，文字之间应当是互相联系，互相结合，相辅相成的，也可以是互相参照、互相借鉴；其二，无论何种形式的书法创作，均须把握好线条的质量与结体的特色。笔者主张多临习多实践，实践方能出真知。

《北海相景君碑》碑阳

《北海相景君碑》碑阳碑文

汉故益州太守

北海相景君铭

惟汉安二年仲秋□□故北海相任城景府君卒呜歔哀哉国□□宝英彦失畴列宿亏精晚学后时于何穹仓布命授期有生有死天实焉之岂夫仁哲攸克不遗于是故吏诸生相与论曰上世群后莫不流光□于无穷垂芬耀于书篇身殁而行明体亡而名存或著形像于列图或毄颂于管弦后来咏其烈竹帛叙其勋乃作诔曰伏惟明府受质自天孝弟渊懿帅礼蹈仁根道核艺抱淑守真畾白清方克己治身实渘实刚乃武乃文遵考孝谒假阶司农流德元城兴利惠民强衙改节微弱蒙恩威立泽宣化行如神帝嘉厥功授以符命守郡益州路遐挛亲躬作逊让夙宵朝廷建策忠谠辨秩东衍玺追嘉锡据北海相部成十九邻邦归向分明好恶先以敬让残伪易心轻黠逾竟鸱枭不鸣分子还养元鳏寡蒙祐以宁蓄道修德□祉以荣纷纷令仪明府体之仁义道术明府膺之黄朱邵父明府三之台辅之任明府宜之以病被征委位致仕民□思慕远近搔首农夫醳耒商人空市随轝饮泪奈何朝廷夺我慈父去官未旬病乃困危珪璧之质临卒不回歔欷霣绝奄忽不违孝子憏□颠倒剥摧遂不克寤永潜长归州里乡党陨涕奉哀故吏忉怛虚欷□徊四海冠盖惊憧伤裹大命□期实惟天授明王设位明府不就臣子欲养明府弗留呜歔哀哉

乱曰考积幽穸丧至□兮□□□□翔议郎兮再命虎将绥元兮规策矩护主忠信兮羽卫藩屏抚万民兮□□□□恩弥盛兮宜参鼎轉坚干祯兮不永麋寿弃臣子兮仁敷海岱著甘棠兮刊石勒铭□不亡兮

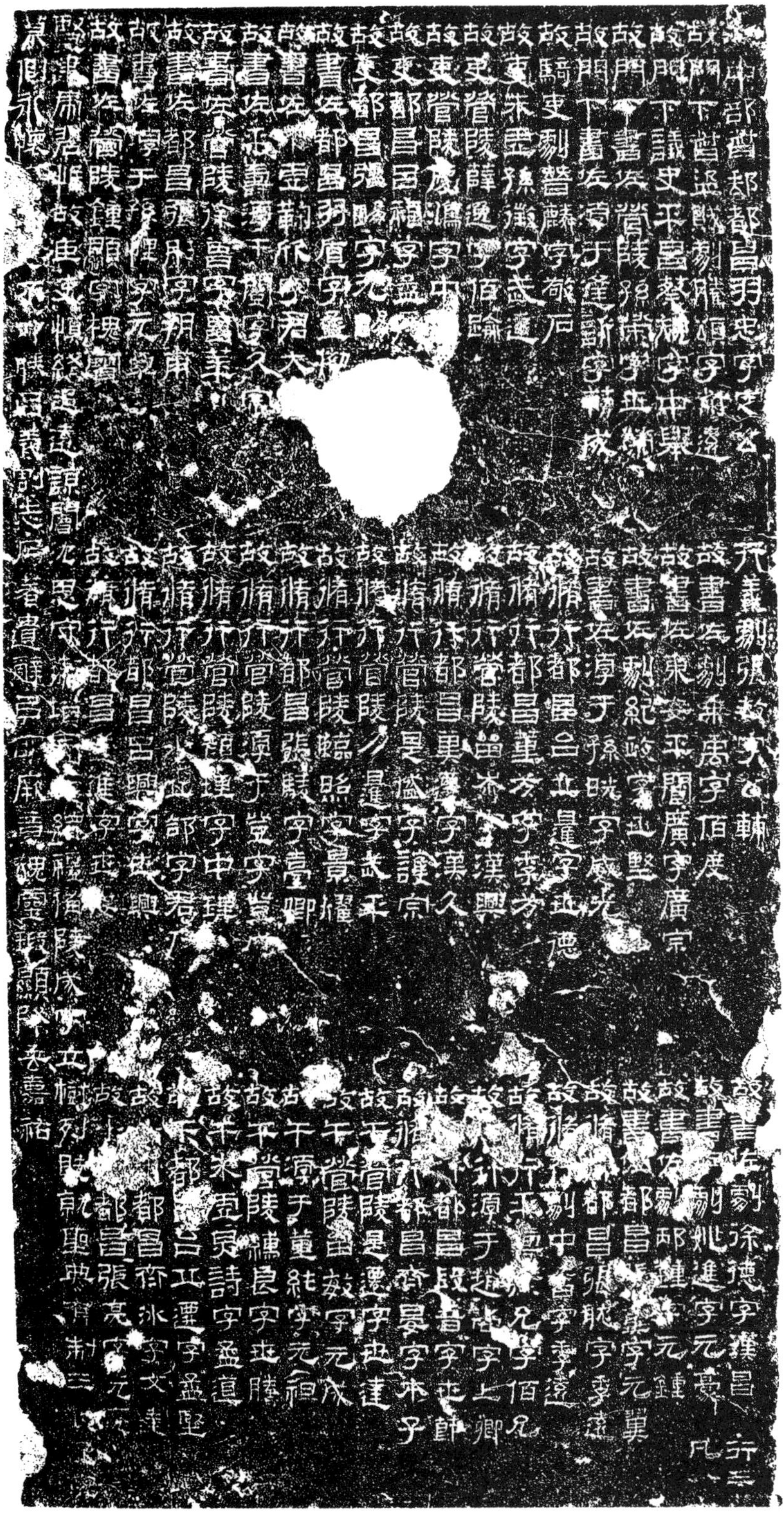

《北海相景君碑》碑阴

《北海相景君碑》碑阴碑文

故中部督邮都昌羽忠字定公
故门下督盗贼剧腾颂字叔远
故门下议史平昌蔡规字中举
故门下书佐营陵孙荣字世荣
故门下书佐淳于逢䜣字口成
故骑吏剧暜麟字敬石
故吏朱虚孙征字武达
故吏营陵薛逸字伯踰
故吏营陵庆鸿字中口
故吏都昌吕福字孟口
故吏都昌张畅字元畅
故书佐都昌羽质字孟效
故书佐朱虚鞠欣字君大
故书佐平寿淳于闾字久宗
故书佐营陵徐曾字曾华
故书佐都昌张彤字朔甫
故书佐淳于孙悝字符卓
故书佐营陵锺显字槐宝

行义剧张敏字公辅
故书佐剧乘禹字伯度
故书佐东安平阆广字广宗
故书佐剧纪政字世坚
故书佐淳于孙晃字威光
故修行都昌台丘暹字世德
故修行都昌董方字季方
故修行营陵留赤字汉兴
故修行都昌冀迁字汉久
故修行营陵是盛字护宗
故修行营陵力暹字武平
故修行营陵临照字景耀
故修行都昌张骏字台卿
故修行营陵淳于登字登成
故修行营陵颜理字中理
故修行营陵水丘郃字君石
故修行都昌吕兴字世兴
故修行都昌逢进字世安

故书佐剧徐德字汉昌
故书佐剧姚进字元豪
故书佐剧邴锺字元锺
故书佐都昌张翼字元翼
故修行都昌张耽字季远
故修行剧中香字季远
故修行平寿徐允字伯允
故修行淳于赵尚字上卿
故修行都昌段音字世节
故修行都昌齐晏字本子
故午营陵是迁字世达
故午营陵留敏字元成
故午淳于董纯字元祖
故午营陵繻良字世腾
故午朱虚炅诗字孟道
故午都昌台丘迁字孟坚
故小吏都昌齐冰字文达
故小吏都昌张亮字元亮

行三年服者
凡八十七人

竖建口口惟故臣吏慎终追远谅暗沈思守卫坟园仁纲礼备陵成宇立树列既就圣典有制三载已究当离墓侧永怀靡既思不可胜以王义割志乃著遗辞以明厥意魂灵瑕显降垂嘉佑

《北海相景君碑》碑阴局部

《北海相景君碑》碑阳局部

碑文：思慕好书　蓄道修德

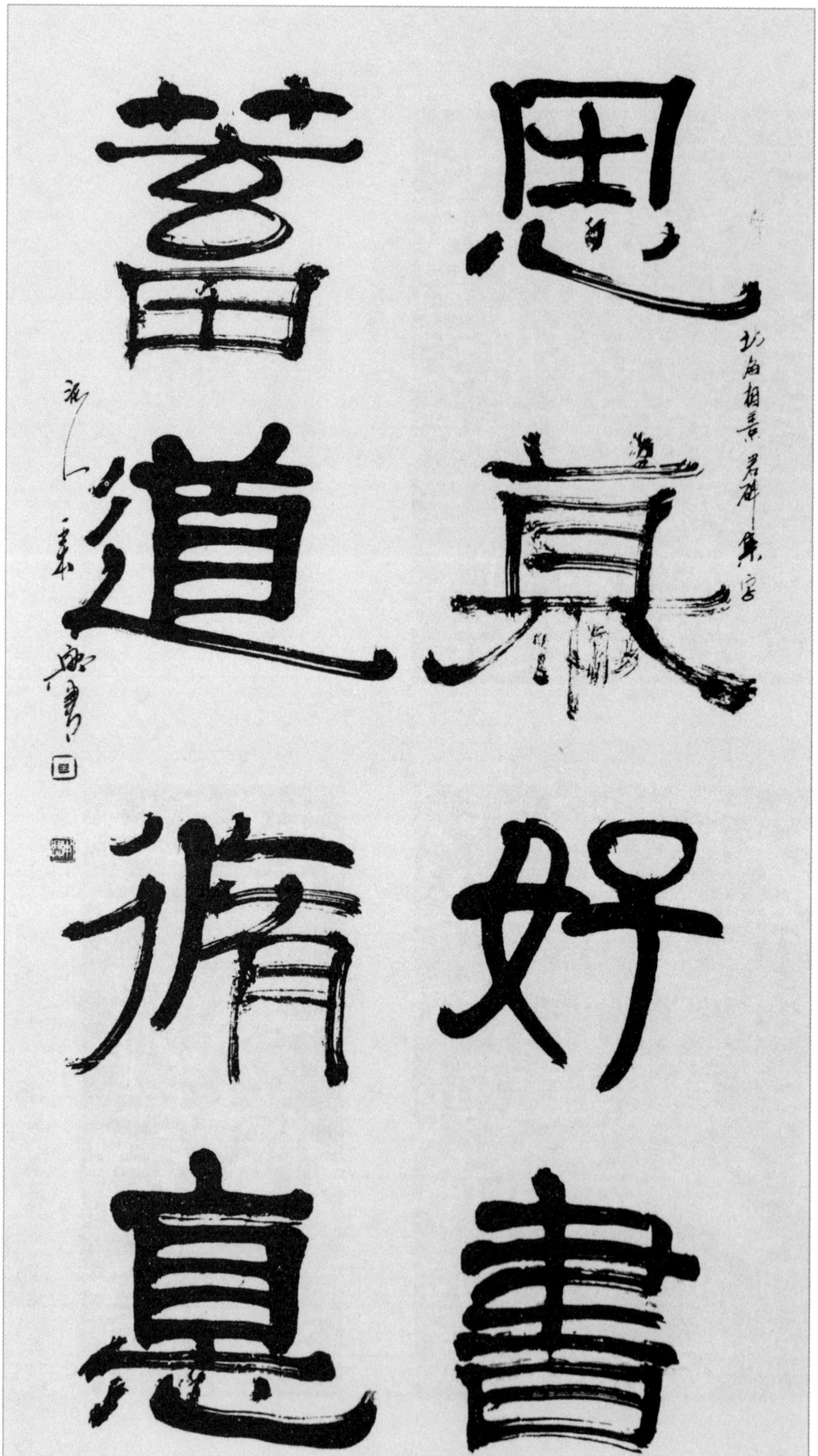

《北海相景君碑》集字书法　王本兴
思慕好书　蓄道修德

莒州汉安三年刻石

东汉隶书《莒州汉安三年刻石》又称《平莒男子宋伯望等分界刻石》《平莒男子宋伯望刻石》《平莒男子宋伯望买田记》。东汉汉安三年（144 年）二月三日立石。光绪十九年（1893 年），一说光绪二十九年（1903 年），出土于山东莒县西孟庄庙。现存山东石刻艺术博物馆。该石四面环刻，铭文皆为隶书，章法竖有行横无列，书风随意率真，结体大小参差，欹正相生，颇具奇趣，于汉代刻石中别具一格，颇堪效法。刻石剥落较甚，铭文可读者仅十得七八。因碑出土较晚，故著录较少。

《莒州汉安三年刻石》四面环刻。竖有行横无列，虽然漫漶不清，但不影响它的艺术价值。所见线条古拙大朴，浑厚敦实，有血有肉。其书法随意率真，天趣自然。与规范协调、严谨有序、成熟的隶书相比，它的点横、撇捺与众不同，自呈面貌，显得十分粗犷、稚拙，别具风姿。在汉隶中属于舒展、随意、古拙一类。蚕头燕尾、秀美俊逸的隶书我们要认真临习，粗犷稚拙、率意自然的隶书也要认真临习，知其然亦知其所以然，为我所有，为我所用，是大有补益的。现将临习要点介绍如下：

一、点画

在附图中，带点的字较多，如“县”“为”“阳”“平”“东”“流”“铢”等字。仔细观察可以看到，它的势向、它的形态、它的大小，都有所不同。势向即起笔与收笔的方向，点画朝着某一个方向的位置。点的形态很多，大致有似三角形的，出锋露角，有似椭圆形的，浑厚含蓄，有似缩短了的撇、捺笔画。点画虽小，但用笔动作须完备，变化须丰富。写点时既要掌握各种点的用笔方法，更要注意与其他笔画的笔势连贯。用笔逆入藏锋起笔，涩出回锋收笔。不要随意一蹴而就。

二、横画

《莒州汉安三年刻石》的横画以平直为主，写得较为粗壮浑朴，提按变化不大，但顿挫拙涩，骨力内含。带波挑的横画很少，蚕头燕尾不甚明显，用笔时藏锋起笔，有的起笔意到笔不到，以尖锐取胜，然后再翻锋右行，收笔时用圆势收笔，提锋回收，亦体现出意到笔不到的含蓄状。

三、竖画

《莒州汉安三年刻石》的竖画如同横画，只是方向、长短不同而已。大多较平直挺拔。如“流”“东”“中”“永”“年”“明”“古”“行”“西”“平”等字的竖画，端庄朴茂，大方凝重。其用笔同横画，藏锋入纸，翻笔调锋向下运行，加大提按频率，保持线条毛、涩、拙的质感，回锋收笔，或出锋收笔。竖画的粗细不一，有的上粗下细呈垂露状，强调笔随线走，因“字”制宜，要写得自然朴实。

四、撇捺钩画

《莒州汉安三年刻石》的撇捺钩画，大同小异，只是方向取势不同，有的平直，有的稍带一点儿波势，有的较为粗重一些。起笔应方中寓圆，收笔稍加按力，回锋而收，偶有出锋而收。行笔平稳，提按裹锋涩行慢进，撇尾丰厚粗重，收笔处方圆兼备，姿态含蓄浑朴。竖钩、撇捺笔画，很少有尖起尖收与棱角分明之笔。如“民”“更”“铢”“属”“不”“以”“是”“着”等字。

五、转折

大多用方折，方口部的折竖平直向下书写，转锋一笔写出。有的方口部的折竖向上伸出，似篆书笔意，横竖接笔由两笔写出。折竖少见向里倾斜者，如“东”“更”“属”“中”“古”“月”“西”“禺”“是”“曹”等字。

六、结体

《莒州汉安三年刻石》的结体浑朴稚拙，方中寓圆，以方取胜。形态结体的布白长方、扁方、正方参差错落，各随字宜，保持自然本色，部首之间萧散自如，疏密有致，看似笨拙粗犷，实质端庄方正，气息凝重。不是奔放舒展，较多地保留隶书自然天趣，因而结体的临习用笔大致把握三点：

其一，保持用笔的宽绰性，中宫不要过度收紧，铺毫涩行，重在体现笔力。

其二，保持结体、线条粗犷拙辣的质感，强调用笔裹锋、淹留而进，体现出方正凝重，又体现出灵动活泼。

其三，结体中某些部首做歪斜、夸张、变形处理。如“阳”字，伸长“耳刀”偏旁，缩小“昜”字部首；“下”字放大上横，压缩下部；“南”字缩短左右竖画，拉长中间部首；“是”字走之末笔成倍加重加粗；“有”向左下故作歪斜之势；“租”字左高右低、左小右大。它们各具特色，形成一个一个单独的、有个性的文字结体，使全篇文字增添了奇趣与活力。注意用笔不要过于粗壮圆熟，亦不能过于方正划一、缺少变化。

临摹是把碑帖上的点横撇捺基本笔画、线条把握好，把范本的精华学到手，这是一个学习的过程。创作则是把自己的艺术观和通过临摹掌握的基本技法与基础，用作品的形式表达出来，是个创作展示的过程。隶书书法作品所展示的是形质和神采两个方面。形质在书法上的表现是外露的，包括用笔、结体、章法、墨色、笔力等诸方面因素，是看得见的形态；神采是内在的，由气质、情感、学问、修养等诸方面构成，是只能意会的。一件成功的作品应是形质与神采完美的结合与体现。东汉隶书《莒州汉安三年刻石》由于漫漶剥蚀较甚，加之拓片模糊不清晰，似乎不是临习者的首选。笔者却不这样认为，此碑帖粗犷稚拙，撇捺平直简单，更具有金石气息，初学者从这儿入手，容易把握隶书氛围，再学习其他规范严谨的隶书碑帖就不难了，可谓易进易出，别开生面。

《莒州汉安三年刻石》的隶书创作：首先确定创作内容；二是根据内容再确定作品尺幅与形式；三是准备好相应的纸、笔等材料，做好准备工作；最后才提笔书写。笔者选择了“竹影扫阶尘不动，月轮穿沼水无痕”句，用四尺瓦当宣以对联形式书写，其中“不”“月”“水”“无”等字可以借鉴原碑铭文，其余皆按刻石原笔意书写创作。

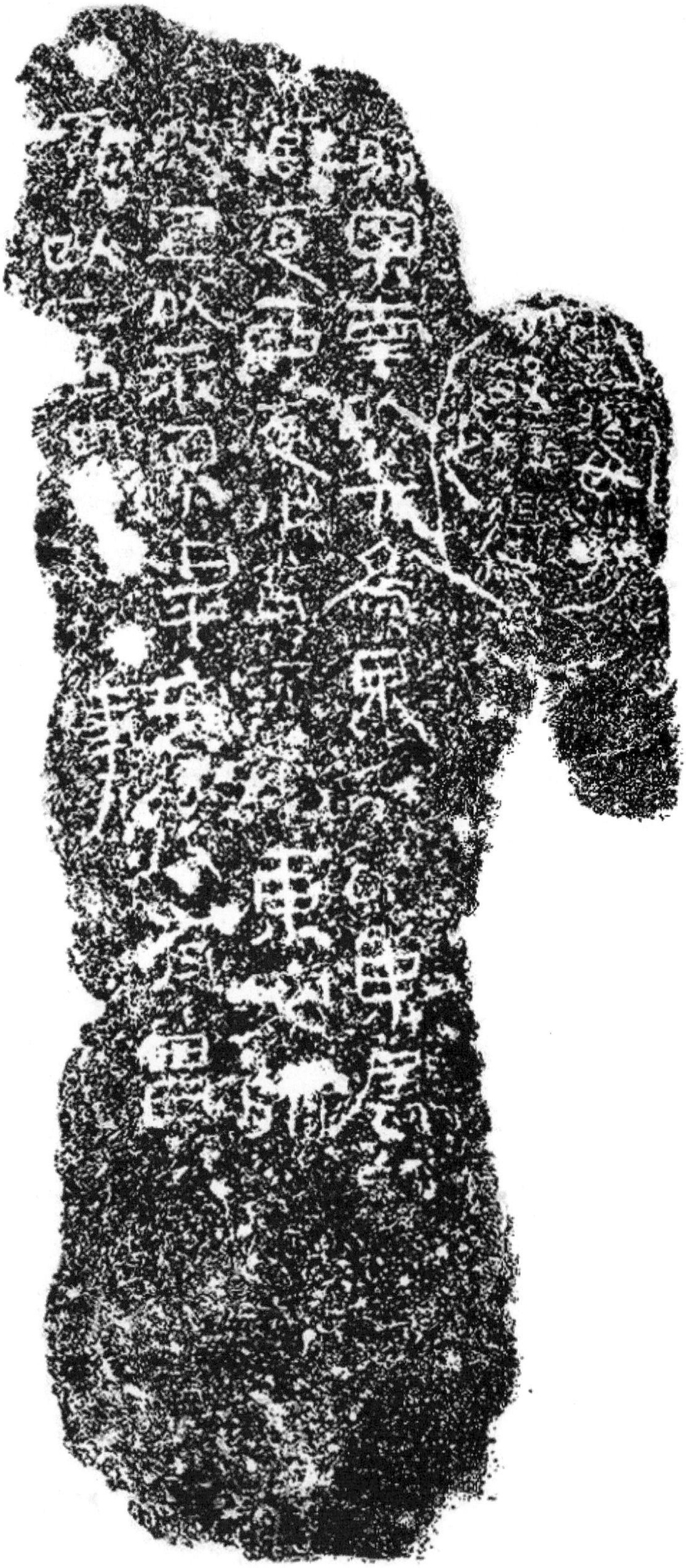

《莒州汉安三年刻石》背面石刻文

别□南以千为界，千以东属莒道，西□水□流属东安，□杀宜以来，界上平安，后有灿，界以立石，□□□□□事，此……

《莒州汉安三年刻石》右面石刻文

壬癸□□□□

□在丙子，界上□□

立冢，民无所建租，

道堵界所属，给发

出，更赋租铢不……

《莒州汉安三年刻石》正面石刻文

汉安三年二月戊辰朔三日庚午，平莒男子宋伯望、宋何、宋□□在山东禺亭西□有田，在县界中□，元年十月中，作庐□田中近田，□恐有当王道□酉，古有分境无分民，□等不知县图，□更有行事，永和二年四月中，东安塞宜为节丘民相□保家□等所立石书，南下水阳，死于伯上，□□本安游□王纪与莒。

《莒州汉安三年刻石》左面石刻文

禺亭长孙着是□□
归□莒贼曹□□仲诚，游徼徐□审，
□贼曹□吴分，长史蔡……等古
福□□上有故千□纪冢，有北行车道，千封
上下相属，南北八千，石界□受，□□□□，
立名分明，千北行至侯阜，北东流水。

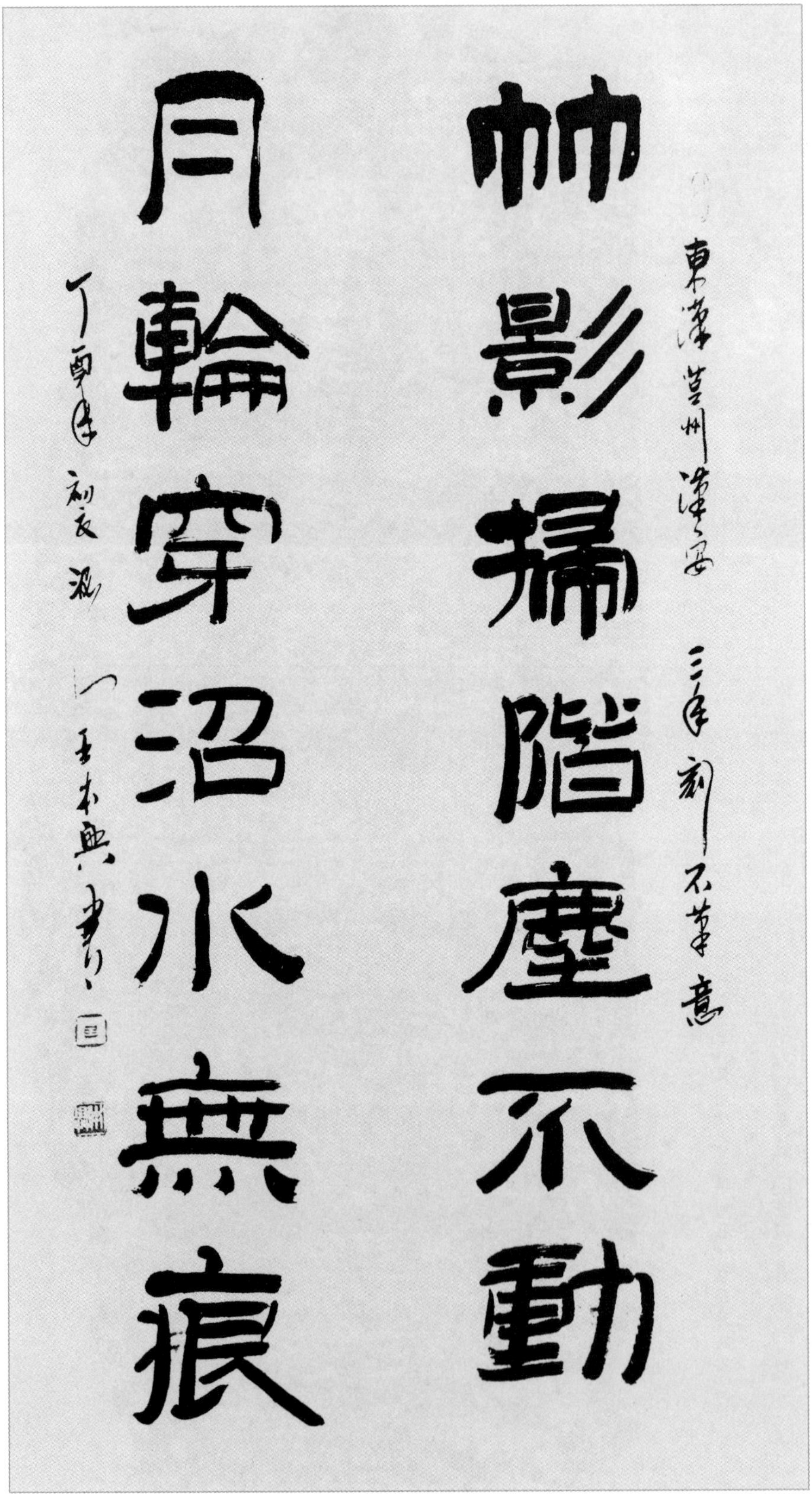

《莒州汉安三年刻石》笔意 王本兴书
竹影扫阶尘不动，月轮穿沼水无痕。

文叔阳食堂画像题字

《文叔阳食堂画像题字》又称《文叔阳食堂画像石题记》。东汉建康元年（144年）八月十九日刻立。原石初在山东鱼台凫阳山，清道光十三年（1833年）鱼台人马星垣将它移置其家，随即归端方所有，后才散失。

清陆增祥《八琼室金石补正》记载："石高一尺四寸，广一尺五寸间。"中间左侧为题字，有6行，每行13字至15字不等，字径2厘米左右，共79字。右侧为两人坐式画像，上方刻有一鸟作飞鸣之状，非常灵动活泼，栩栩如生。画像石四周刻有四至五道花纹图案，装饰性极强。此石刻书体长短、扁方、大小不等。书写随意自然，任情率真，错落有致，不拘小节，点画纵横不羁，潇洒飘逸，且刚劲有力。虽有纵向竖线作为题记界格，但章法布白不拘成规，行距相当紧凑密集，左右时见互相穿插，风貌十分独特。

清方朔《枕经堂金石书画题跋》云："隶兼篆体，笔法精隐处亦不在《武氏祠堂题字》之下。""隶兼篆体"之说似乎不明显，但其艺术精隐处不在山东嘉祥武氏祠石室内隶书题记之下，此说法较为实际。《文叔阳食堂画像题字》字里行间，确实散发着早期隶书的青春活力与生命力。我们能感受到一种艺术的拓展张力与不安分的气息。这与当代艺术家创作心态及艺术鉴赏审美心理，极为相近。它的临习要点有三：

其一，横画的临习有的平起平收，如"月""丑""日""里""子"等字；有的重按入纸，提笔收锋，呈前粗后细之状，如"年""夫""春"等字；有的逆入涩进，顿而提收，稍带波意，如"元""里""立""宁""女"等字。横画的变化极为丰富，有的平直，有的呈弯弧，有的则故作歪斜，且粗细、轻重、长短、大小悬殊，随字而变。竖画亦然，如"建""未""寿""里""市"等字的竖画较为平直，"康""年"等字的竖画呈上细下粗之状，而"行"字的竖画，行笔时抑扬顿挫，稍提即按，故作扭曲颤动，形成两头细中间粗，写得特别长。撇捺与竖弯的临写要充满写意方式，如“建”字的撇与捺画，气局与架势很大，尽情向左右伸展，但到了格线处却戛然而止，突然被格线截止，如“文”“故”“史”“男”“长”等字亦然。与之相反，有的撇捺与竖弯不顾格线阻拦，破格延伸，如“食”“叔”“掾”“秋”“直”等字。临写时要注意粗细、轻重变化，用笔要随意率真，提按使转的动作要丰富。此外，点画的临写不可忽视，它穿插在文字的结体中，形状各异，灵动活泼，起着点睛的作用，如“康”字的四点有圆有方、有大有小，“叔”字的三角点，“府”字的大圆点皆非常精彩。

其二，转折的临写有两种情况，一为提锋暗转，不换笔，以方为主，如“建”“月”“日”“里”“曹”“学”“明”等字。二为换笔另起，横竖衔接脱开，如“康”“男”“弟”“九”“贵”“直”“曹”“史”等字。

其三，结体的临写是此碑最不易掌握的地方，其主要原因是结体的变化没有形成规律，变数过多，它的率性自然还充满着稚气憨态。有的结体很长，如“寿”“行”“子”“宁”“失”“春”“长”“道”“直”“曹”等字；有的结体相对较短小，如“丑”“九”“丁”“里”“阳”“叔”“府”“女”“七”“史”“市”等字。两者之间的反差有三至五倍。字形除长方、正方，还有扁方，以及呈不规则的歪斜之形。临习者面对这样多层次、多元化的结体，临习书写时用笔亦相应要有起伏、轻重、快慢、顿挫、绞转等动作的丰富性。同时还必须注意运用墨色的浓、淡、枯、湿来调节结体凝重与浑厚的变化。

东汉隶书《文叔阳食堂画像题字》就像出土的汉简及其他汉碑隶书一样，临习者要多看、多读、多临，方能百看不厌，找到感觉，找到寓大拙大朴之中的大美大巧。临习者起初只能对临，“依样画瓢”，追求形似。待熟练后，再背临。背临就是把原碑中的点画、结体、偏旁等零部件，重新在自己的笔下演绎整合。创作则又进了一步，它不仅仅是把这些零部件重新演绎整合，还要从作品的整体上把握原碑的神韵。临习者在演绎整合、创作过程中，找到与自己暗合的气质与品格，使之与作品融会贯通。我以此为旨，书写了“春秋府，日月堂”的隶书条幅，两侧落了长款，以增强气息与韵致。作品中可以看到我心摹手追《文叔阳食堂画像题字》后，对灵动多变、苍劲古朴之隶书气概的理解和内在精神的领悟，并通过笔法、墨法的变化，展现了自己的思想与意趣，尽力实现临摹与创作的变通与转换。刘熙载在《艺概》中说得好：“书贵入神，而神有我神他神之别。入他神者，我化为古也；入我神者，古化为我也。”这对创作书法作品很有启迪。

《文叔阳食堂画像石》

《文叔阳食堂画像题字》石刻文

建康元年八月己丑朔十九日丁未寿贵里文叔阳食堂叔阳故曹吏行亭市掾乡啬夫廷掾功曹府文学掾有立子三人女宁男弟叔明女弟思叔明蚤失春秋长子道士□立□□直钱万七故曹史市掾

《文叔阳食堂画像题字》局部

《文叔阳食堂画像题字》笔意　王本兴书

春秋府　日月堂

武梁祠画像题记

《武梁祠画像题记》亦称《武氏祠画像石题记》，是东汉武氏家族墓前武梁、武班、武开明、武荣石祠及双阙的总称，在山东嘉祥城南武宅山。其中武梁祠为最早，武氏数人分别做过从事、郡丞、长史等官职，其石祠画像由孟孚、李弟卯等石工刻成，石室内四壁皆满布，石室前有两石阙，东西相对，阙上亦刻有画像，西阙背面还有铭文，隶书 8 行，行 12 字，字宽 3.5 厘米，整个铭文长 43 厘米，宽 50 厘米，内容记载东汉建和元年（147 年）武始公、武绥宗（名梁）、武景兴兄弟为其父建石阙的事。武梁祠堂的画像石、碑和石阙在宋代以后即埋没于土中，清乾隆五十一年（1786 年），金石篆刻家黄易将它挖掘出土，并为之建立石堂。武氏石祠从东汉桓帝建和元年（147 年）至延熹十年（167 年）陆续建成。武梁祠建于东汉桓帝元嘉元年（151 年），现存画像石 5 块，题材为帝王、孝子、烈女、刺客列传等内容，保存较好；武班祠建于东汉建和元年（147 年），现存画像石 10 块，题材有“荆轲刺秦王”等历史故事，所刻人物形象一如剪纸，以阴刻线条表现人物五官及衣纹，具有惊心动魄的艺术魅力；武开明祠存画像石 10 块，题材为雷公、风伯、闪电、海神等神话故事；武荣祠建于东汉永康元年（167 年），与武班祠相仿，题材和布局则与武梁祠相似。武氏画像石现存 43 块，隶书题记现存 1069 字，是目前有明确纪年的重要汉代祠堂画像石资料。1961 年国务院将其列为第一批全国重点文物保护单位。虽然遗存文字有 1000 多字，但大多漫漶不清，唯武梁祠西阙隶书 8 行 12 字者较为清晰，本文就以此为范本，阐述其临习与创作的方法。

首先我们可以看到《武梁祠画像题记》隶书，纵横有序，有条不紊，上下直行文字之间宽松而保持一定的距离，左右横列文字之间紧密有序，是日臻成熟之传统隶书的布白格局。文字线条抑扬顿挫，起伏有致。字取扁方之势，其粗细、大小、波挑等变化在一个比较统一规范的模式与格调之内。文字结体显得十分方正工稳，骨力内含。天人合一，自然的风化剥蚀，使题记隶书增添了无限的苍劲古朴感。毫无疑问，《武梁祠画像题记》是隶书中较为优秀的范本之一。

《武梁祠画像题记》隶书横画较细者，一般用毛笔锋尖部分临书，逆入回出，抢势入纸，行笔时若行若留，线条一般呈平直挺拔状；横画较粗者，压锋入纸，用毛笔的笔肚书写，平起平收，粗壮有力；带波挑的横画，临写时逆锋落笔，笔画中部提锋运行，然后加强力度，按锋右行，顺势写出波挑。如“在”“工”“李”“三”“年”“曹”“土”“女”等字。竖画的临写，依然强调中锋用笔，逆涩运行。长竖画较为平直，用笔平稳遒劲，如“建”“和”“年”“庚”“除”“不”等字。而短竖画大多呈上大下小之状，收笔略作提锋，如“宗”“景”“李”“师”“举”“孝”“土”等字。向左书写的弯钩笔画有两种情况：其一，弯钩近似于九十度，方整凝重，如“丁”“戌”“李”“孙”“孝”等字之弯画；其二，弯钩书写得极为圆润和畅，如题记中第五行下端的“子”字与第七行上部的“史”字，显得大气而有张力。撇画的临写一般起笔轻收笔顿而重，有的亦呈波挑之势，如“在”“孝”“举”“哀”等字。捺画的临写较为传统规范，起笔锋端逆入，往右下运行提锋涩进，出笔时加强按力写出波挑。其燕尾之姿状如刀头，雄强挺拔。如“武”“钱”“举”“长”“史”“被”“夭”“没”“哉”等字最为典型。

此隶书的结体临写时要注意两点：

其一，要注意横画的粗细变化。有些扁方形的字，横画显得十分瘦劲，其中只有一个横画特别粗壮，或带有波挑，成为文字中的主笔画，如“兴”“宣”“直”“苗”等字。

其二，要注意偏旁部首的参差错落。左右结构的字偏旁一般书写得较上，如“始”“明”“济”“除”“鸣”等字最具此特点。

五言联“此心如古剑，其气伏秋兰”，是清代书法家杨翰（1812—1879）根据《武梁祠画像题记》笔意，书写创作的隶书作品。作品写得非常粗壮宽博，温和圆润。他改变了原碑隶书笔画粗细不同的反差，以及峻削劲厉的金石镌刻之味。作品可谓源出题记笔意，实为个人旨趣为主导的隶书作品。笔者则介于二者之间，创作书写隶书条幅“敦煌石窟，沧海桑田”。它是在临习此题记的基础上，创作书写的作品，其中“敦”“煌”“石”三字可直接参照题记原碑文字书写，“敦”字上部包围了下部的“子”字，这种结体的变化增加了作品的灵动活泼，应当承袭与借鉴。其他文字可参照题记中“济”“年”“日”“除”“宗”“万”等字的笔意创作书写。作品的谋篇布局，点画结体的线条皆尽力按照原碑铭文的形质。显然，相比之下与杨作有明显的区别与不同。仁者见仁，智者见智，且艺无止境，我们对原碑临习愈深，理解愈深，创作书写的作品水准必然会愈高。

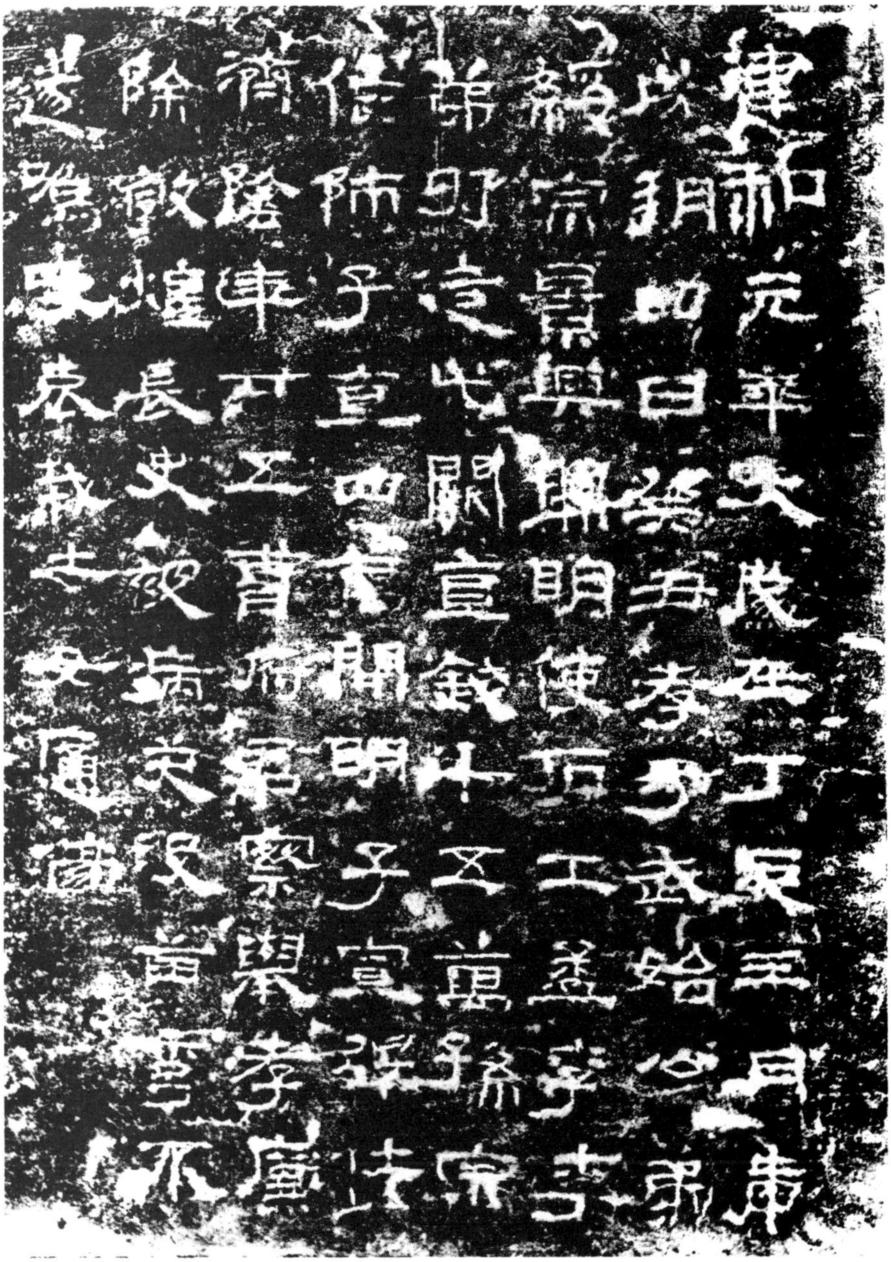

《武梁祠画像题记》局部

《武梁祠画像题记》石刻文

建和元年太岁在丁亥三月庚戌朔四日癸丑孝子武始公弟绥宗景兴开明使石工孟孚李弟卯造此阙直钱十五万孙宗作师子直四万开明子宣张仕济阴年廿五曹府君察举孝廉除敦煌长史被病夭没苗秀不遂呜呼哀哉士女痛伤

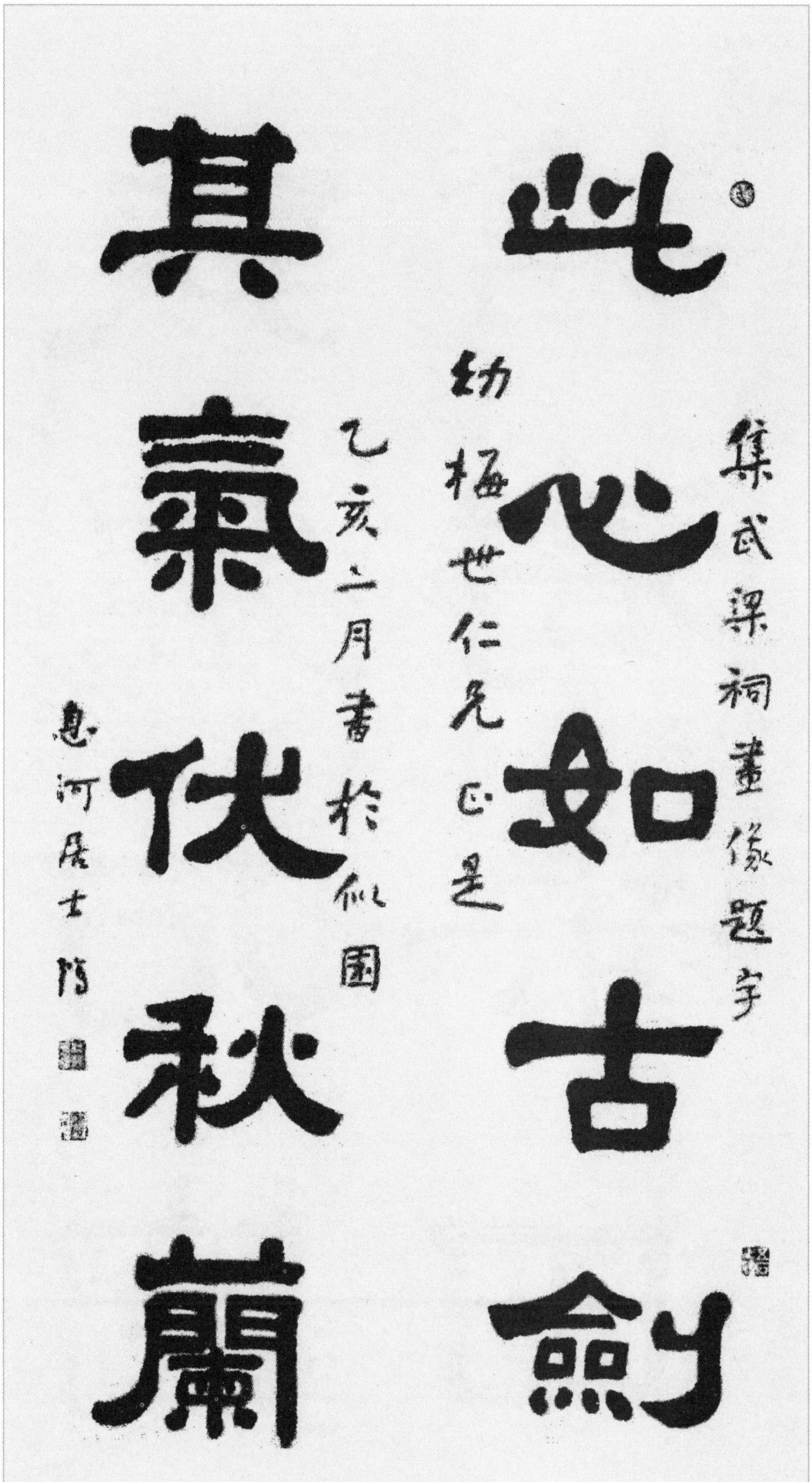

清　杨翰《武梁祠画像题记》集字
此心如古剑　其气伏秋兰

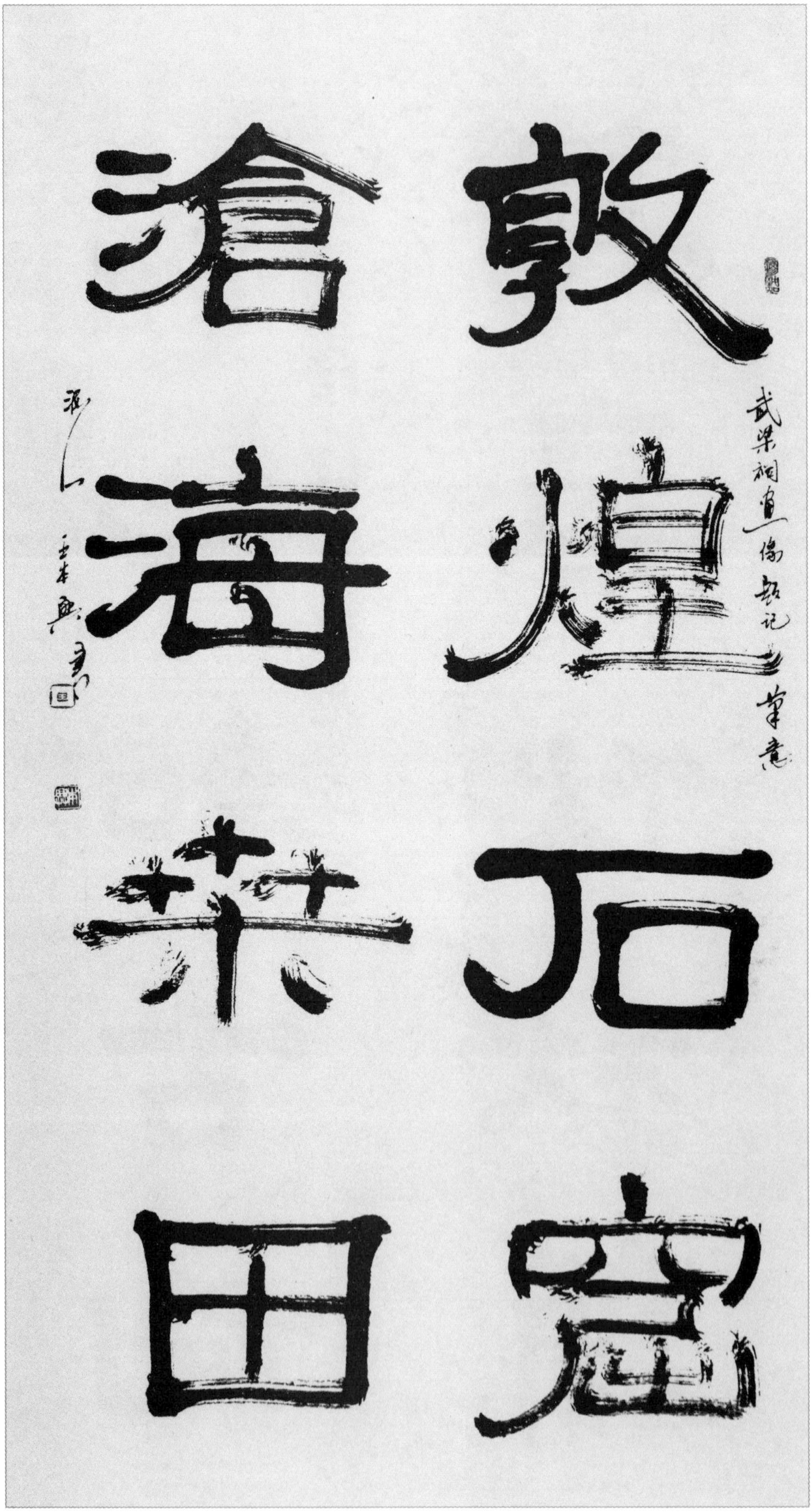

《武梁祠画像题记》笔意　王本兴书
敦煌石窟　沧海桑田

石门颂

《石门颂》全称《汉司隶校尉楗为杨君颂》，又称《杨孟文颂》《杨孟文颂碑》《杨厥碑》。东汉建和二年（148 年）十一月刻，著名摩崖隶书。《石门颂》原刻为竖立长方形，20 行至 31 字不等，纵 261 厘米，横 205 厘米。全文共 655 字。它镌刻在古褒斜道的南端，即今陕西汉中市褒城镇东北褒斜谷古石门隧道的西壁上。此处是横穿秦岭，连接八百里秦川和汉中盆地的交通要道，古称褒斜栈道。由于此地形势险峻，开凿困难，故历代文人歌咏题刻者甚多。《石门颂》铭文有汉中太守王升为顺帝初年的司隶校尉杨孟文所写的一篇颂词。全面详细地记述了东汉顺帝时期司隶校尉杨孟文上疏请求修褒斜道及修通褒斜道的经过。1967 年因石门所在地修建大型水库，所以当地政府将此摩崖从崖壁上凿出，1971 年将它迁至汉中市博物馆，保存至今。它属第一批全国重点文物保护单位。

《石门颂》的艺术成就很高。其结体极为放纵舒展，体势瘦劲开张，意态飘逸自然。其笔法多用圆笔，起笔逆锋，收笔回锋，中间运笔劲道沉着，故笔画古厚含蓄而富有弹性。通篇看来，字随石势，参差错落，纵横开阖，洒脱自如，意趣横生。《石门颂》为汉隶中奇纵恣肆一路的代表，被人们称之为国之瑰宝。其文字结体大气磅礴，挥洒自如，既整齐规范，又富于变化，富含感情，不拘绳墨，笔画粗细虽区别不大，但每一笔画却变化多端，用笔挥洒自如，不作修琢，有自然豪放意趣。《石门颂》隶中带篆、带草、带行，被书家称为“隶中之草”。杨守敬《激素飞清阁评碑记》说：“其行笔真如野鹤闲鸥，飘飘欲仙，六朝疏秀一派皆从此出。”

一、临习前的认识与准备

关于《石门颂》的临习问题，见诸报端的技法讲座颇多：有人认为此刻文随意性大，规范性小，写意隶书也必须写意而临习；有人认为《石门颂》不适合初学者临习，最好先临习其他隶书，有了基础才能临习《石门颂》；有人则认为“三百年来习汉碑者不知凡几，竟无人学《石门颂》者，盖其雄厚奔放之气，胆怯者不敢学也，力弱者不能学也。”（清张祖翼跋《石门颂》语）予以为不然，不同的隶书都有不同的特色，特色愈特出，临写难度才会增大。虎和猫的大小不同，但貌近，故习画虎者反成猫。《石门颂》的特点十分醒目而特出，这正是临习者入门的有利条件，至于一开头就主张要意临的方法不可取，初临帖贵在形似，之后才能进一步地去求得神似，神似是建立在形似的基础上的。若形似还不能做到，其他一切都只是空谈。下面就临习《石门颂》的技法问题与同好共同探讨。

临习《石门颂》选用长锋羊毫为宜，兼毫次之。硬毫笔不能表现绵韧起伏的细微变化，故不能选用。用墨不要过湿过淡，应干湿相宜。习字纸用软而糙一些的手工元书纸或手工毛边纸，所临字体不要写得过小，手工元书纸上下左右二折，写 12 字，字径 12 至 20 厘米见方为好。临习者临习时要摆好站立姿势，悬腕悬肘而书，这样有利于提升胆气，有利于锻炼指力腕力，亦有利于全身发力。此外必须认真读帖，对范本多看，多推敲。尽量进入古人的书写状态，贴近古人行迹，从笔法、笔意、笔势、结体诸方面去领会原帖的精神实质。

二、用笔要点

《石门颂》点画的起讫，要按逆入回出、中锋运行的准则进行。其用笔特点可谓是来去无迹，无半点矜持，线条拙涩挺拔。横画潇洒飘逸，蚕头不明显，偶见截笔取姿，行笔强调提按，收笔有的平出圆收，有的突出燕尾挑。撇捺画比较开张舒展，弯曲放纵，收笔含蓄灵动活泼。其线条类似篆书，起笔藏锋的动作较小，锋尖折入后旋即翻转运行，收笔顺势回笔平出。竖画用垂露之笔，有别于悬针之状，在竖末势尽处煞笔，以古拙取胜。转折处提锋暗转以浑圆见胜，有的直接翻笔而下，呈方折之状，有的换笔呈丁字式转折。一般反对使用故作颤抖、左右摇摆之动作。为了提高线条质感，临习者可增大毛笔在运行中提按的频率及淹留动作的幅度，使线条平中有曲，直中有弯，似划沙屋漏之迹，韵味横生。《石门颂》中“命”“升”“诵”三字垂笔特长，超越隶书常规，那是因为汉人善颂善祷，随事喻指，现场发挥所致。又加入了当时的简书笔意，真像翁方纲《两汉金石记》所言“因石理剥裂，不可接书而垂下耳”之客观原因。我们细观这些长拖笔，笔力内蕴，直而不滞，气势雄强，拉出这样气息高古的线条来，实非易事。临习时模仿它当然无可非议，但在创作作品时，若参入这样的长拖笔，会显得突兀、不协调，弄不好会破坏整幅作品的美感，故一般不使用这种长拖笔。

三、结体取势

《石门颂》前一部分写得较为疏朗宽绰，结体布白相对清晰一些，后一部分写得参差、飘展、紧密一些。通篇结体变化多端，但统一在一个基本的格调之中，如“寒”“宁”“焉”“晏”“荒”等字的结体，明显带有“婉而通”的遗风，既充满篆书笔意，又洋溢着凝练简约气息。概言之,《石门颂》文字的结体特点是：1. 端庄方正，如“灵”“股”等字；2. 瘦劲遒丽，如“丞”“南”等字；3. 夸张纵逸，如“命”“升”等字；4. 奇肆雄浑，如“春”“守”等字；5. 宽绰疏放，如“平”“中”等字；6. 飞动灵活，如“易”“然”等字。可以说《石门颂》是一座艺术高峰，以高古脱俗、自然天成为最高境界，对魏晋以来书法艺术的发展产生了深远的影响。

四、实例临习“禹凿龙门”四字记

“禹凿龙门”四字跌宕恣肆，纵横捭阖，奇崛朴拙。临写“禹”字上撇，笔锋往右上逆入，后往左下运行，速度不宜太快，要有一定的频率与节奏做上下提按动作，收笔时顺势圆收。这一画须写得特别长，超出了整个字体的框架。临写撇下的小转折要稍许捻动笔管，调整中锋，绞而下行。中间的“口”字部，左竖起笔后突向右弯出锋向左提收，与斜向的右竖似张开的大口，险劲无比，这正是《石门颂》的奇特与大胆之处。“口”字部的上横带弯曲之状，下横则非常平直。“禹”字下方左竖画被一个带斜势的短点代替，与中间口字部左弯竖画呈上下呼应之势。接着笔锋逆入圆起向右推行，渐进渐带弯弧至转折处，捻转笔管向下，继而向左圆弯圆收。最后用同样的方法写成末笔竖钩。

“凿”的繁体有“鑿”等多种写法，临写此字要注意三点：其一，左上点画应有斜向弯曲之势，不能作直点，后露锋写出四个斜叉，穿插在叉子中间的“山”字不写右竖；其二,“殳”部上竖带弯弧写出，整体向左右舒放，写得很扁，往上抬高，意在让出空地书写“金”字部；其三，金字头上方人字部竭尽舒展拉长，撑托起上方结体，下方的横画与竖画应写得平直而方正。

“龙”字的繁体为“龍”，临写时注意“立”部上横略带斜势，下两横较为平直。“月”部的左撇在中段突然向左斜出，而月中二横独立写出，不与左右连接。“龙”字右部三横亦独立写出，与月中二横平行对应，只是长短、姿态各有不同。龙之右部竖弯，尖起按行，收笔时提锋平收。

“门”字的繁体为“門”，临写时起笔稍重，向右稍带斜势，后向左随弯带弯提锋圆收。门字上方的六笔短横笔笔不同，起笔、粗细及与竖画的连接，皆各具形态。左部的转折可提锋暗转，右部的转折可换笔写成，且上横盖住了末笔长竖，右部长竖的行笔要变化丰富，一波三折，且渐行渐加按力，最后回锋圆收。

五、古人临习范例

《石门颂》是书法中的瑰宝，历代书法大家都在不断地临习，从中汲取养分，为其所用。例如清代赵之谦对《石门颂》的临习可以说非常精到别致，神形兼备，气息尤显高古。我们从临作中可以看出作者已加入自己的理解和认识，跌宕起伏的笔画没有了，取而代之的是舒缓飘逸、化繁为简，线条结体特别老辣拙朴。清代何绍基临习《石门颂》的作品，以浑厚、圆润、飘逸见胜，以篆书笔法为之，线条遒劲古朴、张力极强，其格调与韵味不仅与赵氏拉开了距离，与《石门颂》原作亦显示出别样特色。清黄易临《石门颂》作品，则有另一种不同面貌，他用笔更加浑厚、粗壮、圆润，并且加入了多种汉隶的不同体势，刚柔相济，方圆结合，减少了险劲飘逸感，增加了方正端庄的特色。作品不激不厉、从容淡定，一派碑学风范。这些大家的临作，是非常值得我们借鉴和学习的。

六、书法创作

《石门颂》的点画线条除了长短、起讫稍有变化与不同，基本属“一根线条”书法。但这根线条非同一般，它有圆柱形的立体感，犹如钢筋铁骨的内涵，犹如折木的张力与弹性。临习者要写出这种浮雕式的味道，才是用笔的真正难处。笔者根据多年来临习《石门颂》的经验与体会，完全脱离碑帖范本的约束，取石门之线质神韵，以意命笔，创作书法“东观沧海，西谒敦煌”。此作品为对联形式，凡对联讲究平仄相对，字性、字义相对，我在书写创作时还特别注意墨色相对，为不与正文抢势，上下款皆为穷款，谨以此赠给读者参考鉴赏。

《石门颂》

《石门颂》碑文

故司隶校尉
楗为杨君颂
惟坤灵定位川泽股躬泽有所注川有所通余谷之川其泽南隆八方所达益
域为充
高祖受命　　兴于汉中道由子午出散入秦建定帝位以汉柢焉后
以子午途路歮难更随围谷复通堂光凡此四道垓鬲尤艰至于永平其有四
年诏书开余凿通石门中遭元二西夷虐残桥梁断绝子午复循上则县峻
屈曲流颠下则入冥庼写输渊平阿泉泥常荫鲜晏木石相距利磨确磐临危
枪砀履尾心寒空舆轻骑遰导弗前恶虫□狩蛇蛭毒蟃未秋截霜稼苗夭残
终年不登匮喂之患卑者楚恶尊者弗安愁苦之难焉可具言于是明知故司
隶校尉楗为武阳杨君厥字孟文深执忠伉数上奏请有司议驳君遂执争百
辽咸从帝用是听废子由斯得其度经功饬尔要敞而晏平清凉调和烝烝艾
宁至建和二年仲冬上旬汉中大守楗为武阳王升字稚纪涉历山道推序本
原嘉君明知美其仁贤勒石颂德以明厥勋其辞曰
君德明明炳焕弥光刺过拾遗厉清八荒奉魁承杓绥亿衙疆春宣圣恩秋贬若
霜无偏荡荡贞雅以方宁静烝庶政与乾通辅主匡君循礼有常咸晓地理知世
纪纲言必忠义匪石厥章恢弘大节谠而益明揆往卓今谋合朝情醳艰即安有
勋有荣禹凿龙门君其继纵上顺斗极下答坤皇自南自北四海攸通君子安
乐庶士悦雍商人咸憘农夫永同春秋记异今而纪功垂流亿载世世叹诵
序曰明哉仁知豫识难易原度天道安危所归勤勤竭诚荣名休丽
五官掾南郑赵邵字季南属褒中□汉强字产伯书佐西成王戒字文宝主
王府君闵谷道危难分置六部道桥特遣行丞事西成韩朖字显公都督掾南郑巍整字伯玉后
遣赵诵字公梁案察中曹卓行造作石积万世之基或解高格下就平易行者欣
然焉　　伯玉即日徙署行丞事守安阳长

《石门颂》局部

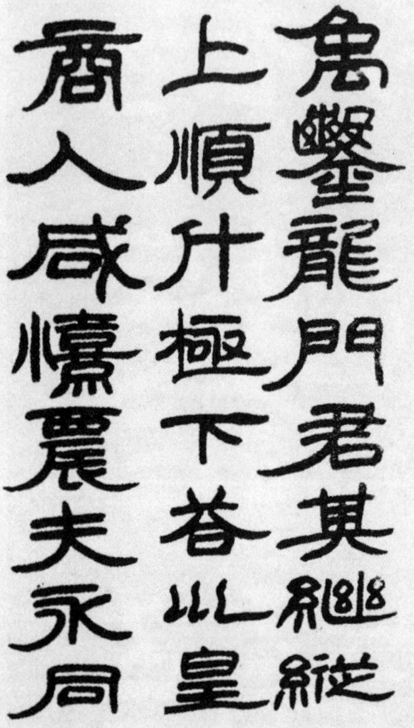

清　何绍基临《石门颂》

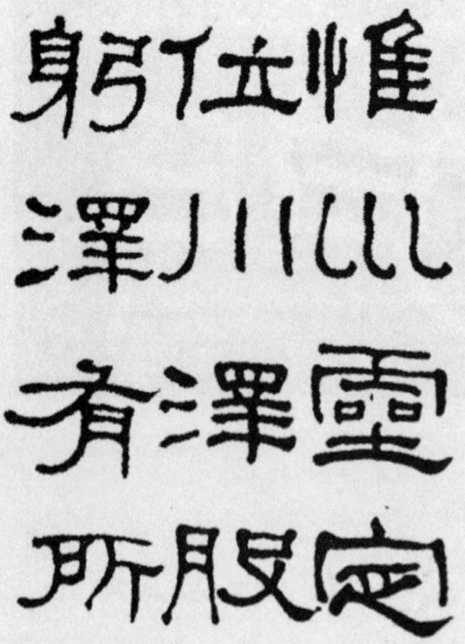

清　赵之谦临《石门颂》

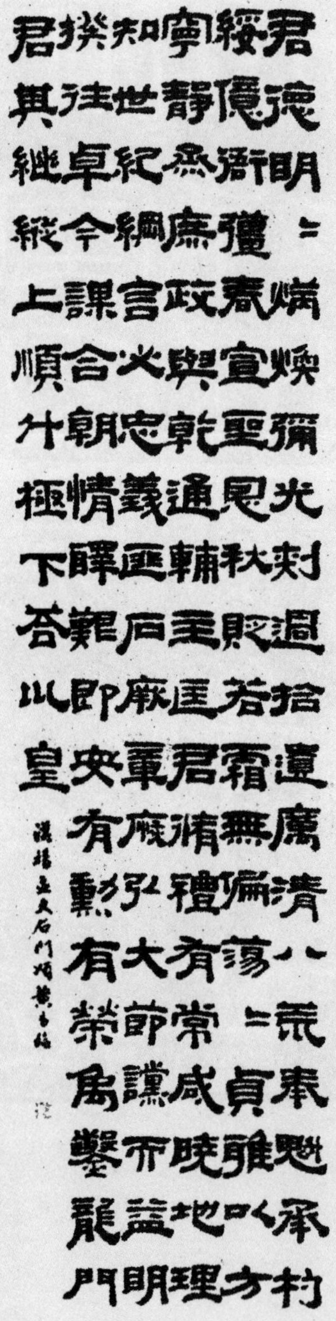

清　黄易临《石门颂》

《石门颂》笔意　王本兴书
东观沧海　西谒敦煌

池阳令张君碑

《池阳令张君碑》又称《池阳令张君残碑》，于清光绪二十六年（1900 年）在河南修武县被发现，石高 102 厘米，宽 82 厘米。刻石存文 9 行半，满行 18 字，隶书书体，先后经杜九锡、端方、葛成修、周进等人递藏。1935 年周进又得此残碑左侧下半截半片。1938 年黄伯川又得左侧中截半片，存字 6 行半，有 70 余字。此三片残石前两片现藏北京故宫博物院，后者仅存拓本，原石已佚。最早考证此碑者为吴士鉴，认为碑文中的西乡侯是三国时期魏西乡侯张既，故定名《魏西乡侯兄残碑》，后杨树达、余嘉锡否定此说，杨、余考定碑文中的西乡侯为东汉桓帝时期（147—167）的张敬，故定碑名为《汉池阳令张君碑》，已普遍被接受。此碑书风与《熹平石经》相近，方整严峻、雄厚刚劲，无长波曳脚之势，已开魏晋书风之先河。《池阳令张君碑》的笔画由横、竖、撇、捺、转折、点等部分组成，下面介绍其各种笔画的用笔：

一、横画

逆锋入笔藏锋起笔，横画用圆笔时则用转法调锋，横画用方笔时则用提按之法调锋，调锋后应竖锋入笔，行笔时似有反力相阻，像逆水行舟，忌一滑而过。收笔时回锋而收，带波势者则顿而上提。初习者一般易受楷书用笔的影响而左低右高，或收笔时向下按、顿，或者使字形过分凸显中段成为扁担状。《池阳令张君碑》的横画要写得方中寓圆、粗壮浑厚一些。

二、竖画

用笔与横画相类，横画从左至右方向改变成从上到下方向就成为竖画。竖画的用笔方法是落笔逆锋向上，提笔调锋使笔锋向下，竖锋运笔，收笔时提笔向上收锋。一般而言，横平易求，竖直难成。书写时我们可留意中指指力相抵时的用力均衡，则竖直较易达到理想效果。

三、撇画

《池阳令张君碑》的撇画与众不同，头尾粗细反差较大，有的末端收笔时都带有钩意。写撇画是向左方运笔，比之向下、向右方运笔更难掌握。撇画的落笔与竖画相似，速度可稍快些，行笔时，随着腕的转动笔锋保持在线条的中间运动。撇法的形式并不单一，不同的撇法作不同处理，因轻重、长短、角度收放的不同而变化多姿。

四、捺画

捺画在隶书中往往起到主笔的作用，有时与撇画相互呼应共同构成隶书的风格特色，有时独自成立，起到稳定一个字重心的作用。捺画的方法是落笔取逆势调锋后提笔右行，用力均匀，捺脚处稍顿后提锋，运用腕力向外迅速送出，笔锋在空中作收势，用笔一波三折。汉碑经过石工用双刀法凿刻，且历经风蚀，捺画收笔处似有回锋之形，捺画的落笔没有与其他笔画相接时，常作蚕头状，与捺脚一起称作蚕头燕尾，捺画的收笔似用楷法送出，棱角分明。

五、转折

《池阳令张君碑》的转折用方笔居多。转折由笔画横竖相接而成，须留意其方圆的特点，相接处须自然不使圭脚外露。如“西”“乃”“面”“古”“咸”“体”“南”等字，皆调锋暗转，由右横转为竖下。而“兄”“祖”“史”“犹”等字，横竖笔相接之状可分两笔写成。转折处有的呈直角状，有的呈锐角状，甚至很尖利，变化多端，形式多样。

六、点画

点是各种笔画的浓缩，我们写点时既要掌握各种点的用笔方法，更要注意点与其他笔画的笔势连贯。一点虽小，常常能起到画龙点睛的作用。

七、结体特点

《池阳令张君碑》的结体以方为主，每个部位都能独立成形、重心平衡，各部位的平衡构成合体字整体的重心平衡。左右合体的“服”“位”“体”“祖”等字，上中下合体的“器”“盈”“藿”“发”等字，须把握其分朱布白。初学者在临摹合体字时，易犯局部松散致使重心不稳的毛病，没有掌握部首独立成形的特征，另外易犯结体呆板的毛病，使部首之间的搭配机械地均匀排列，从而失去艺术趣味。结体是由线条组成的，线条与线条之间靠笔势来相互连贯、呼应、映带，笔势往来的相互连贯不易察觉，与楷书相类似，而不像行草书的点画呼应的游丝外露那么有迹可循。隶书结体笔势重在笔断意连。此外《池阳令张君碑》的点画形态也各有变化，须细心观察，反复比较才能领会。笔画的长与短、粗与细、直与曲的不同取势方法，致使相同的字产生细微的区别。

笔者决定用集字方式，书写创作《池阳令张君碑》笔意的书法作品，以“通达古今”“国风家德”为作品内容。作品采用斗方上下组合，中间用深蓝色宣纸连接，以增加形式上的新意。集字创作尽管有原碑文字可以参照，但动笔书写还是要背帖而书为好。事实证明，以契合原碑之笔意为准则，令笔随心迹，这样更有利于作者发挥，更易顺畅达意。点画平直浑厚、结体端庄方正、撇捺棱角分明，此三点，乃为创作《池阳令张君碑》作品不可忘却的要点。最后的落款以细劲、清新的行草书分布在正文两侧，“分量”不要重，不必太醒目、太抢人眼球，辅助正文为主，使作品保持主次分明。

《池阳令张君碑》局部

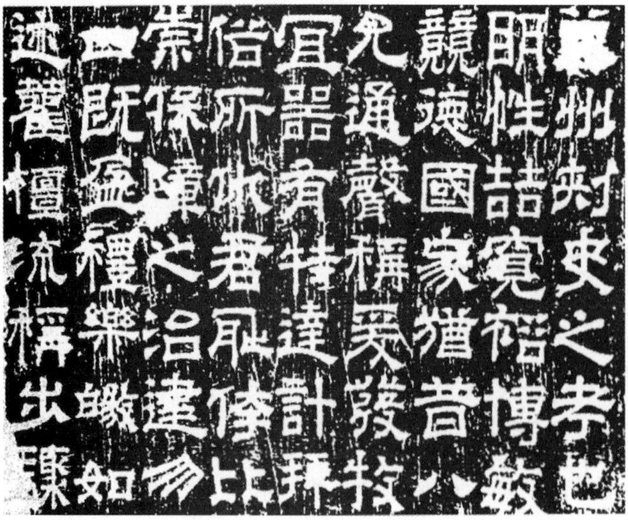

《池阳令张君碑》局部

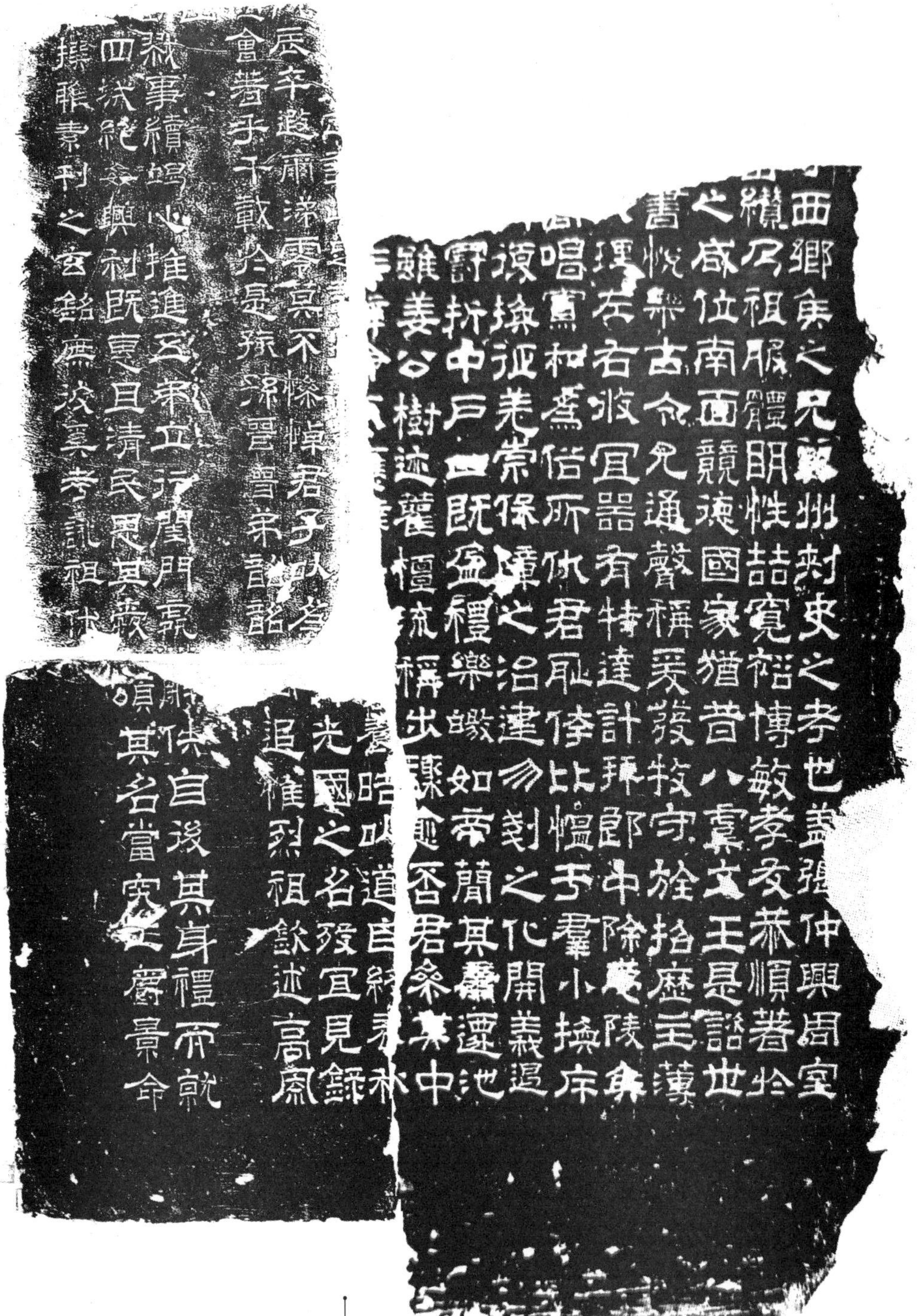

《池阳令张君碑》

《池阳令张君碑》碑文

西乡侯之兄冀州刺史之孝也盖张仲兴周室
缵乃祖服体明性哲宽裕博敏孝友恭顺著于
之咸位南面竞德国家犹昔八虞文王是咨世
书悦□古今兄通声称爰发牧守旌招历主簿
理左右□宜器有特达计拜郎中除茂陵侯
唱实和为俗所仇君耻侉比愠于群小换序
复换征羌崇保障之治违勿刬之化开义遏
罚折中户四既盈礼乐皦如帝简其奉迁池
虽姜公树迹藿檀流称步骤逾否君参其中
辰卒遐尔涕零莫不惨悼君子以为
会著乎千载于是孩孙晋晋弟韶韶
戮事续竭心推进五弟立行闺门处
四城绝奸兴利既惠且清民思其爱
撰雅素刊之玄铭庶波奚考咏祖休
养晧以道自终君秋
光国之名殁宜见录
追惟烈祖钦述高风
辞佚自后其身体而就
颂其名当究王爵景命

《池阳令张君残碑》笔意　王本兴书
通达古今　国风家德

左元异墓石

《左元异墓石》全称《汉中郎将莫府奏曹史左表造万年庐舍石柱》，也称《左表墓门题记》。东汉和平元年（150 年）刻，1919 年在山西省离石县（现吕梁市离石区）出土。不久被古董商黄伯川运至京城，并售卖到英国，几经转手，今藏加拿大博物馆。墓石为柱形，两石大小相同，均刻隶书文字，一石题刻文字为“和平元年西河中阳光里左元异造作万年庐舍”19 字，另一石题刻文字为“使者持节中郎将莫府奏曹史西河左表字元异之墓”21 字。两石共计 40 字。墓刻隶书文字字迹完好，题字两侧饰有浮雕花纹，刀工简洁古朴，匀称美丽。书法精美遒劲，流畅生动，与《杨孟元画像石墓题记》类近。与《杨孟元画像石墓题记》端庄方正的特点不同的是,《左元异墓石》舒展流畅的变化要大一些。

现将临习要点介绍如下：

一、横画

横画有两种形式：一是平直圆收或方收笔，不带波意，如“平”“年”“元”“表”“莫”“奏”“持”等字的横画，逆入回出，方起圆收居多；二是带有明显波挑燕尾状的横画，如“平”“里”“年”“庐”“作”等字的长横画，收笔应重按而后上提回锋收笔，顺势写出燕尾。

二、竖画

竖画的用笔比较单一，或如上述平直的横画用笔。向左弯曲的撇画粗细不一，大多作回锋圆收的用笔，临习时要注意收笔时的变化，如“舍”“者”“史”“元”“异”等字的撇画，收笔提锋回收，“左”“持”“字”等字的撇画还稍带波势。也有个别的竖弯画，毛笔运行至下方后很委婉地向左弯出，如“史”“字”“异”等字，相当完美而又充满气势。

三、点画

带有三点水的“河”字颇具特色，三点齐向左下倾斜，“可”字部上横下竖不作丁字式接笔，即上横不出笔，与下竖调锋暗转写呈转折之状。刻石文字结体的转折用笔，大多为调锋暗转，转折的角度有的充满锐意，显得很尖利，有的显得很平直。刻石文字的结体显然带有篆书的遗痕，但比起早期的隶书来，已经规范成熟多了。

四、结体

结体的临写要把握好布白的疏密关系，把握好字体的长短大小的比例。此外，除上述“河”字外，还有两个“异”字的不同写法，“曹”字上横加点，“将”字的点画改成长横，“墓”字的土部左移等手法，都妙趣横生。可见书刻者的熟练程度，有意识地增加了刻石文字的灵动与趣味性，增加了结体的方圆、凝练、静穆的审美感染力，使之端庄大方又舒展流畅。整个刻石文字内敛与奔放，粗壮与瘦劲，长短与宽窄的反差对比等造型手法，使文字结体古朴端庄而又充满变数，文字以充满想象空间的崭新姿态，展现在我们眼前。

值此提请注意的是：临写此刻石可选用粗大一些的短锋羊毫斗笔，这样在纵横撇捺、左右挥写时易于把握，易见效果。笔者在创作书写“千秋笔墨，万里河山”作品时，即用粗大的短锋羊毫笔，感觉非常得心应手。予取了手边几张书画专业的报纸代替宣纸，书写了此八个大字。说来正巧，其中“万”“里”“河”三字在刻石中有现成的文字可对应参照，“千”“秋”“墨”可间接参照刻石中的“平”“和”“异”，把其余的文字亦统一在此隶刻的整体风格之下，作品也就成功了。不过要抓住三个基本要点：一是笔画的基本特色不能偏废；二是转折与结体符合刻石之模式；三是凡带方口部的部首都接笔封口。至于所用报纸，则与一般报纸有所不同，每张报纸上面都刊有笔者的大幅文章，这种稍显特殊的对联条幅形式，旨在给作品加分，使之更有意义。

《左元异墓石》碑文

和平元年西河中阳光里左元异造作万年庐舍

使者持节中郎将莫府奏曹史西河左表字元异之墓

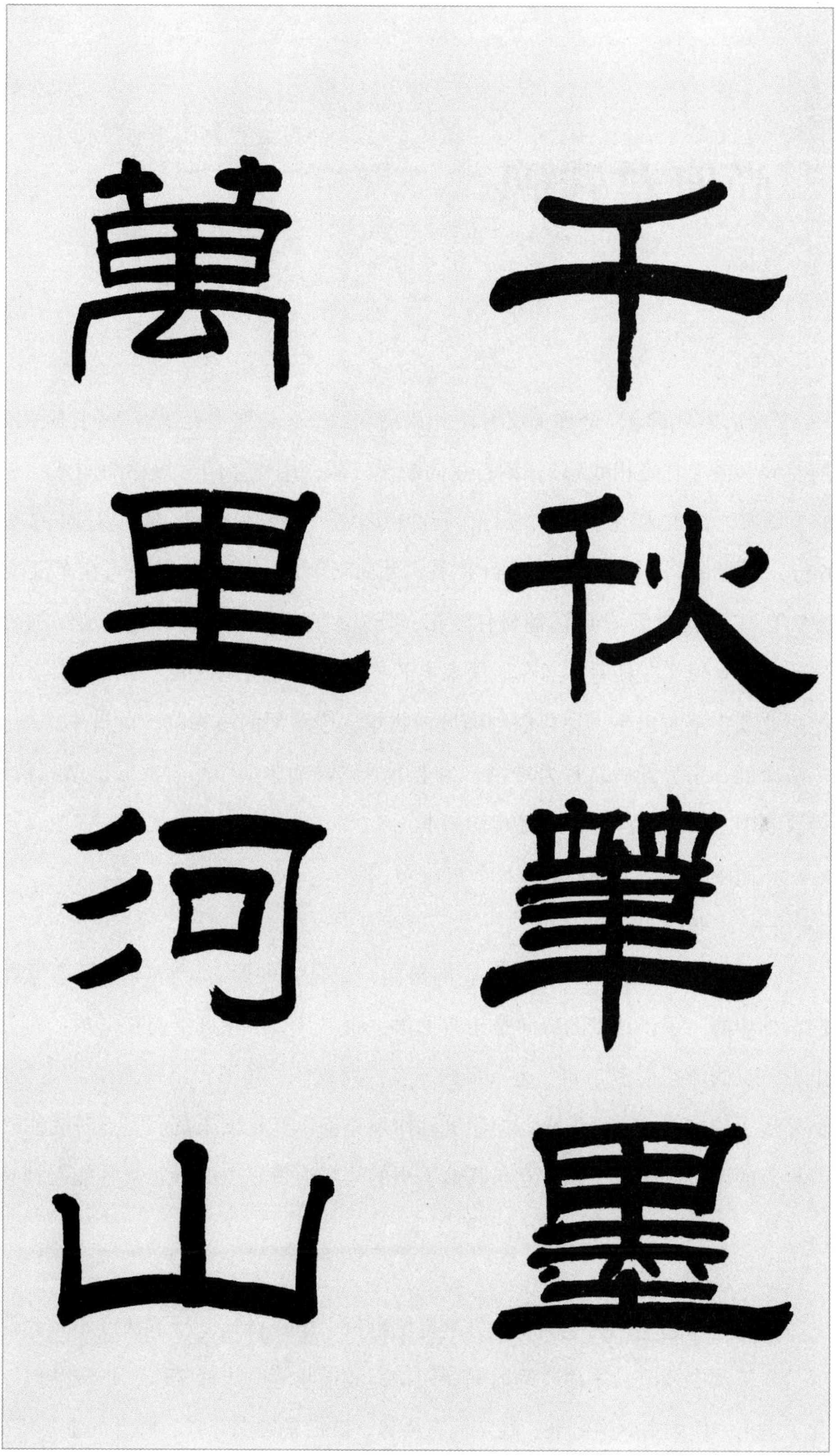

《左元异墓石》笔意 王本兴书
千秋笔墨 万里河山

尚府君残碑

《尚府君残碑》，全称《汉甘陵相尚府君碑》，又称《袁博碑》《甘陵相碑》《尚府君碑》或《甘陵相残碑》。刻石纵向断成三截，用作墓门，仅存前两截。一块残高152厘米，宽22厘米，存文5行，行29字。一块残高181厘米，宽24厘米，存文6行，行皆30字。额存篆书2行8字。无刻制年月，从字体看，当在东汉晚期（约219年）。王国维云："此谓额署甘陵相，其人必在东汉桓帝建和元年清汉国改为甘陵之后，而立碑又在其后，当在后汉末矣。"（《观堂集林》）。1922年在河南洛阳市城北挖掘北朝古墓时出土，原存偃师商城博物馆，今藏河南博物院。此碑书体规整秀美，笔法雄健，字势舒展，骨力雄强，为隶书成熟时期典型作品。罗振玉谓其精劲之至，为汉刻中上品。故宫博物院藏有初拓本。

下面阐述一下《尚府君残碑》的临习用笔：

一、点画

点的临写要注意两点，一是它的势向，二是它的形态。势向即起笔与收笔的方向，如"博"字，其点的势向是指右上角，而"其"字左点指向左下角，右点指向左上方。点的形态很多，如"运"字的三点，大致似三角形，出锋露角，"素"的右点，似缩短了的捺笔。点画虽小，但用笔动作须完备，变化须丰富。写点时我们既要掌握各种点的用笔方法，更要注意与其他笔画的笔势连贯。点的形态常常能起到画龙点睛的作用。用笔逆入藏锋，涩出回锋。

二、横画

横画逆锋起笔，圆笔圆转，方笔提笔翻折，中锋行笔，行笔速度不宜太快，锋尖保持在笔画中线上，平横收笔肘提锋回护，波横收笔时出锋稍快，形成燕尾。波横美化了隶书，使隶书飘逸舒展，稳定而有横势，波横是隶书夸张、率意的主要特征笔画。

三、竖画

竖画的用笔方法是落笔逆锋向上，提笔调锋（圆笔用转法，方笔用折法）笔锋向下，竖锋运笔，收笔时提笔向上收锋。书写时中指指力相抵时的用力均衡，则竖直较易达到理想效果，写出圆润遒劲之感。竖大多较平直挺拔。“博”“弗”“平”等字的长竖，端庄朴茂，大方凝重。而“其”“闻”等字的竖画，有斜、曲等变化。有的竖画粗细不一，如“雒”“讳”等字，呈上细下粗状，如“典”“悉”等字，上粗下细呈垂露状。

四、撇捺钩

撇的起笔应方中寓圆，收笔稍加按力，顿笔后再向上回锋而收。如“食”“若”等字，行笔平稳，撇尾丰厚粗重，收笔处方圆兼备，姿态含蓄优美。竖钩的形态主要有：其一，如“河”字之钩，行笔出锋较快疾，钩笔短而尖；其二，如“闻”字之钩，屈伸圆畅自然，收笔处反向顿按，回锋上趯，呈鱼钩状；其三，如“季”字之钩，大曲大弯，铺毫中锋行笔，驻笔提锋而收；其四，如“食”字之钩，右向的钩笔与上方不连笔，重新起笔向右趯出。再看捺笔，尤多楷意，尖起尖收，棱角分明，如“食”等字。走之捺与乙挑捺写得一波三折，飘逸流丽，如“运”“思”等字。

五、转折

折画是指横与竖联结处的笔画。此碑折画大都调锋暗转作一笔处理，其笔法是以平横的笔法写好横画后，在横画收笔处提笔调锋向下方行笔，转折处稍稍挫笔，使转折意气贯通。《尚府君残碑》的转折有三种常见情况，如“司”字外层的转折为圆转，而左下的口字部的转折却是带锐角的方折。“广”“自”“相”“病”等字的转折，系类近九十度直角的方折。

六、结体

隶书结体大致可分为外密内舒型和内密外舒型两种。《尚府君残碑》应为内密外舒型的结体，撇、捺作为主笔很突出，起到调节重心平衡、美化书体的作用。因而撇、捺是此隶书的主要特征之一，如“克”“人”“大”“恭”“命”“有”等字尤为明显，其撇捺显得特别粗壮、宽大。有些方正、扁方、长方形的结体则表现出内敛、密集而浑朴的特色。此隶书中相同的字点画形态也各有变化，如碑帖中多个“之”“不”“食”“其”“尚”，我们细心观察反复比较就能看到其微妙的变化。《尚府君残碑》的章法是纵有序，横有列，字距宽行距密。这种结体章法能充分展现隶书形式美的特征，使整体和谐、端正。

笔者选用“眼观诗史，心拜墨皇”之句，为《尚府君残碑》隶书创作内容，其中有些字可以参照原碑，有些字只能仿意书写。我把手边的两张土黄色条状形的粉彩宣纸，分别叠成四格，不受条状约束，放笔而书。书法创作要有悟性，悟是有忽然开窍之意，悟在勤学苦练的基础上才会产生，张旭云：“倍加工学临写，书法当自悟耳。”（颜真卿《述张长史笔法十二意》），并从公孙大娘舞剑中悟出笔法。从大自然、生活中悟出笔法真谛的书家，历史上寥寥无几，大多数书家都是以白首攻之的苦练精神，才达到书法尽美境界的。而“张伯英临池学书，池水尽墨；永师登楼不下，四十余年。张公精熟，号为草圣；永师拘滞，终著能名。以此而言，非一朝一夕所能尽美。”（徐浩《论书》），“功到自然成”笔者深信此理。

《尚府君残碑》碑文

□讳博字季智司空公之少子也孝弟昭于内忠恕耀于外聪叡广渊兼览七□坟典素丘河雒运度该三五之藉歇周孔之奥常以易诗尚书授训诲不倦□其食弗食非其服弗服群儒骏贤朋徒自远有韩魏之家自视勘然得士若□闻善若惊思纯履劲经德不回学优则仕历郡席坐再辟司隶公荛拜郎中□察孝廉平□悉以病去司空辟遭公夫人忧服关司空司隶并举贤良方正去官辟大将军府复登宪台迁兖州刺史疾谗□比周愠频频之党□唐虞之道于是操　绳墨以弹耶柱援规柜以分方员饕飻改节寇暴不作对畿震骇每怀禹　稷恤民饥溺之思不忘百姓之病也征为尚书肃恭国命傅纳以言转　拜仆射令三辰明王衡平休征集皇道著拜钜鹿大守施舍废置莫非厥　宜刑政不滥绌捶克采儁桀犹仲尼之相鲁悼公之入晋斟酌仁义□不失□□□□□□□□□□□□□之□商□□不□之民□甘陵

《尚府君残碑》局部

《尚府君残碑》局部

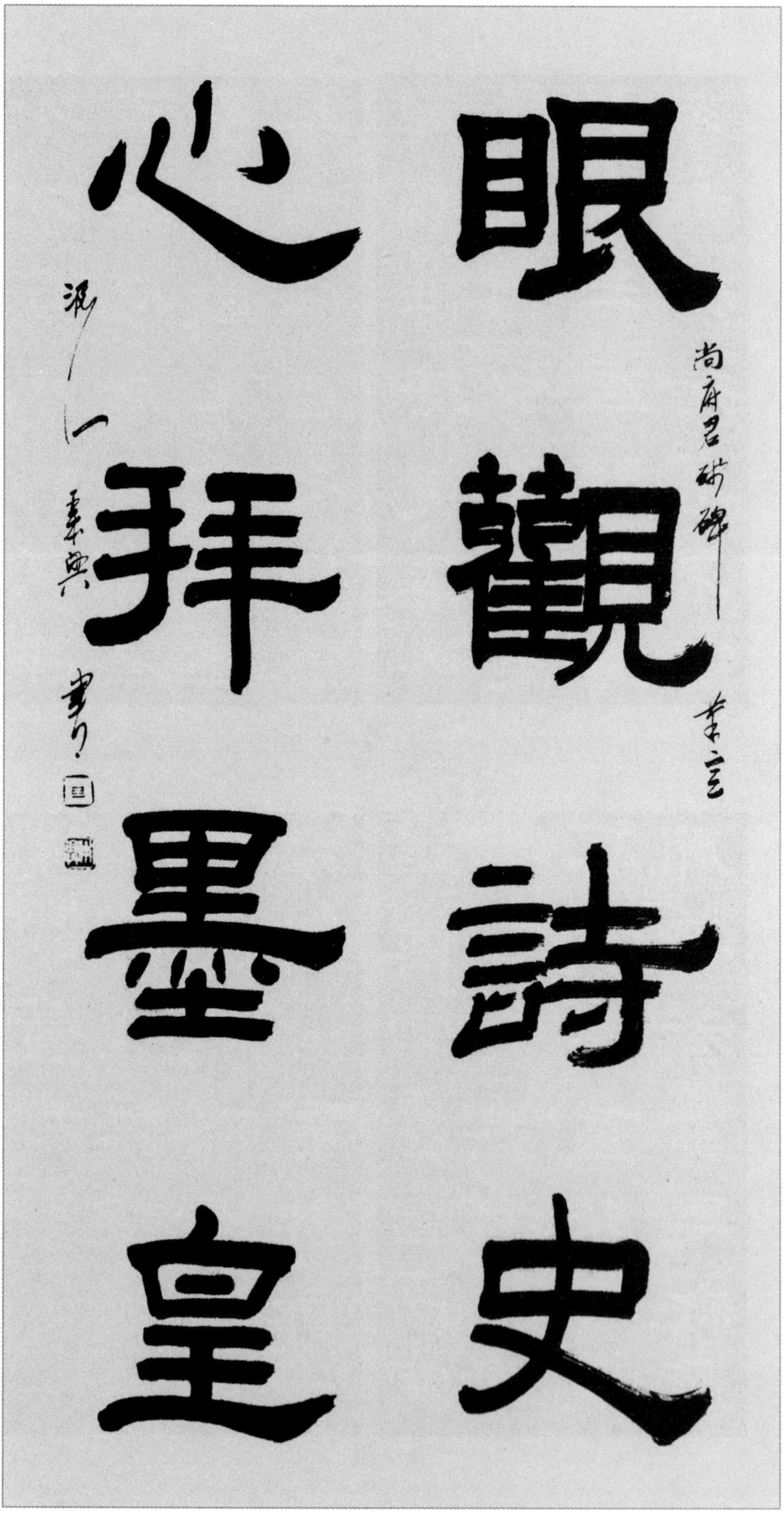

《尚府君残碑》笔意　王本兴书

眼观诗史　心拜墨皇

苍山城前村汉画像石墓题记

《苍山城前村汉画像石墓题记》也称《元嘉元年画像石题记》，东汉元嘉元年（151年）八月刻立。1973年5月在山东苍山县（现兰陵县）卞庄乡城前村汉墓中出土。共出土了13块画像石，其中有题记刻石两块，分刻在墓室侧室的两门柱上。其一石高48厘米，宽22厘米，题记10行，行7至22字不等，另一石高48厘米，宽16厘米，5行，末行19至20字不等，末行3字，共计15行328字。

数量众多的画像石雕刻精美，栩栩如生。而隶书题记风貌别致，其结字用笔十分自然古朴，字形长短、大小、扁方不一，风格尤为平稳端庄遒劲刚健。值此说明的是，此题记有些特别，它并不是歌颂墓主人的颂文，而是介绍墓室与画像石的一篇记叙文。文中记明时间，说是"立郭毕成，以送贵亲"。接着便是介绍墓室的"画观"：从中室后当的上方、后当的对面、中间的立柱，到耳室的上方、央堂之外、央堂之内和堂中的三柱，以及墓顶的盖石，上面都有一组组的画面与花纹，有仙人和祥禽瑞兽相游，有玉女执送酒浆，有伎乐歌舞，有"天仓"和"江海"，永远也吃不尽，喝不完。最后，送葬的人都来了。他的妻妾乘着小耕车，驱驰到都亭，有游徼前来接待，相谢之后便各自方便行事。后面的一辆羊车，象征他的棺材。羊车上方，刻有神鸟，乘着浮云远去。作者颇带伤感地写道："长就幽冥，则决绝；闭旷之后，不复发。"从此，逝者将永远处在阴世间，就和家人诀别了，墓室封好之后，再也不会掘开。

通过此古汉题记，我们清楚地知道了画像石在当时的目的和作用。一块块的石头，上面刻着不同的形象和图画，构成了一个特殊的空间，创造出了另一个虚幻的世界。然而它又折射出那个时代的现实和特点，意识和理想。它既是流光溢彩，又是古怪离奇。必须提及，这篇题记刻错的字较多。且缺少墓主姓名、官职、德行等情况，在语句文字上不及其他汉碑之精美，故有可能此碑记出自劳动人民之手笔，当然，这一点儿也不影响我们今天从艺术的角度去临摹学习。

此外，刻手似乎未曾书丹而直接就石奏刻，以刀代笔，从中可以会意到许多丰富多彩的刀趣。这些洋溢着金石气息的点画线条，使现今的篆刻艺术家大有体会与启发，“书从印入，印从书出”黄牧甫化笔墨为烟云一印的跋语，在这里似乎得到了印证。我们透过刀锋看笔意，刻者起笔用方，收笔尖收，点画爽直利落，似钢筋铁骨，凌厉锐劲，显示了一种特有的金石书卷之美。章法上竖成行，横无列，左右错落有致，既自然又严正。

临习此碑要把握如下几点：

一、横画

横画的临写压锋逆入，旋即翻折往右运行，至末端时，提锋平出。平直的横画头尾粗细反差不大，中锋行笔，起讫动作平稳。带波势的横画，切锋逆入，起笔用方，铺毫运行，中部应带一点儿弧度弯势，收笔时稍加按力，顺势上提回收，呈蚕头燕尾状，是结体中的主笔画，一般写得比较粗壮厚实。结体中的短横画，左边大都与竖画连接，右边则脱空，且呈尖圆状收笔，这种短横画写得较细，但不弱，能见其顿挫抑扬之节奏感。两端脱空的短横画，大多呈头大尾细，变化尤为丰富。

二、竖画

竖画的写法逆锋入纸，起笔较重，调锋后铺毫下行时，渐渐提锋，至末端提锋回收，这是头大尾尖的尖收笔。有的碑文竖画平直粗壮，有的竖画则上部细下部粗。临习者要把握好落笔与收笔的裹锋与提按，注意不能写成楷书的悬针之笔画来。

三、点画

方点要逆锋入纸，笔锋翻转迅速，作直线的迂回动作；圆点画则逆锋轻入，作曲线的迂回动作，回锋收笔。点画的方向不同，其形状亦有所改变。有的点写得十分细小，如微缩了的横画，只需将锋尖顿而稍驻，然后回收即成。“鸟”“马”“鱼”等字的四点，“给”“浮”“尉”等字的三点，其大小、方向、形态几乎一样，系刻手顺向刻凿，借势而行刀，使之自然而然。

四、撇捺

斜撇大多不带弯势，用笔较为平直，逆起平收，带弧度的斜撇，起笔较轻较细，至收笔时加大力度，向上回收，或杀锋提笔方收；捺画的临写亦是起笔轻、收笔重，有些波脚有棱有角，如刀削出，非常猛利。

《苍山城前村汉画像石墓题记》局部

五、转折

方折居多，且折处不换笔，只是调锋暗过，折而下行；也有在转折处换笔的，分两次写成，往往横竖呈脱肩之状；少数圆转折如“鸟”“驾”“虎”等字，转折处的弧度十分自然委婉，如篆书写法，很有韵味。

此刻石题记金石气息特别强，临写时表现刀趣的要点是：其一，主笔画要粗壮劲峭，其他笔画挺拔平直，起笔用方，收笔大多尖收；其二，行笔增加提按之间的距离，强化点画效果与线条的拙涩感，使之产生用刀刻凿的意味；其三，结体方正，大多用方折，框架内的横画尽量独立写出，突出其刀削刻意，适当增加文字大小与线条粗细之反差，书写者在意念上要视纸为石，视笔为刀，这样才能抒情达意，写出刻意来。

用《苍山城前村汉画像石墓题记》隶书笔意创作书法作品，很有余地与空间，因为它的书体往前是靠近成熟型标准化隶书的范畴，往后是靠近隶书初起时的浪漫潇洒型隶书范畴，非常便于隶书创作的发挥与表达。笔者选择了写意创作法。内容设定为宋人董颖诗一首：“万顷沧江万顷秋，镜天飞雪一双鸥。摩挲（挲）数尺沙边柳，待汝成阴系钓舟。”并采用七条屏的形式，每条幅书写四字。线条比原刻自由，变化较为丰富，结体增加了圆意，收笔增添了波势，我们能看到作品与原刻有所改观，出现了新的与原刻不同的气息。

隶书创作过程是对碑帖有选择地进行重组的过程，是一项高效的表象体验和想象还原重组的统一活动。过程能否顺利，情感能否充分表达，审美能否合理，这一系列指标是建立在一个书家对原碑作品的认知、理解、想象、情感及艺术形式的表达能力的体现。真正意义上的创作，是在某种物质形态形质上的创造性再生产，是在强烈的表现欲望促使下派生出的一种有形意象图表。书法爱好者要不断实践，不断总结，才能不断提高。

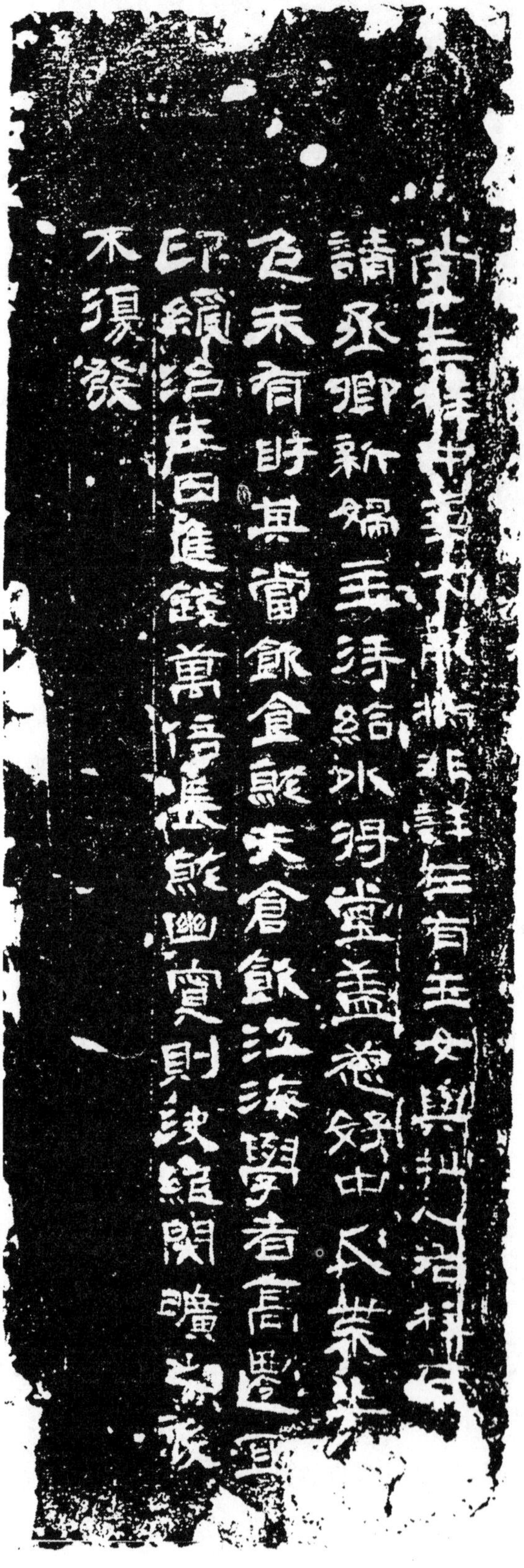

《苍山城前村汉画像石墓题记》碑文

堂三柱中□□龙□非详左有玉女与□人右柱□□
请丞卿新妇主待给水将堂盖蕊好中□□□□
色未有盱其当饮食就天仓饮江海学者高迁宜
印绶治生日进钱万倍长就幽冥则决绝闭旷之后
不复发

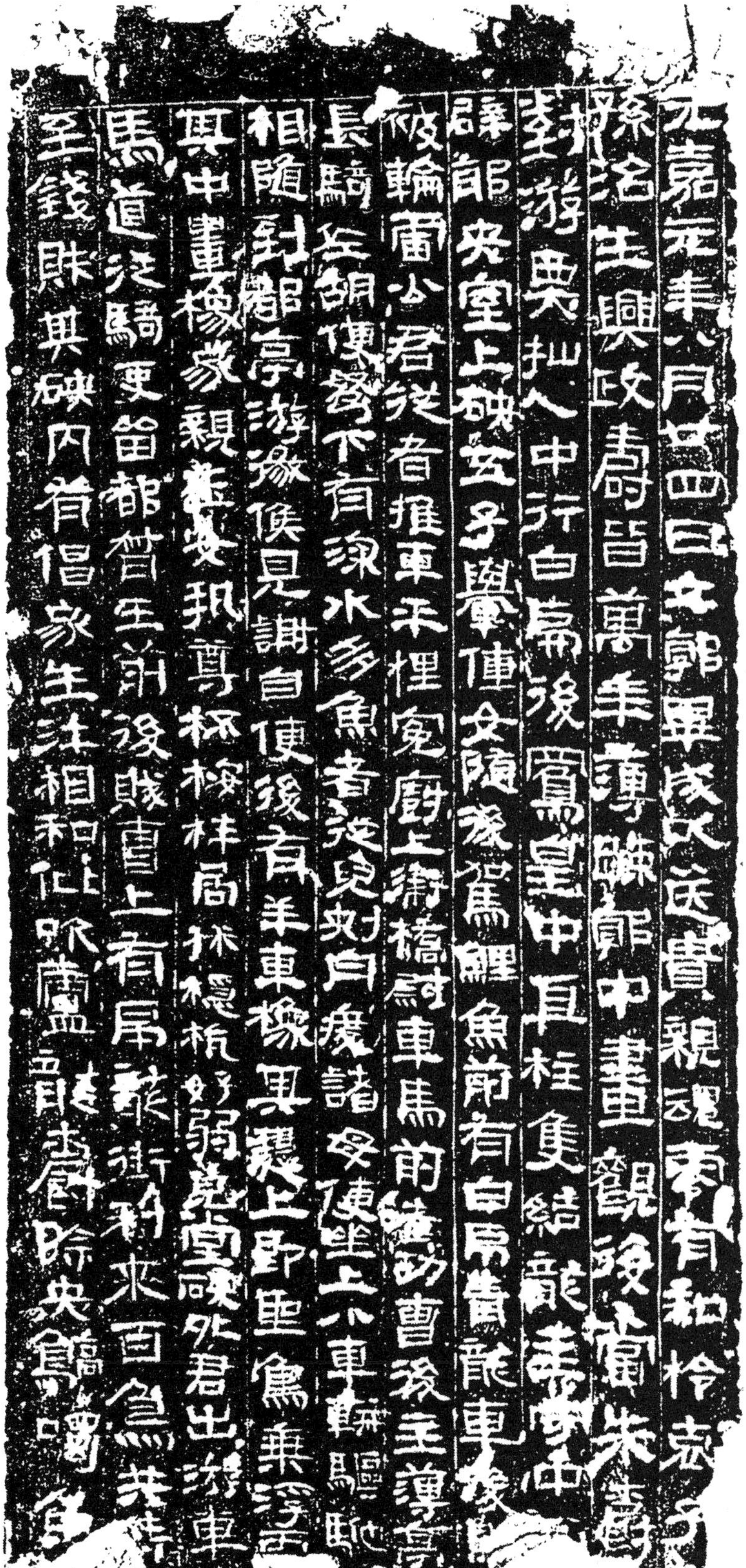

元嘉元年八月廿四日立郭畢成以送貴親魂零有知柃哀子
孫治生興政壽皆萬年薄疏郭中畫觀後當朱爵
對游戲仙人中行白虎後鳳皇中直柱隻結龍主守中
辟邪央室上碑五子舉僮女隨後駕鯉魚前有白虎青龍車後
被輪雷公君從者推車平梩冤廚上衛橋尉車馬前鈴鉤曹後主簿亭
長騎左胡使弩下有深水多魚者從兒刺舟渡諸母使坐上小車軿驅馳
相隨到都亭游徼候見謝自便後有羊車橡其舉上即聖鳥乘浮雲
其中畫橡家親玉女執尊杯桉柈局秫穩杭好弱兒堂外君出游車
馬道從騎吏留都督在前後賊曹上有虎龍銜利來百鳥共持
至錢財其磑內有倡家生汙相和仳吹廬龍爵除央鶴啄魚

《苍山城前村汉画像石墓题记》

《苍山城前村汉画像石墓题记》碑文

元嘉元年八月廿四日立郭毕成以送贵亲魂零有知怜哀子
孙治生兴政寿皆万年薄踈郭中画观后当朱爵
对游要□人中行白虎后凤皇中直柱只结龙主守中□
辟邪央室上□五子轝使女随后驾鲤鱼前有白虎青龙车后即
被轮雷公君从者推车平怛冤厨上卫桥尉车马前者功曹后主簿亭
长骑佐胡便弩下有深水多鱼者从儿刺舟渡诸母使坐上小车軿驱驰
相随到都亭游徼候见谢自便后有羊车橡其□上即圣鸟乘浮云
其中画橡家亲玉女执尊杯案柈局怺□□好弱凶堂□外君出游车
马道从骑吏留都督在前后贼曹上有虎龙衔利来百鸟共□
至钱财其□内有倡家生污相和仳吹庐龙爵除央□嘱鱼

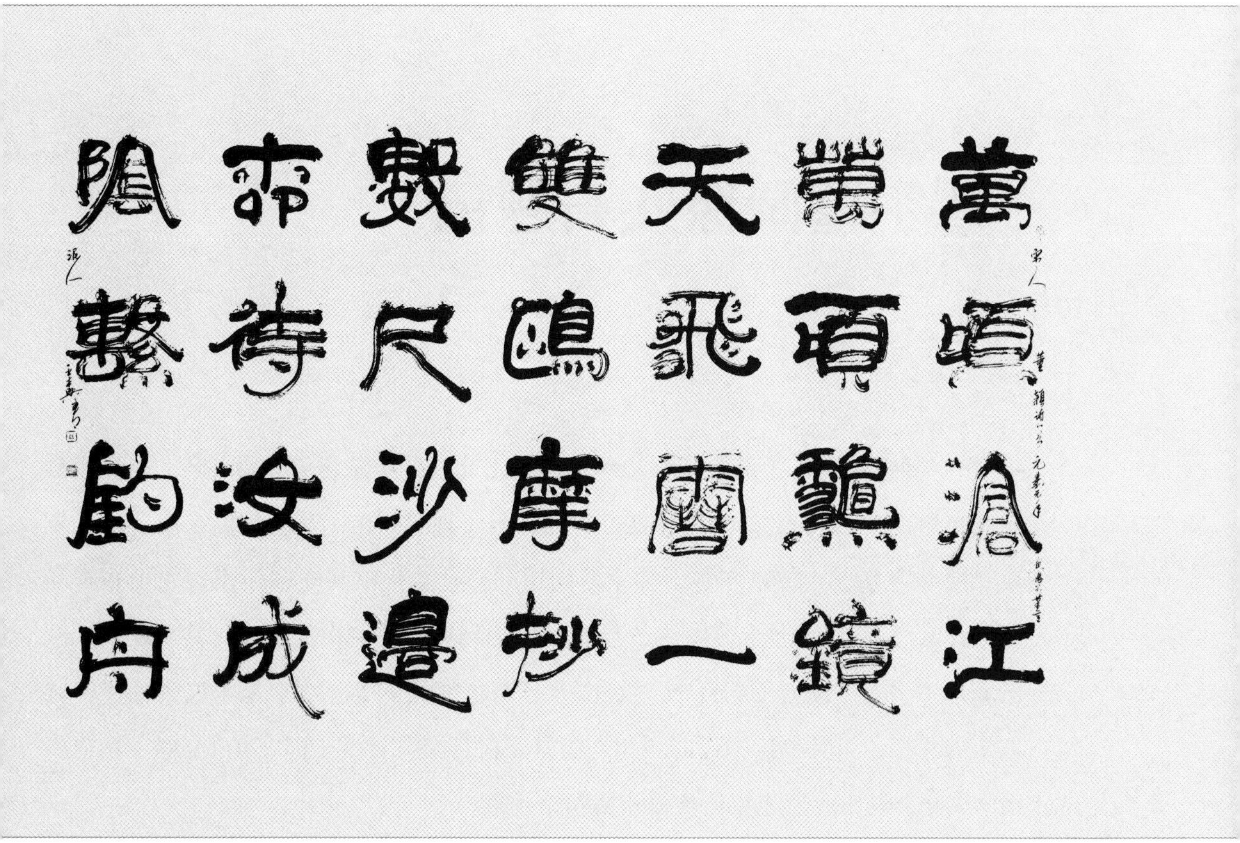

宋　董颖诗《苍山城前村汉画像石墓题记》笔意　王本兴书

万顷沧江万顷秋，镜天飞雪一双鸥。摩挱（注：『挱』同『挲』）数尺沙边柳，待汝成阴系钓舟。

缪宇墓画像残石题记

《缪宇墓画像残石题记》又称《邳州青龙山元嘉元年画像石墓题记》，东汉元嘉元年（151 年）三月刻立。为葬于江苏徐州邳县（现邳州市）燕子埠的东汉元嘉元年彭城相缪宇之墓志。1982 年春，南京博物馆和邳县文化馆共同在邳州青龙山调查和发掘，此墓志，纵 41 厘米，横 51.5 厘米。题记刻在墓前室横额中段，共 109 字，部分已剥落不清，可读者不到百字。文 11 行，每行字数不等。缪宇是东汉第三代彭城王刘定的丞相，当时不仅担任彭城相，而且兼任吕梁县县令（即守长）。缪宇墓曾出土很多文物，其中此墓志铭已被徐州博物馆收藏。

《缪宇墓画像残石题记》铭文:“故彭城相行长史事吕守长缪宇字叔异。岩岩缪君，礼性纯淑，信心坚明，□□□备。循京氏易经□□□□恭俭礼让，恩惠□□，□□告□，远近敬芗。少秉□里□□府召退辟□□执念闾巷□相□□□贤知命，复遇坐席，要舞黑绋。君以和平元年七月七日物故。元嘉元年三月廿日葬。”

燕子埠镇青龙山，海拔 64 米。有一村叫尤村，周围汉墓众多。东汉彭城相缪宇墓，位于尤村村北 200 米处，墓门在南面，分前后两墓室。内有汉画像石刻，共九幅，现存七幅。墓内后室横额上遗存一块镌刻着墓主缪宇的姓名、官职、简历，以及丧葬年月等内容的墓志，为这座墓葬直接提供了确切的建造年代和墓主的官职身份。是现已发现的时代较早的东汉墓志。从墓志中知道，死者缪宇卒于东汉桓帝和平元年（150 年）七月七日，曾任“彭城相行长史事吕守长”，于第二年元嘉元年（151 年）三月廿日葬。停丧八个多月。享年 50 岁。缪宇“礼性纯淑，信心坚明”，受到地方官吏器重，而后入仕途，任“彭城相”。又兼吕守长，直接治理县民。

此题记风格既瘦劲飘逸又率意古拙，有规范化的一面，具隶书特征，字形扁方，波磔分明，字势俊俏舒展，线条圆润，起伏跌宕，似棉里裹针。它也有不规范的一面，不拘成法，粗细、轻重、长短各具特色，极有古拙天然美意趣。其临习要点如下：

一、横画的临习

横画有尖起笔、圆起笔，无论尖圆皆抢势入纸，横画有的平直细劲，有的粗厚，有一点儿反差，收笔回锋上提，速度稍快。要求横画达到平稳平直。带波挑之横画大多宽阔粗壮，有一定的弯度，用笔要用顿按之力，使之波磔分明。平直瘦劲的横画如“三”“席”“年”“日”等字。带波势的横画如“七”“三”“廿”“行”“彭”“坐”等字。

二、竖画

竖画一般较短小，有上细下粗、有上粗下细等各种形态。竖画的用笔方法是落笔逆锋向上，抢势入纸，提笔调锋使笔锋向下运行，收笔时提笔向上收锋。一般而言，横平易把握，竖直难以求成。书写时可注意中指指力相抵时的用力均衡，笔随线走，提按有度，则较易达到竖画所需要的效果，如“月”“坐”“席”“行”“岩”等字。

三、撇画

这里所说撇画有斜撇、弯撇、竖弯撇等左向的撇出之画，它是隶书的主要特征之一，由于是向左方向运笔，比之于向下、向右方向运笔要难掌握一些。撇画的落笔与竖画相似，落笔速度稍快些，行笔时，运用腕的转动使笔锋保持在线条的中间运动。撇画的妙处在于收笔的变化。汉碑风格多样，而各碑的撇法都有自己的特色，即使是同一碑内相同字的撇法也会作不同处理，一般用轻重、长短、角度收放的不同而使撇画变化多姿，如“席”“元”“月”“行”“事”“君”等字。

四、捺画

捺画有走之捺、心钩捺、乙挑捺等多种形式。捺画在隶书中往往起到主笔的作用，有时与撇画相互呼应共同构成隶书的风格特色，有时独自成立，起到稳定此字重心的作用。捺画的方法是落笔取逆势，调锋后提笔右行，渐行渐按，捺脚处稍顿后提锋，运用腕力向外迅速送出，用笔一波三折。捺画的落笔没有与其他笔画相接时，常作蚕头状，与捺脚一起称作蚕头燕尾，如“以”“元”“故”“长”“岩”“心”等字。写捺画易犯的毛病是，捺脚处停顿时间较长或捺脚稍顿后没能把笔锋提起，或是捺画的收笔仅用楷法送出，致使笔画不舒展不厚重。

五、转折

转折之法一般有两种，转用圆笔，折用方笔。转折时须留意圆或方折的特点，相接处须自然不使圭脚外露。转折由竖笔与横画相接而成，如“月”“日”“故”“要”

“事”“坚”“君”“相”等字。有的转折一笔写出，在转折处暗转调锋，不另起笔。也有换笔另起用两笔写成。有的竖折向里倾斜，书写时要笔随字势，保持转折的特色。

六、点画

点画是各种笔画的浓缩，写点时既要掌握各种点的用笔方法，又要注意与其他笔画的笔势连贯。一点虽小，常常能起到画龙点睛的作用，因而点画的用笔要强调完备、到位。

撇捺横竖等笔画是临摹碑帖的基本元素，同时我们还要强调形态结体的临习。写一字要像一字，不能有太大的偏差。形态、形质表现在书法上是外露的，包括用笔、结体、章法、墨色、笔力等诸方面因素，都是看得见的。进入创作层面情况就不一样了，我们必须强调神采，神采是内在的，由气质、情感、学问、修养等诸方面构成，是只能意会的。对于书家而言，两者始终相伴，结合在一起，而不是分离与割裂的。

《菜根谭》句：“交市人不如友山翁，谒朱门不如亲白屋，听街谈巷语，不如闻樵歌牧咏，谈今人失德过举，不如述古人嘉言懿行。”此句既有哲理又有田园韵味。予遂以此为创作内容，取六尺宣纸对折裁成条幅形式，自拟东汉隶书《缪宇墓画像残石题记》笔意，按传统隶书作品章法，纵有行，横有列，行宽列密书写。这种章法能充分展现隶书形式美的特征，使作品整体和谐、端正。

《缪宇墓画像残石题记》局部

《缪宇墓画像残石题记》局部

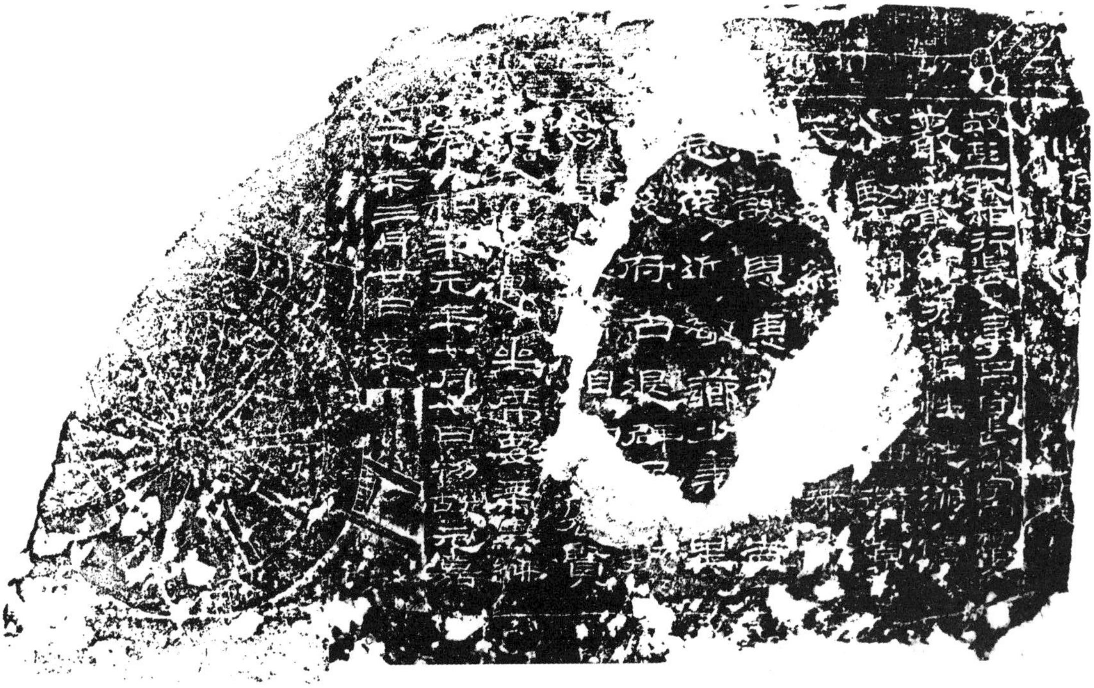

《缪宇墓画像残石题记》碑文

故彭城相行长史事吕守长缪宇字叔异
岩岩缪君礼性纯淑信
心坚明□□□备循京
氏易经□□□□恭俭
礼让恩惠□□□□告
□远近敬芗少秉□里
□□府召退辟□□执
念闾巷□相□□□贤
知命复遇坐席要舞黑绋
君以和平元年七月七日物故元嘉
元年三月廿日葬

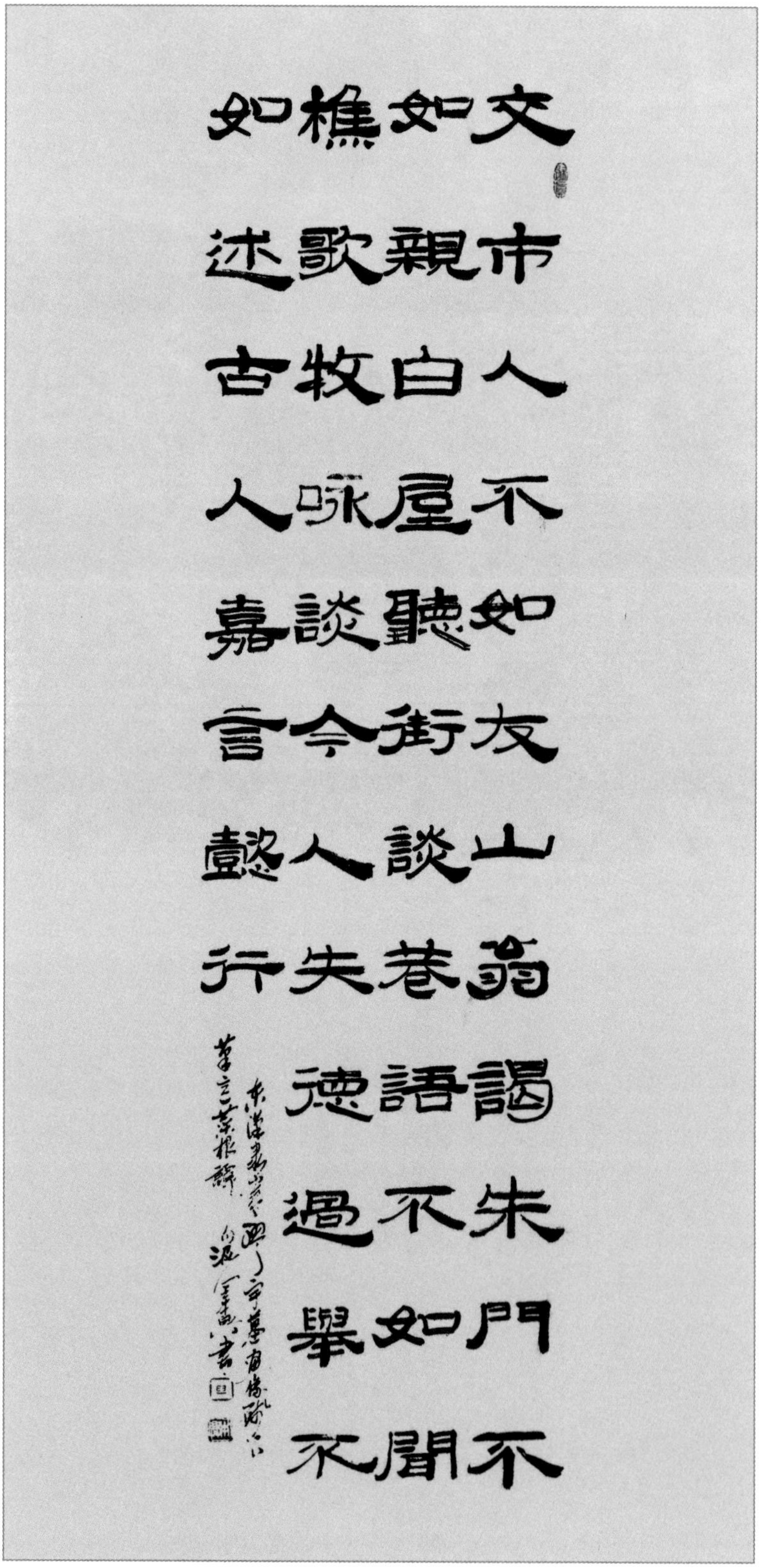

《菜根谭》句　《缪宇墓画像残石题记》笔意　王本兴书

交市人不如友山翁，谒朱门不如亲白屋，
听街谈巷语，不如闻樵歌牧咏，
谈今人失德过举，不如述古人嘉言懿行。

乙瑛碑

《乙瑛碑》全称《汉鲁相乙瑛请置孔庙百石卒史碑》，又称《孔庙置守庙百石卒史碑》《孔和碑》。东汉桓帝永兴元年（153年）刻立，无额，隶书。18行，行40字，纵横有列、井然有序。现存山东曲阜孔庙内，碑高260厘米，宽128厘米，与《礼器》《史晨》并称“孔庙三碑”。此碑记司徒吴雄、司空赵戒以及鲁相乙瑛之言，上书请于孔庙置“百石卒史”一人，执掌礼器庙祀之事。桓帝准可，时乙瑛已离任，因遴选的百石卒史为孔和，遂以孔和补之。所以此碑又称《孔和碑》。

此碑历来印本有：艺苑真赏社珂罗版两种、有正书局石印陶斋藏本、文明书局珂罗版印王孝禹题记本、日本二玄社所辑本、日本清雅堂珂罗版印本等，其中，古物同欣社委托中华书局代印王懿荣旧藏明中叶拓本为最佳。后人对此碑评价颇高。自欧阳修《集古录》以来，迭经著录，对后世影响很大。清代孙承泽《庚子销夏记》云：“文既尔雅简质，书复高古超逸，汉石中之最不易得者。”清代方朔《枕经堂金石书画题跋》云：“《乙瑛》立于永兴元年，在三碑《礼器》《史晨》为最先，而字之方正沉厚，亦足以称宗庙之美、百宫之富。王篛林太史谓雄古，翁覃溪阁学谓骨肉匀适，情文流畅，汉隶之最可师法者，不虚也。”

《乙瑛碑》是汉隶最兴盛时期的典型作品，它除了具有汉隶在用笔结字等方面的共性外，还有自己的艺术特色。此碑结体方整，用笔方圆兼备，结字匀适调和，章法规矩合度。部首之间紧密呼应，讲求穿插与挪让，线条粗细变化，多姿多彩，特具魅力。且法度严谨，飞动灵活，平正中有秀逸之气，十分工致典雅，属方整平正一路，与《史晨碑》《华岳庙》《熹平石经》同趣。从风格形态来说，《乙瑛碑》具有宗庙之美。既不像《石门颂》那样豪肆，也不像《曹全碑》那样秀润，而是介于二者之间。它又比《礼器碑》多一分沉厚，比《史晨碑》多一分雄强。体现了传统文化追求的一个高度，是东汉刻石的巨制，同时,《乙瑛碑》在汉碑中属平正规范一路，适合初学。临习者自《乙瑛碑》入隶，左可通雄肆一路，右可通雅逸一路，是学习汉隶的最佳范本之一。此碑临习要点如下：

一、横画、捺画

横画有平直、弯曲、细劲、粗壮、两头粗、头粗尾细等多种形式，皆应藏锋入纸，中锋运行，回锋收笔。带波势的横画，根据不同的蚕头形态落笔造势，有的方起笔，有的圆起笔，有的尖起笔，行笔时有的平直、有的带有弯势，至末端加大按力，向右上方提锋回收，顺势写出燕尾（也叫雁尾，均为波磔的专用名字）。捺画波挑的写法基本与上述一致，只是按力稍重，波脚明显，左高右低的倾斜度较大，比横画的波势更夸张，更有装饰性。主要是与横画波势上扬之幅度不同，形态也随之发生变化。此外，还有走之捺与乙挑捺。乙挑专指“已”“也”“九”等字的钩笔，它的左下方有个转角，转角可方可圆，方转用笔笔锋偏左，到位后稍向上提，后向右运行，直至挑出波脚收笔。圆转用笔在转角处调锋缓行，务必使转折流畅婉顺，无僵硬呆滞之迹。

二、竖画

竖画以平直挺拔者居多，但也有一些竖画呈头粗尾细、或头细尾粗、或头尾细中间粗之形，有些竖画竖而不直，向左或向右略作弯曲。无论何种情况，皆要抢势逆入，行笔涩进，收笔的轻重根据字体实际形态需要而定。

三、点画

点画的形态丰富多样，不仅随方向不同而改变着势态，还随着用笔的轻重顿按的幅度而改变着形貌。有些点画则是横竖撇捺的缩微版，临写时都要先行藏锋入纸，裹锋或绞转提收。越小越要写得浑融老辣，千万不能因为它不起眼，便不讲究动作，随便往下一按就写出。

四、竖钩

《乙瑛碑》中的竖钩向左者较为短小，收笔有方、有尖、有圆，曲处较顺畅自然；向右者钩笔稍长一些，转折处一都呈方直状，临写时笔锋往左下偏移，然后翻折而行，向右上方提锋回收，转角处也可换笔，在竖画收笔后，于左下方重新起笔写出钩画来。

五、撇画

斜直的撇画从右上方向左下方逆向行笔，尽力写得圆润平朴，撇画一般起笔较轻，头部呈尖圆状，行笔时铺毫逆行，并逐步加大力度，收笔可出锋平收，亦可上扬作微勾状而收。或者将笔锋向上平移顿按，旋即向右上方回锋作方收笔。而长竖撇，其竖与撇的转弯处方劲的弯痕富有张力与弹性，别具一格。撇画的尾部一般很粗壮，在隶书结体中，它与横挑与波捺起平衡对称作用，这是所谓的“八分”特征。

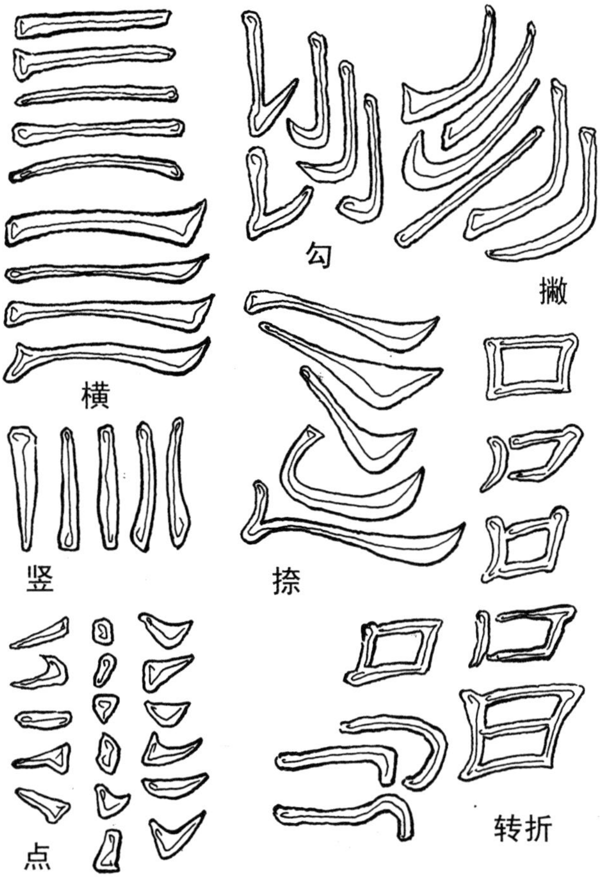

《乙瑛碑》笔画示意

六、转折

《乙瑛碑》的转折很特殊，以“口”字部为例，除方正一路外，另有上宽下窄式、左右向内弯曲式、向左下歪斜式等。这些转折有用调锋暗转写出，有用换笔写成丁字式等。所构成的方口部首，大多不是方形，有右上向左下倾斜之状，有上大下小的梯形之状等。此外有的转折居然没有转角，只用带弧度的弯线代替，如“祠”“空”“司”等字的转折，像篆书一样弯曲圆顺。

七、结体

《乙瑛碑》字形的总体是以扁方为主，以横取势，十分俊逸潇洒。临习者临写时必须认真读字，真正做到识字，即对文字的笔势、体势、字势、气势要能完全把握与领悟，对部首之间的正欹、参差、走向、挪让、呼应要做到心中有数，这样下笔才能达到理想效果。如“鲁”字上方斜笔拉长，中部四点左点向左下，右点平射向右，其他两点亦各有形态，两个“口”字部的架构，上者向右上角伸展，下者向左下角伸展，既平衡协调又两相对应，充满活力与动感。再如“奉”“奏”“春”等字，上方三横平正、匀称、疏朗，左右撇捺写得舒展放纵，气势磅礴，而下面的部首写得细小，主次分明，这样的布白正是审美范畴的最佳选择。“吏”字中宫收敛，四角纵放，做足了姿态。

总而言之,《乙瑛碑》结体的方与圆，曲与直，长与短，轻与重，大与小，刚与柔，敛与放，肥与瘦，向与背，动与静等，要注意结体之间二者相辅相成的关系。杨守敬、翁方纲曾指责《乙瑛碑》的波脚，如《激素飞清阁评碑记》有言云:“已开唐人庸俗一路。”它把唐代隶书波磔庸俗归咎于《乙瑛碑》。予则不以为然,“碑”海茫茫，百花齐放，各呈姿态。《乙瑛碑》的波磔正是它的鲜明特点，若没有这一点，也就不称其《乙瑛碑》了。至于后人如何去承袭与临摹，仁者见仁，智者见智，那是另一回事了，是雅是俗与《乙瑛碑》本身无关。为此，我建议《乙瑛碑》爱好者，大可放心，不要听别人说了几句反面的话，就对自己的创作产生了负面影响。

最后我们要说一下《乙瑛碑》的隶书创作问题，我们先欣赏一下清代桂馥用《乙瑛碑》笔意书写的四言诗，这是一件条幅形式的作品，其中“之”“八”“奉”“相”“日”“于”“上”“下”“六”“长”“利”“天”“极”等字，皆参照了碑帖中的文字模式，其章法布白也一如《乙瑛碑》，整幅作品充满着《乙瑛碑》的气息与韵味。予录老子《道德经》语:“善为士者不武，善战者不怒，善胜敌者不与，善用人者为之下。是谓不争之德，是谓用人之力，是谓配天之极。”亦参以《乙瑛碑》笔意，书写成条幅形式，供参考。

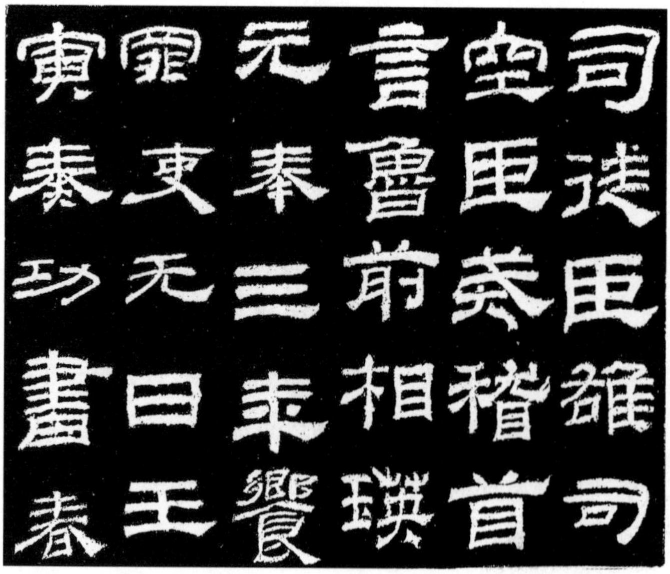

《乙瑛碑》局部

《乙瑛碑》

《乙瑛碑》碑文

司徒臣雄，司空臣戒，稽首言，鲁前相瑛书言，诏书崇圣道，勉□（艺），孔子作春秋，制孝经，□□五经，演易（系）辞，经纬天地，幽赞神明，故特立庙，褒成侯四时来祠，事已即去，庙有礼器，无常人掌领，请置百石□□一人，典主守庙，春秋飨礼，财出王家钱，给犬酒直，须报，谨问大常，祠曹掾冯牟，史郭玄辞对，（故事辟）□（礼）未行，祠先圣师，侍祠者，孔子子孙，大宰，大祝令各一人，皆备爵，大常丞监祠，河南尹（给）牛（羊）豕□□□各一，大司农给米祠，臣愚以为，如瑛言，孔子大圣，则象乾坤，为汉制作，先世所尊，祠用众牲，长□（备）□，今欲加宠子孙，敬恭明祀，传于罔极，可许，臣请鲁相为孔子庙置百石卒史一人，掌领礼器，出□□□，□（犬）酒直，他如故事，臣雄、臣戒、愚戆诚惶诚恐，顿首顿首，死罪死罪，臣稽首以闻。制曰可，　司徒公河南□□□□（字）季高

元嘉三年三月廿七日壬寅奏雒阳宫，司空公蜀郡成都□（戒）字意伯。

元嘉三年三月丙子朔，廿七日壬（寅），司徒雄，司空戒下鲁相，承书（从）事，下当用者，（选其年）（以）□，经通一艺，杂试通利，能奉弘先圣之礼，为（宗）所（归）者，如诏书，书到言：

永兴元年六月甲辰朔十八日辛酉，鲁相平，行长史事，卞守长（擅），叩（头）死罪，（敢）言之，

司徒司空府壬寅诏书，为孔子庙置百石卒史一人，掌主礼器，选年（卅）以上，（经）通（一）艺，（杂试能）奉弘先圣之礼，为宗所归者，平叩头叩头，死罪死罪，谨案文书，守文学掾鲁孔龢，师（孔）宪，户（曹史孔宽等）杂试，龢修春秋严氏，经通高第，事亲至孝，能奉先圣（之）礼，为宗所归，除龢，（补）名状如（牒），平惶恐叩头，死罪死罪，上司空府。

赞曰：巍巍大圣，赫赫弥章，相乙瑛字少卿，平原高唐人，令鲍叠字文公，上党（屯）留人，政教稽古，若重规（矩），乙君察举，守宅除吏，孔子十九世孙麟，廉请置百石卒史一人，鲍君造作百石吏舍，功垂无穷，于是始□。

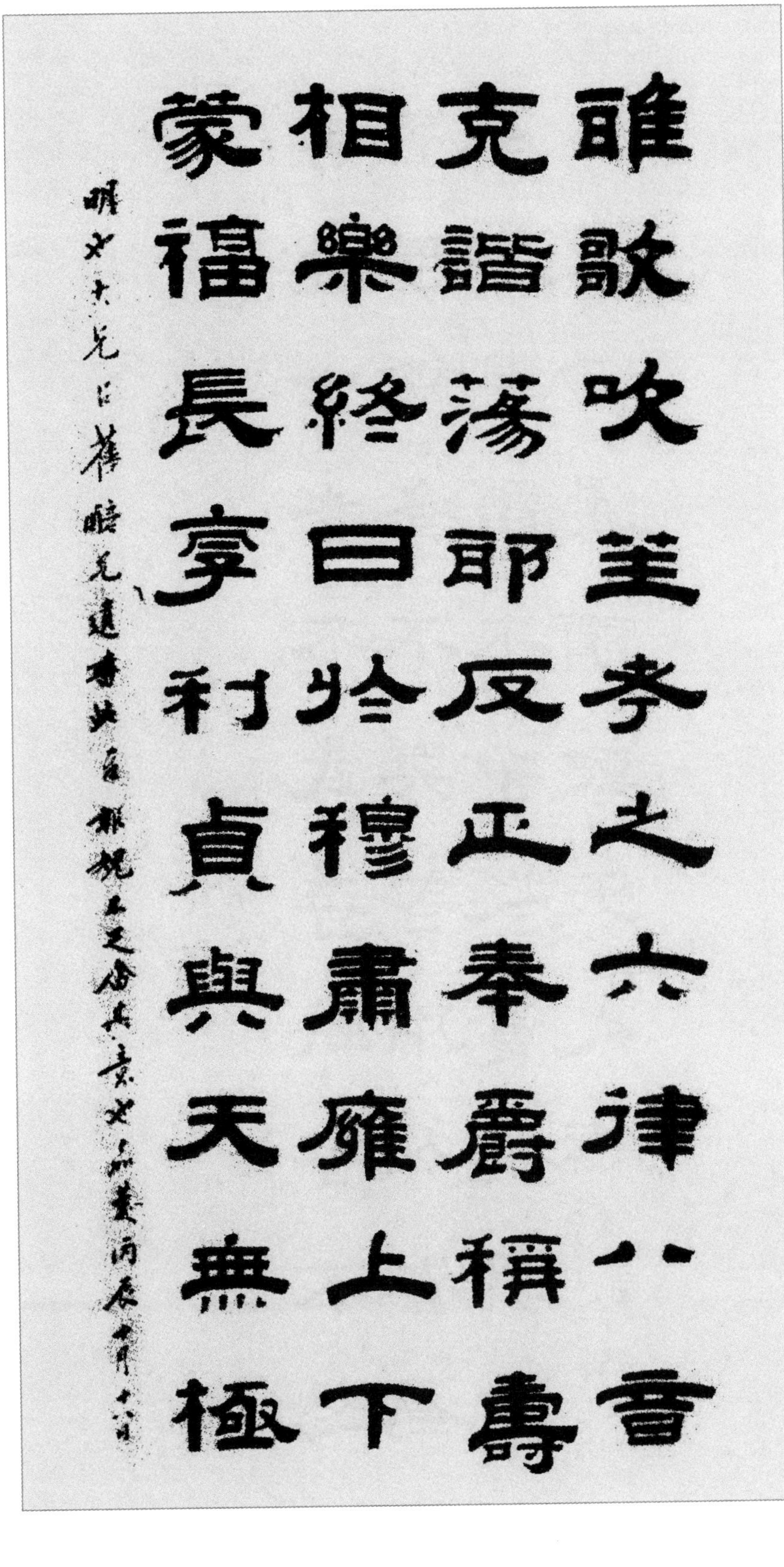
雝歌吹笙考之六律八音
克諧蕩耶反正奉爵稱壽
相樂終日於穆肅雝上下
蒙福長享利貞與天無極

清　桂馥书四言诗《乙瑛碑》笔意

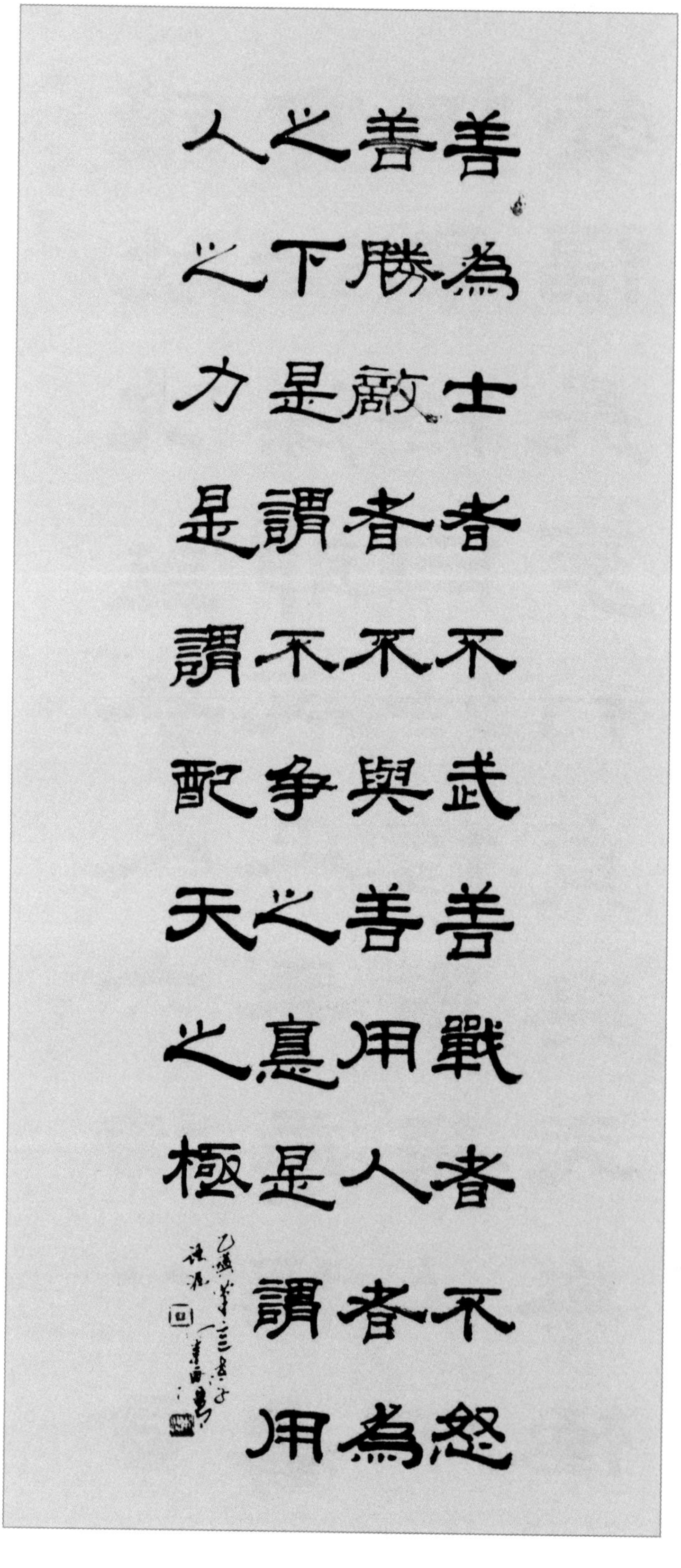

老子《道德经》语 《乙瑛碑》笔意 王本兴书

善为士者不武，
善战者不怒，
善胜敌者不与，
善用人者为之下，
是谓不争之德，
是谓用人之力，
是谓配天之极。

孔谦碑

《孔谦碑》又称《孔谦墓碣》《孔德谦碑》《孔德让碑》等。东汉桓帝永兴二年（154年）七月刻立。碑高83厘米，宽53厘米，厚22.5厘米。圆首有晕一重，起于穿中，穿径9.5厘米。无额，隶书8行，每行10字。全碑82字，碑多残损，有的难以辨识。另《隶释》《孔氏祖庭广记》《汉碑文录》《阙里文献考》《山左金石志》《金石经眼录》等书中有记载。此碑系宋代欧阳修在孔林孔谦墓前发现，并对此碑进行了考释。至宋，由欧阳修载入《集古录》，始被后人所重视。原碑今藏山东曲阜汉魏碑刻陈列馆。

孔谦（121—154），字德让，孔子二十代孙，孔宙之第六子。曾官郡曹史。享年34岁，永兴二年（154年）七月遭疾而亡。碣文简少，只是简明扼要地介绍了孔谦的生平事迹。

《孔谦碑》碑文内容为："孔谦字德让者，宣尼公廿世孙都尉君之子也。幼体兰石自然之姿，长膺清少孝友之行，祖述家业，修《春秋经》，升堂讲诵，深究圣指，弱冠而仕，历郡诸曹史。年卅四，永兴二年七月遭疾不禄。"

虽然《孔谦碑》文字漫漶剥蚀甚多，但它的艺术价值与审美意趣没有被埋没，它的结体淳朴厚实、庄重雍容。格调古拙苍劲，字法规范，章法严谨。线条粗壮平稳，点画之间揖让有度，波磔燕尾厚重稳健，具别样风神。我们需要把握好点横撇捺的基本规律。具体临习要点如下：

一、横画

横画逆锋入笔藏锋，轻重适度，深浅随字而宜。太深太重易成一团墨黑，且不便调锋，调锋后应中锋行笔，行笔时感觉有反力相阻，像逆水行舟，忌一滑而过。收笔回锋上提，稍带波势，顺势出笔。要求达到横画平稳，丰满遒劲。《孔谦碑》的长横画粗壮厚重，多数是主笔画，要写得气势博大，波澜壮阔。短横画亦写得平直圆润，凝重古朴。如“行”“堂”“曹”“二”“年”“七”等字。

二、竖画

竖画用笔与横画相类，方向为从上到下书写而已。竖画落笔逆锋向上，提笔调锋笔锋向下，竖向中锋运笔，收笔时提笔向上收锋。一般而言，横平易求，竖直难成。书写时应注意中指指力相抵时的用力均衡，则较易达到竖直效果。竖画在《孔谦碑》中一般不作突出性的主画，其大小、长短皆随字而宜，灵活应用。如“仕”“曹”“升”等字。

三、撇画

撇画是隶书的主要特征性笔画之一，包括斜撇、竖弯撇等，由于它是向左运笔，比向下、向右运笔更难掌握一些。撇画的落笔与竖画相似，同样要逆锋入纸，中锋行笔，运用腕的转动使笔锋保持在线条的中间运动。撇画的妙处在于收笔的变化。汉碑风格多样，而各碑的撇法都有自己的特色，即使同一碑内相同字的撇法也会作不同处理，因轻重、长短、角度收放的不同而变化多姿。值此说明的是,《孔谦碑》之撇画亦呈粗壮厚重之貌，这与其他隶书有所不同。如“月”“史”“子”“秋”“孝”“友”“历”等字。

四、捺画

捺画在隶书中往往起到主笔的作用，有时与撇画相互呼应共同构成字体的风格特色，有时独自成立，起到稳定一个字重心的作用。捺画的方法是落笔取逆势，调锋后按笔右行，用力均匀，渐行渐按，渐按渐重，捺脚处稍顿后提锋，运用腕力向外迅速送出，笔锋在末端作收势，形成波势。大凡汉碑经过石工用双刀法凿刻，且历经风蚀，捺画收笔处似有回锋之形，如果与大量竹木简牍墨迹相比较，可发现其收笔无不作出锋。捺画的落笔没有与其他笔画相接时，常作蚕头状，与捺脚一起称作蚕头燕尾，特点是“蚕不双设，燕不双飞”。写捺画易犯的毛病是，捺脚处停顿时间较长，或捺脚稍顿后没能把笔锋提起，或是捺画的收笔仅用楷法送出，致使笔画不舒展，不厚重。这一点应当加以重视与注意。如“史”“之”“秋”“深”“遭”“不”等字。

五、点及转折

点是各种笔画的浓缩，写点时既要掌握各种点的用笔方法，也要注意与其他笔画的笔势连贯。一点虽小，常常能起到画龙点睛的作用。转折之法，转用圆笔，折用方笔。转折是由笔画横竖相接而成的，转折时须留意圆或方的特点，相接处须自然顺畅、不露圭角。如“月”“曹”“史”“诸”“堂”等字。

六、结体布白

结体布白即文字的间架构成，隶书从篆书蜕变而成，篆书以方、长为主，取纵势，隶书以方、扁为主，取横势。关键一点是重心平衡，它是处理结构的基本原则。隶书的结体由独体字和合体字组成，独体字通过点画的巧妙搭配使字势取得平衡，合体字则注重左右或上下部首的配合，每个部位都能独立成形，重心平衡，各部位的平衡构成合体字整体的重心平衡。如独体字有“七”“四”“子”“之”等字。再如合体字有“诵”“诸”“圣”“仕”“究”等字。无论何种结体都要自然顺畅，灵动多姿。避免松散、重心不稳、结体呆板等毛病。

《孔谦碑》书体创作，当然要侧重作品的碑帖本体风格。但实践证明，这样努力往往事与愿违，不可能真的以一家为宗，作品多多少少总是“综合体”，会有两种情况：

其一，临习者在自己的创作中有意无意间流露出来对某种范本的嗜好与偏爱。也就是说对某碑一往情深，已达到痴迷的程度，因而作品近碑似碑，风格韵味基本一致。

其二，作品从碑的形貌中脱离出来，遗貌取神，使外人看不出其所出何碑，已基本化为自己的艺术语言，形成自己的风格特色。

当今书坛呈现出一种繁荣的景象，大量古今书法展览、各种书法字帖、报刊，以及理论书籍为临习者研究书法开阔了视野，名家示范、同道交流更是为创作提供了条件。正是由于这外在的影响、内在的微妙变化，才使每个人的作品呈现出不同的风格。例如附图的梁启超临《孔谦碑》书法作品，作品临写《孔谦碑》的碑文至“历郡诸曹史”为止。此作品的格调就属于上述第二种情况。撇捺线条没有原碑粗壮厚重，结体偏长，布白上重下轻，上紧下松，已从《孔谦碑》的整体风神格调中脱胎换骨，是集汉碑诸体之妙，法度严谨，笔画规范，自成面貌的艺术佳品。

《易经》句：“谦谦君子，卑以自牧。”笔者以此为作品内容，用五尺整宣，拟《孔谦碑》笔意，创作此隶书作品，作品线条、结体都十分宽厚粗壮，气势与格调都接近原碑帖，作品形神兼备。

《孔谦碑》局部

《孔谦碑》碑文

孔谦字德让者宣尼公廿世孙都尉君之子也幼体兰石自然之姿长膺清少孝友之行祖述家业修春秋经升堂讲诵深究圣指弱冠而仕历郡诸曹史年卅四永兴二年七月遭疾不禄

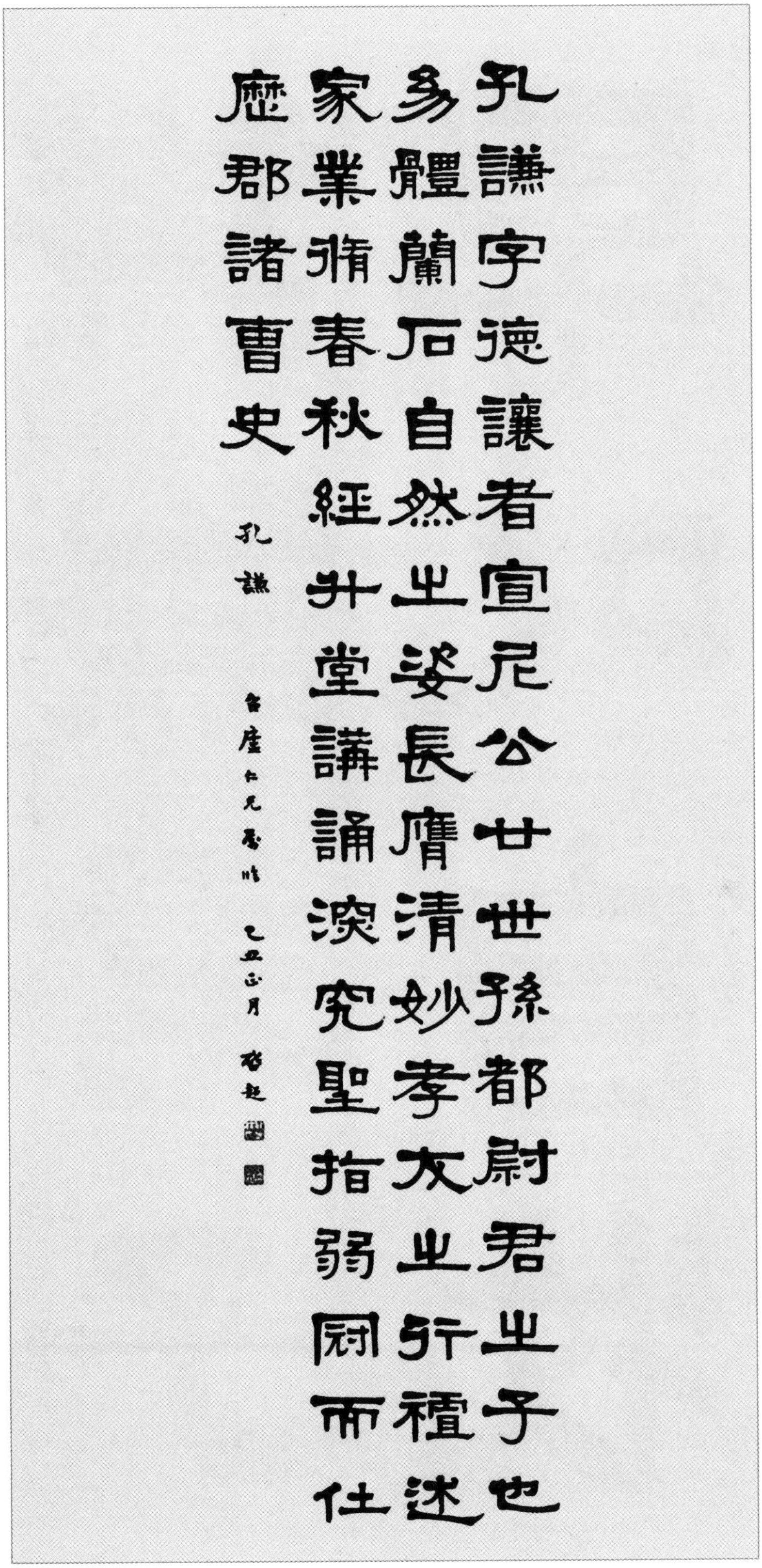
孔謙字德讓者宣尼公廿世孫都尉君之子也
多體蘭石自然之姿長膺清妙孝友之行禮述
家業脩春秋經升堂講誦深究聖指弱冠而仕
歷郡諸曹史
孔謙
台廬仁兄屬臨 乙丑正月 啓超

梁启超临《孔谦碑》

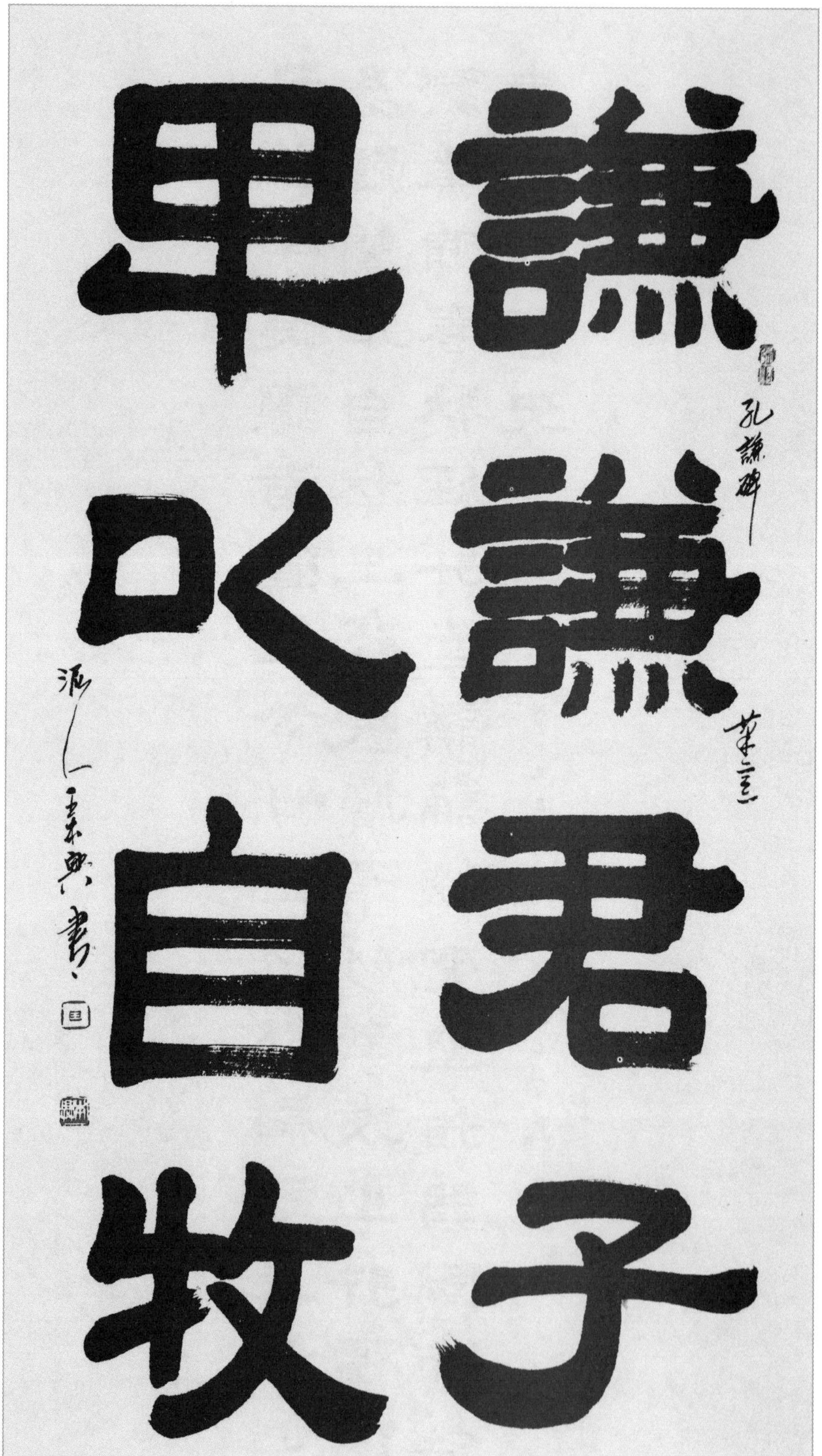

《易经》句 《孔谦碑》笔意 王本兴书
谦谦君子 卑以自牧

李孟初神祠碑

《李孟初神祠碑》全称《汉宛令益州刺史李孟初神祠碑》，据《金石萃编》记，碑高 160 厘米，宽 93.3 厘米，隶书 15 行，行约 30 字。东汉桓帝永兴二年（154 年）刻立，此碑无额，故首二行大字标题，为汉碑之特例。

汉代河南南阳郡为光武帝刘秀发迹之地，号称“南都”“帝乡”，当时此地立碑树碣者不在少数，但留存至今的汉代碑碣却是凤毛麟角。《李孟初神祠碑》在清乾隆年间（1736—1795）因白河水涨冲出，后又入土。道光初年白河涨水塌岸时再次出土，因该碑有穿，被置于井池侧安装辘轳汲水。咸丰十年（1860 年）河南学政景其浚向南阳知府金梁索取此碑拓本，金梁在南阳县（今南阳市）任伯雨家访得此碑，移至南阳府衙中，嵌于二堂东厢房壁间，并在石碑下漫漶处刻跋。此后，南阳知府顾寿彤又特地为之建亭加以保护。该碑 1959 年入藏河南省南阳博物馆汉碑亭。

此碑出土较晚。在翁方纲《两汉金石记》首见著录。其书法浑朴圆劲，气宇轩昂，字形有长有扁，仪态自如，堪称汉隶中上品。清杨守敬跋云：“《中州金石记》谓其疏秀似《韩仁铭》，为蔡有邻所本。余按是碑以浑古胜，实与《韩仁铭》不相似。”在穿处“永兴二年”之“年”字垂笔特长，与《石门颂》之“命”字,《张景碑》之“府”字类似。翁方纲《两汉金石记》云：“详其笔势，盖以当穿未得放笔，故于穿下不嫌过垂以伸其气，此不独可悟书法，亦文章蓄泻之理耳。”上述系先贤们对此碑的描绘、评价与赏析，足见其历史意义与艺术价值。其拓本称《李孟初神祠碑册》，纵 28.8 厘米，横 14.8 厘米，由朱翼盦及家属捐赠。“宁”“京”“甫”等字清晰，“唐谭伯祖”四字未泐。黄易鉴藏，钤“小松所得金石”“小蓬莱阁”印，并由黄易《小蓬莱阁金石目》著录。

《李孟初神祠碑》是以挺劲凝重、雄浑古朴的气息与特色赢得人们的推崇与青睐，当年，李孟初建造神祠，企望此举流芳百世，请人打造铭刻此碑。然岁月无情地将其冲浊销蚀，自然剥蚀风化，漫漶残泐见重，后人已无法解其文义。虽然如此，但此碑仍留下了它应有的艺术风貌。人们选取此碑临摹创作，是非常有实际意义与实用价值的。现将临习要点归纳如下：

一、点画

点的临写要注意两点，一是它的势向，二是它的形态。势向即起笔与收笔的方向，如附图的“听”字，其上点的势向朝下，心字部左点则朝右上，中点朝下，右点则朝左。点的形态很多，有的呈三角形，出锋露角，有的似缩短了的捺笔。点画虽小，但用笔动作须完备，变化须丰富。写点既要掌握各种点的用笔方法，更要注意与其他笔画的笔势连贯，点对整个字常常能起到画龙点睛的作用，用笔逆入藏锋，涩出回锋。

二、横画

平横写得粗壮平稳，提按变化不大。波横的蚕头燕尾不甚明显，粗细反差不是太大。藏锋起笔，用笔不往下顿，圆头或蚕头平直不下垂，然后再翻锋右行，收笔时用圆势回收，或提锋趯出，带捺肚者呈圆顺含蓄状。平横的字如“大”“木”“李”“听”“龙”等字。带波势的平横如“年”“共”“二”“有”等字。

三、竖画

竖大多较平直挺拔。“木”“捕”“听”“邪”“开”等字的长竖，端庄朴茂，大方凝重。而“邪”“有”“捕”等字的竖画，粗细不一，有的呈上细下粗之姿。而“年”字的长竖是个特例，像一把刀一样，呈上细下粗状，在当今的书法作品中一般很少应用。

四、撇捺钩画

撇的起笔应方中寓圆，收笔稍加按力，顿笔后再向上回锋而收。如“大”“人”“今”“木”“农”等字，行笔平稳，撇尾丰厚粗重，收笔处方圆兼备，姿态含蓄优美：竖钩的形态主要有几种。如“树”“宇”“守”“祠”等字之左钩，收笔回锋，钩尾浑厚；如“李”字钩画，出锋上趯，呈尖钩状；右向钩画如“龙”“民”等字，有一笔连续写出的，有与上方不连笔，重新起笔向右趯出的。再看捺笔，尤多楷意，尖起尖收，棱角分明，如“木”“人”“大”“农”“今”等字。

五、转折

大多用方折，“方口”部的折竖垂直向下，转折的折竖呈平直方正之状，一般不向里倾斜，如“南”“贼”“部”“复”“开”“南”等字。偶见折竖向里倾斜者，且角度很小，如“农”“中”等字。

六、结体

《李孟初神祠碑》的结体平稳方正，温厚古朴，除“年”字特别伸展外，其他结体的布白面积基本等同，中宫不是紧密收敛，而以匀称端庄见长。不是外拓及奔放舒展，皆在一个无形的框架内布白书写。笔画的粗细反差不是太大，较为浑厚一致。较多地保留了《乙瑛碑》《北海相景君碑》《子游残碑》等碑帖的用笔与结体特色，此外,《李孟初神祠碑》结体严整雄丽，尤其是左撇画与右捺画，平衡对应，顾盼有情，姿态遒丽，形成一个很有气息很有韵味的特色。《李孟初神祠碑》毕竟不是脱略恣肆的隶书，其用笔、结体有诸多楷意，且法度谨严，笔画很规范也很有规律。但要注意，用笔不要过于粗壮圆熟，亦不能以楷法写隶，以免流俗而不能“走出来”。

艺术想象建立在物质表象之上，想象的动力来自表象的魅力。《李孟初神祠碑》的创作当然要建立在当时的书法文化基础之上,《李孟初神祠碑》诞生于两千多年前的东汉桓帝永兴二年（154 年），当时汉承秦制已三百五十余年。西汉初期官方使用小篆，后期逐步使用简书。简书由西汉转入官方正体。东汉桓帝时，其简书篆意尽脱，波磔明显，隶书形成。桓帝当时推行举孝廉制度，以孝治天下，刻碑立传之风盛行。《李孟初神祠碑》在尊儒尚孝的大文化气候中诞生，于不自觉中蒙上了一层信奉和功利色彩，其碑石文字不仅展现着时代流行的书风，也透露着个性和情结。创作必须以原碑为素材基础，再将其表象特征和自我主观愿望进行融合，用最美的想象力最高超的技巧于最好的精神状态中表现出来。当然，新的艺术形式既不脱离《李孟初神祠碑》原味，又不失个人主观意愿为宜。

《李孟初神祠碑》的隶书创作程序应该是：一是确定创作内容，二是根据内容再确定作品尺幅与形式，三是准备好相应的纸、笔等材料，包括叠格、查字等准备工作，最后才提笔书写。

予选取“龙跳天门，虎卧凤阁”句为作品内容，并采用五尺宣纸对开，以对联形式创作书写，由于《李孟初神祠碑》结体线条匀称平稳，粗细反差小，故毛笔使用大号短锋羊毫，容易把握线条质量。“龙跳天门，虎卧凤阁”句乃为清代乾隆帝对王羲之《行穰帖》的跋语，原出自南北朝梁袁昂奉敕编纂的《古今书评》。故“龙跳虎卧”是对王书的最高评价。笔者书写时挥毫自如，结体布白之间注意加强大小变化，作品尽力做到神似，气息贯通。

《李孟初神祠碑》局部

《李孟初神祠碑》碑文

故宛令益州刺史南郡襄阳李
字孟初神祠之碑
君□举孝廉除补郎中迁
史卒官□故吏民思追德化
更讯治立碑复祠下
垣宇树木皆不□令□不□□守
中大人共案文□□□□文
永兴二年六月己亥朔十日□宛令
部劝农贼捕掾李龙南部游徼
屋有守祠义民今听复无
时令琅邪开阳贵君讳咸字
□河南雒阳虞衍字元博□□□□□□□□□□仲兴□□汉海
□掾吴定尉□功曹史□字伯昭□□时乡啬夫刘俊叔艾佐
故户曹史东门伯□史佐杨元举□□□时贼捕掾李龙升高□□□京□甫
□□□□供功曹史左治□□□□□时亭长张河曼海亭长唐谭伯祖

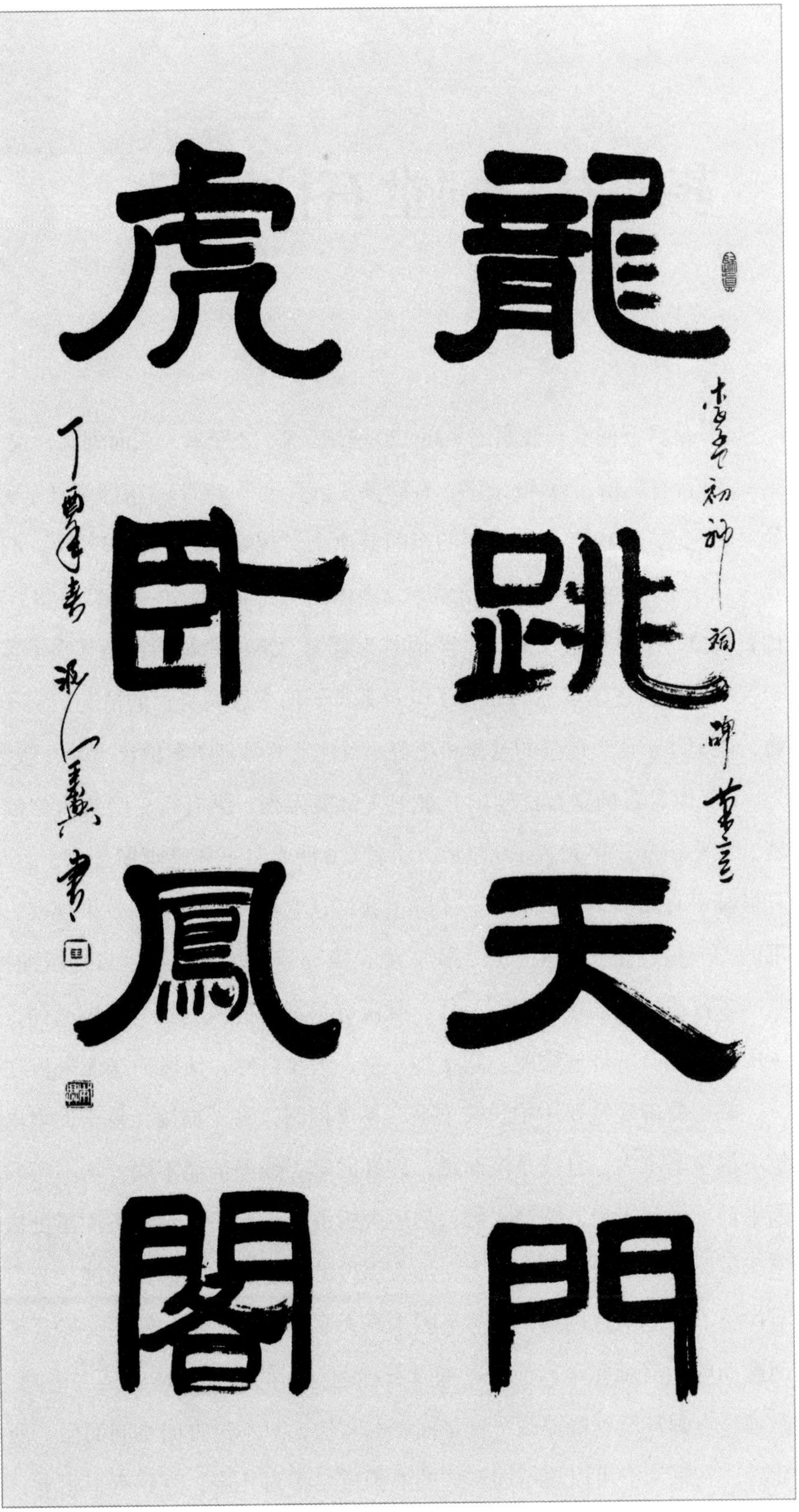

《李孟初神祠碑》笔意 王本兴书

龙跳天门 虎卧凤阁

芗他君石祠堂石柱题记

《芗他君石祠堂石柱题记》高 120 厘米，宽 18 厘米，三面刻画，仅一面刻有题字。隶书 10 行有纵格，行 40 余字，有碑额 3 行，隶书 17 字“东郡厥县东阿西乡常吉里芗他君石祠堂”。1934 年在山东的东阿县出土，现藏北京故宫博物院。石柱刻立于东汉永兴二年（154 年），汉代葬俗常在墓内停柩的前面，附筑一小型石室，有享堂之意义，称石祠堂，石柱则位于堂内。芗他君为墓主，筑墓并题字者是其次子芗元患和三子芗奉宗。题字追述了芗他君和妻子以及其长子伯南患病身亡的情况，父子二人的历官仕履，还记述了请人造墓的过程和花费。石柱上的雕刻图案精致巧妙，造型生动形象。

《芗他君石祠堂石柱题记》隶书文字横无列，纵有行，隐约有格线显露，排列紧密，大小错落，字大者 1.6 厘米，小者 0.6 厘米，书体笔画横是横，直是直，撇是撇，且横画平直圆润，极少波势。实际上我们从它的用笔方法和效果观察，似乎类似于篆书的“一根线条”书法，点、横、撇、捺等笔画基本一致，只是粗细长短有所不同。它与东汉成熟期的隶书大不一样，既没有早期《五凤刻石》妩媚遒劲，也没有《大吉买山地记刻石》舒放柔丽。它不拘一格，天真自然，活泼而毫无呆板之处。

临习此碑毛笔要用中长锋羊毫，易于控制，易于提按，易于发力出效果。短小的笔不仅字写不大，且线条沉而躁，硬性的笔，线条洁而不润，均不可取。下笔时要果断平稳，力凝于锋，藏锋入纸，然后翻折涩行。为了达到线条浑厚挺拔的金石味，毛笔运行时要强调淹留的摩擦力，加大提按的力度，写得抑扬顿挫，有刀凿刀切一般的节律感。收笔不宜过疾，虽然笔画末端大多呈尖锐之状，但要尖得含蓄。故可以提锋回腕而收。横画在《芗他君石祠堂石柱题记》的文字结体中是主笔画，有很多竖画、撇画、点画甚至有些捺画，皆是横画的写法，只不过方向不同而已。所以临习者初习此碑，在纸面上可以将不同形式的横画重复多写几遍，直到有了感觉，有了效果，有

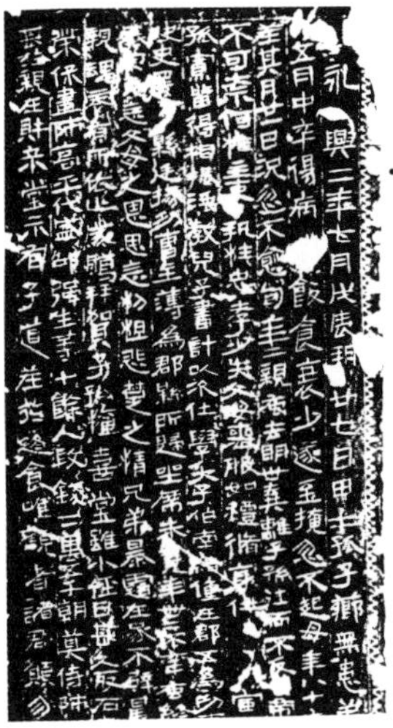

《芗他君石祠堂石柱题记》上段

《芗他君石祠堂石柱题记》下段

了经验，再观照原帖依序而临。

此题记文字结体有方正、扁方、长方，变化较为丰富。字形一般随文字结体而宜，骨架开朗宽博，落落大方，没有装饰性，也没有作秀处，自然天成。无论是线条还是结体，处处要写出朴拙、憨厚、儒雅的神采。这样的神采与效果还表现在布白与转折上，布白上的这种神韵，比点画线条上形似的临写要难得多。点画直观性强，易上手，而布白是一种黑白虚实的艺术对比与分割，不仅需要多读多看，而且需要通过感悟才能表现出来。当布白不够理性时，只有强调形似。临写的字一般要比碑帖范本上的大得多，那么结体的疏密布白亦相应要放大，但这到底不是一件容易的事，所以临习者才要去一遍又一遍地临摹，临多了，熟练了，掌握了规律，才能笔下生“花”，才能天趣自生。

例如附图中的“簿”“楚”“道”“时”“人”“更”“守”“邑”“上”等字，布白不求匀称，只求自然老到，不求奔放飘逸，只求浑厚朴实，因而写得那么大气磅礴，憨态可掬。请看“楚”字，上方部首很小，中间“口”字部特别大，形成了一个醒目的亮点，也使人看到了刻手的胆气。

此题记的转折，一用常规的暗转法，如“思”“日”“时”等字，二用不相连接的换笔法，如“楚”“堂”“吏”等字。此外临习此题记，还要克服此碑本身的局限性，由于它大部分笔画无波势，线条变化单一，容易流于刻板，因而临习者要多读帖多研究，深刻地去理解题记的刀意与笔意，把握好结体的变化，让用笔的技法更灵活一些。

予创作了一件八尺大幅对联：“胸宽似海，心静如山。”按《芗他君石祠堂石柱题记》笔意书写，形式上采用蓝色宣纸，并用金墨汁书写，一字一斗方，粘贴在浅黄色四尺玉版宣纸上，以四边长款方式落款。笔者使用的是大号斗笔，字径宽大，笔致圆融，作品以浑厚古朴为特点。有兴趣的读者不妨亲身试试。

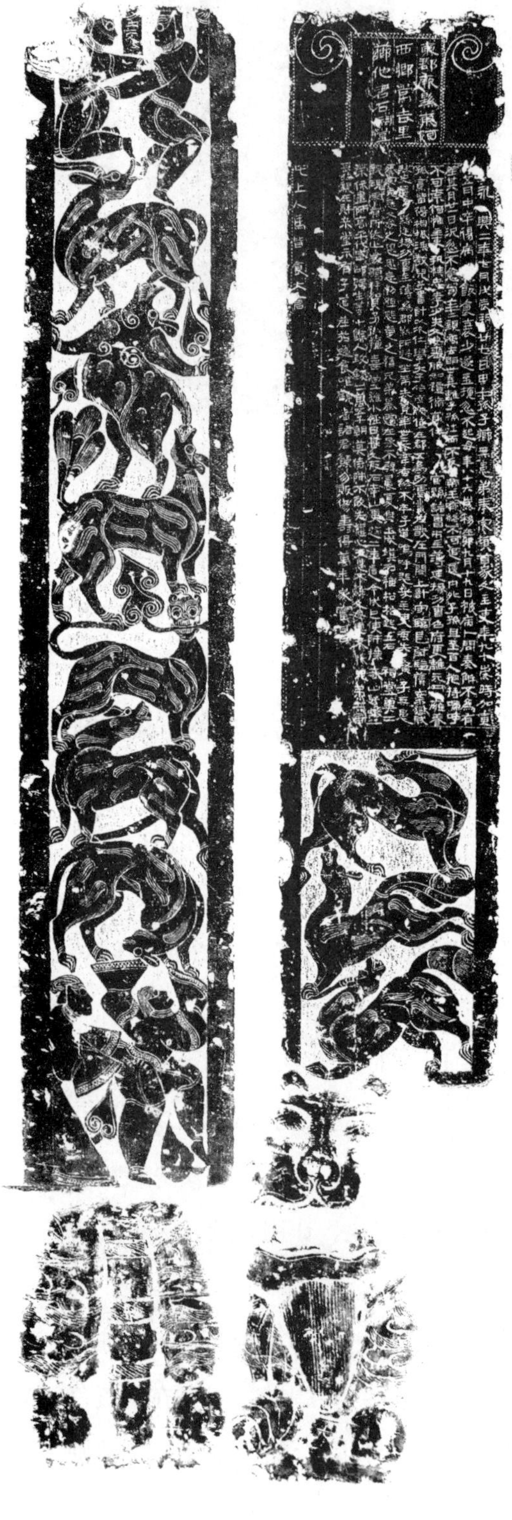

《芗他君石祠堂石柱题记》碑文

东郡厥县东阿
西乡常吉里
芗他君石祠堂
永兴二年七月戊辰朔廿七日甲午孤子芗无患弟奉宗顿首家父主吏年九十岁时加寅
五月中卒得病□饭食衰少遂至掩忽不起母年八十六岁移在卯九月十九日被病卜问奏解不为有
差其月廿一日况忽不愈旬年二亲蚤去明世弃离子孙往而不反□帝王有终不可追还内外子孙且至百人抱持啼呼
不可奈何惟主吏□性忠孝少失父母丧服如礼修身仕宦县诸曹市主簿廷掾功曹召府更离元元雍养
孤寡皆得相振独教儿子书计以次仕学大子伯南结偅在郡五为功曹书佐设在门阁上计守临邑尉监蒨案狱贼
决史还县廷掾功曹主簿为郡县所归坐席未竟年卌二不幸蚤终不卒子道呜呼悲哉主吏蚤失贤子无患
奉宗克念父母之恩思念忉怛悲楚之情兄弟暴露在冢不辟晨夏负土成墓列种松柏起立石祠堂冀二
亲魂零有所依止岁腊拜贺子孙欢喜堂虽小俓日甚久取石南山更逾二年这今成已使阤操义山阳虾丘
荣保画阤高平代盛邵强生等十余人□钱二万五千朝莫侍阤不敢朱欢心天恩不谢父母恩不报兄弟共处
甚于亲在财□堂示有子道差于路食唯观者诸君愿勿贩伤寿得万年家富昌
此上人马皆食大仓

《芗他君石祠堂石柱题记》集字

《芗他君石祠堂石柱题记》碑额

《芗他君石祠堂石柱题记》笔意 王本兴书

胸宽似海 心静如山

礼器碑

《礼器碑》全称《汉鲁相韩敕造孔庙礼器碑》，又称《韩敕碑》《修孔子庙器碑》等。东汉桓帝永寿二年（156年）七月立，石在山东曲阜孔庙。《金石萃编》记曰："碑高七尺一寸，广三尺二寸。"碑阳16行，每行36字，碑阴有3列，17行，碑左侧3列，4行，碑右侧4列，4行。无额题。碑文记载了鲁相韩敕修缮孔庙，制造祭祀礼器等业绩。碑之左右两侧及碑阴，刻记了当时104名资助者的姓名、钱数。

《礼器碑》书风细劲雄健，端严而峻逸，方整秀丽兼而有之。继承春秋以来齐国青铜器铭文的特色。用笔以方笔为主，偶亦兼用圆笔。故风格在劲挺中又兼遒美之姿。行笔时的提按轻重反差强烈，跌宕起伏的轻重变化以及结字的紧密，使字形犹如钢绳铁索，有一种细劲刚挺，纤而能厚，寓疏秀于严密，寓奇险于平正的风神。此碑字口完整，碑侧之字锋芒如新，尤其飘逸多姿，艺术价值极高。《礼器碑》一向被认为是汉碑中经典之作，更为书家所激赏。攻汉隶者，多以《礼器碑》为楷模。和其他著名汉碑相比，它不同于《乙瑛碑》的俊美、《史晨碑》的典雅、《华山碑》的奇古、《衡方碑》的端庄、《张迁碑》的方正、《曹全碑》的秀丽。《礼器碑》显露了它特有的风格，这也正是它的成功之处。清王澍在《虚舟题跋》中评此碑说："隶法以汉为极，每碑各出一奇，莫有同者，而此碑最为奇绝，瘦劲如铁，变化若龙，一字一奇，不可端倪。"并说："惟《韩敕》无美不备，以为清超却又遒劲，以为遒劲却又肃括，自有分隶来，莫有超妙如此碑者。"由此可见此碑艺术之珍贵。

《礼器碑》确实是一件艺术性很高的书法作品，历来被推为隶书典范。此碑分四面，有碑阳、碑阴、左右碑侧之分。碑阳部分结字端庄，章法排列也较为规律，堪为《礼器碑》风格的代表，故入手应从碑阳始。从艺术角度讲，碑阴亦有其独特的艺术价值。其用笔奔放飘逸，自然成趣，字的大小变化多端，横列的法则也被打破，抒情性极强，书家在整个书意上倾注了更多的主体精神与气质，因而碑阴也是临习中不可忽视的。《礼器碑》流传的拓本较多，但传世最早的为明拓本。东汉是我国书法史上又一次高潮，各种各样的汉代隶书，显示了汉隶的辉煌。大多数人认为《礼器碑》是方圆兼备的隶书，也有人认为属圆笔隶书，还有的则相反，认为是方笔隶书。我以为《礼器碑》线条似铁画银钩，瘦劲刚健又似熔铸镌刻一般，转折以方折为多，燕尾大多似昆刀切立，呈方形。确切地说《礼器碑》应为方圆兼备、以方为主的格调。我们临习《礼器碑》要了解并掌握以下特点：

一、线条瘦劲如铁。前面说过《礼器碑》文字点画瘦劲刚健，很有特色，有的字笔画细若发丝，铁画银钩，坚挺有力，有的粗如刷帚，却又韵格灵动，不显呆板。尽管线条起伏变化，但通篇看来又不失和谐，在力量感的表现上非常成功。因此，临习《礼器碑》可选择弹性较强的兼毫笔，或长羊毫笔，着重练习笔力。文字的点画虽细瘦，但细而不弱，细而有力。临习时应多用提笔，保持锋棱斩钉截铁，在提笔运行时要有按笔，只是按笔的幅度较小，是在提笔基础上的按笔，加上疾涩淹留的变化，线条就会产生富有节律的苍莽感。如例图中的“青”“皇”“生”等字，笔画十分细瘦，然都是中锋用笔，没有一点儿飘浮与流滑感，逆入回出，起讫含而不露。清方朔《枕经堂金石书画题跋》云：“盖此碑之妙不在整齐而在变化，不在气势充足而在笔力健举。”“健举”指方劲瘦强。

二、结体平险结合。《礼器碑》布白匀称，结体规范谨严，无论碑阳碑阴还是左右两侧，虽然各有特色，但基本统一在同一个格调之中，平正之中充满奇险。具体表现在：第一，诸多横画横而不平，诸多竖画竖而不直，如例图中“君”字的横画，均作倾斜之状，“华”字的横画皆相背作微弯，还有诸多横画则头尾尖圆，粗细不一，“四”“上”“下”等字的竖画，都扭曲了一下，这种造险的笔画，使文字产生了动感。第二，部首歪斜，在一个文字的结体中，某些部首呈歪斜之状，以斜生险，如“龙”字的右三短画，向右下倾斜，呈下滑之状，“阳”字上方的“日”字部，向右方倾倒，顿生险。第三，似刀砍削，看“下”字的波磔，“之”字的捺画，浑似刀削，险峻无比。

三、点画方中寓圆。以方笔为主的隶书，或多或少总是寓圆于方。如“青”字月部的左撇则是用的圆笔；“垂”字底下可写成平横笔画，然却用一圆弧式线条代替，生机勃勃，起到了点睛作用。

《礼器碑》气息清丽绝尘，古雅飘逸，其用笔亦有与众不同之处，下面就用笔技法问题略作说明如下：

1. 横画

附图中的“鲁”“青”“皇”“曰”“车”“更”“礼”等字的相对平直的横画，落笔是藏锋逆入，然后笔锋转向右行，笔心在笔画中行笔，收笔时提锋回收。注意在《礼器碑》中，这些比较平直的横画一般都写得很瘦劲挺直，纯用笔尖竖锋行笔，且落笔和收笔都很干净。提笔右行时宜缓缓而行，要提中有按，把笔压住，使线条浑圆有力。

2. 点画

临习《礼器碑》点画时，要注意点的变化，虽然点在整个字中所占的比重不大，但切不可轻率。下笔时均须裹锋逆入，提笔逆锋上行，出锋方向根据各种点画的姿态而有所变化，要写得有动势与方向。如“心”字的左点，向右上方作势，而中点则垂直向下；“涒”字的三点水，形态不一，势向亦不一，因此下笔要按势入纸，亦要顺势出锋收笔。

3. 竖画

竖画在《礼器碑》中并不单一，起笔藏锋逆入，落笔处不可有顿头，行笔中间笔势不可断，注意要用竖锋行笔，犹如锥画沙，十分劲挺。按锋顿笔提收，呈上细下宽之形态，如“龙”字的月部右竖，“不”字的中竖等。有的相反，用上按下提之笔，呈上宽下细式，如“青”“垂”的中竖，有的竖画头尾粗细一致，如“年”字的中竖。

4. 捺画（包括横画燕尾）

捺画在《礼器碑》的文字中用笔起落十分明显，是文字中突出的主笔，较为粗大，先逆锋方入，行至中部时稍细，捺脚处顿笔要重，翻锋向上，收笔尖出，棱角分明，有的捺脚稍带圆意。常言“燕不双飞”，《礼器碑》却有“双飞”笔，如“下”字，有两个十分醒目的捺脚。“下”字笔画少，用“双飞”更醒目而具魅力，突出了“奇、险、峻”的效果。

5. 撇画

《礼器碑》中撇画的变化比捺画要多，形态上有长有短，用笔上有的出锋，有的不出锋，但基本用笔方法并不复杂，落笔仍是藏锋逆入，但略取侧势，行笔取中锋逆势。不出锋者，收笔时微微停顿后向上提笔回收；出锋者，在撇顿笔后向外转笔挑出。如“大”字的撇，在竖画到弯处时笔锋转向左行，收笔处是回锋实收。收笔时毛笔在空中向外作顺时针方向运动，使撇端不露锋芒，充满圆润感，并与撇画起笔处相呼应。“文”字的撇法稍有不同，笔锋逐渐转成逆势，到收笔处停顿向上方提笔，形成反捺形态。

6. 转折

转折变化丰富，写法是先作横画，到转折处提笔换锋再下按行笔。在《礼器碑》中，折法有如下几种：

（1）如附图中的“相”字，折画是用实势，横画到折画处换向后再写竖画。转角比较方直平正。

（2）如附图中“明”字，横画写完后，将毛笔稍微上提往后退行，笔锋换向往下行，折后下行的竖画与上部横画成丁字方式衔接。

（3）如附图中的“古”字下部“口”的折画，折法是换笔另写竖画，横竖完全脱开，也有横画顶住竖画相连接式的转折法。

（4）如附图中“寿”字，中部的折画，在书写时只是暗调笔锋，形成圆状转折。这种圆转折在《礼器碑》中并不少见，极富情趣与韵味。

7. 乙挑与弯钩

乙挑与弯钩的用笔方法并不复杂，大多是一笔写成，竖画下行接近转角处渐渐下按，然后转笔保持中锋挑出。如遇不出锋者，要提笔回收，使钩、挑的主体保持圆浑的状态。

此外，《礼器碑》中还有一些充满奇趣、独具特色的字，临习者要逐个仔细琢磨。如图中“邑”字写得几近魏体，且不写一短竖；“中”字如同怀抱一柱；“东”字横画将竖画切开，上方写成一点；“熊”字高度夸张形捺画，左上写成“口”字的；“丘”字上方改写成左右对称形；“舅”字上下部首变换成左右结体；“阳”字左右有意拉开距离，又互相牵引，“易”的下部几乎成横势，在险境中保持均衡；“粮”字左右犹如一对运动的舞蹈演员，非常灵动；“展”字竖钩写成撇钩；“彭”字加长伸展了横画，上托三短撇；“史”字口字部下方横画移开，与长捺呼应；“福”字也采取了上部加点的形式。《礼器碑》中诸多特殊字例，笔势飞扬激荡，布白充满别趣，非常生动活泼。临习者更应细心加以分辨比较。于此，笔者特别提醒：临帖时应提倡形似、神似，临写得与碑文一模一样，但创作时要保持文字书写正确性。例如上述的“邑”要加短竖，“陽”字中间应加一横，诸如此类，都要和现代文字保持一致，否则就会写错字。

总之,《礼器碑》的点画线条，临习时都要坚持逆入、涩进、回收，善用笔锋前端，如锋入骨肉之隙，有力度，有质感。又如金针落纸，力透纸背。临习一般以碑阳为书体正格，入手从碑阳始。但碑阴与碑侧不能忽视，若能两者兼顾借鉴，融会贯通，那么就能把握全貌，作品内涵更丰富。

说到《礼器碑》的书法创作，我们先看一下何绍基、吴让之、叶志诜、来楚生等名家的作品，不难发现，他们是各呈体系，各具特色，面貌不一。何绍基的作品瘦劲，吴让之的作品肥厚，来楚生的作品秀逸，叶志诜的作品方正。虽然他们贯通了自己的书写习惯，作品都增加了其他汉隶碑刻的元素，呈现出不同面貌，但细节皆很到位，该变化的地方都体现出来了，作品还是透露着《礼器碑》之气息与韵味。

予 2007 年初秋，游览内蒙古大草原，撰有七言绝句一首:“古道尘生马蹄轻，无边关塞夕阳迎。犹闻大漠驼铃远，剩有微风细草声。”用《礼器碑》笔意写成两条屏，供参考。

《礼器碑》碑侧局部

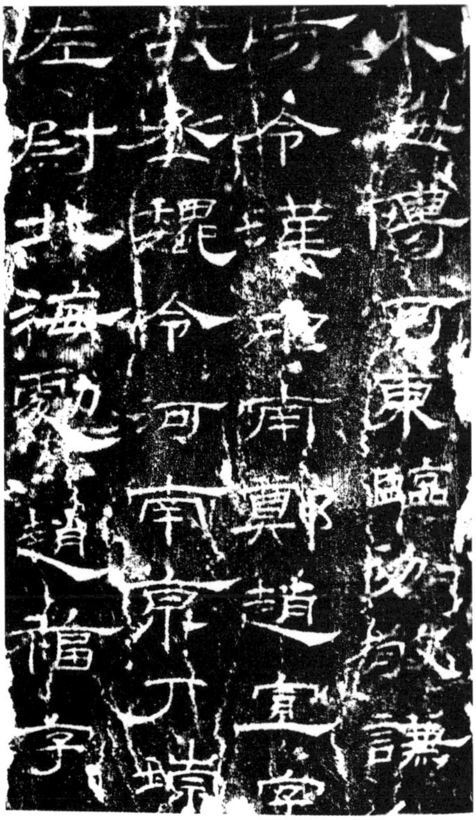

《礼器碑》碑侧右侧碑文

山阳瑕丘九百元台三百
齐国广张建平二百其人处士
上党长子杨万子三百
处士鲁孔征子举二百

鲁徐伯贤二百
鲁刘圣长二百
河南偃师胥邻通国三百
河南平阴樊文高二百

河东临汾敬信子直千
河南雒阳左叔虞二百
东郡武阳董元厚二百
东郡武阳桓仲毅二百

泰山钜平韦仲元二百蕃王狼子二百
泰山费淳于邻季遗二百
故安德侯相彭城刘彪伯存五百
故平陵令鲁□恢元世五百

《礼器碑》碑侧左侧碑文

东海傅河东临汾敬谦字季松千
时令汉中南郑赵宣字子雅
故丞魏令河南京丁□叔举五百
左尉北海剧赵福字仁直五百

右尉九江浚遒唐安季兴五百
司徒掾鲁巢寿文后三百
河南偃师度征汉贤二百
南阳平氏王自子尤二百

相守史薛王芳伯道三百鲁孔建寿二百
相行义史文阳公石辉世平百
鲁傅兖子豫二百任城亢父治真百
鲁孙般三百鲁孔昭叔祖百亓庐城子二百

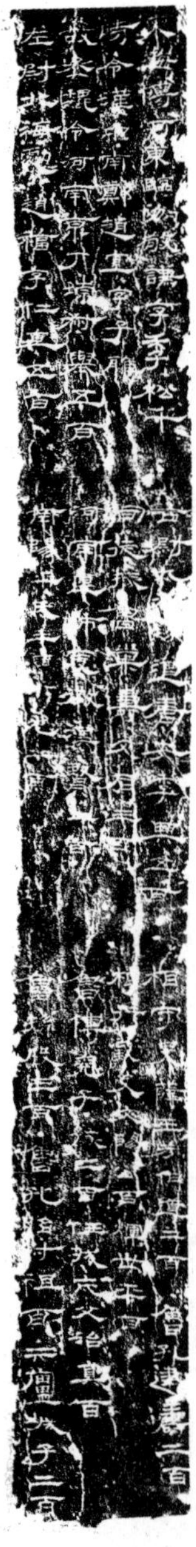

《礼器碑》碑阳

《礼器碑》碑阳碑文

惟永寿二年青龙在涒叹霜月之灵皇极之日鲁相河南京韩君追惟大古华胥生皇雄颜□
育孔宝俱制元道百王不改孔子近圣为汉定道自天王以下至于初学莫不𩣡思叹卬师镜
颜氏圣舅家居鲁亲里并官圣妃在安乐里圣族之亲礼所宜异复颜氏并官氏邑中繇发以
尊孔心念圣历世礼乐陵迟秦项作乱不尊图书倍道畔德离败圣舆食粮亡于沙丘君于是
造立礼器乐之音符钟磬瑟鼓雷洗觞觚爵鹿柤梪笾柉禁□修饰宅庙更作二舆朝车威熹
宣抒玄污以注水流法旧不烦备而不奢上合紫台稽之中和下合圣制事得礼仪于是四方
士仁闻君风耀敬咏其德尊琦大人之意逴弥之思乃共立表石纪传亿载其文曰
皇戏统华胥承天画卦颜育空桑孔制元孝俱祖紫宫大一所授前闿九头以斗言教后制百王
获麟来吐制不空作承天之语乾元以来三九之载八皇三代至孔乃备圣人不世期五百载
三阳吐图二阴出谶制作之义以俟知奥于穆韩君独见天意复圣二族逴越绝思修造礼乐
胡辇器用存古旧宇殷勤宅庙朝车威熹出诚造□漆不水解工不争贾深除玄污水通四注
礼器升堂天雨降澍百姓䜣和举国蒙庆神灵祐诚竭敬之报天与厥福永享牟寿上极华紫
旁伎皇代刊石表铭与乾运耀长期荡荡于盛复授赫赫罔穷声垂亿载

韩明府名敕字叔节　故涿郡大守鲁□次公五千　故从事鲁张嵩眇高五百
颍川长社王玄君真二百　故会稽大守鲁傅世起千　相主簿鲁薛陶元方三百
河东大阳西门俭元节二百　故乐安相鲁□季公千　相史鲁周乾伯德三百

《礼器碑》碑阳局部

《礼器碑》碑阴

《礼器碑》碑阴碑文

曲成侯王皓二百辽西阳乐张普□坚□百
河南成皋苏汉明二百其人处士
河南雒阳种亮奉高五百
故兖州从事任城吕育季华三千
故下邳令东平陆王褒文博千
故颍阳令文阳鲍宫元威千
河南雒阳李申伯百
赵国邯郸宋瑱元世二百
彭城广戚姜寻子长二百
平原乐陵朱恭敬公二百
平原湿阴马瑶元冀二百
彭城龚治世平二百
泰山鲍丹汉公二百
京兆刘安初二百故薛令河内温朱熊伯珍五百
下邳周宣光二百故豫州从事蕃加进子高千
河间束州齐伯宣二百
陈国苦虞崇伯宗二百
颍川长社王季孟三百
汝南宋公国陈汉方二百
山阳南平阳陈汉甫二百
任城番君举二百
任城王子松二百
任城谢伯威二百
任城高伯世二百
相主簿薛曹访济兴三百
相中贼史薛虞韶兴公二百
薛弓奉高二百
相史卞吕松□远百
驺韦伯卿二百
处士鲁刘静子著千

故从事鲁王陵少初二百
故督邮鲁开辉景高二百
鲁曹悝初孙二百
鲁刘元达二百
故督邮鲁赵辉彦台二百
郎中鲁孔宙季将千
御史鲁孔翊元世千
大尉掾鲁孔凯仲弟千
鲁孔曜仲雅二百鲁孔仪甫二百
处士鲁孔方广率千
鲁孔巡伯男二百文阳蒋元道二百
鲁孔宪仲则百文阳王逸文豫二百
尚书侍郎鲁孔彪元上三千
鲁孔汎汉光二百南阳宛张光仲孝二百
守庙百石鲁孔恢圣文千
褒成侯鲁孔建寿千河南雒阳王敬子慎二百
故从事鲁孔树君德千
鲁孔朝升高二百鲁石子重二百
行义掾鲁弓如叔都二百
鲁刘仲俊二百北海剧袁隆展世百
鲁夏侯庐头二百鲁周房伯台百

《礼器碑》碑阴局部

《礼器碑》特殊字例

清　何绍基临《礼器碑》

清　吴让之临《礼器碑》

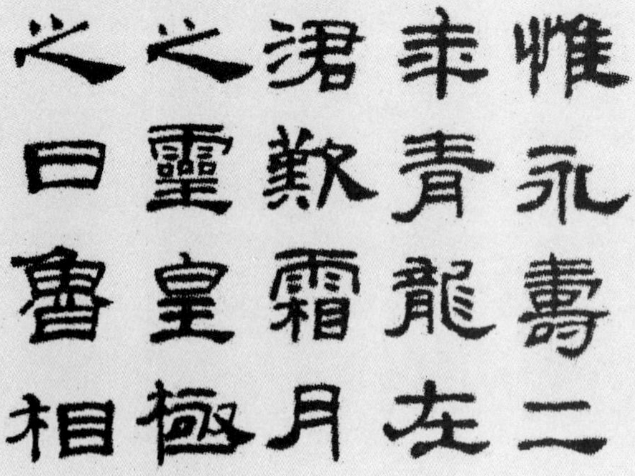

近代　来楚生临《礼器碑》

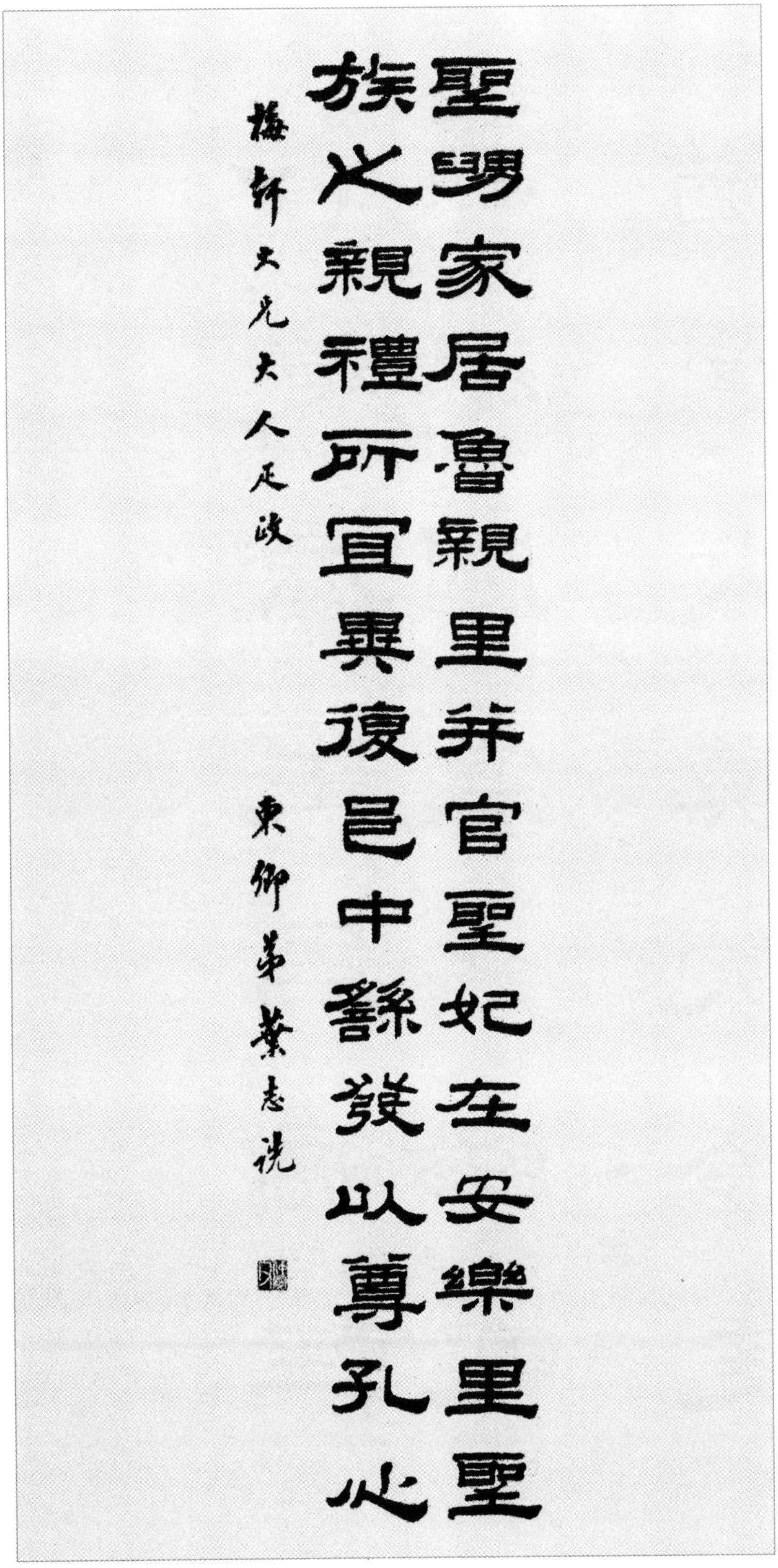
聖明家居魯親里并官聖妃在安樂里聖
族之親禮所宜異復邑中繇發以尊孔心
梅軒大兄大人正政
東卿弟葉志詵

清 叶志诜临《礼器碑》

七言绝句《游内蒙大草原》王本兴撰并书

《礼器碑》笔意

古道尘生马蹄轻，无边关塞夕阳迎。

犹闻大漠驼铃远，剩有微风细草声。

许安国墓祠题记

《许安国墓祠题记》又名《许安国祠堂画像石题记》《宋山画像石题记》。东汉永寿三年（157年）刻立。1980年出土于山东嘉祥县满硐乡宋山村，现存山东石刻艺术博物馆。带题记刻石者有二，纵68厘米，横107厘米。一刻石右侧16字：“阳遂富贵，此中人马，皆食大仓，饮其江海。”另一刻石右侧28字：“国子男，字伯孝，年适六岁，在东道边。孝有小弟，字闰得，夭年俱去，皆随（国）。”其左侧有490多字。刻石铭文记载了墓主的姓名、品德、身世、家世及“募使名工高平王叔、王坚”于“县西南小山”“连车采石”，“负土成坟”，“造立此堂”，以及“刻画交（蛟）龙委蛇，猛虎延视，玄猿登高，狮熊嗥戏，众禽群聚”等情况，此题记是研究汉代画像石墓、画像石祠以及永寿二年（156年）泰山孙举领导的农民起义的重要参考资料。此外，该刻石铭文原石字迹及排列，均未书丹而由刻工直接以刀就石而成，故其书皆少波挑，笔画纤细，结体方正中充满险绝，刀刻的金石意味极浓，不拘隶书准绳，呈现出一派天机，可谓汉代民间刻石隶书之代表作。与《莱子侯刻石》《贾武仲妻马姜墓记》刻石类近。

《许安国墓祠题记》刻石右侧，波磔分明，潇洒飘逸，但终因字数过少，不能代表刻石整体风格，故临习时还是以刻石左侧为主体范本。值此说明的是，《许安国墓祠题记》左侧490多字的隶刻，非常率性随意，横平竖直的楷书笔意十分明显，与整个东汉隶书的基本韵律有很大不同，故不被一般学隶人看好。其实，这是一个误区。许多人长期临习《曹全碑》《乙瑛碑》《礼器碑》等，一直想从规范中跳出来，那么像《许安国墓祠题记》这样的民间隶刻，正是一个最好的范本。临习者深入进去，多读多临，必定体悟多多，收获多多。

《许安国墓祠题记》基本笔画的临习：

一、横画

横画一般较为瘦细平直，有的起收皆呈出锋尖笔状，有的方起或圆起而收笔尖收露锋，呈头粗尾细之状。带波势的横画也很平缓，出锋不用太多的按力，只是提锋而收稍呈波意。如“言”“年”“君”“寿”“王”“登”“高”“未”“扶”等字的横画，明显体现了上述特点。

二、竖画

竖画较为短小，像横画一样有平直、方起或圆起之笔，呈上粗下细等数种形式，运笔平稳，少有提按，有些长竖画要逆锋入纸，出锋收笔，如“未”“年”“牛”“相”等字。横竖画的形式多种多样，因字而异，这与刻凿者用刀的方向、轻重与力度有关，临写时要注意粗细、长短、曲直、尖圆等多方面的变化。

三、撇捺画

平直型的撇捺居多，起伏不大，弧形弯势较小。要写得细劲刚直一些，如“石”“虎”“牧”“多”“孝”等字的撇画。但有一些撇画属常规写法，圆起按收，即运笔至笔画末端时皆加重按力顿笔回收，随弯带弯，顺势回锋，如“君”“成”“哀”等字的撇即呈此状。捺画有的平直不带波磔，有的稍带挑势，唯乙挑的波磔稍明显一些。有一点须提请注意，那就是点画的临写，除少数圆点、方点以及不规则的点画外，还有一种三角形状的点画居多，如“江”“龙”“煌”“熊”等字的点画呈这样的形状，临写时要写出那种峻利的刀味来。

四、转折、结体

横竖连接之转折处一般是接笔或换笔另起，很少有调锋一笔而下。结体大多舒展自如，率意自然，不拘一格。有些文字特具趣味性：如“恩”“忽”“悲”等字的乙挑，都写成一条无波磔的弯线；“江”“浚”“治”等字的三点水上下并列对应；“遭”“连”“迫”等字的走之均写成数字“3”字形。其变化之多端可见一斑。

总之，《许安国墓祠题记》刻石的线条细劲、出锋、尖锐。关键是临习时要把握好用笔细、尖的这个度，以写出刀刻的金石味为准。我以“人淡如菊，心朗随月”句创作的《许安国墓祠题记》笔意之作品。点画、线条以及结体不求形似，唯求神韵，唯求金石意趣。书写创作时用笔尽力率性随意，放手自然，不计工拙，不计形似。清王澍称：“隶法以汉为极，每碑各出一奇，莫有同者。”东汉隶法，书写风格各异，体式多样，结构奇妙，运笔恣纵擅变，流派崛起，各尽其妙，因而隶书创作不求形似但求神似的宗旨与原则是圭臬准则。这样才能更好地发挥，更多地融入个人情感，有利于作品笔法丰富多彩，结构严整，风格劲健，气韵生动，有利于作品线条纤细而不弱，如曲铁盘丝，刚劲瘦硬。

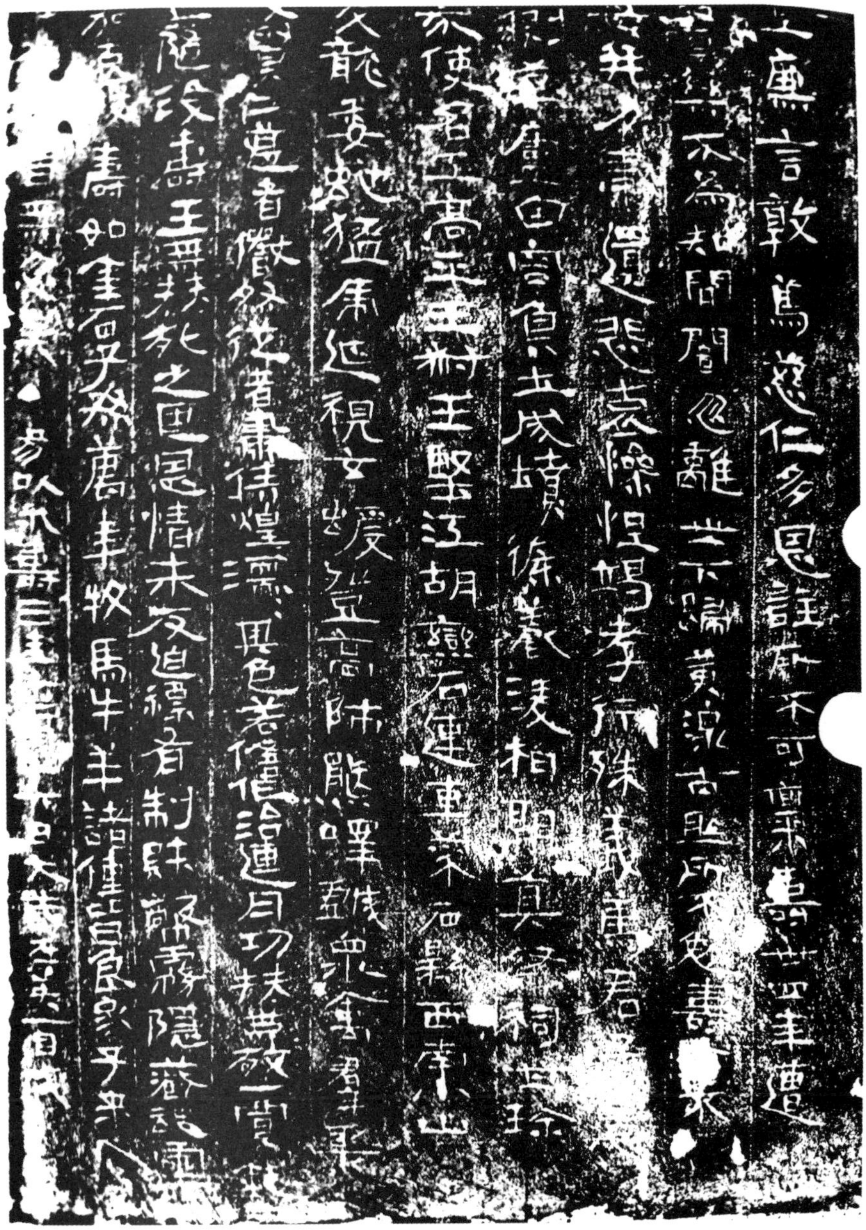

《许安国墓祠题记》刻石局部

《许安国墓祠题记》刻石

《许安国墓祠题记》刻石之一
阳遂富贵，此中人马，皆食大仓，饮其江海。

《许安国墓祠题记》刻石之二
国子男，字伯孝，年适六岁，在东道边。孝有小弟，字闰得，夭年俱去，皆随（国）。

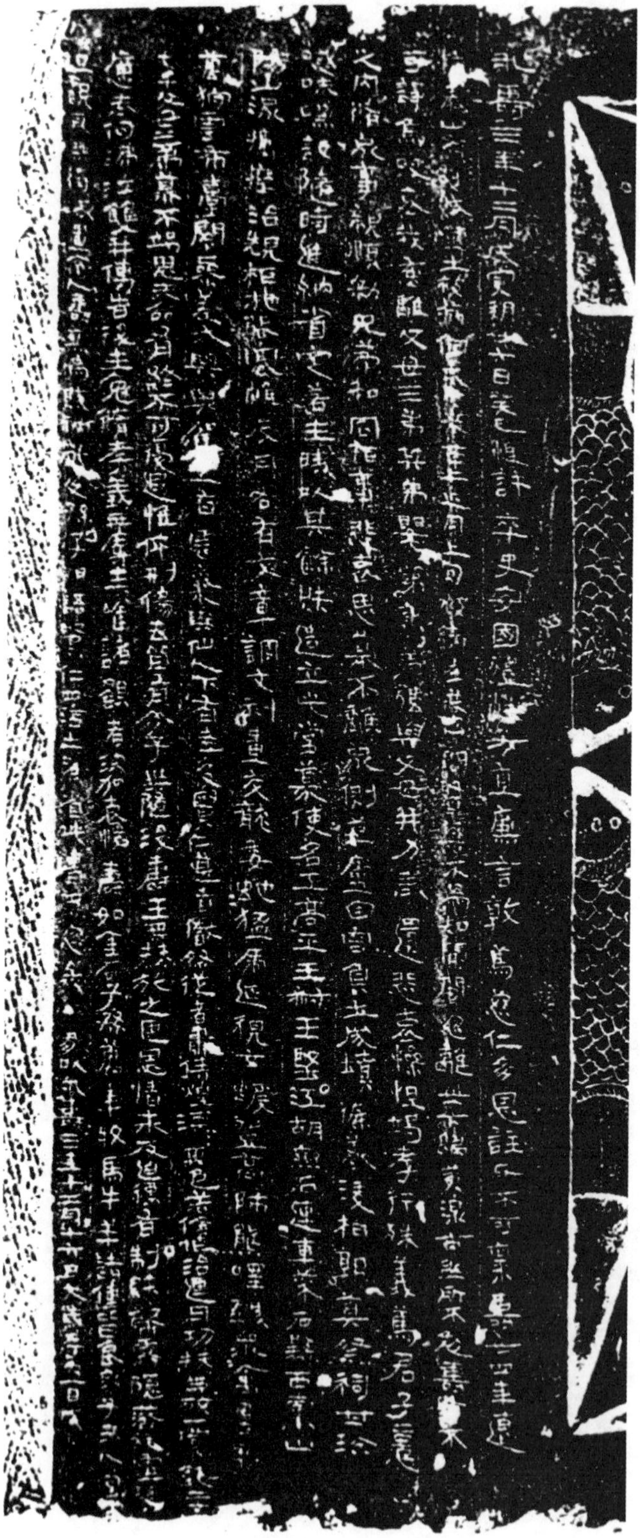

《许安国墓祠题记》刻石左侧

《许安国墓祠题记》石刻文

永寿三年十二月戊寅朔廿六日癸巳，惟许卒史安国，礼性方直，廉言敦笃，慈仁多恩，注所不可，禀寿卅四年，遭□泰山有剧贼，军士被病，徊气来西，上正月上旬，被病在床卜问医药，不为知闻，暗忽离世，下归黄泉，古圣所不勉，寿命不可诤，乌呼哀哉！蚤离父母三弟，其弟婴、弟东、弟强，与父母并力奉遣，悲哀惨怛。竭孝行，殊义笃，君子熹之。内修家事亲顺，勑兄弟和同相事，悲哀思慕不离冢侧，草卢因容，负土成坟，徐养浚柏，朝莫祭祠甘珍，嗞味嗛设，随时进纳，省定若生时。以其余财造立此堂。募使名工高平王叔、王坚、江胡、栾石连车，采石县西南小山阳山。琢砺磨治，规矩施张，褰帷及月，各有文章调（雕）文刻画，交（蛟）龙委蛇，猛虎延视，玄猿登高，狮熊嗥戏，众禽群聚，万狩云布，台阁参差，大兴舆驾。上有云气与仙人，下有孝友贤仁。尊者俨然，从者肃侍，煌煌濡濡，其色若儋，作治连月，功扶无亟（极），贾（价）钱二（万）七千。父母三弟，莫不竭思。天命有终，不可复追。惟倅刑伤，去留有分，子无随没寿，王无扶死之臣，恩情未及迫褾，有制财币，雾隐藏魂灵，悲痛奈何？涕泣双并，传告后生，勉修孝义，无辱生生。唯诸观者深加哀怜，寿如金石，子孙万年，牧马、牛羊诸僮皆良家子，来入堂宅。但观耳，无得刻画令人寿。无为贼，祸乱及孙子。明语贤仁四海士唯省此书，无忽矣。□冢以永寿三年十二月十六日大岁在癸酉成。

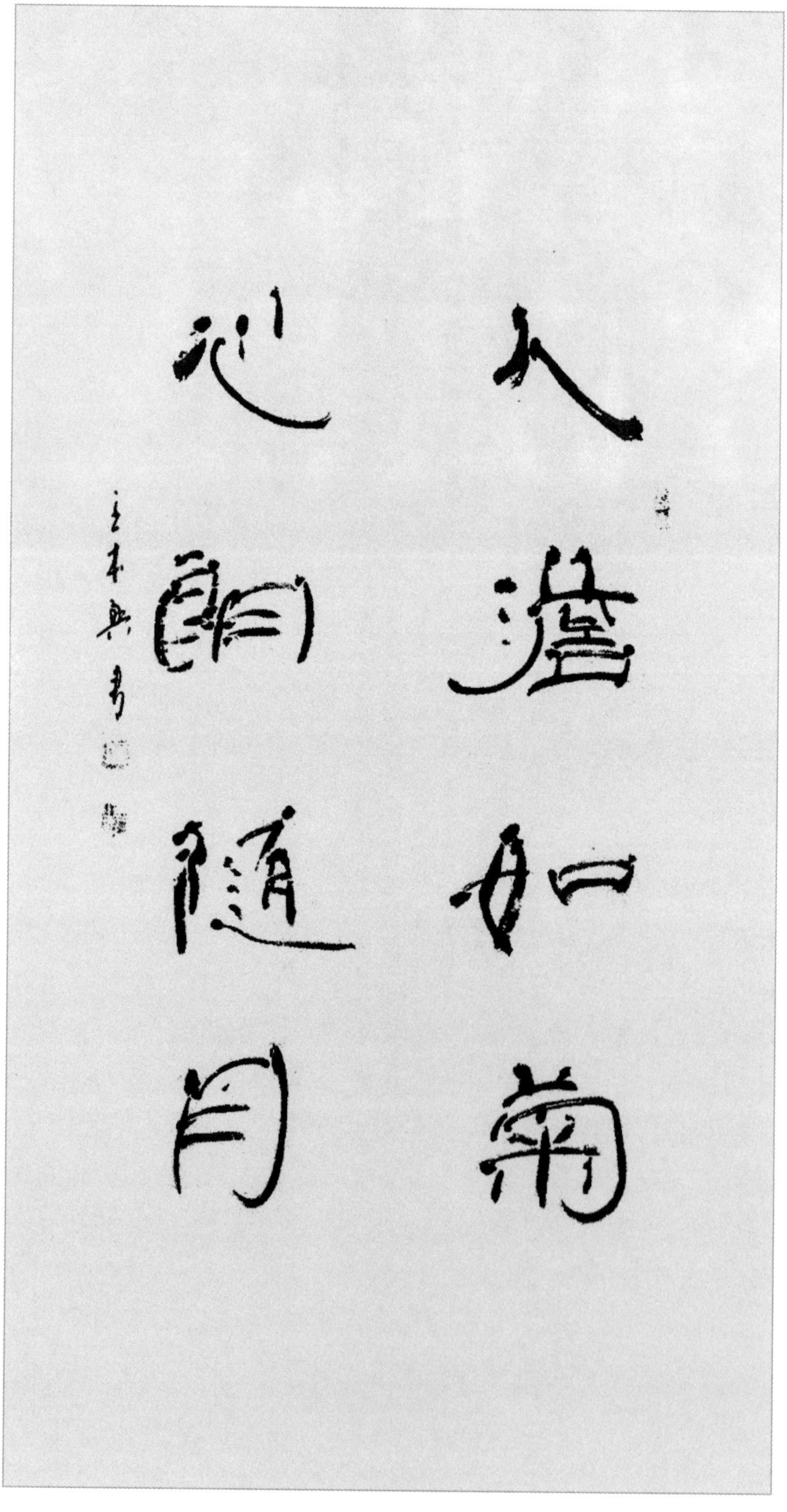

《许安国墓祠题记》笔意　王本兴书

人淡如菊　心朗随月

陶洛残碑

《陶洛残碑》1957年发现于山东省曲阜市城东10千米陶洛村南。1959年经发掘，出土碎石90余块，其中有字者25块，两面刻字，最多的一块有32字，最少者仅1字。碑额碑座均已不存，碑有穿，仅存一下缘。据推测碑高约208厘米，宽约92厘米，厚约22厘米。碑阳存有字石11块，字稍大一些，有界格，界格距离4.5厘米，字径4厘米。碑阴存有字石14块，字稍小，亦有界格，界格距离4厘米，字径3.6厘米。碑阳系墓主人生平事迹，碑阴为门生故吏题名。碑文刻字系典型的汉代隶书，虽然存字300多个，但由于残缺破损严重，故碑文无法通读。现存曲阜市汉魏碑刻陈列馆。

此碑无确切年代，据与此碑同时出土的两尊汉代石人风格看，从碑的形制以及碑阴所题门生、故史的官职地名推测，可证刻碑的年代当在东汉末年。此碑从书法的角度看，碑阳、阴两面书风一致，当出自一人之手。用笔以圆为主，时见方笔，从全部存字看，不论用笔是方是圆，都能达到非常精妙的地步。即便是一些极为微小的地方，也都把握好用笔的节奏，收到恰到好处的效果。《陶洛残碑》的线条略细，似汉隶《张景碑》《礼器碑》，现将临习方法介绍如下：

一、点画

点亦是一种线条形态，或者说是一种浓缩和凝聚的线条。隶书之点，或圆或方，或平或竖，或露或藏，形态多姿，具横、竖、撇、捺、挑的特点，与其他线条形成一种对比关系，一种节奏关系，有间隔线条和呼应的作用。点亦有一定的方向性，它使隶书生动活泼，充满活力。

其笔法为：

（1）逆入藏锋；

（2）蓄势，顿挫行笔；

（3）涩出回锋。

二、横画

横画书写时要多一些涩行，行笔速度不宜太快，锋尖保持在笔画中线上，平横收笔时提锋回护，波横收笔时出锋稍快，形成燕尾。碑中的横画有的处理得粗些，有的细些，有的头尾低俯而腰背拱起，有的腰部稍下沉而首尾上仰，各尽其态，或秀逸、或奇肆、或沉雄、或刚健，极具变化。此外，主横与次横有明显的区别，主横大多数写成蚕头燕尾（少数主横也写成平横），所以此碑隶书横画有平横、波横之分。

平横的笔法：

（1）平横平直如水平，逆锋起笔（圆笔圆转，方笔提笔翻折）；

（2）中锋行笔，提中蓄按，按中隐提，粗细匀称，变化宜小，做到圆润、匀称、有质感；

（3）提笔回锋收住。

波横一波三折，写波首蚕头时，转向左下角顿挫，形成头部左下斜沉的方圆兼济的形态，然后提笔缓行。写波腰，行笔过腰后，逐渐加力重按向右下方斜行，笔画渐粗至右下方顿笔后，顺势向右上方斜出，出锋略快，做成燕尾。

三、竖画

此碑隶书的竖画有直竖和左弯竖。隶书字形扁平，以横方向夸张为主，所以竖画长短要把握分寸。直竖笔法一般先上行藏锋，转锋时轻按，伏笔后下行，回锋收笔。隶书中也常见左弯竖，上部如直竖，下部渐变为掠，收笔时顿下蓄笔左向缓转，写出圆润遒劲之感。

四、撇画

撇画可称为掠画，其笔势是向左斜势伸展，它与向右的捺形成左掠右波的格局，使体势开张，左右平衡。撇的形态变化很多，有斜撇、竖撇、弯撇、点撇、长撇、短撇等。

撇画笔法为：

（1）藏锋逆入；

（2）提锋左转下行笔，随势掠出，要求中锋运行，渐按；

（3）有些渐提出锋，有些提笔向上回转收笔，大多数收笔是裹锋提出。

撇画的重心和力量集中在下部，头部峭劲轻巧。撇画上轻下重。撇画伸展自如，强劲有力，雍容而有气势。

五、捺画

捺画有平捺与斜捺之别。平捺多为一波三折，头略高，腰部往下渐顿作铺毫，至捺脚处顿笔后蓄势挑出，书写有一定的速度。平捺多用于走之底、走足等部首。斜捺变化大，往往与撇配合而成左右伸展之姿。写捺画时，用笔藏锋入纸，起笔向左上斜按，转锋后折而向右下方涩行，渐渐按笔加力铺毫，至捺脚处顿笔，顿笔渐提，上挑出锋，呈燕尾状。

六、折画

折画是指横与竖联结处的笔画。折画可做一笔处理，也可做横竖不连的两笔来写。其笔法是以平横的笔法写好横画后，在横画收笔处提笔向上折后向下方行笔，转折处稍稍挫笔。有的在平横末端提锋向上，使竖画头露，或另起笔写竖，使横竖笔断。无论连或不连，或折或转都要如圆似方，都要意气贯通。

我经过这样反复揣摩临习，体悟到《陶洛残碑》的书体横向取势的特点优于其他汉隶，且笔画线条粗细匀称较为一致，易于掌握点画用笔与结体布白，遂决定取册页一本，以王羲之《兰亭序》为内容，书写多字横式书法作品。《兰亭序》正文有 324 字，对 22 页的册页而言，选择书写 324 字较为合适，这样每页大小适中的隶字可达 16 字，留出余页做落款用。笔者在书写时特别小心谨慎，若写错了，那么册页就会报废而导致作品前功尽弃。我经过这样全身心的投入与创作，深感《陶洛残碑》其碑虽残，但风格神韵不残，体势平静而安稳，庄重而典雅，高古而充满逸趣。我建议其点画的用笔可多加变化，结体取势亦可以一任自然，尽情发挥，希望临习者能从中找到创作的快乐。

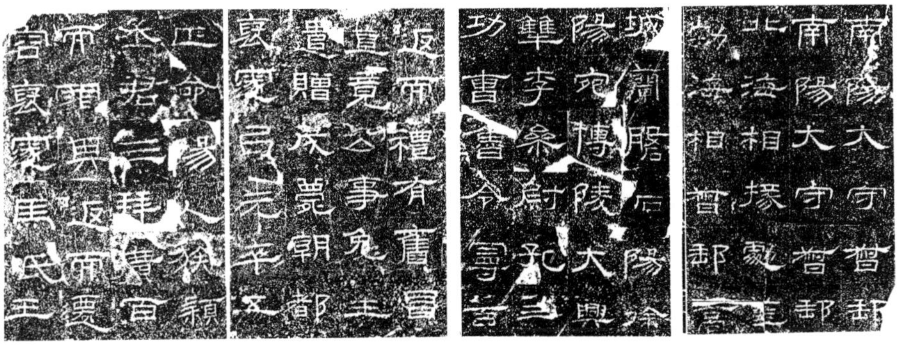

《陶洛残碑》局部

《陶洛残碑》碑阴碑文

故吏右北
故吏□凉大
故吏博陵北新城
故吏大尉掾南阳宛
故吏鲁令南阳犨李
故吏南阳大守功曹
故吏南阳大守督邮
门生南阳大守督邮
门生南阳大守督邮
□□北海相掾□□□平千
□□勃海相督邮高成长孙理□□千
□□南阳顺阳徐升德龙千

门生下□
门生河内
门生河南
门生任□
门生汝南□□□□
门生□□□□陵□□□百
门生□阳顺阳李忠钱□□百
门生□川阳城□丰仲钱五百
门生颍□南踢□□公祠
门生颍川□穆□□□□
门生北海都昌王迁□迁五百
门生博陵长孙定幼多节五百

郸李
□冯□□
以懿□
门生□□□□□兰磐石□
门生□□□□□□□□□□
门生□□□□□孔□□百
门生□□□□□曼豪四百
门生□□□□□□四百
门生□□□□□□□兴□
门生□□□□□□□三百
门生□□□□□□□□百

□□
门生平原安德张辑
□三百
门生勃海浮阳徐珍
□□

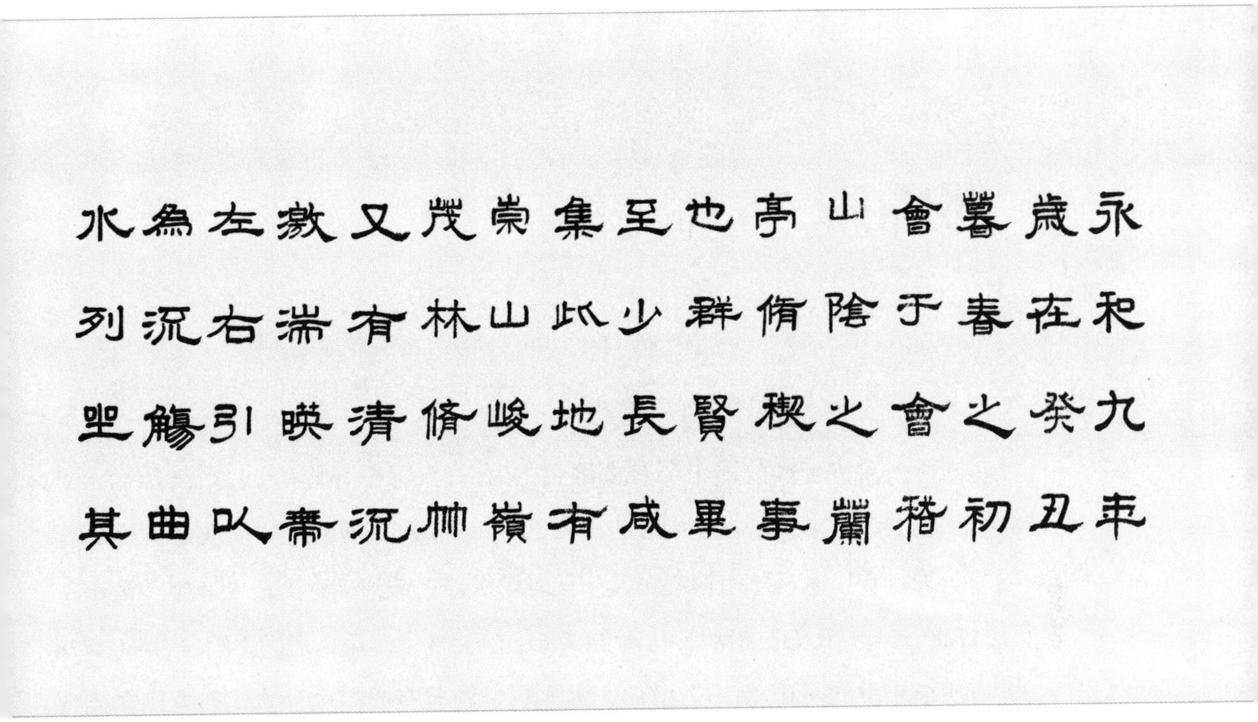

《兰亭序》局部 《陶洛残碑》笔意 王本兴书

郑固碑

《郑固碑》全称《汉故郎中郑君之碑》，又称《汉郎中郑固碑》，东汉延熹元年（158年）四月刻立。隶书书体，15行，行29字，额题篆书两行“汉故郎中郑君之碑”8字。原碑在山东济宁市博物馆，宋代时已漫漶，清初仅存上段254字。清雍正六年（1728年），有人搜得碑下右角24字。过了50年，至清乾隆四十三年（1778年），有叫李东淇的又访得中段10字。故宫博物院藏有明拓本。清代翁方纲在此碑的题跋中记云：“此汉隶之定品，推此意也，可以品定古今书法矣。”并谓：“密理与纵横兼之，此古隶第一，《礼器》第二，《乙瑛》第三，《孔宙》第四。”书法界把《郑固碑》作为诸多“名牌”的排行“老大”，可见对它推崇备至，个中奥妙非同一般。下面，先从用笔的技法上来看《郑固碑》的艺术特色：

一、横画

横画用笔细劲与粗壮并存。如“谁”“惟”“灵”等字，平直短小的横画，皆用提锋沉涩的笔致而书，收笔迅速上提，故平横刚劲有力。“嘉”“宣”“直”等字的波横，写得超乎寻常的开阔与粗壮，波磔的按力达到了极限，“宣”字的波磔还通过提锋呈上翘之意，气势十分雄强。

二、撇画

撇画用笔敛收与纵放两宜。如“人”字，其左撇写得短小，未待完全撇出，就戛然而止。“石”字左撇长而顺畅，将毛笔反掠向左逆行，渐行渐加大按力，顿而向上踢出，锋意上翘，有棱有角。“实”的左撇短小，但其右捺长大而粗壮，一长一短，一敛一放，形成鲜明对比。“君”“夫”“灾”等字，则与之相反，撇画又曲又长，可见其用笔变化多端。

三、捺画

捺画用笔圆劲与方峻兼备。如“从”“哭”“岁”等字的捺笔，头尾出锋，尖巧方峭。“歆”的捺画，起笔尖圆，而波磔笔意上翘，粗与细的反差强烈，特别是捺画的书写，不顾整体结构的平衡，向左下角超长伸展，使文字拉成斜状，营造了一个不可思议的险境。如“亦”“灵”等字的长波笔，不难发现，这是受汉简书风的影响。再看很有特色的乙挑，如“忠”字，毛笔调锋暗转，出锋收笔，显得特别峻劲宽绰；“兄”“也”等字的乙挑，毛笔不用调锋暗转，而是笔锋淹留向前延伸，波尾较长，笔力内藏，呈遒劲刚健意趣；“德”字之捺，一波三折，收笔前加大力度，波磔无比圆润粗壮，最后向上提锋回收。《郑固碑》最醒目的是捺笔，而每一笔几乎都呈不同的特色与形态，则构成了《郑固碑》具有创意的特色。

四、竖画

竖画写得精劲平直。而点的书写，则以字势为势，不单独造型，如“阳”字之中须取圆势，它就写成一个小圆点。“遂”字四周点很多，则以呼应之势，毫无散乱感。“亦”字下四点，则在不整齐中求整齐，其形态在不同中求同，在同中又求异。

再从结体的变化上来看《郑固碑》的艺术特色：

其一,《郑固碑》的字形扁方为主，但也有方圆、长短的字形参差其中，故形式多样，潇洒活泼。左右结构的字，部首之间有的拉开距离，有的上下错落，奇崛多趣。这种错落与离合，体现在呼应、揖让的准则与技法上，因而显得很理性。

其二,《郑固碑》结体端庄方正，整幅布局纵横有序，非常规范而有节律。特别是燕尾长捺与带波磔的横画，是其主笔画与主格调，使文字体势飘逸而又灵动。值得关注的是,“目”字部首、“口”字部首、“田”字部首，以及“日”字部首等带有框架性的结体，转折处大多用方笔，且转角大多封口呈锐角之状。

其三,《郑固碑》气息古厚，拙中藏巧。此碑在众多汉隶中，以古厚刚健、宽博飘逸取胜。它的转折大多用折锋，点画的组合穷尽变化，看上去有不衫不履之感，实际上这正是介于有意无意之间的自然天趣，没有用夸张变味的装饰性手法来点缀文字。字里行间充满着古厚气息与严谨的法度。“推此意也，可以品定古今书法矣”，翁方纲之说，足有点化之妙。其实，千姿百态的汉隶，正因为它千姿百态，各有所长，才使后来者莫居于上。故隶书书法爱好者，对隶书的认识应知其普遍意义上的共性，也知其所临之碑的个性，方得要领，尽早入道。

《孟子 · 尽心上》云："穷则独善其身，达则兼济天下。"后来有了成语"独善其身"，原谓修养自己的品德，保持自身个人节操，这是个人修养层次很高的境界。然而它被人们视作贬义词，比喻只顾自己做好人，一点儿也不顾别人。我认为在当今较为注重经济利益的现实社会里，每个人都能独善其身，那整个社会也许就会非常文明与进步了。《郑固碑》中有此四字，我事先集下并重点临习，然后以此笔意书写在宣纸上，一气呵成，采用斗方形式，有意布白在四角，留出中间的空地作为落款，使形式上别致一些。

《郑固碑》集字
独善其身

《郑固碑》局部

《郑固碑》局部

《郑固碑》

《郑固碑》碑文

汉故郎中郑君之碑

君讳固字伯坚著君元子也含中和之淑质履上仁□□□孝友著乎闺门至行立乎乡党初受业于欧阳遂穷究于典籍膺游夏之文学襄冉季之政事弱冠仕郡吏诸曹掾史主簿督邮五官掾功曹入则腹心出则爪牙忠以卫上清以自修犯颜謇愕造膝佹辞加以好成方类推贤达善逡遁退让富世以此服之邦后珍玮以为储举先屈计掾奉我□贡清眇冠乎群彦德能简乎圣心延熹元年二月十九日诏拜郎中非其好也以疾锢辞未满期限从其本规乃遘凶悯年卌二其四月廿四日遭命陨身痛如之何先是君大男孟子有杨乌之才善性形于岐嶷□□见于垂髦年七岁而夭大君夫人所共哀也故建防共坟配食斯坛以慰考妣之心琦瑶延以为至德不纪则钟鼎奚铭昔姬公□武弟述其兄综□□□□行于蔑陋独曷敢忘乃刊石以旌遗芳其辞曰

于惟郎中实天生德颐亲诲弟虔恭竭力教我义方导我礼则传宣孔业作世幕式从政事上忠以自勖贡计王庭华夏归服帝用嘉之显拜殊特将从雅意色斯自得乃遭氛灾陨命颠沛家失所怙国亡忠直俯哭谁诉卬□焉告嗟嗟孟子苗而弗毓奉我元兄修孝罔极魂而有灵亦歆斯勤

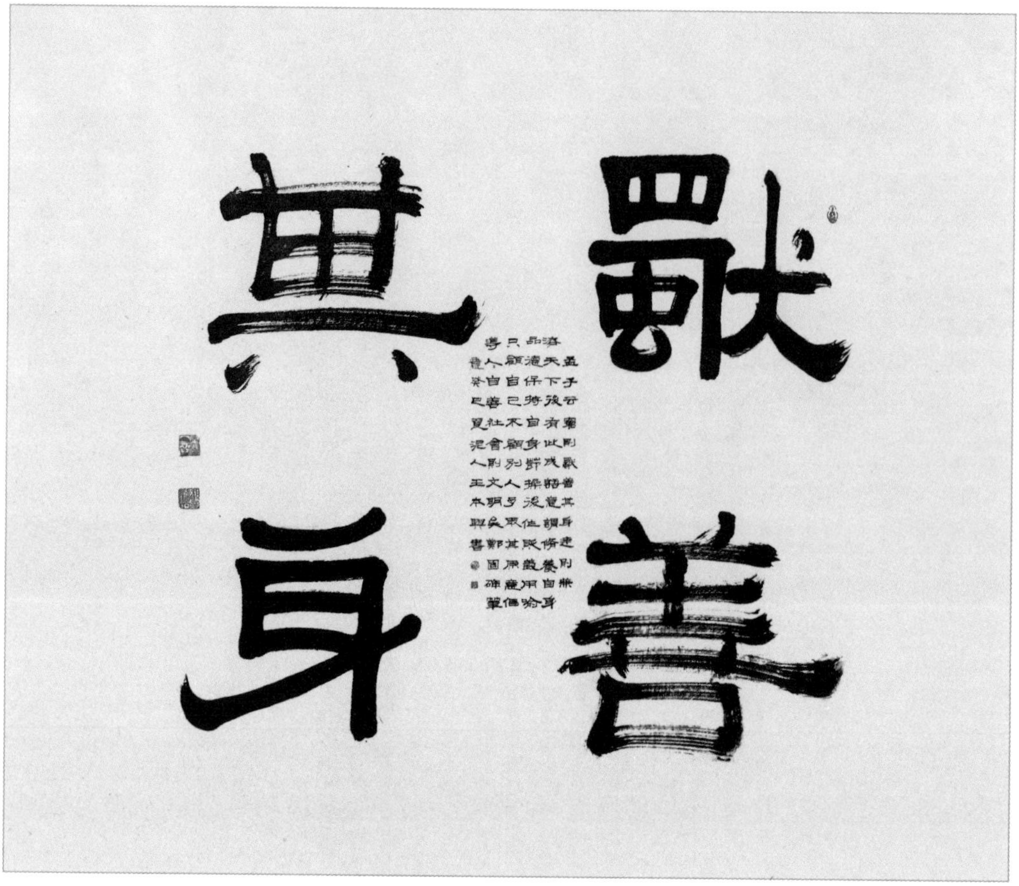

独善其身

《郑固碑》笔意　王本兴书

刘平国摩崖刻石

《刘平国摩崖刻石》也称《龟兹刻石》《龟兹左将军刘平国摩崖》《刘平国作关城颂》《刘平国治路颂》《刘平国治关亭诵》或称《刘平国碑》。东汉永寿四年（158 年）八月刻立。隶书 8 行，行 7 字至 16 字不等，后附别刻有 3 行，前 2 行，行 4 字，末行 3 字。计 105 字。此摩崖文字纪年为“永寿四年八月”，“永寿”为后汉桓帝刘志第五次更改的年号，此年号仅沿用三年半，至永寿四年六月大赦天下，又改为延熹元年，此处“四年八月”，距改年号已历两个月，仍用“永寿”，可能缘于龟兹国地处边陲，改元之诏还在路上尚未送达之故。

此摩崖碑刻在新疆库车西拜城县黑英山乡北部的博孜克日克沟口西部一处较为平整的花岗岩壁上。清光绪五年（1879 年）夏间，张曜出师新疆，遣士卒探寻天山南北捷径，其间一兵士迷路于乱山中，夜宿于岩洞，翌日仰视崖壁，微露斧凿痕，似有纵横文字，疑为汉刻。此事传至幕客施补华处，施氏请示节帅张曜，要求传拓研究，张帅遂命令总戎王得魁、大令张廷楫备足干粮、捶拓工具和马匹，前往捶拓，共得点画完俱者九十余字，始知为东汉摩崖刻石。当时军中无拓工，皆以兵士充之，拓本极粗糙。

清光绪八年（1882 年）施补华作《刘平国摩崖跋尾》一篇，详细记载了摩崖文字的发现经过，并对碑文中涉及的官职、地名沿革进行考证。光绪九年（1883 年）施补华自带拓工监拓数十纸，用以分赠金石收藏家盛昱、王懿荣等友人，此时的拓本方才可称其为真正的拓本，与早先兵士之拓有着天壤之别。此碑一经施氏传拓，声名远播，关内捶拓者亦纷至沓来，因赛里木城穷乡僻壤，路远地偏，拓工为寻粮草、投宿常常惊扰平民正常生活，据传摩崖不久即被当地损毁。1957 年新疆文物考古工作者将其确定为第一批省级重点文物保护单位。2002 年 7 月下旬，一场百年不遇的洪水侵袭拜城县，刘平国摩崖遗址也同样未能幸免，洪水卷带的碎石给这处十分珍贵的摩崖遗址带来了难以挽回的损失。

目前，这处摩崖遗址的刻字痕迹已经很难全部辨认清楚。因而施补华既是此碑的发现者和监拓者，又是此碑的传播者和最早的研究者，光绪九年施补华监拓的数十纸，堪称初拓最佳本。后又增施补华重刻本、杭州砖刻本。光天化日之下的摩崖刻字远非埋于土中的墓刻完好，加之石面不平，剥落严重，文字漫漶。可识者不过三四十字，其书大小参差，圆笔居多，布白生动，笔画遒劲，率意天真而饶有古逸之趣，临习此刻石须把握如下要点：

其一，刻石由于在野外风雨剥蚀的缘故，所见点画已少有棱角，圆笔居多，波磔亦不明显，犹似篆书线条，故临习时用笔要注重逆入回出，运行速度不宜过快，加大淹留之势，要保障线条古朴厚重的质感。横画、竖画皆比较平直，收笔可回锋圆收，也有提笔露锋而收。点画可视作微缩的横竖画，只是方向动势可以变化多一些。撇画大多收敛含蓄，比较短小，不作过度纵放舒展。捺画一如撇画，有的微呈波脚，如“长”“人”等字。

其二，《刘平国摩崖刻石》书体的转折大多为调锋暗转，转角平直，所以字势显得很端庄稳重。临写方口部首要注意它们大多呈封口式结体，口字部首内的横画或者竖画，亦多为接笔而书，少见脱空之状。

其三，结体的临写变化要复杂一些。有的突出宽扁结体，如“山”“石”“至”“四”“八”“月”“城”等字。以宽向取妍，上下紧缩。而有些则以长取势，如“秦”“喜”“寿”“年”“直”等字。此外，有的结体突出方正浑厚，有的突出瘦劲刚健。这些特点临习时要很好地体现出来。

用《刘平国摩崖刻石》笔意创作书法作品，很重要的一点，就是要把握住拙涩而有质感的线条，再者就是要把握住刻石平稳而方正的结体。“汉声弥远，四域同文”句，我用短锋羊毫书写而成。作品没有参照碑铭中任何文字的布白与结体，完全是在《刘平国摩崖刻石》总体格调之下，自拟其笔意而为。形式上作了一些与众不同的处理，正文有意分置两边，中间贴一色纸长条，承载纵向四行落款用。

《刘平国摩崖刻石》上列

京兆长安淳于伯隗作此诵

《刘平国摩崖刻石》下列石刻文

龟兹左将军刘平国以七月廿六日发家
从秦人孟伯山狄虎贲赵当卑万羌
□当卑程阿羌等六人共来作□高□
□谷关八月一日始断山石作孔至皆
以坚固万岁人民喜长寿亿年宜
子孙永寿四年八月甲戌朔十二日
乙酉直建纪此东乌累关城皆
将军所作也仇披

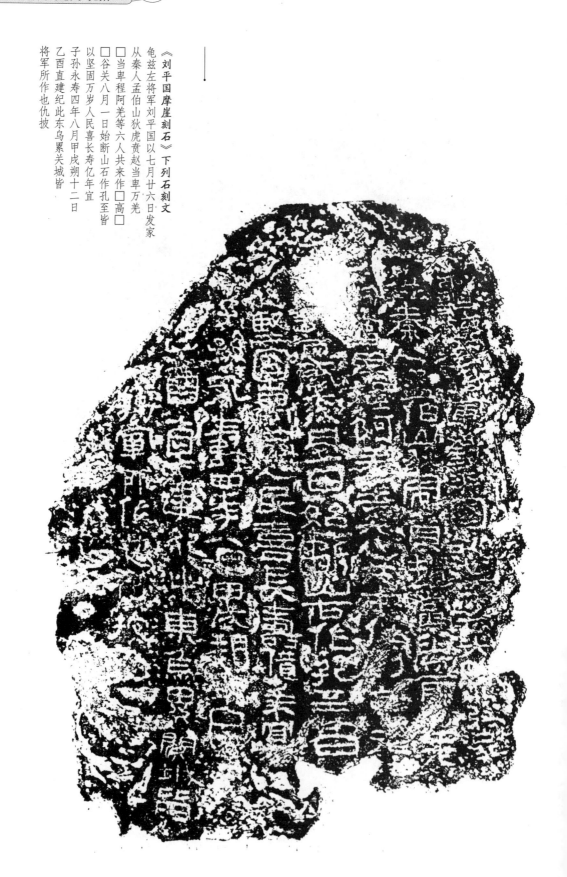

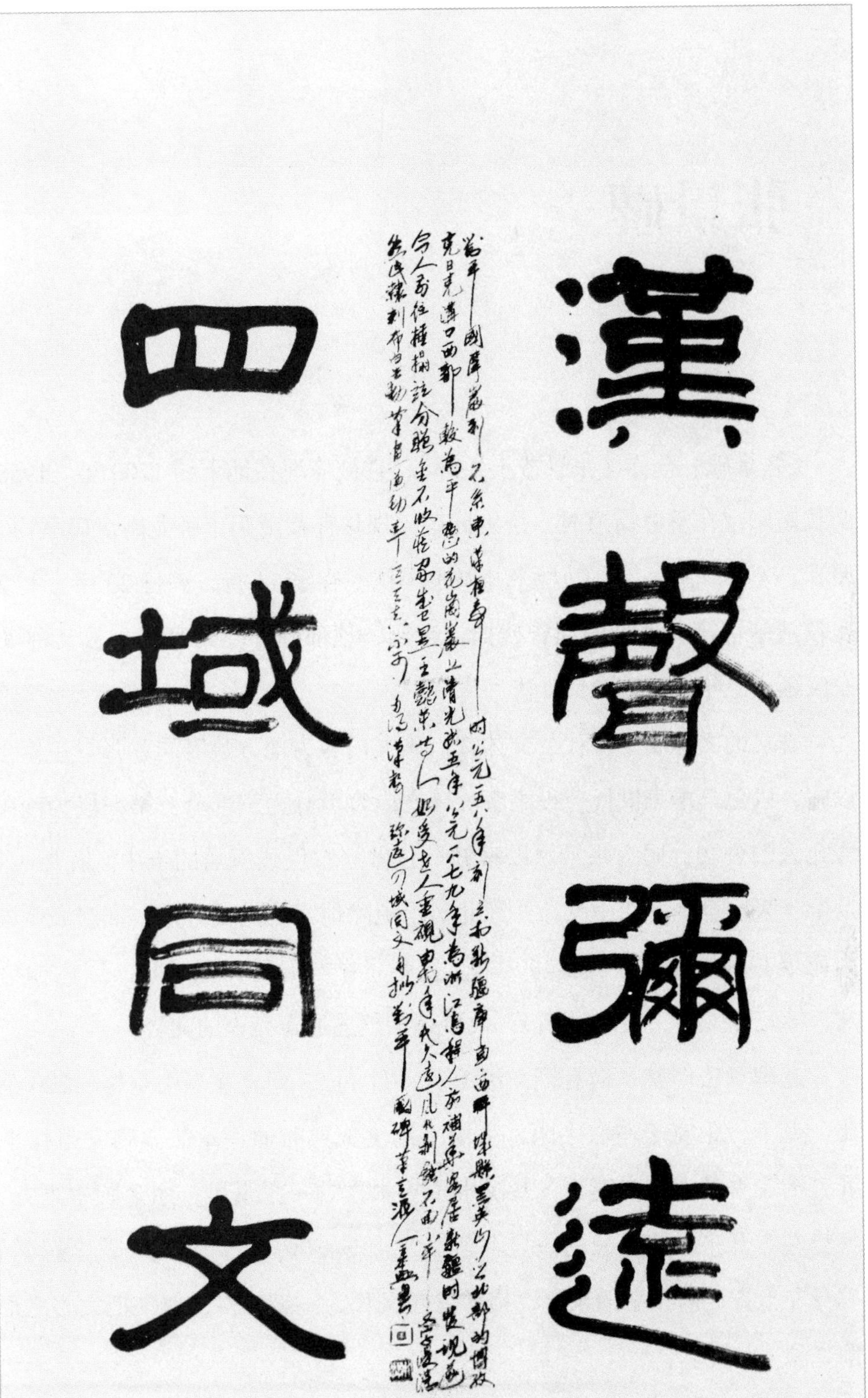

《刘平国摩崖刻石》笔意 王本兴书
汉声弥远 四域同文

张景碑

《张景碑》全称《张景造土牛碑》，它被掩埋在地下约1700年。1958年春天，河南省南阳市在整修街道时，挖出此碑，现移存在南阳市卧龙岗汉碑亭内。碑通高125厘米，宽54厘米，厚12厘米，隶书书体。存字11行，满行23字，共229字，字迹比较清晰可辨。碑身四周皆残损，无额，顶部碑穿隐约可见，故又称《张景残碑》。东汉延熹二年（159年）刻立。

碑文的文体属于汉代公文体裁。碑文内容为地方政府同意张景包修土牛、瓦屋等设施，以免其本家世代劳役之事。碑文内容可分为三部分：第一段为南阳郡太守丞通告宛人的公文，同意张景"以家钱"包做立春仪式所需的土牛、瓦屋、栏楯等设施，及犁、耒、草等一切用具，并为此请求免除他家的世代劳役，郡府表示同意；第二段为宛令右丞指使曹掾石梁写文书，遣张景做"五驾瓦屋二间，周栏楯拾尺"等的公文；第三段文字（残缺过多），大概是掾赵述通告宛人的文告。

此碑章法严整，横有列，纵有行，11行23列，除当中空格，200余字，鳞次栉比，上下行距宽于左右字距，为隶书高度成熟时通用章法。碑文肃穆平整，整整齐齐，端庄秀雅，法度谨严，属汉隶中隽永秀劲一派书风，用笔圆中寓方，方圆相参，气势左右开张，波磔分明。与著名汉碑《史晨碑》《乙瑛碑》《曹全碑》等不相伯仲。碑身左上方"府"字的末笔，拖得又粗又长，一破三格，似一把大刀之形，承汉简遗韵，耐人寻味。

《张景碑》是汉隶鼎盛时期的代表作之一，在隶书中别具一格。气度典雅，端庄而遒逸，兼《史晨碑》《曹全碑》之美。隶书的独特笔法表现得非常充分，《张景碑》出土较晚，较前代名碑字口更清晰，易于初学，可以成为隶书入门法帖。故初学汉隶者，不妨从《张景碑》入门，现将它的基本点画的临习要点浅析介绍如下：

一、横画

横画大多写得较为平直，粗细亦较为一致。逆势藏锋起笔，往右运行时，不宜过于快疾，要裹锋涩行，笔力内含，至收笔处不作顿按动作，回锋而收。波横的收笔稍向上弯，略施按力，缓缓向前延伸，提锋写出波磔。

二、捺画

此碑的捺画与波横大致相近，用笔较为一致。其波磔不像《礼器碑》那样峻利，也不像《曹全碑》那样婉转，表现得工稳圆润，潇洒飘逸。

三、竖画

竖画要写得挺劲质朴，与横画相比，它更为壮实而短促，粗细变化较为丰富，如“申”“毕”“梁”“年”“栏”等字，其竖画在收笔时，都用顿笔驻锋而收，故呈上细下粗之状。像“府”字那样的长拖笔，不必去临仿，弄不好会造成过于突兀而不谐调的后果。

四、点画

如“梁”“写”等字的点画，有圆起笔，也有方起笔，点的势向也各个不同，收笔有的出锋而收，有的回锋圆收，十分生动活泼。

五、撇画

撇画起笔逆锋入纸，后反锋往左下运行，并逐渐加重按力，收笔时向上回锋而收，尾部有的呈椭圆状，如“人”“屋”“令”“九”“府”等字，有的呈上翘而带钩意，如“岁”“劳”“功”“不”“君”“成”“会”等字。

六、转折

《张景碑》的转折，大多用方折，毛笔在转折处皆提锋暗转。如“会”“申”“石”“日”“屋”“治”“重”“吏”等字，其转折写得平直方正，严谨规矩，棱角分明。

七、结体、布白

此碑的结体属端庄扁方的格调。首先，文字黑白分割要匀称精到，疏密比例要适当，如“为”“患”“奉”“赋”“治”“君”“曹”等字。其二，文字中宫比较紧密聚集，呈敛收之势，如“屋”“宛”“言”“会”等字，而它的波横、撇捺则纵展奔放，使文字飞动灵活，多姿多彩。其三，平和简朴，遒丽隽永。《张景碑》的文字结体，大多质朴而无歪倒倾斜之势，无剑拔弩张之姿，亦无矫揉造作之态，气骨劲健、典雅含蓄。部首之间顾盼呼应，穿插揖让，天趣盎然，如“丞”“梁”“驾”“物”“岁”“家”“县”

等字。其四，结体扁方，横宽竖窄，很有视觉优美感。如“月”“十”“日”“丙”“大”“廿”“五”“成”“正”等字。

《张景碑》既有方正简朴、端庄典雅的一面，也有飘逸飞动、秀美遒丽的一面。临习者应勤于对照，勤于实践，天道酬勤，终能体悟其妙，写出神韵来。

我们由临习《张景碑》可以体悟到，在汉碑隶书中,《张景碑》是最容易入手的隶书碑帖之一。创作书法作品自然亦比其他汉碑容易见效果。笔者所撰七绝《故乡夜深》一首，自拟《张景碑》笔意，采用古铜色仿古色宣，双条屏幅式书写而成。诗云:“梦中频频忆母恩，倚枕难招母爱魂。一片慈云终不散，醒时犹带泪余痕。”20世纪90年代初，母亲身患绝症，虽倾力医治，然终无回天之力，竟离我而去，这是我一生中最大的不幸与痛苦。在以后的日子里，每当我回故乡小住，睡梦中总觉母亲在对我微笑，血肉亲情，我泪湿枕巾，愈思愈深，难以忘怀，故撰此记之一二。我用短锋羊毫，注心迹于笔端，一气呵成，谨以此作品飨读者品赏。

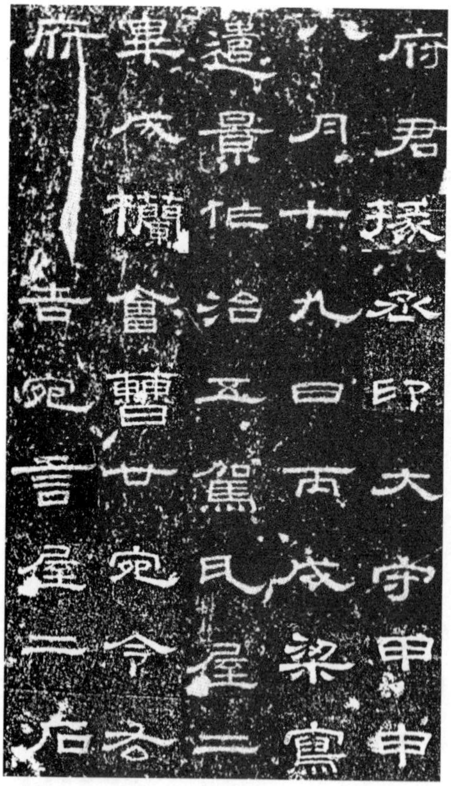

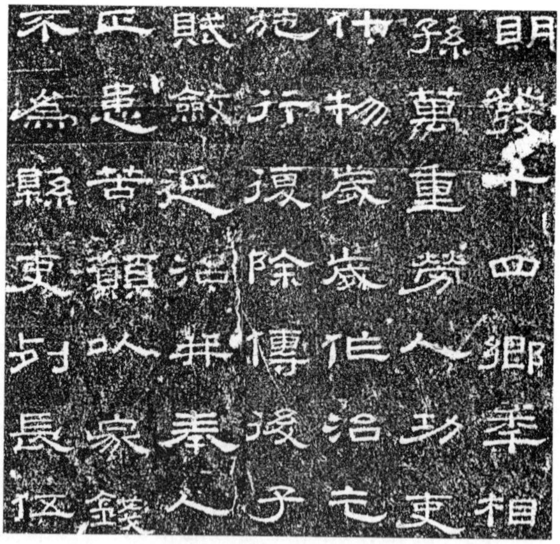

《张景碑》局部

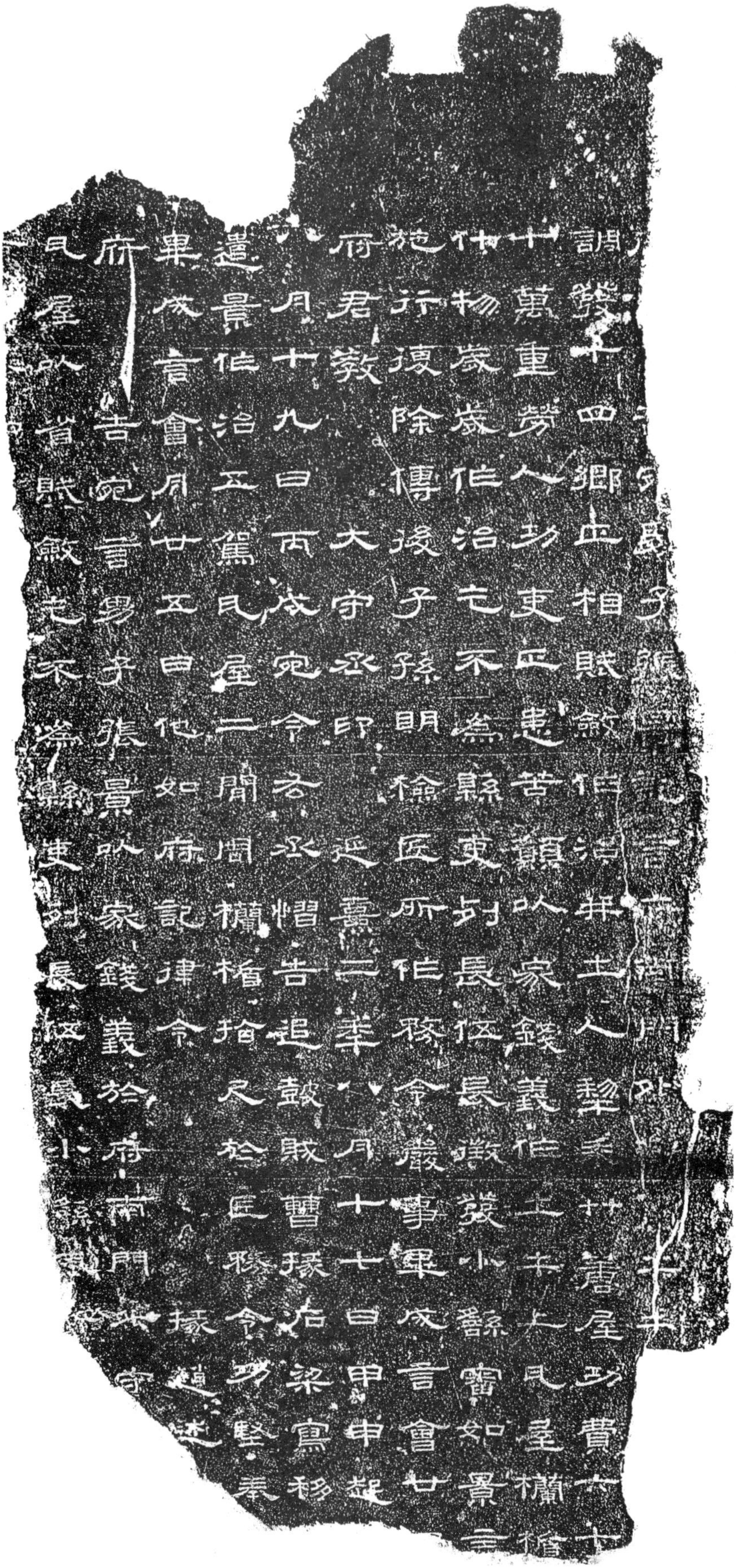
調發十四鄉正相賦斂作治并土人犁耒艸蓆屋功費六七
十萬重勞人功吏正患苦願以家錢義作土牛上瓦屋欄楯
什物歲歲作治乞不為縣吏列長伍長徵發小繇審如景言
施行復除傳後子孫明檢匠所作務令嚴事畢成言會廿
府君教大守丞印延熹二年八月十七日甲申起
月十九日丙戌宛令右丞慴告追鼓賊曹掾石梁寫移
遣景作治五駕瓦屋二間周欄楯拾尺於匠務令功堅奉
畢成言會月廿五日他如府記律令掾趙述
府告宛言男子張景以家錢義於府南門外守
民屋以省賦斂乞不為縣吏列長伍長小繇

《张景碑》碑文

府　告宛男子张景记言府南门外□□土牛□□□□
调发十四乡正相赋敛作治并土人犁耒草蓎屋功费六七
十万重劳人功吏正患苦愿以家钱义作土牛上瓦屋栏楯
什物岁岁作治乞不为县吏列长伍长征发小繇审如景言
施行复除传后子孙明检匠所作务令严事毕成言会廿四
府君教　大守丞印　延熹二年八月十七日甲申起□

八月十九日丙戌宛令右丞慑告追鼓贼曹掾石梁写移□
遣景作治五驾瓦屋二间周栏楯拾尺于匠务令功坚奉□
毕成言会月廿五日他如府记律令　掾赵述□□
府告　宛言男子张景以家钱义于府南门外守□□□
瓦屋以省赋敛乞不为县吏列长伍长小繇□□□□□

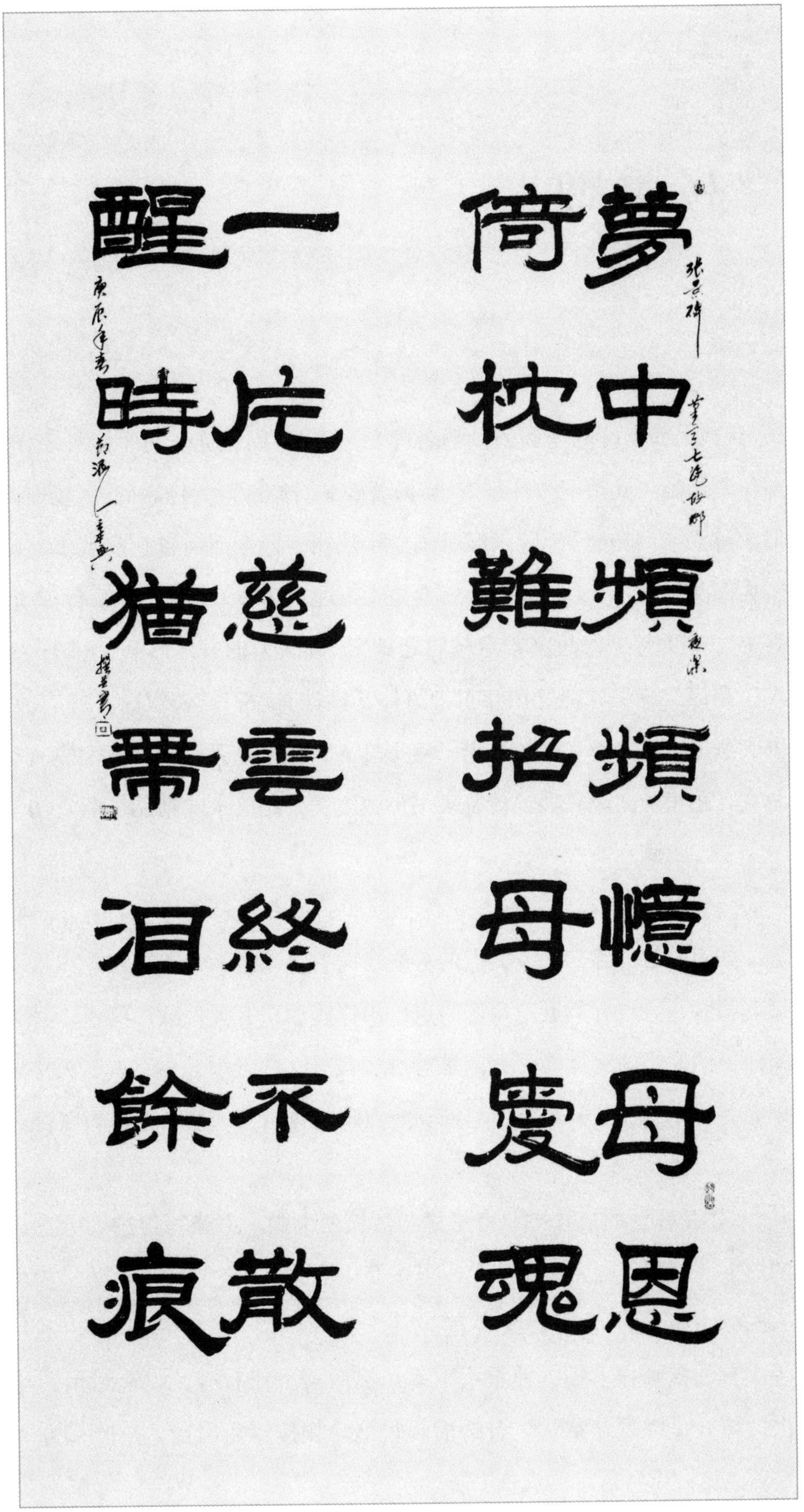

七言绝句《故乡夜深》王本兴撰并书
《张景碑》笔意
梦中频频忆母恩，倚枕难招母爱魂。
一片慈云终不散，醒时犹带泪余痕。

杨著碑

《杨著碑》亦叫《高阳令杨著碑》，东汉年间刻立。何年何月未详。《隶释》辑录时年月已泐。此拓本为翻刻本。《杨著碑》《杨统碑》《杨震碑》《杨君碑》习惯上被人们统称为“四杨碑”，皆东汉时刻立于陕州，即今河南省三门峡市。碑均已佚。传世者大多为翻刻本。《杨著碑》拓本高 181 厘米，宽 85 厘米，额高 47 厘米。额为阳文篆书 2 行 9 字：“汉故高阳令杨君之碑”。碑文为隶书，13 行，满行 28 字。书法风貌端庄严谨，笔法方圆互用，粗细得体，顿挫有法，跌宕飘逸，霰头护尾，一波三折，蚕头燕尾极有情趣。整体和谐，字形扁方，用笔遒劲圆润，章法纵有序，横有列，字距宽行距密。此碑展现了传统隶书形式之美，是汉隶之精品，适宜初学临习。

一、点画

《杨著碑》的点临写要注意浑拙圆润的形态。起笔与收笔的方向要根据点画的动势。如附图的“寺”字，其点的势向指向右上角，而“小”字左点指向左下角。点的形态很多，大致有类近三角形的点，出锋露角；有类似圆形的点，骨力内含；有类似缩短了的横竖画之点等。无论是单点、双点、三点水、心字点、火字点，其用笔动作须完备，姿态优美，对全字起到画龙点睛的作用，一般用笔逆入藏锋、涩出回锋。

二、横画

《杨著碑》的横画主要有平横与波横两大类。平横写得遒劲平直，包括连接左右的短横，都写得较为刚直瘦劲，提按变化不大，起讫皆带有圆势。波横的蚕头燕尾较为明显，如“上”“寺”“百”“正”“主”“年”“五”“下”“三”“十”“行”等字，藏锋起笔。有的横画往下顿，使蚕头下垂，然后再翻锋右行，收笔时用圆势顿按，提锋趯出，捺肚呈圆顺含蓄状。有的横画收笔时顿按露角出锋，捺肚呈方峻劲削之状，如“三”“五”“十”等字的波横。

三、竖画

《杨著碑》的竖大多较平直挺拔。"不""车""小""年""带""小"等字的长竖，端庄朴茂、大方凝重、粗壮厚重、不露圭角、含蓄圆融。上下短接的竖画亦呈现出粗壮拙朴感，用笔应逆锋入纸，翻笔下行，稍作提锋回而收笔。

四、撇画

《杨著碑》的撇画形态较多，斜撇、短撇、长撇、弯撇都各有特色。但其起笔都应方中寓圆，收笔稍加按力，顿笔后再向上回锋而收。撇尾有圆头、有上翘、有类似反捺之状，要笔随字宜，灵活应用。如"步""不""天""若""月""成"等字，行笔平稳，撇尾丰厚粗重，收笔处以浑圆为主，姿态含蓄优美。《杨著碑》碑中的竖钩写法类近弯撇，只是弯度与方向不同，这里不再单独列举。如"投""寺""传""制"等字之钩画，皆屈伸圆畅自然，收笔处反向顿按，回锋上趯，写出钩势。

五、捺画

《杨著碑》的捺画包括斜捺、短捺、走之捺、乙挑捺、心字捺等，姿态优美，捺肚圆润粗厚，圆中寓方，少有尖起尖收，棱角分明，毕露圭角的捺笔。如"投""不""之""忘""遗""我""愁""惠""天""之""已""德""驰""参""遭""八""故""兄"等字。其波捺写得一波三折，伸展刚健通达，是整个结体中的主笔画。

六、转折

《杨著碑》的转折大多用方折，有的类近平垂直角，有的竖上露头，也有少数接笔与圆转的方式。形态上的区别使用笔也有所不同：其一，方口部的折竖垂直向下书写时，加重按力，一般较粗壮浑厚，如"百""遗""治""相""颀""甫""为"等字，呈横细竖粗的平直之状；其二，方口部的折竖均向上伸出，似篆书笔意，这种形式字数不多，有的只是微显上伸之意，如"者""陨""有"等字；其三，方口部的折竖向左倾斜，或向右倾斜，使折角呈锐角或钝角之状，如"百""相""闻""月""焉"等字；其四，方口部的横竖完全用圆转写出，如"伤""勒""纪""印"等字。

七、结体

《杨著碑》的结体丰腴华丽，方圆俊逸，主笔画粗壮浑厚，伸展奔放。与《乙瑛碑》《礼器碑》《桐柏淮源庙碑》《东海庙碑》等隶书的笔调相似，我们可以借鉴参照。总而言之,《杨著碑》的结体用笔要方圆兼顾，温润圆劲，不要以楷法写隶，不出锋露骨，突出含蓄典雅的韵致。

以《杨著碑》笔意创作书法作品时，笔者选取“得园林栽树法，闻子弟读书声”之句为作品内容，在形式上增加了一点儿新意，用红色洒金宣裁成小方块书写，然后用淡黄色玉版宣将小方块洒金红宣粘接成条幅形式。作品较为抢眼醒目。落款亦因地制宜，选择在上下两字之间，用单字隶书以左右对应的形式，写上下款。

书法作品的创作除技法及基本功之外，是由情感、学问、修养等诸方面构成，是只能意会的东西。所以，我在隶书创作中坚持形神兼备的标准。所谓以一家为宗，不是指对最初选择的范本从一而终，而是以对自己的学习影响最深、最容易上手，在自己的创作中有意无意间流露出来的那一种范本为主。也就是说，自己对此碑一往情深，已达到痴迷的程度。然而，创作仅仅达到这一步还不够，应渐渐地从此碑的形貌中脱离出来，遗貌取神，使外人看不出其所出，完全化为自己的艺术语言，形成自己的风格。要达到这一步只能循序渐进，不能操之过急。

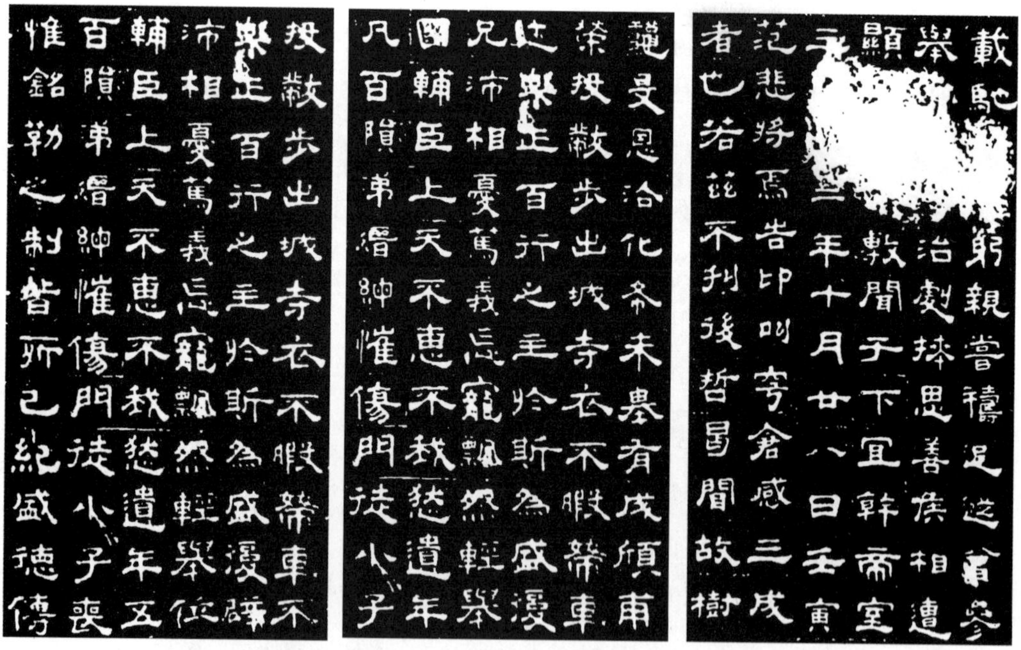

《杨著碑》局部

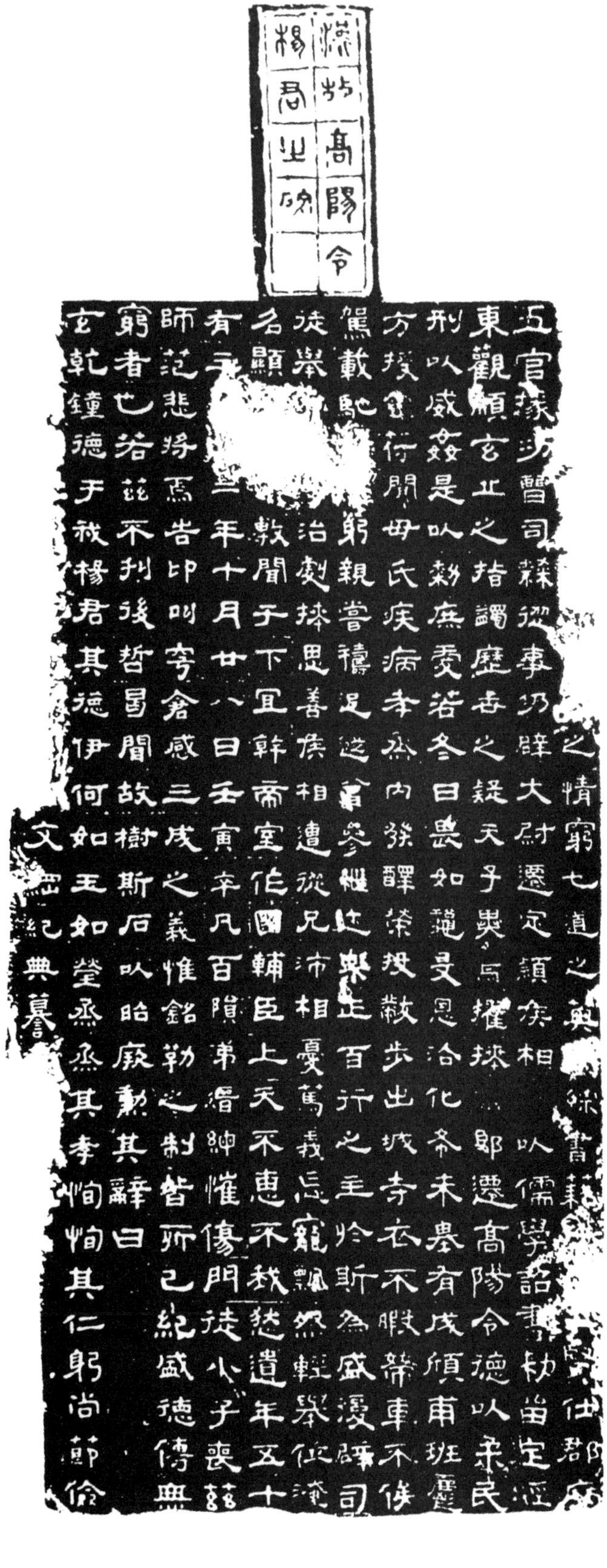

《杨著碑》

汉故高阳令杨君之碑

□□□□□□□□□之情穷七道之奥□综书籍□□□贤士郡历五官掾功曹司隶从事仍辟大尉迁定颖侯相□以儒学诏书敕留定经东观顺玄丘之指蠲历世之疑天子异焉擢搴议郎迁高阳令德以柔民刑以威奸是以黎庶爱若冬日畏如秋旻恩洽化布未基有成质甫班爵方授银符闻母氏疾病孝烝内发醳荣投黻步出城寺衣不暇带车不俟驾载驰□□躬亲尝祷追纵曾参继迹乐正百行之主于斯为盛复辟司徒举□□□治剧拜思善侯相遭从兄沛相忧笃义忘宠飘然轻举位淹名显□□□敷闻于下宜干帝室作国辅臣上天不惠不我慭遗年五十有三□□□年十月廿八日壬寅卒凡百陨涕缙绅惟伤门徒小子丧兹师范悲将焉告印叫穹仓感三成之义惟铭勒之制皆所已纪盛德传无穷者也若兹不刊后哲曷闻故树斯石以昭厥勋其辞曰

玄乾钟德于我杨君其德伊何如玉如莹烝烝其孝恂恂其仁躬尚节俭□□□□□□□□□□□文纲纪典谟……

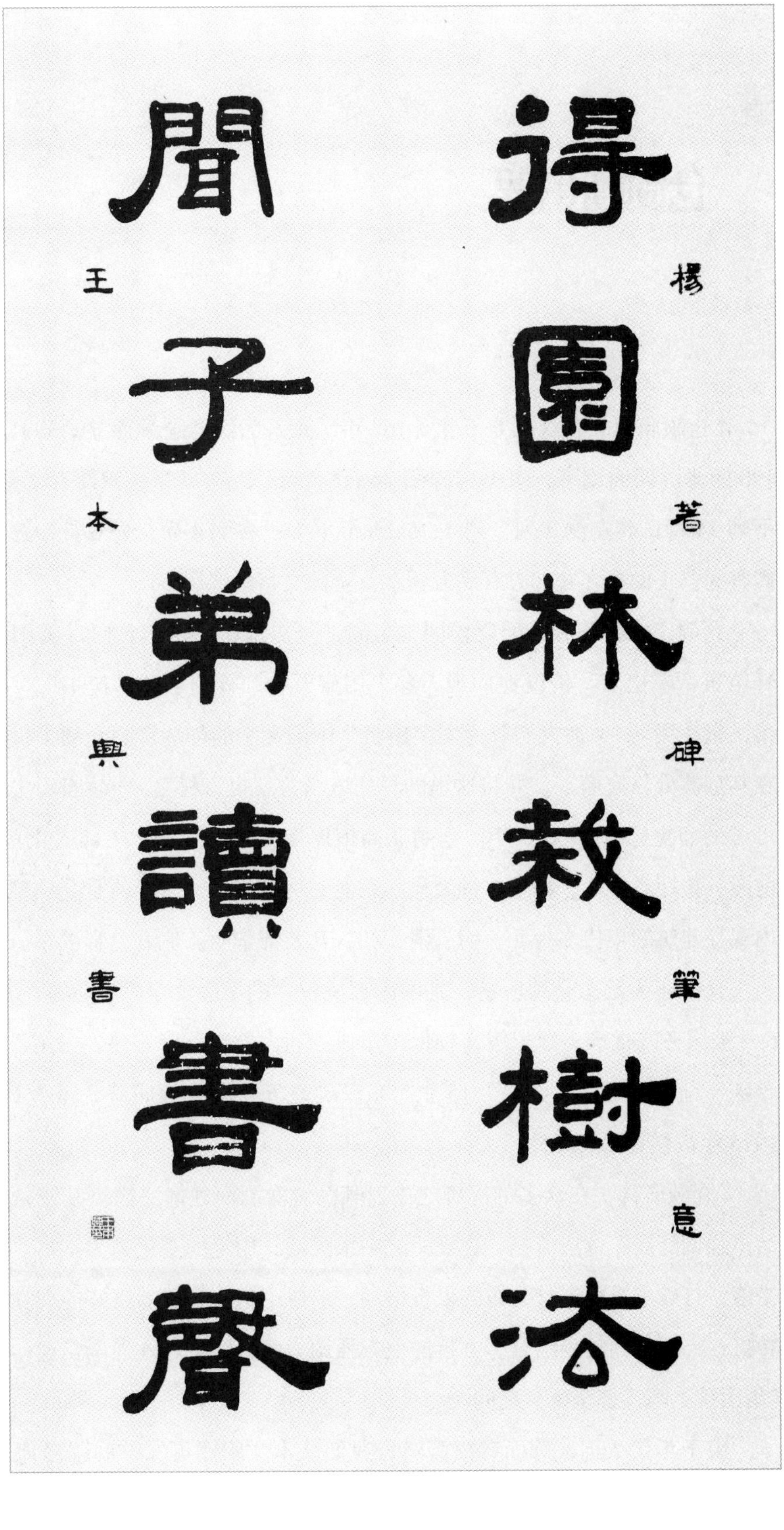
得園林栽樹法
聞子弟讀書聲
楊著碑筆意
王本興書

《杨著碑》笔意　王本兴书

得园林栽树法，闻子弟读书声。

仓颉庙碑

《仓颉庙碑》东汉延熹五年（162年）正月为纪念仓颉而立。碑高201厘米，宽198厘米。四面刻字，隶书。碑阳24行，行最多者27字；碑阴存2列，上列8行，下列14行；碑左侧3列，列4、5、6行不等；右侧4列，列6行，存200余字。此碑有穿，正面穿之右上方有汉人题字。全碑文字漫漶居多。

仓颉，也称苍颉，原姓侯冈，名颉，号史皇氏。陕西省白水县阳武村人，传为轩辕黄帝左史官。传说他仰观天象，俯察万物，首创了“鸟迹书”，一时间，“天雨粟，鬼夜哭”。他被人们尊为文字始祖，中国文字的创造者。仓颉去世后，当地百姓在其墓葬处修有庙宇，并将这里的村庄取名为“史官村”。仓颉庙历史悠久，有文字可考的庙史已有1800余年。仓颉庙高垣厚墙，格局完整，主体有山门、东西戏楼、前殿、报厅、中殿、寝殿、钟鼓楼、东西厢房等。紧贴后殿的是仓颉墓冢和墓园。庙内现存建筑的年代多为元、明、清三朝，其装饰华丽，地方色彩浓厚。

仓颉庙为纪念仓颉所建，是国内唯一仅存的纪念文字发明创造的庙宇，2001年6月被国务院批准为国家级文物保护单位。庙内原有石碑多座，“文革”中多被毁坏。今陈于前殿劫后“幸存者”15座。东汉延熹五年的仓颉庙碑，是金石学上的珍品，1975年被移置西安碑林。

《仓颉庙碑》在众多的汉碑之中以其劲健潇洒而独树一帜。其线条强调力度，其结体强调舒展，章法流畅，在规矩之中求灵活，用笔的变化颇为丰富。横向布白参差错落，打破了纵行齐整分布的呆板格局，形成了疏密有致的良好的视觉效果。结体的转折，方折与圆转相结合。方折的地方强调力度，圆转之处强调飘逸。其艺术格调在《华山碑》与《曹全碑》之间。

由于年代久远，碑面残损漫漶，我们从本文附图可知，碑阴漫漶最厉害，几乎无字可识，而碑阳次之，尚有部分隶刻可读，碑侧下部虽有所残损剥蚀，但还是比较完美，特别是侧之上部清晰可鉴。值得说明的是，碑阳、碑左侧、碑右侧所刻隶书各有特色，虽然统一在同一格调之中，但用笔结体各有区别。碑阳部分以古穆浑拙、率意自然为主；碑右侧部分以峻峭劲健、舒展奔放为主；碑左侧部分以匀称流畅、飘逸润厚为主。此碑的临习则以碑右侧的隶刻为范本。

一、点画

横竖画比较平直，粗细变化较大，收笔出锋尖收居多，如“官”“章”“圣”“书”等字。带波磔的横画粗壮顺畅，波捺处重按上提，有的波脚几成三角之状，棱角分明，与众不同，如“千”“立”“年”“书”等字。撇捺亦有粗壮与细劲之分，粗壮居多，如“郡”“无”“名”“者”“遗”“以”“长”等字之撇捺较瘦劲，“迁”“奉”“石”“行”“令”等字的撇捺则较为粗壮。

二、转折

此碑隶刻转折可谓形式多样，但以接笔方折为主，如“君”“察”“曲”“月”“章”“灵”“晋”“书”“百”等字的转折。其转折的横画往往较细，其转折的竖画往往要粗一些。

三、结体

结体的临习实际上是如何去掌握结体的疏密布白。此碑右侧隶刻大体可归纳为四种结体方式：其一方正型，以端庄方正为主，如“察”“阳”“曲”“到”“官”“祠”“晋”“自”“万”等字；其二扁方型，左右舒展，上下紧敛，以飘逸奔放为主，如“令”“正”“五”“大”“之”“下”“名”等字；其三长方型，即上下拉长、左右紧缩，如“迁”“奉”“章”“遗”“灵”“书”等字；其四左右分拆型，即左右部首拉开距离，是一种自由分散式的结体，如“仇”“郎”“郡”“行”“纪”等字。

根据碑阳、碑左侧及右侧中下段之隶刻含蓄、圆润、浑厚的特点，笔者拟其笔墨风韵，自撰楹联书写创作“灵山礼佛，笠泽谈书”作品，灵山指无锡马山的小灵山，因建有大佛而闻名于世，笠泽当指太湖，我在无锡博物院成功举办了大型的书法篆刻回乡展，故以此作纪念。此外，游子杜甫身在他乡，思念兄弟家人，思念故土，“月是故乡明”一句，千古传颂，我用碑右上段隶刻笔意，创作书写成条幅形式，聊备一赏。

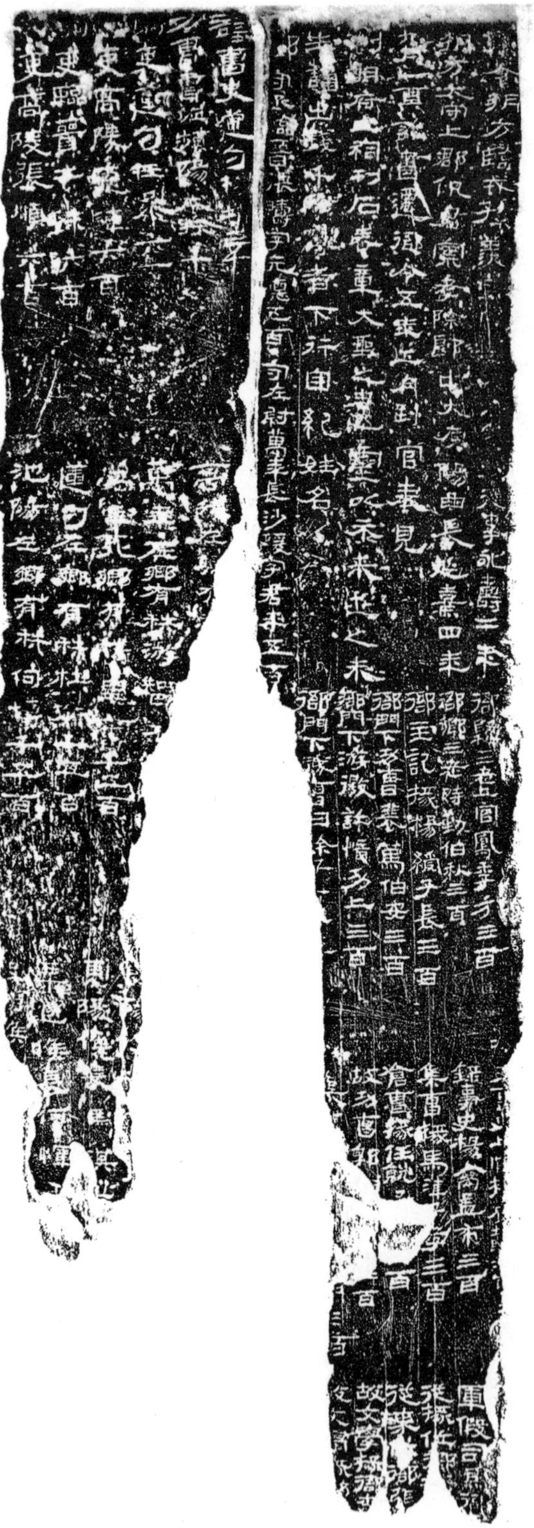

《仓颉庙碑》碑侧碑文

衙令朔方临戎孙羡……从事永寿二年
朔方大守上郡仇君察孝除郎中大原阳曲长延熹四年
九月乙酉诏书迁衙令五年正月到官奉见
刘明府立祠刊石表章大圣之遗灵以示来世之未
生谨出钱千百□者下行自纪姓名
衙守丞临晋张畴字元德五百守左尉万年长沙瑗字君平五百
衙县三老上官凤季方三百
衙乡三老时勤伯秋三百
衙主记掾杨绶子长三百
衙门下功曹裴笃伯安三百
衙门下游徼许愔功上三百

衙门下贼曹白余子□三百
功曹史上官□□载三百
录事史杨禽孟布三百
集曹掾马津子孝三百
仓曹掾任就子□□百
故功曹郭□□□三百
集曹……三百
军假司马衙
从掾位衙
从掾位衙张
故文学掾衙李

故文学掾
议曹史莲勺杨□三千
功曹书佐频阳成扶千
骑吏莲勺任参六百
骑吏高陵□肆六百
骑吏临晋□珠六百
□吏高陵张顺六百
高陵左乡有秩
万年左乡有秩游智千
万年北乡有秩毕奋千五百
莲勺左乡有秩杜衙千五百

池阳左乡有秩何博千五百
夏阳候长
夏阳候长马琪千
粟邑候长何恽千
□羽候长……

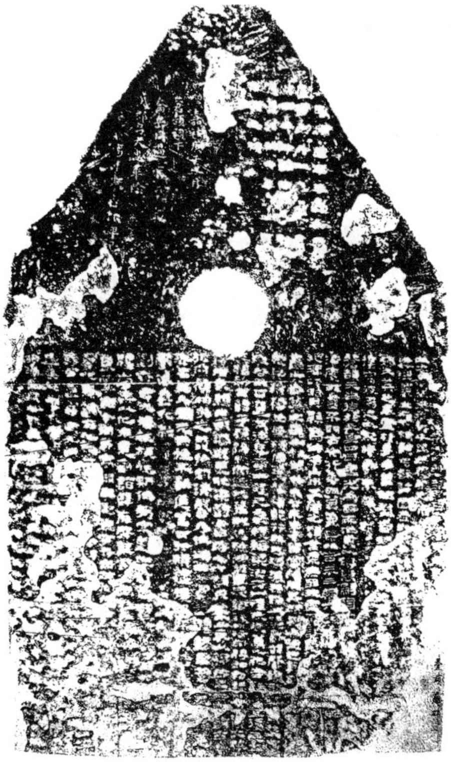

《仓颉庙碑》碑阳

《仓颉庙碑》碑阳碑文

（正面穿之右熹平六年汉人题）

左冯翊东牟平陵衡君讳

□字□升以熹平六年五

月廿八日于□□□□

□□祠出奉钱二百□

□□之礼

惟延□年□□颍川刘君讳桓字□光

以省火流德教于千里□礼乐之□

逢□义立□□亲乃诹访国老

弥久莫之□室于是乎□作教告

誓写彼鸟迹以纪时事

苍颉天生德于大圣四目灵光为百王作画以传万嗣陶

法度非书不明古今行事非品□无以垂示三纲六纪

地理印览县象俯名山川五常之貌含气庶品非书不纪

灵□□大表千秋□□□□世未牛者皆□□服其教□为德也莫

□□阴阳并兼□□□□乾行无已顺环无端

□三百选有德圣裔以□之黍稷稻粱洁齐□□良辰荐祀告□□□

复民五家须

□祷祈雨降子□□□□□盗贼文

□□□颍川……训古今

□□□□歌之义乃作颂曰

老名永久弥光无德不报□□百行顺礼

声休嘉孔融

刘府君大汉枝族应期作弼宗

礼崇乐以化未造劝诣璧雍

□虞□令问节高□配圣德合符出

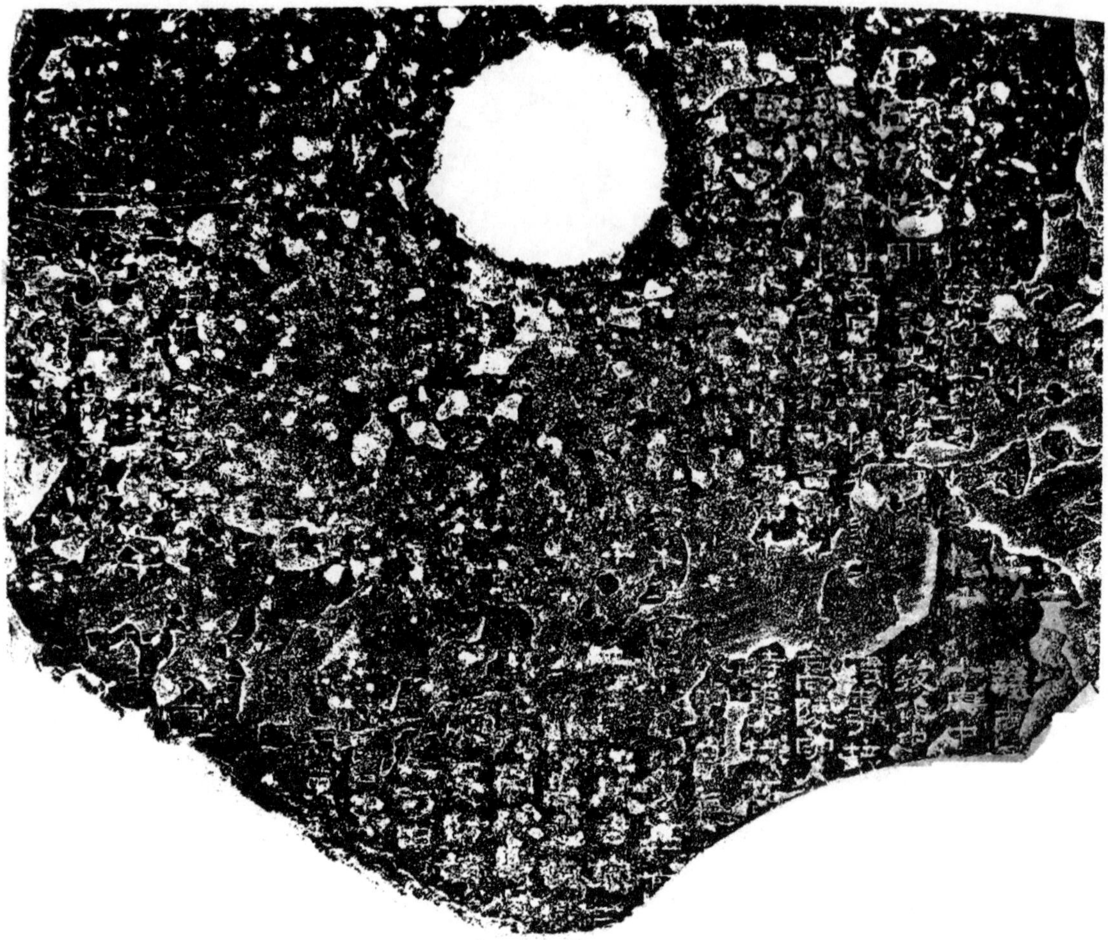

《仓颉庙碑》碑阴碑文

故□阳
……
……陈……
……陈□千
故督盗贼文□赵□千
故记史池阳吉□□二百
五官掾高陵□□千
奏曹掾池阳吉□千
□□掾云阳□□千
……
……千五百
……千
……
……
……
……
……
……
……
……
……千
□曹史莲勺□□千
……池阳□□千
□仓曹吏临晋杨仲千
……云阳□□千
□曹吏……

……
议曹
少府吏
教化史
持事掾
高陵守
持事掾高
故□□亭长
……掾亭
……池阳吉□
……
……
……勺
……
……掾万
……
……
……曹
……掾曹

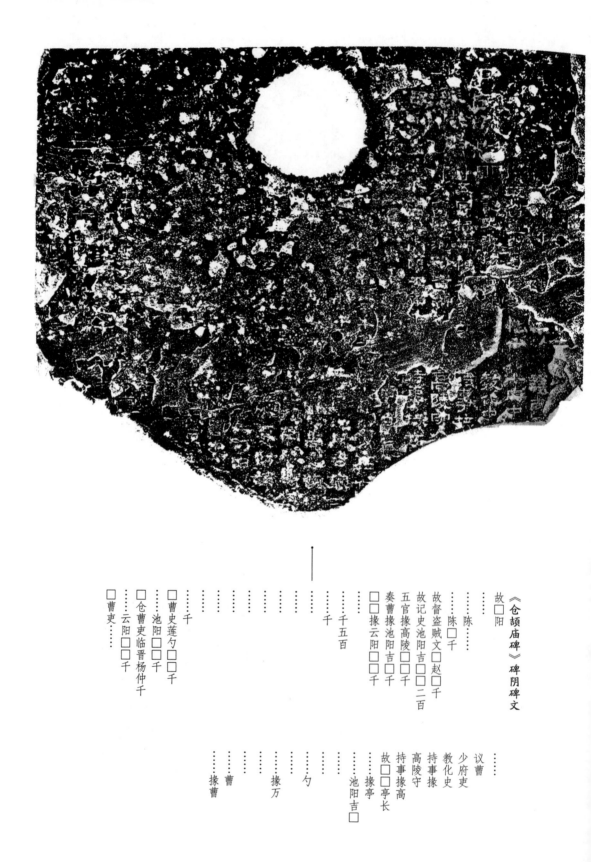

《仓颉庙碑》右侧上段局部

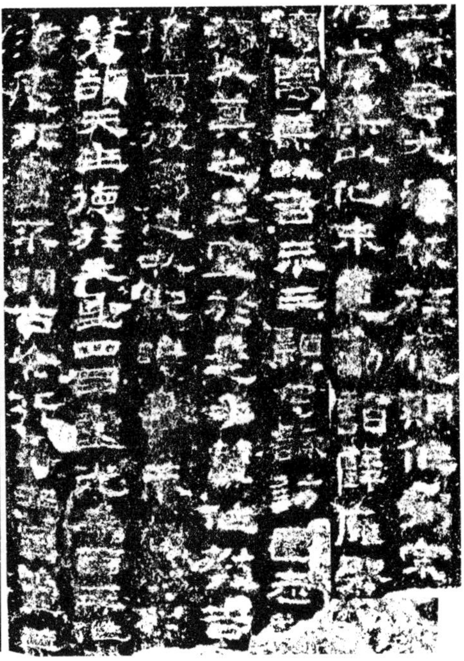

《仓颉庙碑》碑阳局部

《仓颉庙碑》左侧中段局部

《仓颉庙碑》右侧中段局部

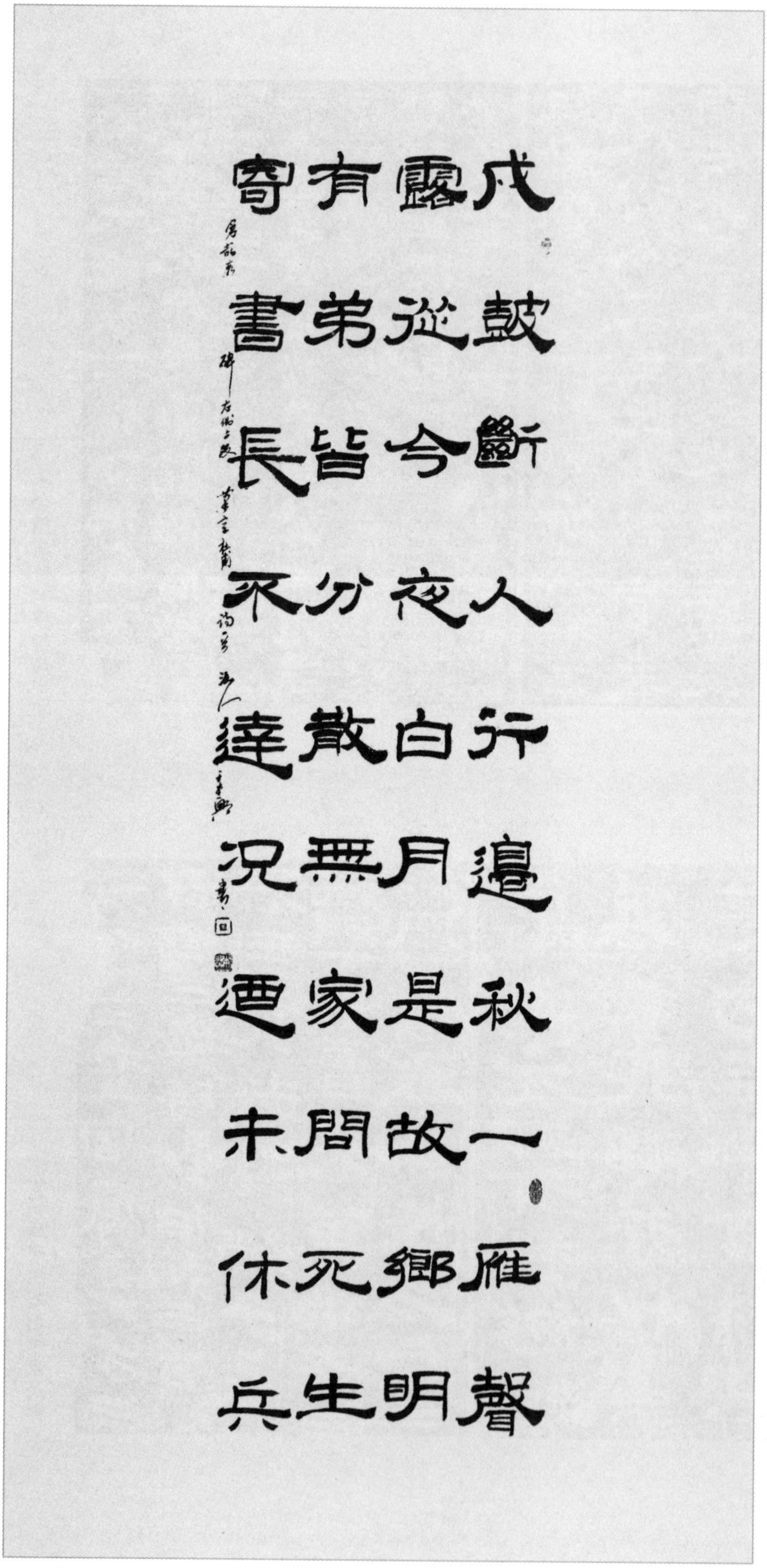

杜甫诗《仓颉庙碑》笔意　王本兴书

戍鼓断人行，边秋一雁声。
露从今夜白，月是故乡明。
有弟皆分散，无家问死生。
寄书长不达，况乃未休兵。

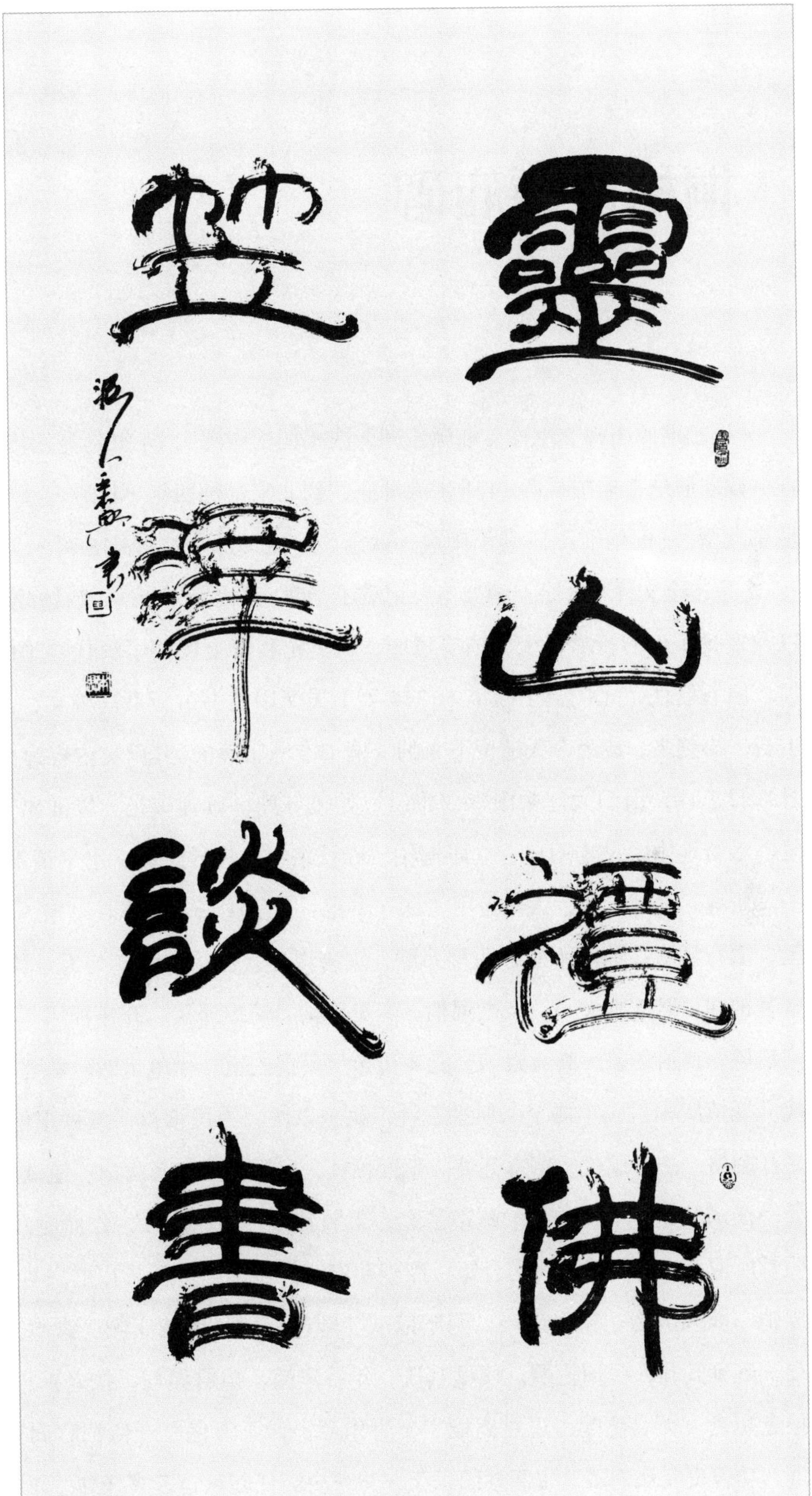

《仓颉庙碑》笔意　王本兴书

灵山礼佛　笠泽谈书

桐柏淮源庙碑

《桐柏淮源庙碑》也称《淮源庙碑》或《桐柏庙碑》，东汉延熹六年（163 年）刻立。该庙原址在桐柏县西 14 千米淮源庙，到北宋景德四年（1007 年）才迁至桐柏县城东北隅。《桐柏淮源庙碑》碑高 168 厘米，宽 90 厘米，厚 18 厘米。共 16 行，满行 33 字，全文计 453 字。碑文主要记载了当时南阳太守中山卢奴君修淮源庙的功绩，以及宣扬了人们祈求上天保佑等意愿，在一定程度上反映了汉代当地的一些风俗习惯。原石已佚，元代至正四年（1344 年）吴炳用隶书重新书写碑文，其子嗣昌填摹上石，再刻之，成为今天遗留下来的《桐柏淮源庙碑》。其碑文内容为："延熹六年正月八日乙酉，南阳大守中山卢奴张君，处正好礼，尊神敬祀。以淮出平氏，始于大复，潜行地中，见于阳口，立庙桐柏，春秋宗奉，灾异告诉，水旱请求。位比诸侯，圣汉所尊。受珪上帝，大常定甲。郡守奉祀，斋洁沈祭。从郭君以来，廿余年不复身至，遣行丞事，简略不敬，明神弗歆，灾害以生。五岳四渎，与天合德。仲尼慎祭，常若神在。君准则大圣，亲之桐柏。奉见庙祠，崎岖逼狭。开袥神门，立阙四达。增广坛场，饬治华盖。高大殿宇，□齐传馆。石兽表道，灵龟十四。衢廷弘敞，宫庙嵩峻。祗慎庆祀，一年再至。躬进三牲，执玉以沈。为民祇福，灵祇报佑。天地清和，嘉祥昭格。禽兽硕茂，草木芬芳。黎庶赖祉，民用作颂。其辞曰：泫泫淮源，圣禹所导。汤汤其逝，惟海是造。疏秽济远，柔顺其道。弱而能强，仁而能武。不舍昼夜，明哲所取。实为四渎，与河合矩。烈烈明府，好古之则。虔恭礼祀，不愆其德。惟前废弛，匪躬匪力。灾眚以兴，阴阳以忒。陟彼高冈，臻兹庙侧。肃肃其敬，灵祇降福。雍雍其和，民用悦服。穰穰其庆，年谷丰殖。望君舆驾，扶老携息。慕君尘轨，报走忘食。怀君惠赐，思君罔极。于胥乐兮，传于万亿。春侍祠官属五官掾章陵刘䜣，功曹史安众刘瑗，主簿蔡阳乐茂，户曹史宛任巽秋，五官掾新□梁懿，功曹史郦周谦，主簿安众邓嶷，主记史宛赵旻，户曹史宛谢综。”

此碑因长期被弃于室外，经风雨剥蚀，许多字无法辨识，《桐柏淮源庙碑》现存拓本隶书，纵横有列、规整清秀、典雅严谨、劲健遒逸、俯仰向背、互为呼应。结字疏密匀称，藏风聚气，逸韵神飞，特具传统隶书的特色。杨守敬《激素飞清阁评碑记》云："原碑久佚，此为元至正四年吴炳重书。朱竹垞谓不及汉人之古厚，固然。然自分法久亡，炳生于千载后，独能力追汉魏，观其结体，虽不及汉人之变化，而整练可喜，故后人未见吴跋，多直目为汉刻，以余品之，断不在唐人下也。”由此可知此隶书气息浓厚，古厚凝重，与汉刻不相上下。尤与《张景碑》《乙瑛碑》《孔宙碑》诸碑相类近。《桐柏淮源庙碑》有宋拓本存世，它风神精劲，高古典雅，可参照临习。现将临习要点介绍如下：

一、横画

不带波势的横画大多写得较为平直，粗细亦较为一致平缓。用笔须逆势藏锋起笔，笔力内含，至收笔处不作顿按动作，提锋或回锋而收。带波磔的横画，逆锋圆起笔，稍施按力，呈蚕头形态，往右行笔时，提锋运行，横画腰部稍显瘦细而弯曲，至收笔处重施按力，缓缓向前延伸，提锋写出波磔。波横的挑势一般较为明显，且粗壮峻峭，棱角分明，特具蚕头燕尾的特色，在结体中皆为主笔画。

二、竖画

竖画要写得挺劲质朴，一般不长，瘦劲而短促。有些稍长的竖画呈上细下粗之状。用笔须逆势入纸，行笔平缓，收笔时都用回锋或驻锋而收。

三、捺画

此碑的捺画与波横的燕尾形态大致相近，只是捺画的波磔更为粗壮夸张，有的近似三角形，棱角峻厉，在整个碑帖铭文中特别抢眼。故在收笔处捺磔的用笔要加重顿按，作回势收笔，不像《曹全碑》那样婉转圆润，而要宽敞峻利，棱角分明。捺画有斜捺、心钩捺、乙挑捺等，用笔大同小异，只需笔随字势，线随笔走，把握势向，就可写出各种捺画。

四、撇画

撇画起笔逆锋入纸，后反锋往左下运行，并逐渐加重按力，收笔时向上回锋或出锋而收。撇画尾部大多呈椭圆状，有的上翘而带钩意，有的与捺画对应成左向的燕尾，呈有棱有角，峻峭壁立之状。撇画有斜撇、竖弯撇、钩撇等，用笔近似。书写时注意与右捺保持平衡对称。撇捺画是整个结体中的主笔与亮点。用笔要完备，形态要优美。

五、点画

如“立”“秋”“沈”“灾”“逼”“祏”“敞”等字的点画，有圆起笔，也有方起笔，点的势向也各个不同，收笔有的出锋而收，有的回锋圆收。十分生动活泼。书写时强调用笔应完备，动作要到位，不能下笔草率、一点而就。

六、转折

《桐柏淮源庙碑》的转折，偶有圆转、二笔写出。大多用方折，毛笔在转折处皆提锋暗转一笔而成。如“中”“口”“桐”“柏”“春”“四”“开”“神”“官”等字，其转折写得平直方正，严谨规矩，棱角分明。

《桐柏淮源庙碑》的结体、布白别具一格，有必要重点总结归纳，以便进一步的临摹创作。其主要特色有如下几点：

其一，字势扁平，横向取势，结体严谨，规矩中见飞动、险劲之态。文字中宫内敛，但每字都有一二笔呈外拓的大笔画。撇捺或波横粗壮、宽厚、凌厉，是该碑帖的特色。尤其是波横、长捺，极力拓开，从容不迫，无所顾虑，呈舒展之状，其长度超出中宫两倍以上。结体之中左撇右捺尽情奔放伸展，旁若无人，尤见“八分”之态。因而全篇横向波势密布，如鹰展双翅，搏击长空，多姿多彩。

其二，布白内紧外松，行气流畅，纵横有列。左右之间比较紧密，上下之间相对比较散远，这样的章法布白一直延续到现在，今天人们在创作隶书书法作品时，仍然应用这种模式。初学者在临习时，最好能注意这一点，以便从开始就进入传统，养成习惯。

其三，笔画粗细悬殊。竖画与平横皆瘦细，与波横较为悬殊，竖画一般较短，横画一般较长，使全篇文字呈扁平，取横势的基本格局。撇捺画大多有棱有角、宽厚峻利，显得特别有势、有态、有动感，使文字刚劲挺拔，生动多趣。

此碑颇能体现隶书传统特色，规矩而有法度，结体谨严，古朴典雅。比较适合初学者临习，掌握了点画的基本规律与特点后，易于入门，亦易于出效果。所以用笔必须严格按照隶书的要求，逆入回出，提按有度，有轻有重，疾涩相宜。无论点画撇捺的长短曲直，笔笔都要送到终端，兼顾方圆。转折处要注意“锋”回路转，讲求变化。临写时使用长锋健毫，笔底蓄墨不宜过少也不宜过多，适中为准。此外，点画的飞动与飘逸，撇捺的波磔，以自然质朴为美，夸张程度适可而止，过分夸张的笔画则成装饰，切忌失去了质朴的本质。

《桐柏淮源庙碑》中有可组合的集字句：“春秋清和，天地合德，草木芬芳，黎庶赖祉。”前二句谓气候宜人，天下和谐之意，后二句谓草木丰饶，百姓获福之意。此句正适时势，遂以此为作品内容。我取四尺宣纸裁成斗方形式书写。纵横各四格，左边留好落款与盖章处。我们书写前要查明文字出处，知其然亦知其所以然。如“德”字，心字部上方可写成“西”，或“四”上加点与横，有《张迁碑》《曹全碑》《王舍人碑》《夏承碑》等为证，“赖”字同“頼”。理解了这些后，我们写起来就轻松多了。天方地圆、斗方承载、粗壮浑厚的隶书笔致，其气息不言而喻。

《桐柏淮源庙碑》宋拓本局部

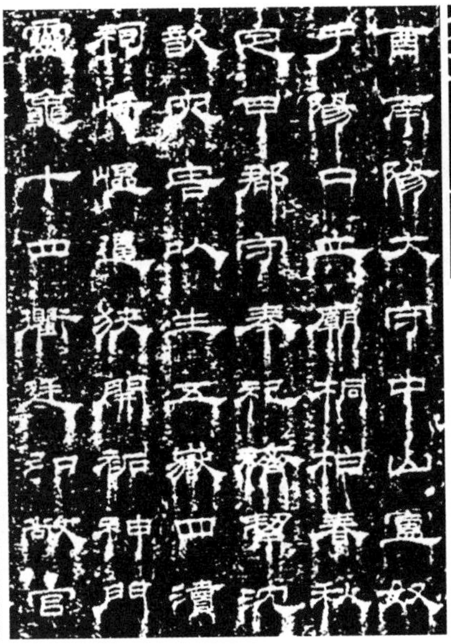

《桐柏淮源庙碑》局部

《桐柏淮源庙碑》集字句

春秋清和，天地合德，草木芬芳，黎庶赖祉。

《桐柏淮源庙碑》

《桐柏淮源庙碑》碑文

前翰林待□制具炳□书

延熹六年正月八日乙酉，南阳大守中山卢奴张君，处正好礼，尊神敬祀。以淮出平氏，始于大复，潜行地中，见于阳口，立庙桐柏，春秋宗奉，灾异告诉，水旱请求。位比诸侯，圣汉所尊。受珪上帝，大常定甲。郡守奉祀，斋洁沈祭。从郭君以来，廿余年不复身至，遣行丞事，简略不敬，明神弗歆，灾害以生。五岳四渎，与天合德。仲尼慎祭，常若神在。君准则大圣，亲之桐柏。奉见庙祠，崎岖逼狭。开祏神门，立阙四达。增广坛场，饬治华盖。高大殿宇，□齐传馆。石兽表道，灵龟十四。衢廷弘敞，宫庙嵩峻。祇慎庆祀，一年再至。躬进三牲，执玉以沈。为民祈福，灵祇报佑。天地清和，嘉祥昭格。禽兽硕茂，草木芬芳。黎庶赖祉，民用作颂。其辞曰：

泫泫淮源，圣禹所导。汤汤其逝，惟海是造。疏秽济远，柔顺其道。弱而能强，仁而能武。不舍昼夜，明哲所取。实为四渎，与河合矩。烈烈明府，好古之则。虔恭礼祀，不愆其德。惟前废弛，匪躬匪力。灾眚以兴，阴阳以忒。陟彼高冈，臻兹庙侧。肃肃其敬，灵祇降福。雍雍其和，民用悦服。穰穰其庆，年谷丰殖。望君舆驾，扶老携息。慕君尘轨，报走忘食。怀君惠赐，思君罔极。于胥乐兮，传于万亿。

春侍祠官属五官掾章陵刘䜣，功曹史安众刘瑗，主簿蔡阳乐茂，户曹史宛任巽秋，五官掾新□梁懿，功曹史郦周谦，主簿安众邓嶷，主记史宛赵旻，户曹史宛谢综。

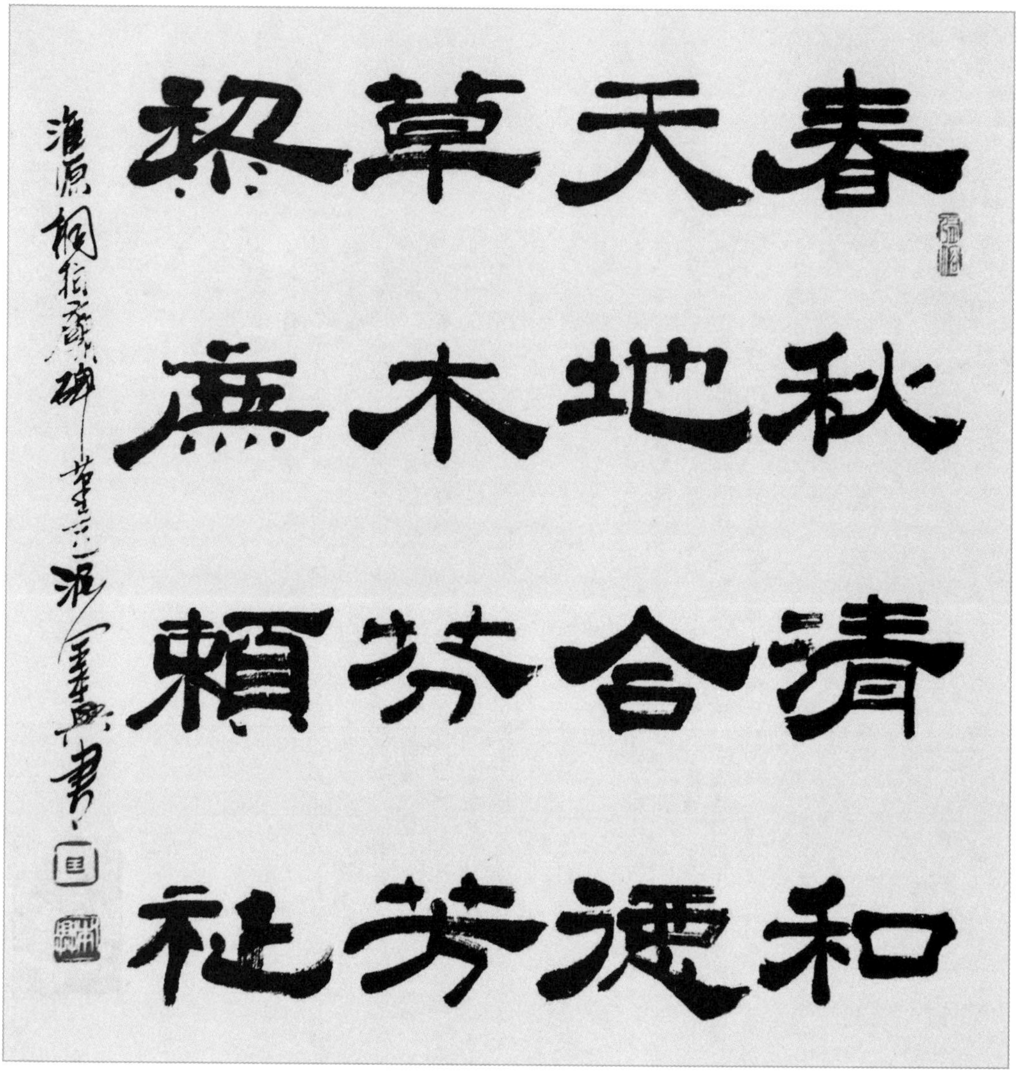

《桐柏淮源庙碑》笔意　王本兴书
春秋清和，天地合德，
草木芬芳，黎庶赖祉。

为父通作封记刻石

《为父通作封记刻石》或称《□临为父通作封记刻石》，东汉延熹六年（163 年）二月刻立。石高 56 厘米，宽 86 厘米，厚 34 厘米。有字部分高 44.5 厘米，宽 41 厘米，字外有阴刻双栏框。隶书书体，16 行每行 24 至 28 字不等。

刻石清光绪二十四年（1898 年）出土于山东峄县，即今山东省枣庄市峄城区曹马村田土之中，清宣统元年（1909 年），山东省劝业道萧应椿在查矿时发现它，遂以纸捶拓，始有精拓传世。后提学使罗正钧将它移置山东省图书馆金石保存所，现存山东博物馆。此隶书典雅秀丽，飘逸潇洒，介乎《张景碑》《史晨碑》之间，已近成熟规范的标准隶书。现将基本点画的临习要点浅析介绍如下：

一、横画

平直的横画，粗细亦较为一致。逆势藏锋起笔，往右运行时，不宜过于快疾，要裹锋涩行，笔力内含，至收笔处不作顿按动作，回锋而收，一般较为瘦细遒劲。带波势的横画写得较长，且带有一定的弧度，收笔稍向上弯，略施按力，缓缓向前延伸，提锋写出波磔，一般波脚较为平缓含蓄，少有明显的棱角之状。

二、捺画

此碑的捺画与波横大致相近，用笔亦较为一致。其波磔不像《礼器碑》那样峻利，也不像《曹全碑》那样婉转，也不像《乙瑛碑》那样棱角分明。表现得平稳圆润，潇洒飘逸。

三、竖画

竖画要写得挺劲质朴，与横画相比，它更为壮实而短促，粗细变化不是太大，用笔均须逆入回出，多作淹留提按的动作。

四、点画

如“分”“兮”“然”“富”“贵”“照”等字点画，有圆起笔，也有方起笔，点的势向也各个不同，收笔有的出锋而收，有的回锋圆收。十分生动活泼，临习时要很好地体现出来。

五、撇画

撇画起笔逆锋入纸，后翻锋往左下运行，并逐渐加重按力，收笔时向上回锋而收，尾部大多呈含蓄平稳的圆状或尖圆状，如“念”“父”“人”等字，亦偶有带有波势之意，如“命”“易”“兄”“春”等字。撇画大多舒展奔放，写得较长。值得提请注意的是，有些竖弯画、乙挑画，写得较为夸张，很是粗壮宽绰且长大，成为结体中的主笔画，务必要把握其度，以求恰到好处，如“兮”“永”“兄”“事”“之”等字。

六、转折

此碑的转折，大多用方折，毛笔在转折处皆提锋暗转。其转折写得方正，严谨规矩，棱角分明，如“四”“神”“章”“春”“归”等字。有些结体的转折为横竖换笔另写，成丁字式接笔，如“兄”“君”“照”“贵”等字。

七、结体、布白

此碑的结体属端庄扁方的格调。首先要掌握文字黑白分割的匀称精到，疏密比例要适当，如“兄”“君”“白”“秋”“有”“念”“神”等字。其二，文字中宫比较紧密聚集，呈敛收之势，如“父”“念”“贵”“命”“孟”“章”“不”等字，而它的波横、撇捺则纵展奔放，文字飞动灵活，多姿多彩。其三，平和简朴，遒丽隽永。此碑的文字结体，大多质朴无华，无剑拔弩张之姿，亦无矫揉造作之态，气骨劲健，典雅含蓄。部首之间顾盼呼应，穿插揖让，天趣盎然。其四，结体扁方、横宽竖窄，很有视觉优美感。如“兮”“征”“曰”“阳”“化”“时”“命”“君”“春”等字。

《为父通作封记刻石》书体既有方正简朴、端庄典雅的一面，又有飘逸飞动、秀美遒丽的一面。临习者应勤于对照，勤于实践，天道酬勤，终能体悟其妙，写出神韵来。

通过临习实践证明,《为父通作封记刻石》隶书，由于点画较为规范统一，起伏变化不大，故而很容易入门，亦很容易上手，像这样的书体很适合创作篇幅较长较大，文字内容较多的作品。我选择了著名的玄奘译本《般若波罗蜜多心经》，共计312字，采用横幅的形式书写。凡是长篇作品，创作时中间若有写错写坏或者遗漏文字，就会前功尽弃，不仅浪费了时间。所以我们书写时应集中思想特别用心，包括作品整体气势、分行布白都不能麻痹大意。

《为父通作封记刻石》局部

《为父通作封记刻石》

《为父通作封记刻石》石刻文

惟汉永和二年岁在丁丑七月下旬临乃丧慈父呜呼哀哉故
□石立碑其辞曰
父通本治白孟易丁君章句师事上党鲍公牧郡掾史功曹主簿载
□□三卦位衰微遂不加起掩然至斯孤子推□痛当奈何妇孙
敬请靡不感悲临兄弟四兄长奠年加伯仲立子三人季□子□弟□
□过蚕离春秋永归长夜昭代不立言之切痛伤人心亦谓苗能不秀
秀能不□昔武王遭疾赖有周公为王残命复得延年莽有穷讫□
□若长由斯言之命有短长追念父恩不可称陈将作□封因叙祖先道
□礿祠蒸尝魂灵富贵无恙传于子孙修之无竟
辞曰阴阳变化四时分兮人命短长徂不存兮故毕易宫震垢鉴兮
□□慕清集神门兮日月照幽时书昏兮精灵佳□□□兮悲
伤永□失寿年兮升车下征赴黄□兮呜□□□义割恩兮
永和二年岁在丁丑丧父来年腊月□□延熹六年岁在癸卯积廿七年
□为父作封及□□度博望□□时工宪月□功夫费□并直
万七千二月卅日毕成

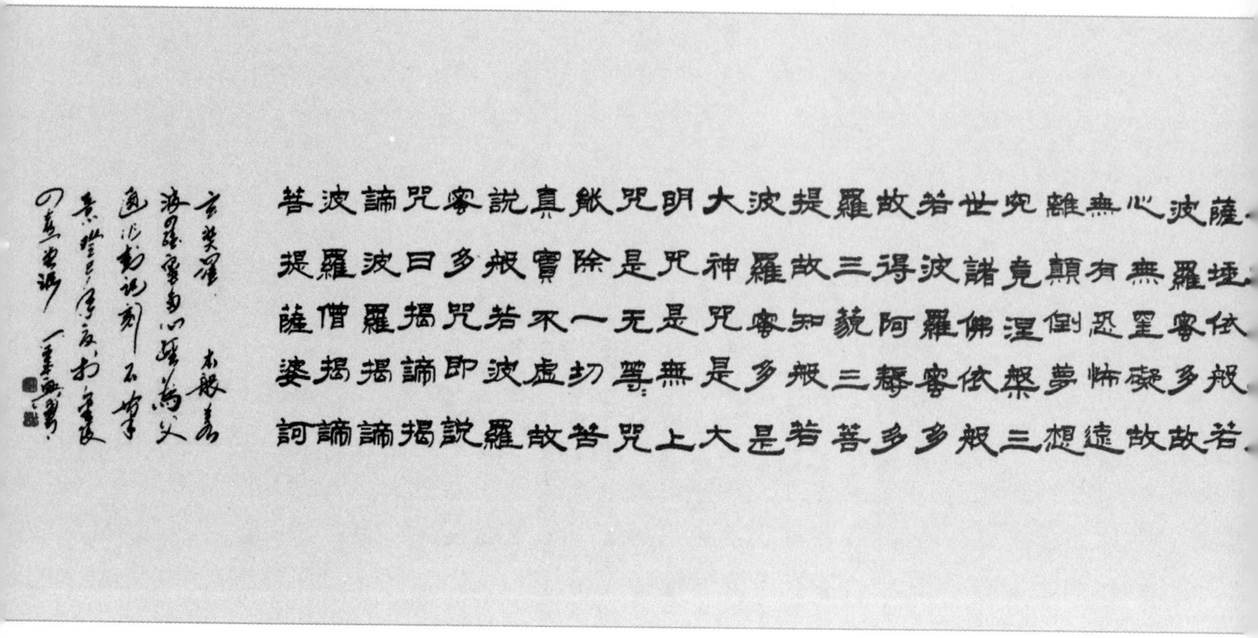

波罗蜜多故，心无挂碍故，无有恐怖，远离颠倒梦想，究竟涅槃三世诸佛，依般若波罗蜜多故，得阿耨多罗三藐三菩提。故知般若波罗蜜多，是大神咒，是大明咒，是无上咒，是无等等咒，能除一切苦，真实不虚。故说般若波罗蜜多咒，即说咒曰：揭谛揭谛，波罗揭谛，波罗僧揭谛，菩提萨婆诃。

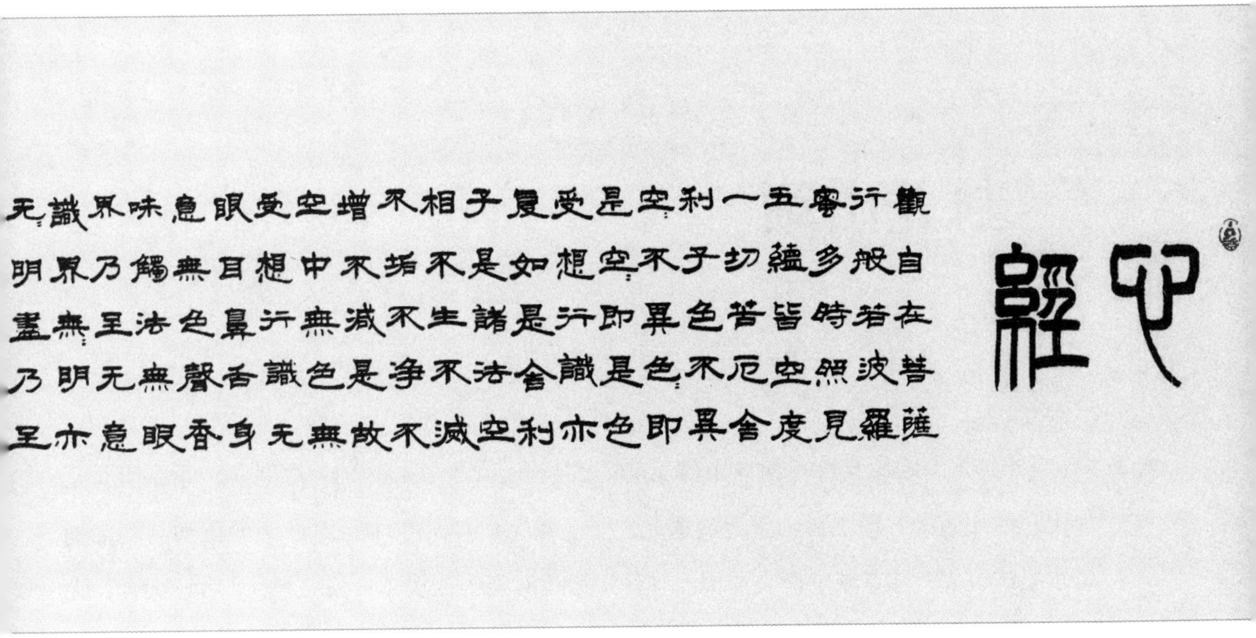

《般若波罗蜜多心经》王本兴书
《为父通作封记刻石》笔意

观自在菩萨，行般若波罗蜜多时，照见五蕴皆空，度一切苦厄。舍利子，色不异空，空不异色，色即是空，空即是色，受想行识，亦复如是。舍利子，是诸法空相，不生不灭，不垢不净，不增不减。是故空中无色，无受想行识，无眼耳鼻舌身意。无色声香味触法，无眼界，乃至无意识界。无无明，亦无无明尽，乃至无老死，亦无老死尽。无苦集灭道，无智亦无得。以无所得故，菩提萨埵，依般若

封龙山颂

《封龙山颂》又称《封龙山碑》，东汉延熹七年（164年）十月刻立。原在河北元氏县西北四十五里王村山下，清道光二十七年（1847年）十一月，为元氏知县刘宝楠重新访得将它移置城中薛文清祠。在途中搬运时裂为四块（一说三块）。后经嵌合，无额无穿。内容主要为祀山颂神。共15行，行26字。书法方正遒劲，内含动势，豪中雄强，有篆籀笔意。大多结体呈方形偏长，重心在上，下方稍带舒展纵放。字多平中出奇，稳中寓险的姿态。用笔起落自然，毫无顾忌，但又在法度之中，方笔多于圆笔，点画瘦劲峻拔，具有端庄朴拙的阳刚之美。赵之谦、来楚生等诸多先辈的墨迹，皆得法于此碑。杨守敬《激素飞清阁评碑记》云："雄伟劲健,《鲁峻碑》尚不及也。汉隶气魄之大，无逾于此。"评价甚高。此碑发现较晚，拓本高160厘米，宽93厘米。北京故宫博物院藏有初拓本。好的拓本影印件市肆可购，可作学习汉隶的优秀范本之一。

临习要点如下：

一、用笔

《封龙山颂》笔法与一般隶书有所不同，点画大多露锋出尖，似用刀刻出，特具金石气。临写时要求用笔尖带逆意抢势入纸，起笔不要过分用劲，迅速折回，使头部形成尖圆状。行笔时要求力聚沉稳，顿挫渐进，如铁笔写石一样，使线条劲挺有力，欲透纸背。文字线条大多较细，越细越易犯飘滑浅显无力之病，故行笔重在笔力上。收笔可尖收或圆收。竖画有上粗下细或上细下粗的变化。而捺画则提锋平出，顺势写出较为圆润和谐的波势。波势一般不过于粗大，不夸张，与整个文字的长宽相差无几。折画大多方折，折角尖利平直，锐气逼人。

二、结体

结体方正宽博，疏密有致。点画撑满四角，尤见饱满。这种满格宽绰的字，易板滞生俗，故字内布白尤为重要。结体要做到匀称逸致，有的内敛紧密，随字取势，变化灵活。并根据文字结体的需要，可缩撇捺为点，尤其是某些“口”字部承袭了篆书的特点，左右两竖都出头。有的字上齐下不齐，如附图中的“耀”“波”“举”等字；有的文字下齐上不齐，如“铭”“望”“为”等字；有的文字呈左右错落，如“璧”“新”“封”等字。由此可知,《封龙山颂》的结体方正而又富疏密变化，临习者要格外用心，知变善变。

三、注意问题

临写时线条粗细相宜，以匀称为佳，起笔落笔处切忌有顿笔涨墨，行笔不能轻浮无骨。点画较少的文字，更要注意笔笔到位，做到宽松而不散落，博大而不臃肿，平正而不呆板。凡瘦劲而又圆拙浑厚的点画，用过硬或过软毛笔临写，很难把握与体现笔力，速度稍快就打飘起滑，故建议选用加健的中锋或羊毫笔临写，这样不仅锋端余地大，蓄墨多，容易表现线条的质感，对点画的遒劲刚健都很有益。

若进行《封龙山颂》笔意之书法创作，首先要确定好创作内容，笔者选取了庄子《人间世》篇中“与天为徒”句。此四字中有三字在原碑中都能找到一一对应的碑文，我们不妨有意识地单挑这三字多临摹几通，然后再按照幅式的要求进行模拟创作。一切熟练了，有把握了，就能在宣纸上一气呵成。我原想写成斗方，但“天”与“徒”字并列在一起不好看，于是采用了条幅形式，毕竟纵向布白容易一些。开头使用长锋纯羊毫毛笔，由于过于软弱，收笔捺笔都不能很好地发挥出来。后改用京提短锋，才满意表达。事实证明，书法创作不仅对书体发挥要胸有成竹，对书写工具及材料的选择也要得心应手。

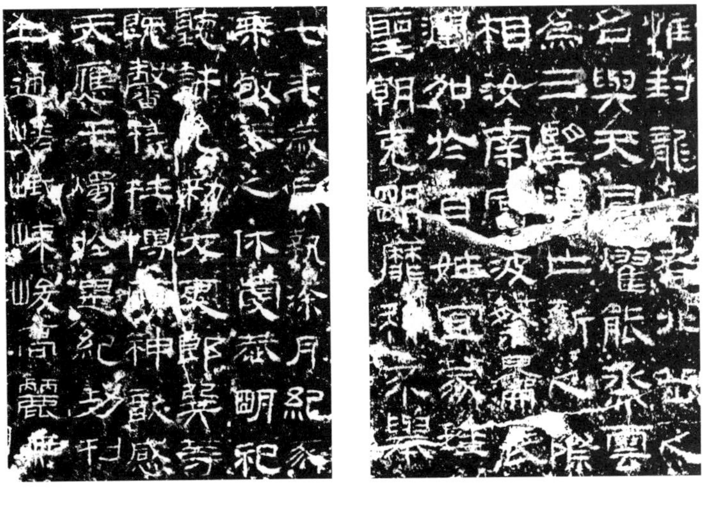

《封龙山颂》局部

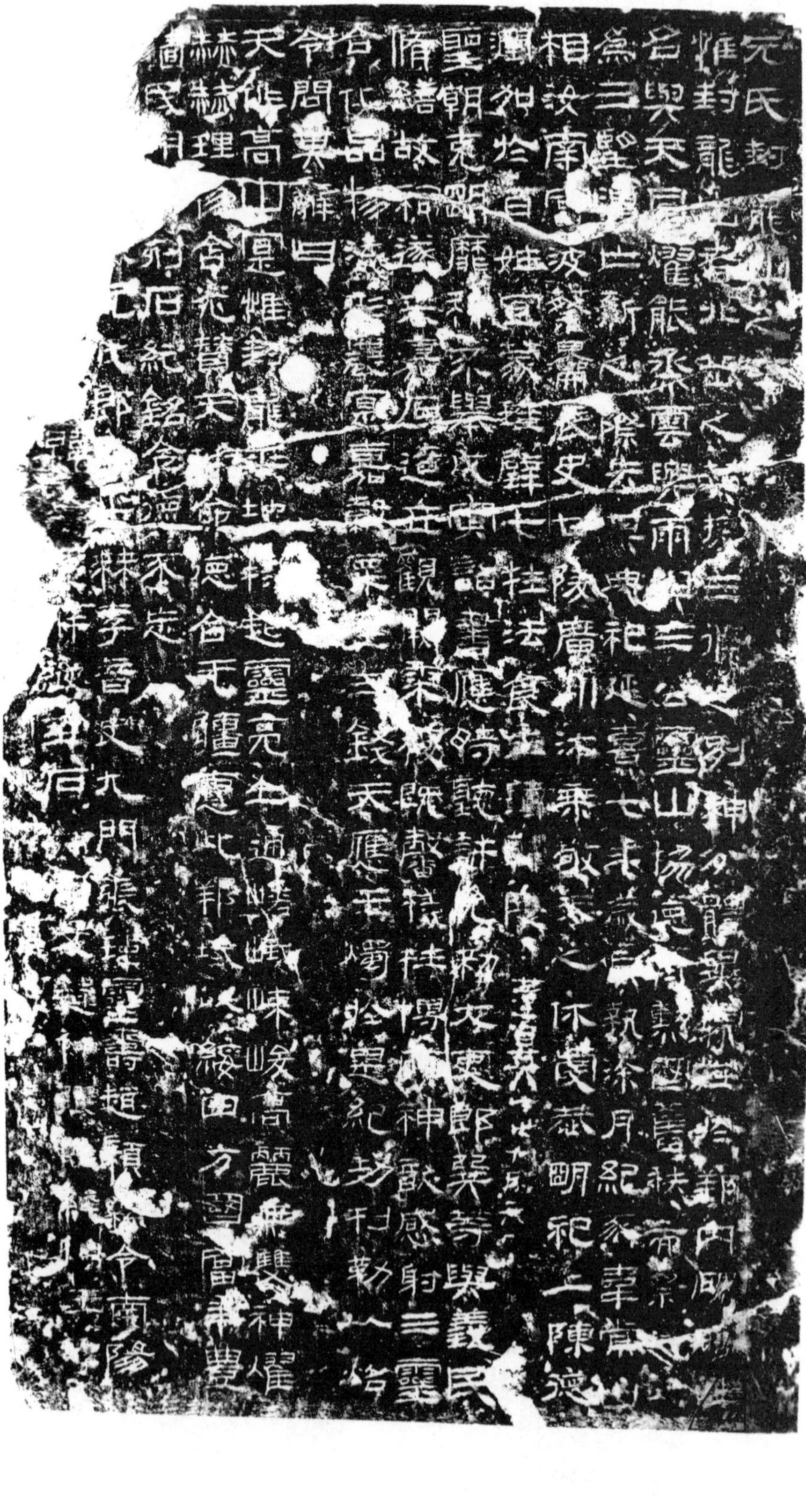

《封龙山》局部

《封龙山颂》局部碑文

元氏封龙山之颂
惟封龙山者北岳之英援三条之别神分体异处在于邦内磥硌吐
名与天同耀能烝云兴雨与三公灵山协德齐勋国旧秩而祭之以
为三望汉亡新之际失其典祀延熹七年岁贞执徐月纪豖韦常山
相汝南富波蔡□长史甘陵广川沐乘敬天之休虔恭明祀上陈德
润加于百姓宜蒙珪璧七牲法食……
圣朝克明靡神不举戊寅诏书应时听许允敕大吏郎巽等与义民
修缮故祠遂采嘉石造立观阙黍稷既馨牺牲博硕神歆感射三灵
合化品物流形农实嘉谷粟至三钱天应玉烛于是纪功刊勒以照
令问其辞曰
天作高山实惟封龙平地特起灵亮上通嵯峨崃峻高丽无双神耀
赫赫理物含光赞天休命德合无疆惠此邦域以绥四方国富年丰
穑民用章刻石纪铭令德不忘
□□□□元氏郎巽平棘李音史九门张玮灵寿赵颖县令南阳
□□□□□□韩林□□纵□石师□□赵□张□绛□王□

与天为徒

庄子语　《封龙山颂》笔意　王本兴书

孔宙碑

《孔宙碑》全称《汉泰山都尉孔君之碑》，或称《汉泰山都尉孔宙碑》，碑主孔宙为孔子第十九世孙，碑阳记述孔宙一生之功绩。碑阴刻有其属下及亲友在立碑时出力出资者 62 人姓名。史载孔宙为孔融之父，史传之“孔融让梨”，足见孔宙不但为官有德，则家训亦仁，无愧为孔氏名门之誉。此碑东汉延熹七年（164 年）七月刻立。原在孔宙墓前，乾隆年间移至山东曲阜孔庙同文门东侧，今存曲阜汉魏碑刻陈列馆。碑高 243 厘米，宽 133 厘米，圆首，穿在额上，碑额篆书 2 行 10 字，阴刻“有汉泰山都尉孔君之铭”。碑阳隶书书体，有 15 行，除第一行 10 字，第 10 行 26 字，第 15 行 17 字外，余皆每行 28 字。碑阴首题篆书“门生故吏名”5 字于穿下，下刻门生故吏名 3 列，上 2 列 21 行，第 3 列 20 行。清翁方纲评其书体云：“碑阳与碑阴书出二手者，独是碑耳。然皆汉隶之最醇美者。”此碑结体开张，风度翩翩，姿态横逸，碑阳若紫燕展翅，初春搏击，碑阴若蛰虫盘屈，深冬自卫。此碑临写以碑阳隶书为范本，务必要掌握如下特点：

一、字势扁平，严谨规矩中见飞动险动之态。文字中宫内敛，但每字都有一二笔呈外拓的大笔画。如图中的“而”“世”“业”“告”“喜”“尊”等字最具特色，其横画极力拓开，从容不迫，无所顾虑，呈舒展之状，其长度超出中宫两倍以上。“泰”“春”“于”“九”“养”“考”“交”等字，左撇右捺尽情奔放伸展，旁若无人，尤见“八分”之态。《孔宙碑》碑文左向钩画大多写成撇，右向钩画大多写成波捺，因而全篇横向波势密布，如鹰展双翅，搏击长空，多姿多彩。

二、碑阳有额不足为奇，但碑阴有额实乃少有。且均用篆文，可见书丹者篆书功底深厚，故而碑文隶中带篆，成一特色。如“弘”“传”“济”等字及诸多偏旁部首，弯撇圆捺，篆韵多多。这样的线条很停匀遒劲，且富有张力与弹性。

三、结体新奇独特，部首错落有致。如“功”字，“工”部上移，“力”部整个卧倒呈倾斜之势，大马金刀，从右上角到左下角横贯过去，势不可挡，既严整又潇洒。“易”字亦然，“日”字部缩到最小限度，下方“勿”部的四撇却尽力纵放洒脱，劲力内含，似四蹄腾空，风驰电掣，活灵活现，这也是此碑与众不同之处。

四、布白疏朗，行气流畅，纵横有列。左右之间比较紧密，上下之间相对比较散远，有能容一至二字的距离。这样的章法布白一直延续到现在，今天人们在创作隶书书法作品时，仍然应用这种模式。初学者在临习时，最好能注意这一点，以便从开始就进入传统，养成习惯。

五、点画的特点：

第一，点小。如“之”的两点，“泰”的四点，“尉”与“秋”的四点（“秋”字的禾部左右亦写成点），都写得十分细小，只是用笔锋尖端，略一顿回即成，全篇无粗壮的大点。

第二，笔画粗细悬殊。如“业”字，中竖与波横粗，其余皆瘦细。“喜”字仅波横较粗，其余全细笔。“遗”字仅走捺一笔较粗壮。值得注意的是，有些地方竟缩竖为点，如“尉”字左方之中竖，“就”字左方之中竖，“业”字上方的两竖，均写成点，使粗细更显悬殊。每个字粗画大多只有一二笔，且都是主笔画。

第三，横长竖短。如“笃”“宙”“仕”“君”“昌”“世”“春”等字，竖画很短，横画特长，使全篇文字呈扁平，取横势的基本格局。

第四，撇捺画大多头小尾大，且带上翘之意。这样的字有势、有态、有动感，且刚劲挺拔，生动多趣。康有为《广艺舟双楫》云：“《孔宙》《曹全》是一家眷属，皆以风神逸宕胜，《孔宙》用笔旁出逶迤，极其势而去，如不欲还。”即言明了此特点。

最后说一下碑阴隶书的临写问题，碑阴与碑阳的书体整体上风格类近，但仔细观察还是有所区别。具体则有三点不同：其一，点画线条比碑阳略显粗壮浑厚一些，撇捺波势相对平稳圆融；其二，结体中宫开阔宽绰，比碑阳略显方正一些；其三，左右上下布白较碑阳紧密。鉴于上述，临习时用笔要注意变化。前者多提，后者多按；前者出锋多，后者回锋多。建议前者用稍硬一些的兼毫毛笔，后者用稍软一些的羊毫笔临写。

此碑颇能体现隶书传统特色，规矩而有法度，结体谨严，古朴典雅。很适合初学者临习，掌握了点画的基本规律与特点后，易于入门，亦易于见效果。所以在用笔上必须严格按照隶书的要求，逆入回出，提按有度，有轻有重，疾涩相宜。无论是点画撇捺，长短曲直，笔笔都要送到终端，兼顾方圆。转折处要注意“锋”回路转，讲求变化。临写时笔底蓄墨不宜过多，否则难以体现遒劲秀妍之姿。此外，点画的飞动与飘逸，以自然质朴为美，适可而止，不要过分夸张与装饰为好。

清代钱泳（1759—1844）是位擅长书诗画印的大家，尤精八法、古隶与镌碑版。附图所示乃为钱泳以《孔宙碑》碑阳、碑阴为基础，所书书法作品。可见多字条幅者侧重飘逸，联句者略显方正，分匀布白似《孔宙碑》，很有庙堂气息。临习之余，笔者选取“尊教兴邦”四字，采用竖式条幅形式书写。此四字中前三字，在碑阳中都能找到相同的字例，可以一一对应参照书写，最后一字可参照碑阴中的“郡”字模式书写。当然临习者在临习熟练的基础上，熟能生巧，完全可以背帖离帖而自行发挥为佳。为增加作品形式美感，我用色宣纸条粘贴在四字周边，并将长款识书写在条幅两侧，以纵取势，使黑白文字更为醒目亮丽。

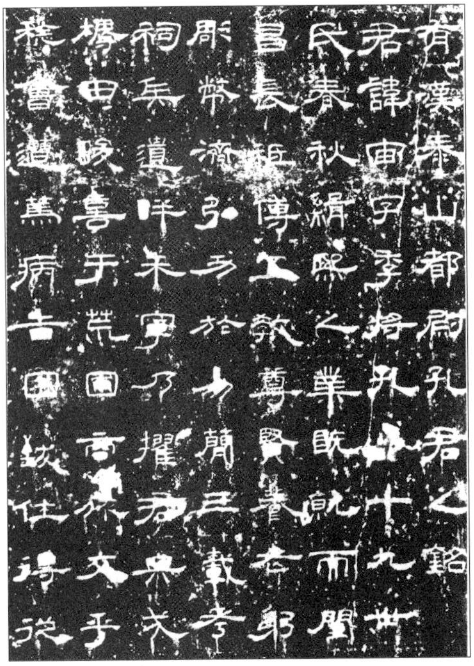

《孔宙碑》碑阳局部

《孔宙碑》碑阴局部

《孔宙碑》碑阳碑文

有汉泰山都尉孔君之铭
君讳宙字季将孔子十九世之孙也天姿醇嘏齐圣达道少习家训治严
氏春秋缉熙之业既就而闺阈之行允恭德音孔昭遂举孝廉除郎中都
昌长祗传五教尊贤养老躬忠恕以及人兼禹汤之罪己故能兴朴□□
雕币济弘功于易简三载考绩迁元城令是时东岳黔首猾夏不□□□
祠兵遗畔未宁乃擢君典戎以文修之旬月之间莫不解甲服罪□□□
槈田畯喜于荒圃商旅交乎险路会鹿鸣于乐崩复长幼于酬酢□□□
稔会遭笃病告困致仕得从所好年六十一延熹六年正月乙未□□□
疾贵速朽之反真慕宁俭之遗则窀夕不华明器不设凡百印高□□□
述于是故吏门人乃共陟名山采嘉石勒铭示后俾有彝式其辞曰
于显我君懿德惟光绍圣作儒身立名彰贡登王室阍阁是虔夙夜□□
在公明明乃绥二县黎仪以康于亓时廱抚兹岱方帅彼凶人覆俾□□
南亩孔馌山有夷行丰年多黍称彼兕觥帝赖其勋民斯是皇疾□□□
乃委其荣忠告殷勤屡省乃听恭俭自终簠簋不嗽生播高誉殁垂令名
永矢不刊亶载扬声

延熹七年七月戊□造

《孔宙碑》碑阴

《孔宙碑》碑阴碑文

门生钜鹿瘿陶张云字子平
门生钜鹿瘿陶赵政字元政
门生钜鹿广宗捕巡字升台
门生东平宁阳韦勋字幼昌
门生魏郡馆陶张上字仲举
门生魏郡馆陶王时字子表
门生魏郡阴安张典字少高
门生魏郡魏孟忠字待政
门生魏郡魏李镇字世君
门生魏郡馆陶吴让字子敬
门生魏郡馆陶文俭字元节
门生魏郡馆陶乡瑱字仲雅
门生魏郡邺暴香字伯子
门生东郡东武阳梁淑字元祖
门生东郡卫公国赵恭字和平
门生东郡东武阳张表字公方
门生东郡东武阳滕穆字奉德
门生东郡乐平桑演字仲厚
门生东郡乐平勒京字君贤
门生东郡乐平梁布字叔光
门生东郡乐平桑显字伯异

门生陈留平丘司马规字伯昌
门生安平下博张祺字叔松
门生安平下博张朝字公房
门生安平下博苏观字伯台
门生安平堂阳张琦字子异
门生北海安丘齐纳字荣谋
门生北海都昌吕升字山甫
门生北海剧秦麟字伯麟
门生北海剧如庐浮字遗伯
门生北海剧薛顗字胜辅
门生北海剧高冰字季超
门生济南梁邹赵震字叔政
门生济南梁邹徐璜字幼文
门生济南东平陵吴进字升台
门生甘陵广川李都字元章
门生甘陵贝丘贺曜字升进
门生魏郡清渊许祺字升明
门生魏郡馆陶史崇字少贤
门生魏郡馆陶孙忠字府文
门生东郡乐平卢修字子节
门生任城任城□□字景汉

门童安平下博张忠字公直
故吏北海都昌逢祈字伯憙
故吏北海都昌殖章字文理
故吏北海都昌魏称字文长
故吏北海都昌吕规字元规
故吏泰山费鱼渊字汉长
故吏泰山华毋楼觊字世光
故吏泰山南城禹规字世举
故吏泰山南武阳萧海字伯谋
故民泰山费淳于党字季道
弟子北海剧陆暹字孟辅
弟子陈留襄邑乐禹字宣举
弟子下邳下邳朱班字宣□
弟子东平宁阳周顺字承□
弟子沛国小沛周升字仲甫
弟子鲁国文阳陈褒字圣博
弟子汝南平舆谢洋字子让
弟子山阳瑕丘丁瑶字实坚
弟子鲁国戴璋字元珪
弟子鲁国亓王政字汉方

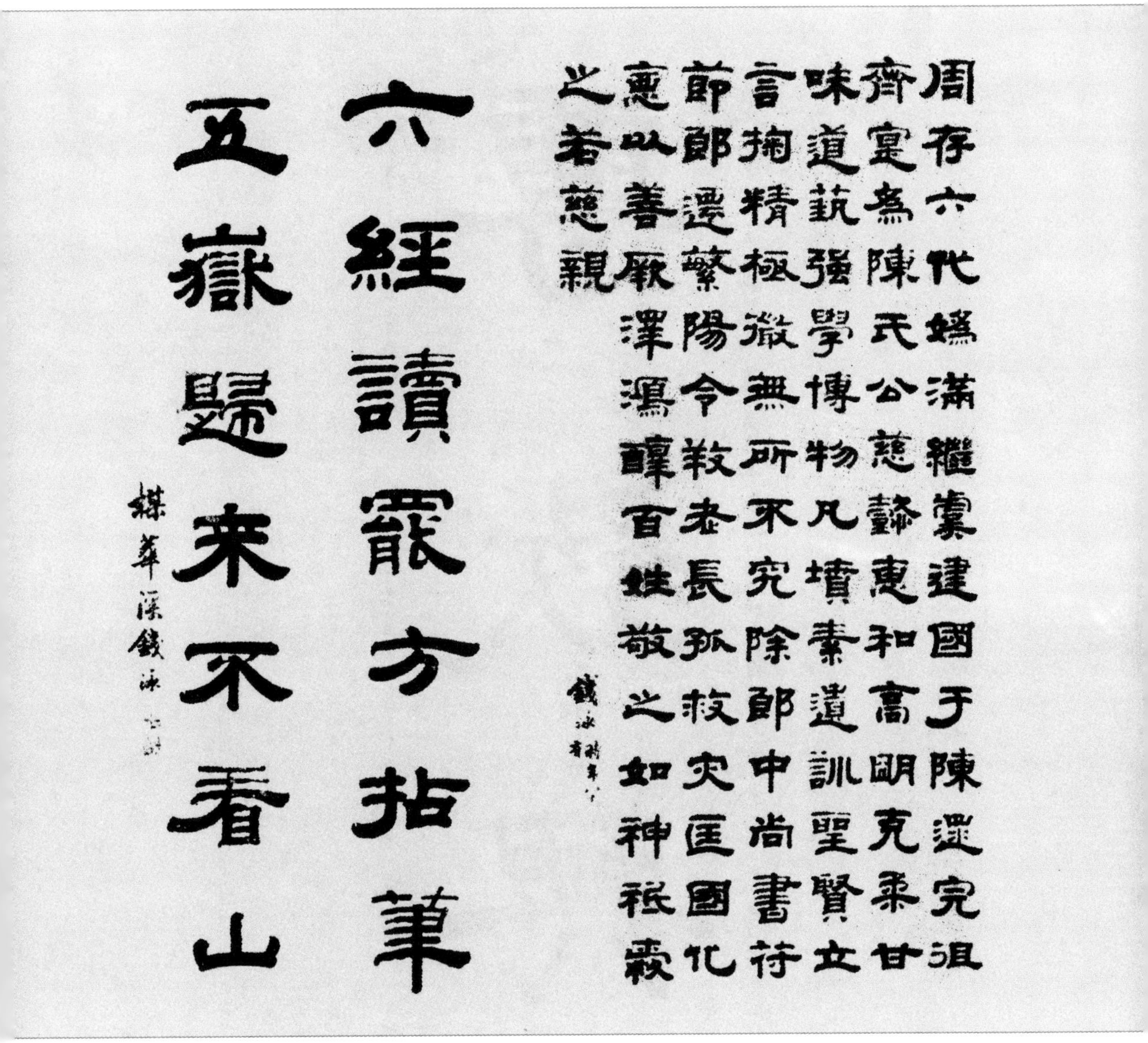

清　钱泳《孔宙碑》碑阳笔意

清　钱泳《孔宙碑》碑阴笔意

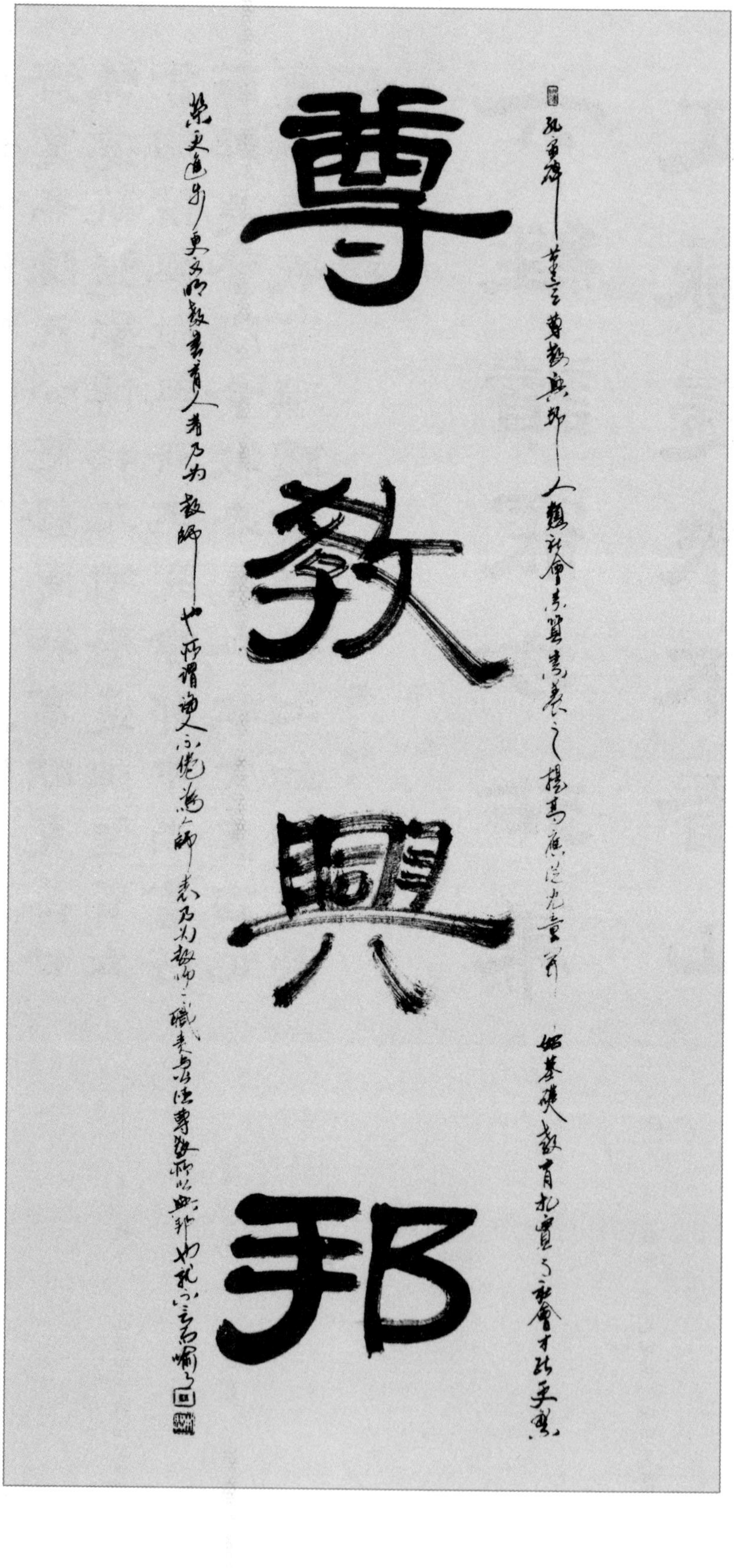

《孔宙碑》笔意　王本兴书
尊教兴邦

华山碑

《华山碑》全称《西岳华山庙碑》，东汉延熹八年（165 年）建于陕西华阴县（今华阴市）华山庙内，碑高 254 厘米，宽 119 厘米。额题“西岳华山庙碑”篆书 2 行 6 字。碑文为隶书，22 行，行 37 字，共计存有 583 字。内容记述了周至汉历代拜祭华山的祀典及修庙祈雨等事件。原石毁于明代嘉靖三十四年（1555 年）的关中大地震。

此碑拓本流传甚少，所知传世拓本有四：

一、长垣本，或商丘本。民国时流入日本。此为较完好的宋拓本，前 5 行未损。

二、华阴本，或山史本、关中本。明万历时曾归武平郭宗昌，清光绪时归端方，今藏北京故宫博物院。碑前 5 行已损，残缺 105 字，为明初拓本。

三、四明本，明代四明（今宁波）丰熙所藏，清光绪三十三年（1907 年）归端方。今已散佚。此本整纸拓裱，额及唐宋刻跋俱全，缺字与华阴同。为略晚于华阴的明初拓本。

四、李文田本，亦称顺德本、玲珑山馆本。先后由金农、马曰璐收藏，后归李文田。李文田曾借得其他三本合校，将各本异同注在顺德本各页四周。1936 年，李文田孙李棪在京约华阴藏者吴乃琛、四明藏者潘复作“华山碑会”。顺德本今藏香港中文大学，应为宋拓本，前 5 行未损，缺 96 字。汉碑很少有书碑者姓名，此碑末却刻有“遣书佐新丰郭香察书，刻者颍川邯郸公修、苏张工、郭君迁。”

这样自宋以后，一说此碑为郭香察书，一说郭香“察莅他人书”，莫衷一是。从以上史料可知，此碑共有宋拓本和明拓本两类。宋拓本 5 行未损，明拓本则 5 行已损。近年来文物出版社、上海书画出版社影印本《华山碑》帖，市肆常见，购之不难。如果从艺术的角度将华阴本与顺德本作一比较的话，前者飘逸多姿，后者则具温润浑朴。翁方纲有跋文云：“此碑上通篆，下亦通楷，借以观前后变割之所以然，则于书道源流是碑为易见也。”这是比较正面的评价。再看康有为《广艺舟双楫》之谓：“《华山碑》后世以季海之故，信为中郎之笔，推为绝作。实则汉分佳者绝多，若《华山碑》实为下乘。淳古之气已灭，姿制之妙无多，此诗家所薄之武功、四灵、竟陵、公安，不审其何以获名前代也。”可见褒贬不一。所谓见仁见智者不同，这是很正常的事。本文关于临摹与创作的问题则以华阴本为范本。

临摹是书法入门的重要手段。临摹最终目的是为了走向书法创作与书法应用，为后期创造性的创作积累经验。所以，临摹是成就自我最廉价、最初级、最起码的投入。这样的投入我们不仅要认真对待而且要细化，细化到一笔一画去研究与体会，决不能马马虎虎。

首先，从碑文之结体看，形态方正，变化奇妙。方正中有扁方还有长方，扁方居多，这和汉隶的总体风格是一致的。方正而挺拔的结体中，寄寓了很多奇妙的变化。

其一，上下结体的字呈瘦长飘逸的特点，如“农”“资”“虞”“穹”等字，中宫收紧，撇捺短小，其“虞”字末笔长横纵贯左右，蚕头燕尾，振羽欲飞，无比生动妍丽。

其二，左右结体的字呈扁方呼应之特点，如“福”“经”“辄”“碑”等字，笔画匀称端庄，挪让取巧自如，其“碑”字，上平下不平，左右部首顾盼有情，非常得体。

其三，单体结构的字呈奔放自然之特点，如“子”“有”“于”“方”等字，极尽伸展，粗壮有力，灵动活泼。其“子”字，竖钩取圆势，收笔与横画收笔一样，重力回按，成呼应之状。

再从点画的特点看，点画的特点一定程度上反映了用笔的特点，《华山碑》笔致精劲刚健，方圆兼备，富有粗细、轻重、长短等变化。用笔动作极为丰富，点画婉转流丽，但不飘浮轻滑。如“克”“兴”“亦”“之”等字，起讫逆入回出，锋颖含而不露，隶书形方意圆的特点显而易见。《华山碑》其撇捺之画很有特色，皆伸展拉长，左撇之画重按上提，略带钩意，如“天”“本”“石”“大”等字。其捺画棱角分明，锋颖时露，呈典型之燕尾，有的如同楷捺，如“文”“以”“是”“之”等字。《华山碑》结体的转折以方折为主，有些转折竖画左斜，折角几成锐角，如“是”“四”“由”等字的转折即是。值得一提的是《华山碑》诸多字体婉而通篆，如“唐”“豳”“畤”“乐”“岳”等字，婉转圆润，尤见篆书笔意。

临写汉隶一般选用软性羊毫笔，但《华山碑》的方笔有一定的平面与宽度，临习者不妨选用稍硬一些的兼毫笔试试，或许更能强化提按与行笔的淹留，控制忽粗忽细的悬殊反差。做到细笔提得起，粗笔放得下。《华山碑》的版本很多，临习者不要各本同时参临，以免混淆，要认准一个拓本，临摹到家后再博览广取。我始终以为汉隶各体没有好坏之分，只有风格不同。而风格不同才能有性格不同、审美观不同的诸多碑帖临习者和隶书艺术家。上文曾提及，康有为认为《华山碑》“实为下乘，淳古之气已灭，姿制之妙无多”（见《广艺舟双楫》），而金农却看到了《华山碑》篆书之圆润，隶书之方正，草书之飞动，并得益于此，成为一代名家。这说明我们只有用心去体会才能明白其中的内涵。

所附图例系清代赵魏用《华山碑》笔意所作隶书。赵魏（1746—1825）字恪生，号晋斋，浙江仁和（今杭州）人。博学嗜古，尤工篆、隶，最精于考证碑版，尤喜隶书，亦深谙画理，偶作画，以隶法写之，迥出时流。显然，此书作与《华山碑》相比，具《华山碑》意韵，但没有全盘承袭。其笔致比《华山碑》匀称，少飞动飘逸，趋向端庄静谧，中宫疏散，自具个性与面貌。从中可以体验到创作的手法与意趣。

书法创作应该是在时代审美立场上对古人作品的二次重组，在前人肩膀上进行的艺术想象的意构，既有主观上的自我，又有客观上的传统与经典相融合。其间最忌生搬硬套，依样画葫芦。就创作本质而言，与其说重视书体某种风格与面貌，不如说重视作品视觉语言本身的精度与质量。书家对法度的尊重意味着对传统的尊重，那种建立在破坏古法上的“创新”是很难成为经典的。本着这样的思想与精神，以《华山碑》为基础与神韵，凭借自己多年来对汉隶各体的临摹与积累，我创作了以唐代贺知章诗《晓发》为题材的隶书条幅作品“故乡杳无际，江皋闻曙钟。始见沙上鸟，犹埋云外峰。”相比之下作品点画之形骸与《华山碑》拉开了距离，撇捺不见锋棱，粗细不见悬殊，结体不见形似，与清赵魏的条幅书风也拉开了距离。然扁方、呼应、体势、气韵皆出自《华山碑》。我们心中有情，笔下有迹，通过实践能领会到创作二字的含义是多么艰难而又深邃！

《华山碑》碑文

西岳华山庙碑

周礼职方氏……山泽通气云行雨施赋

成万物易之义……加于民祀以报之礼记曰

天子祭天地及四……诸侯是以唐虞畴咨四岳五

岁壹巡狩皆以……商则未闻所损益周鉴于二代十

有二岁王巡狩殷……事于方岳祀以圭

高祖初兴改秦淫祀

大宗承循各诏有司其山川在诸侯者以时祠之

孝武皇帝修封禅之礼思登假之道巡省五岳禋祀丰备故立宫其下宫曰集灵宫殿曰存仙殿门

曰望仙门

仲宗之世重使使者持节祀焉岁一祷而三祠后不承前至于亡新浸用丘虚讫今垣趾营兆犹存

建武之元事举其中礼从其省但使二千石以岁时往祠其有风旱祷请祈求靡不报应自是以

来百有余年有事西巡辄过先亨祭然其所立碑石刻纪时事文字磨灭莫能存识延延熹四年七月

甲子弘农大守安国亭侯汝南袁逢掌华岳之主位应古制修废起顿闵其若兹深达和民事神

之义精通诚至礿祭之福乃案经传所载原本所由铭勒斬石垂之于后其辞曰

岩岩西岳峻极穹苍奄有河朔遂荒华阳触石兴云雨我农桑资粮品物亦相瑶光崇冠二州古

曰雝梁冯于豳岐文武克昌天子展义巡狩省方玉帛之贽礼与岱亢六乐之变舞以致康在汉

中叶建设宇堂山岳之守是秩是望侯惟安国兼命斯章尊修灵基肃其坛场明德惟馨神歆其

芳遏禳凶札揪敛吉祥岁其有年民悦无疆

袁府君肃恭明神易碑饰阙会迁京兆尹孙府君到钦若嘉业遵而成之延熹八年四月廿九日

甲子就袁府君讳逢字周阳汝南女阳人孙府君讳璆字山陵安平信都人时令朱颉字宣得甘

陵鄃人丞张昦字少游河南京人左尉唐佑字君惠河南密人主者掾华阴王苌字德长

京兆尹敕监督水掾灞陵杜迁市石遣书佐新丰郭香察书刻者颍川邯郸公修苏张工郭君迁

《华山碑》华阴本局部

《华山碑》顺德本局部

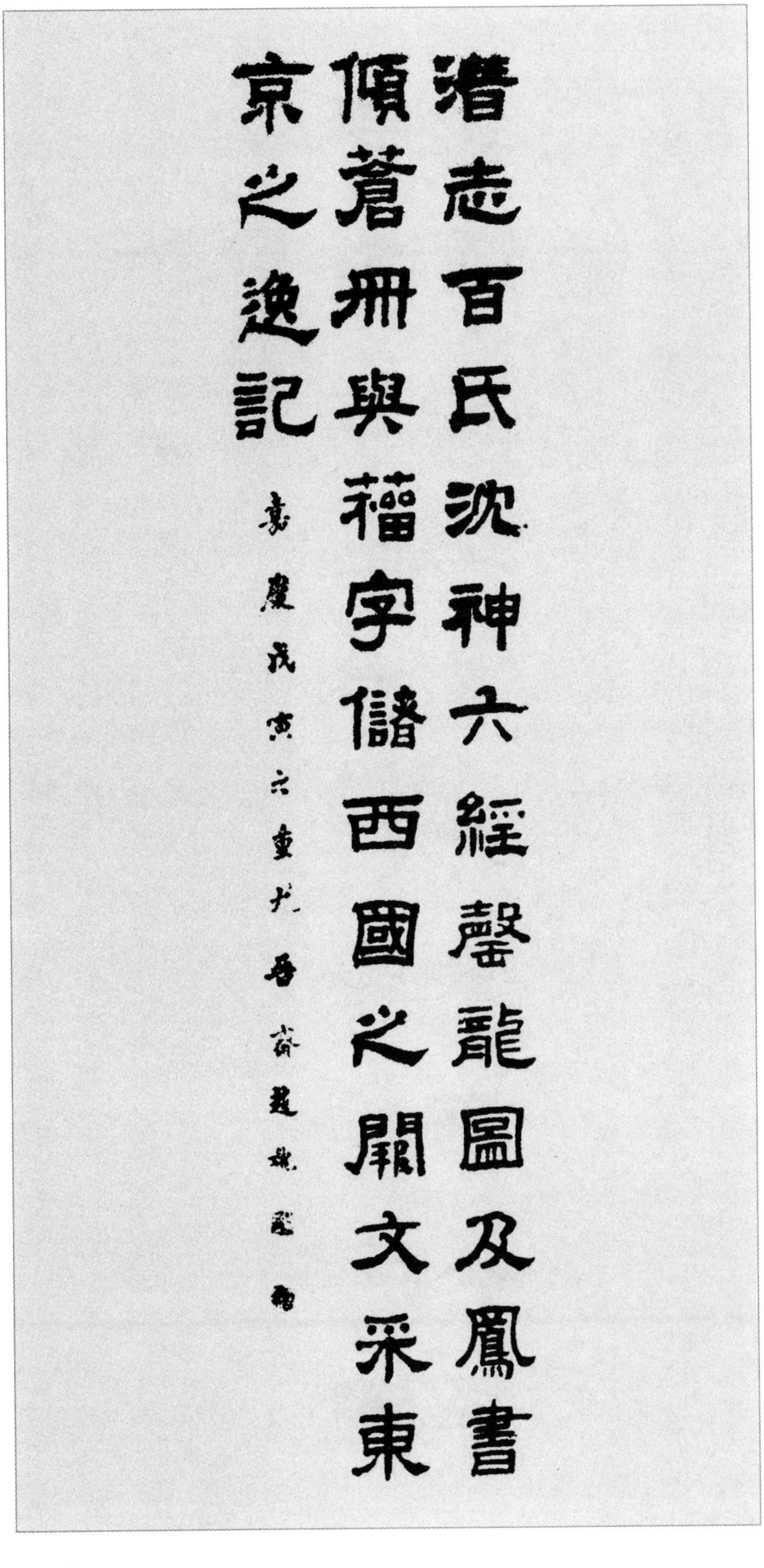

清　赵魏《华山碑》笔意

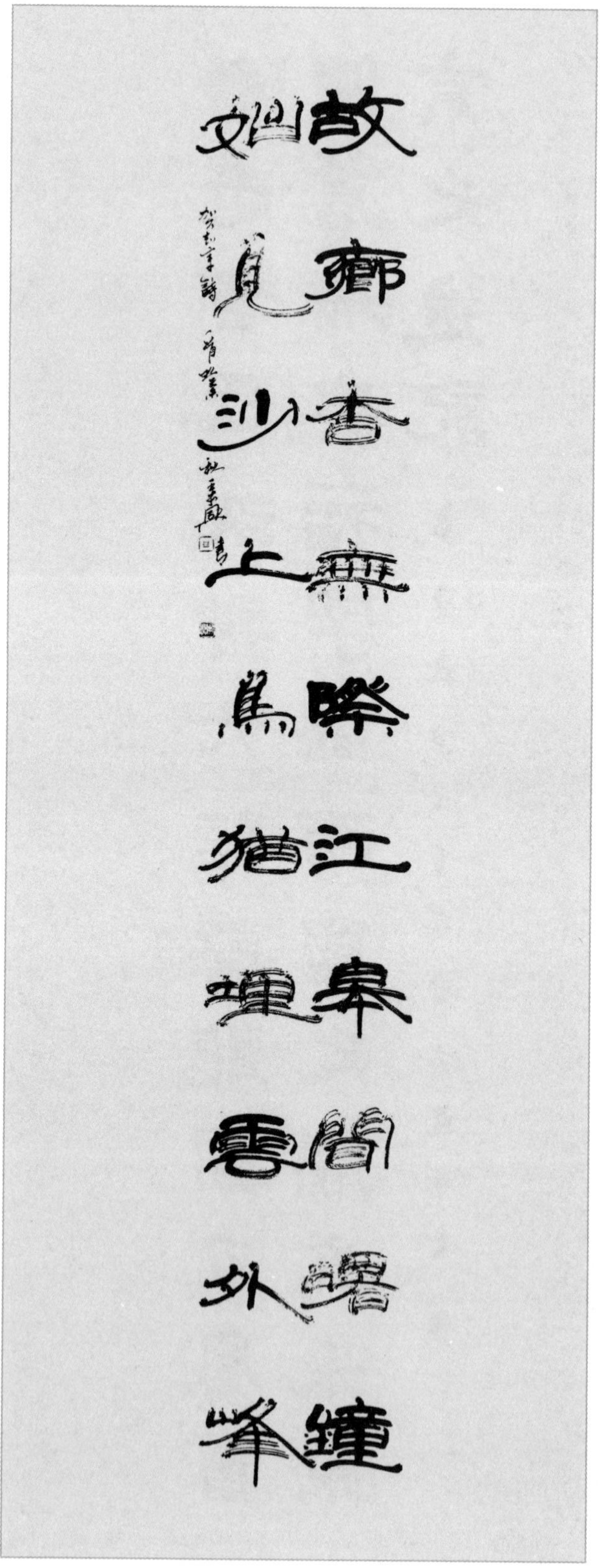

唐 贺知章诗《华山碑》笔意 王本兴书

故乡杳无际，江皋闻曙钟。

始见沙上鸟，犹埋云外峰。

鲜于璜碑

《鲜于璜碑》又称《汉雁门太守鲜于璜碑》《汉故雁门太守鲜于君碑》，东汉桓帝延熹八年（165 年）刻立。1973 年 5 月在天津武清县高村（现武清区高村镇）出土。今存天津博物馆。碑呈圭形，高 242 厘米，宽 83 厘米，碑阳碑阴两面均刻隶书铭文，碑阳 16 行，行字最多者 35 字，碑阴 15 行，行字最多者 25 字，共计 827 字。其中有 7 个字已泐损，碑额为阳刻篆书 2 行“汉故雁门太守鲜于君碑”10 字。碑文颂扬鲜于璜之功绩，反映了当时东汉政权与北方乌桓等少数民族的关系。

整个碑文字迹清晰完好，书风同晚于它 21 年的《张迁碑》类近，属于方笔隶书。丰茂挺劲，古朴雄壮，极富新意与灵动感。碑阳文字以平正谨严，方圆相济，拙朴遒劲见长。碑阴文字雄浑纵放，参差错落，顾盼呼应，生动有致。初学汉隶的书法爱好者，对《鲜于璜碑》都比较喜爱，有好感，在临习此碑的同时，还可结合临习《张迁碑》，相互借鉴，必有补益。本文就临习《鲜于璜碑》的用笔与结体方面作一浅析交流。

一、用笔

这里所说的用笔，包括了笔法、笔意、笔势、笔力等内容，也就是说既包括意趣，又包括技巧。实际上“用笔”与“笔法”是两个概念，“用笔”指运用笔锋按法度与旨趣，按理想与学养书写各种具有艺术魅力的点画，即笔为“我”用，按我的理想驱笔。而“笔法”指技巧。赵孟頫的《兰亭十三跋》有言：“用笔千古不易。”实际上临习者在临习阶段还不能消化这么复杂的问题，故谈用笔往往侧重于技巧方面。而《鲜于璜碑》有着不同凡响的用笔技巧。它的点画方硬别致，尤其是毛笔起讫处，几乎均用方笔。

临写横画，笔锋须向右上端逆锋入纸，送笔到位，然后迅速向下折回，顿笔写出平直的方意，再往上作迂回调锋动作，往右运行，须中锋铺毫，至末端戛然而止，回锋上提收笔。横画一般比较直，一字之中横画多者，变化则在粗细方圆之上。

竖画的姿态庄重挺拔，有的是上面细一点儿，下面则粗一些，有的则是上粗下细式。书写时要把握好毛笔的提按用力，把这些特点表现出来。

撇画有的圆起圆收，有的方起方收。带弯曲弧度的撇画要写得自然，有力度。不带弯曲的撇画，斜势掠去，线条十分刚健。至末端时，毛笔一般要施力重按，使撇画尾部变粗壮，收笔处方如壁立。

捺画与长横是文字的主笔画，都有丰腴的波挑之势。呈所谓的燕尾之状，既有特色，又变化多端。有的飞动上扬，下笔后顺势边按边行，至末端处重按后向右上踢出。有的稳中寓静，姿态平和自然，笔锋行至端处，重按后即向右轻轻平收，妙在收笔处方圆兼宜。有的在出锋处笔锋驻留回收，使捺笔方而含蓄。

点的姿态呈三角形状，也有少数呈方形与椭圆形。临写时不能直落直收，要按规矩逆入回出，用顿挫迂回动作写出。

折画大多用方，写好折画的关键是要把握好提笔调锋。折处笔锋不调正，由横向下书写时，必然是偏锋。《鲜于璜碑》的转折有横平竖直的平折，有竖画高出横画的丁字式转折，有露角出尖式转折，有横平而竖画向左斜交成锐角的转折，临写时须掌握这些特征。

二、结字

《鲜于璜碑》结字庄严，很有规律性，呈正方或扁方，刚健率真，拙中寓巧，中宫保持紧密，部首之间保持疏朗，主笔画鲜明突出，纵放自如，其他笔画则紧缩收敛。如附图中一个“边”字，走之旁上面部分写得稚拙端庄，其中“方”字最大限度的缩小，使整个部首突出了横画与竖画，而走之的三点加一长捺，写得飘逸飞动，使整个字势在方正平稳的基础上变得不同寻常，充满趣味韵味。而部首之间的布白不紧不松，留有余地，动静相映，恰到好处。临习者在创作书法作品以前的临习阶段，主要是认真读帖，反复临帖，明了掌握所临范本上的点画特点。至于章法、风格、行气等则是创作阶段的问题。故临习者要抓住切入点，尽早地走进一个完全“无我”的境界，为日后“有我”的艺术打下坚实的基础。

作为方笔隶书,《鲜于璜碑》的创作路子应是很宽的。由于《鲜于璜碑》体势方正内敛，字体结构及整体布局独立性较强，因而适宜创作多字及长篇大作；再者，它的线条粗壮浑厚，故又适合创作微型隶书，字体较小的作品。在此，笔者集字“清风明月”，拟《鲜于璜碑》之笔意，采用斗方形式书写而成。为了增添视觉形式之美感，从中间嵌合宽约二寸的洒金大红宣纸，并将两行款文书落于上，使作品别具一格。

《鲜于璜碑》碑阳

《鲜于璜碑》碑阳碑文

君讳璜字伯谦其先祖出于殷箕子之苗裔汉胶东相之醇曜而谒者君之曾孝廉君之孙
从事君之元嗣也君天姿明达彻曤有芳在母不瘽在师不烦岐嶷谣是含好典常治礼小
戴闺族孝友温故知机辉光笃实升而上闻上郡王府君察孝除郎中迁度辽右部司馬慰
绥朔狄边宇艾安迁赣榆令经国帅下政以礼成民诵其惠吏怀其威丧父去官服终礼阕
复应三公之招辟大尉府除西曹属蒇谟屡献使事日言王人嘉德台司侧席蠢尔荤育万
邦作寇冀土荒馑道殣相望帝咨君谋以延平中拜安边节使衔命二州受荚秉宪弹贬贪
枉清风流射有邵伯述职之称圣上珍操玺符追假永初元年拜雁门大守折节清行恭俭
束修政崇无为声教禁化猷风之中时依郡乌桓狂狡畔戾君执以威权征其后伏永初之
际有勋力于汉室令德高誉遗爱日新内和九亲外睦远邻免浣息隶为成其门周无振匮
亦古晏臧之次矣当遂功祚究爵永年意乎不造早世而终以延光四年六月壬戌卒于家
盖铭勒之云所以彰洪烈纂乃祖继旧先非夫盛德恶可已哉于是君之孙魴仓九等乃相
与刊山取石表谥定号垂之亿载以示昆苗其颂曰
于铄我祖膺是懿德永惟孝思亦世弘业昭哉孝嗣光流万国秩秩其威娥娥厥頟此宜蹈
鼎善世令王如何夙陨丁此咎殈国无人兮王庭空士罔宗兮微言丧王机怅兮嘉谋荒旌
洪德兮表元功阐君灵兮示后萌神有识兮营坛场
延熹八年十一月十八日己酉造

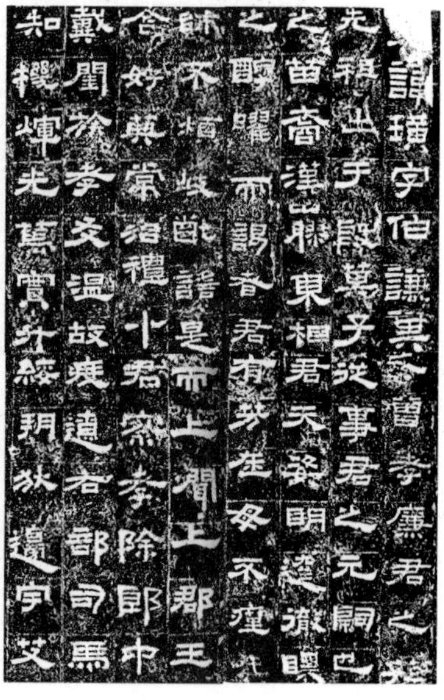

《鲜于璜碑》碑阳局部

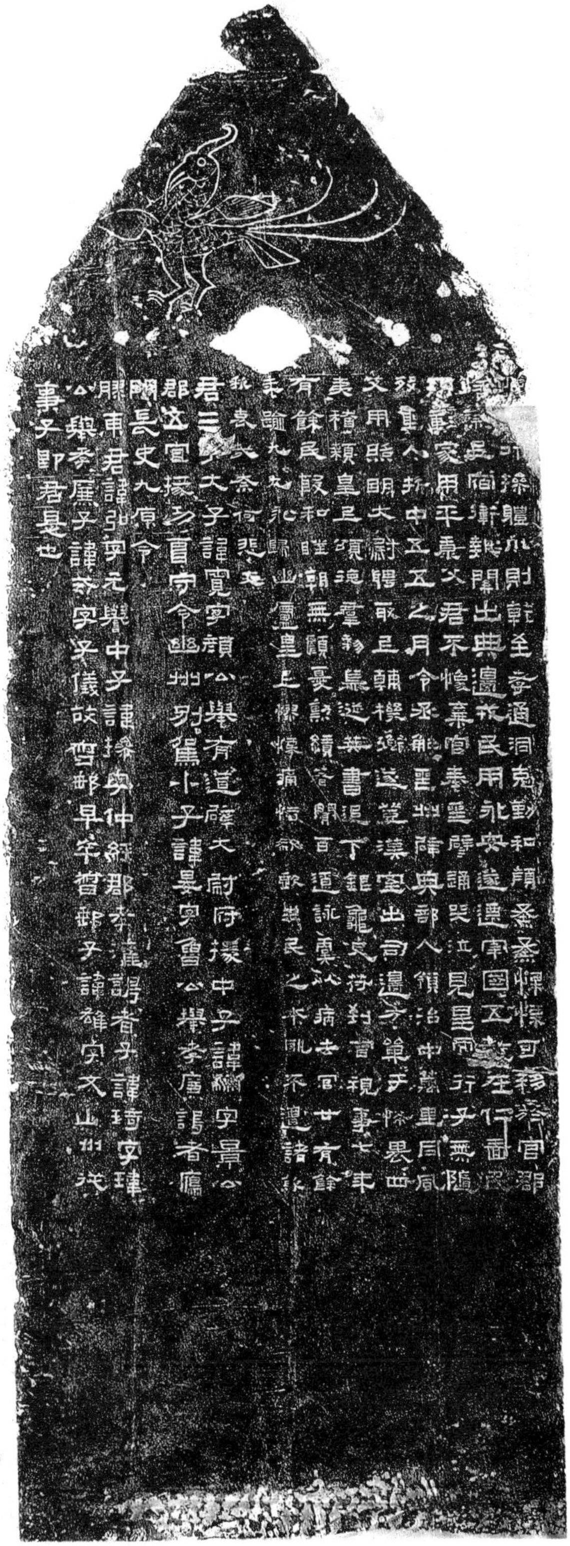

《鲜于璜碑》碑阴

《鲜于璜碑》碑阴碑文

惟君行操体坤则乾至孝通洞克勤和颜烝烝栗栗可移于官郡将察上宿卫报关出典边戎民用永安遂迁宰国五教在仁啬民用彰家用平康父君不□弃官奉丧擗踊哭泣见星而行子无随殁圣人折中五五之月令丞解丧州辟典部入领治中万里同风艾用照明大尉聘取上辅机衡遂登汉室出司边方单于怖畏四夷稽颡皇上颂德群黎慕涎策书追下银龟史符到官视事七年有余民殷和睦朝无顾忧勋绩著闻百辽咏虞以病去官廿有余年逾九九永归幽庐皇上憀栗痛惜歔欷生民之本孰不遭诸呜呼哀哉奈何悲夫

君三子大子讳宽字颜公举有道辟大尉府掾中子讳□字景公郡五官掾功曹守令幽州别驾小子讳晏字鲁公举孝廉谒者雁门长史九原令

胶东君讳弘字元誉中子讳操字仲经郡孝灌谒者子讳琦字玮公举孝廉子讳式字子仪故督邮早卒督邮子讳雄字文山州从事子即君是也

《鲜于璜碑》碑阴局部

清风明月
《鲜于璜碑》笔意　王本兴书